S.S VAN DINE

벤슨 살인사건

S.S 밴 다인 / 강호걸 옮김

해문출판사

벤슨 살인사건

"메이슨 씨, 생명을 구해 주셔서 감사합니다." 하고 그는 말했다.

"아니, 괜찮소." 메이슨이 말했다. "나는 당신의 목숨에는 관심이 없소. 당신의 문제를 깨끗이 처리하는 것만이 내 유일한 관심사였소."

──랜돌프 메이슨의「운명의 오류」에서──

차 례

서 문 ………………………………………… 7

제1장 태평스러운 파일로 밴스 ……………… 9

제2장 범죄의 현장에서 ………………………… 20

제3장 여자 핸드백 ……………………………… 33

제4장 가정부의 진술 …………………………… 43

제5장 정보수집 ………………………………… 54

제6장 밴스, 의견을 말하다 …………………… 63

제7장 보고와 심문 ……………………………… 74

제8장 밴스, 도전에 응하다 …………………… 87

제9장 범인의 키 ………………………………… 99

제10장 용의자 한 사람 줄다 ………………… 108

제11장 동기와 협박 …………………………… 117

제12장 45구경 콜트 권총 소유자 …………… 128

제13장 회색 캐딜락 …………………………… 137

제14장 사슬의 고리 …………………………… 146

제15장 파이피——개인용 …………………… 154

제16장 시인(是認)과 은닉 …………………… 165

제17장 위조수표 ……………………………… 179

제18장 자 백 ……………………………… 189

제19장 밴스의 반대심문 ……………………… 199

제20장 클레어 양의 설명 ……………………… 212

제21장 가발의 계시 …………………………… 221

제22장 밴스, 설명을 하다 …………………… 233

제23장 알리바이 조작 ………………………… 246

제24장 체 포 ……………………………… 259

제25장 밴스, 그 방법을 설명하다 …………… 273

　　■작가와 작품에 대하여 …………………… 283

서 문

여러분이 뉴욕 시 자치통계를 들춰본다면, 존 F X 매컴이 지방검사로 있던 4년 동안은 그 전임자들 중 어느 누가 그 자리에 있었을 때보다 미해결사건의 수가 훨씬 적었다는 사실을 발견하게 될 것이다. 매컴은 지방검사국에 있으면서 가능한 모든 범죄수사법을 다 동원했다. 그 결과 경찰에서 이미 포기해 버린 수많은 미해결사건을 끝내 해결하게 되었다.

게다가 이 검사는 그 많은 중대한 사건들에 대해서 개인적으로 책임을 졌으며, 끝내는 유죄판결을 얻어냈다. 그러나 그 유명한 사건들의 대부분에서 이 검사는 단지 한낱 허수아비에 불과한 인물이었다는 것이 오히려 진실이다. 사실 그 사건들을 해결하고 검찰 측에 증거를 제공해 준 인물은 시 당국과는 아무런 관계도 없고, 그리고 대중 앞에 한 번도 그 모습을 나타낸 적도 없는 사람이었다.

당시 나는 때로는 그 사람의 법률고문 역할을 하기도 했으며, 또한 개인적으로는 친구이기도 했다. 그런 이유로 말미암아 나는 이 기묘하고도 놀라운 사건의 진상을 알게 된 것이다. 그러나 나는 아주 최근까지 그런 사실을 내 마음대로 공표할 수가 없었다. 지금도 그 사람의 이름을 밝힐 수는 없다. 따라서 나는 이런 '엑스오피시오'(ex-officio(직무상))의 보고를 함에 있어서 그 사람의 이름을 파일로 밴스라고 부르기로 한다.

물론 그를 아는 사람들 중에는 나의 이 기록을 다 읽고 나면 그 정체를 미루어 짐작할 수 있을 것이다. 그런 경우에 나로서는 그런 분들이 알게 된 사실을 혼자만 알고 있기를 바랄 뿐이다. 그는 지금 이탈리아에서 살고 있는데, 자기가 그 중심역할을 해낸 여러 사건의 기록을 공표해도 좋다고 내게 허락하긴 했지만, 자기 이름만은 극비에 붙여달라고 강력하게 요청했기 때문이다. 따라서 나의 부주의로 말미암아 그의 이름이 여러 사람에게 알려지게 된다면 나로서는 마음 편할 수가 없는 노릇이다.

이 이야기는 그 악명높은 벤슨 살인사건을 밴스가 어떤 방법으로 해결했는가를 기록한 것인데, 이 사건은 범행이 기상천외했다는 점, 관계인물이 저명인사였다는 점, 또한 너무 뜻밖의 증거가 제시되었다는 점에서 뉴욕 범죄사에서는 그 유례를 찾아볼 수 없는 흥미진진한 것이었다. 이 선정적인 사건은 밴스가 이른바 '아미커스 쿠리애'(amicus curiæ(법정의 조언자))로서 매컴의 수사에 등장하게 된 많은 사건들 중에서 최초의 것이다.

뉴욕에서

S.S. 밴 다인

제1장 태평스러운 파일로 밴스
(6월 14일 금요일 오전 8시 30분)

그 중요한 6월 14일 아침, 오늘날에 이르기까지 아직도 완전히 사라지지 않는 센세이션을 불러일으킨 앨빈 H 벤슨이 살해 당한 시체로 발견되었을 때에 마침 나는 파일로 밴스와 그의 아파트에서 아침식사를 함께 하고 있었다. 밴스와 점심이나 저녁식사를 함께 하는 것은 흔히 있는 일이지만, 아침식사를 함께 하는 것은 전에 없었던 일이다. 밴스는 늦잠꾸러기여서 점심식사 때까지는 '인코뮤니카도'(incommunicado(면회사절))인 것이 통례로 되어 있었기 때문이다.

이렇게 이른 아침에 만나게 된 이유는 사무상의——오히려 미학상(美學上)이라고 해도 좋을 일이 있었기 때문이다. 밴스는 그 전날 오후 보라르*의 세잔 수채화 수집품을 미리 보아두기 위해서 케슬러 화랑에 갔다가 특별히 마음에 드는 작품을 몇 점 발견했기 때문에, 그것을 사들이는 일로 나에게 어떤 지시를 하기 위해서 이 날 이른 아침식사에 나를 불렀던 것이다. (*보라르는 파리의 화상(畵商)이며, 세잔 이외에도 인상파 화가의 수집가로 알려져 있다.)

이 이야기를 써나가는 사람으로서의 역할을 분명히 하기 위해서 나와 밴스와의 관계에 대해서 한마디 해둘 필요가 있다. 우리 집안에는 법률가 전통이 깊이 뿌리를 내리고 있어서 나도 보통 일반적인 교육과정을 끝내고는 거의 당연한 일처럼 법률공부를 하기 위해 하버드 대학으로 보내졌다. 내가 밴스를 만나게 된 건 그곳에서였다. 그 무렵의 밴스는 접근하기 어렵고, 좀 비꼬이고 심술궂은 신입생으로서 교수들 사이에서는 꺼려 하는 학생이었으며, 같은 과 친구들도 그를 경원하고 있었다. 그런 그가 많고 많은 학생들 가운데서 학업 이외의 친구로서 왜 하필 나를 선택했는지는 지금도 알 수 없다. 내가 밴스를 좋아하게 된 이유는 간단하다. 그는 나를 매료시켰고, 흥미를 갖게 했으며, 새로운 종류의 지적인 기분풀이를 제공해 주었다. 그러나 밴스가 나를 좋아하게 된 데에는 위와 같은 매력의 근거가 될 만한 것이 없었다. 그 무렵 나는(지금도 그렇지만) 평범한 청년으로 보수적이며 아주 평범한 생각을 가지고 있는 학생이었다. 다만, 적어도 모든 일에 완고한 편은 아니었으며, 따분한 법률수속 같은 것에 별로 흥미를 느끼지 못했었다──그 점이 집안 대대로 내려오는 직업에 대해 재미를 느끼지 못하게 된 이유일 것이다──그런 특징이 무의식중에 밴스의 마음에 어떤 친근감을 갖게 했는지도 모른다. 내가 밴스의 마음에 들게 된 데는 물론 그보다 더 한심한 이유도 있다. 말하자면, 그를 돋보이게 하는 역할을 한다거나, 잠깐 한숨돌려 긴장을 푸는 대상이었으며, 또는 그의 성격에는 없는 부분을 보완해 주는 일면을 나에게서 느꼈을지도 모른다는 것이다. 그러나 그 이유야 어떻든 우리들은 자주 함께 어울렸고, 해가 거듭됨에 따라서 이 친분은 더욱 깊어져 서로 떨어질 수 없는 우정으로 발전하게 되었다.

졸업과 함께 나는 아버지의 법률사무소──밴 다인 앤드 데이비스──에 들어가서 5년이라는 지루한 견습기간을 거쳐 그 사무소의 젊은 공동경영자가 되었다. 지금 나는 뉴욕 브로드웨이 120번지에 사무실이 있는 '밴 다인 데이비스 앤드 밴 다인 법률사무소'의 차석 경영자인 밴 다인이다. 내 이름이 사무소 용지의 첫머리에 인쇄되기 시작할 그 무렵에 밴스는 유럽에서 돌아왔다. 내가 변호사 수업을 받고 있는 동안 밴스는 그곳에 가서 살았다. 그리고 그의 숙모가 세상을 떠나고 그 유산의 대부분을 상속받게 되자 나를 찾아와서 재산상속을 받는 데 대한 기술적인 문제를 위임하게 된 것이다.

그 일은 우리 사이에 있어서 새롭고, 또한 어느 정도 이례적인 관계로 발전해 가는 계기가 되었다. 밴스는 사무적인 처리라면 그것이 어떤 것이든 아주 싫어했으므로, 나는 어느 사이엔가 그에 대한 일체의 금전관계의 고문이며 모든 일의 대리인이 되고 말았다. 그러다 보니 밴스 관계의 일거리가 여러 방면에 걸쳐 많아지고, 내가 법률문제를 다루는 데 써야 할 시간의 대부분을 그 일에 빼앗기고 있음을 알게 되자, 밴스로서는 전속 법률고문을 두어도 괜찮을 처지였으므로 나는 사무실의 다른 일에서는 아주 손을 떼어버리고 오로지 밴스의 요구와 그 변덕을 위해서 내 시간을 쓰기로 했다.

밴스가 세잔의 수채화를 사들이자는 의논을 하기 위해 나를 부른 날까지, 나는 마음 한구석에 '밴 다인 데이비스 앤드 밴 다인 법률사무소'에서 내 보잘것없는 법률적 재능과 함께 나를 끌어낸 일에 대해서 어떤 후회 같은 것을 마음속에 갖고 있었다.

그런데 그날 아침을 마지막으로 그 기분은 영원히 사라지고 말았다. 왜냐하면, 그 유명한 벤슨 살인사건을 비롯하여 그 뒤 거의 4년에 걸쳐서, 나는 젊은 변호사에게는 쉽사리 그런 기회가 주어질 수 없는 놀라운 범죄사건들을 목격하는 특권을 누렸기 때문이다. 사실, 그 동안에 내가 가까이에서 본 그 어둡고 비참한 사건들은 이 나라의 경찰역사상으로 볼 때에도 가장 두드러진 한 부분을 차지하고 있다.

이런 사건에서 밴스는 중심적인 역할을 했다. 내가 아는 한 지금까지 범죄수사에는 단 한 번도 적용된 적이 없었을 정도로 분석적이고도 연역적인 방법으로, 밴스는 경찰이나 지방검사국에서조차도 완전히 손을 들어버린 중대한 범죄를 깨끗하게 해결해 냈던 것이다.

밴스와의 특별한 관계 덕분에 나는 그가 손을 댄 사건 모두에 관여했을 뿐만 아니라, 동시에 그와 지방검사와의 사이에 있었던 사건 관계의 비공식 토의에도 참석하게 되었다. 그리고 타고난 꼼꼼한 성미 탓으로, 제법 완전에 가까울 만큼 그 일들을 기록해 두었던 것이다. 거기에다, 밴스가 그 특유의 범인을 색출해 내는 심리적 방법을 그때그때 설명해 준 대로(기억나는 한 되도록 정확하게) 적어두었다. 내가 이처럼 공들여 자료를 수집하고 기록을 해둔 것은 정말 다행이라고 생각한다. 지금에 와서 뜻밖에도 상황이 바뀌어 이런 사건들을 공표할 수 있게 되어, 그런 사건들의 복잡한 앞뒤 상황이나 단계에 따라서 진행된 모든 경위를 얘기할 수 있게 되었기 때문이다 ── 만일 나의 수없이 많은 메모 '아드베르사리아'(adversaria(잡다한 수집))가 없었더라면 이런 일은 도저히 불가능했을 것이다.

거기에 또 밴스를 옆길로 끌어들인 최초의 사건이 앨빈 벤슨 살인사건이었던 것도 사실 운이 좋았다. 이 사건은 뉴욕의 '코즈 셀레브르'(causes célébres(유명한 재판사건)) 중에서도 가장 유명한 사건 중 하나가 되었을 뿐만 아니라, 밴스에게는 그의 뛰어난 추리능력을 발휘할 수 있는 다시 없는 기회가 주어진 것이며, 아울러 그 사건의 성질이나 중대성이 그의 흥미를 끌게 되어, 그때까지의 밴스의 성향이나 취향과는 전혀 다른 분야로 그의 활동을 이끌어준 것이 되었기 때문이다.

이 사건은 갑자기 너무도 뜻밖에 밴스의 생활에 뛰어들어오긴 했지만, 생각해 보면 한 달 전쯤 우연히 밴스 자신이 지방검사에게 미리 주문을 해놓고 기다리고 있었던 것처럼 되어버리기도 했다. 사건은 사실 6월 중순 무렵이었는데, 그날 아침 우리가 아침식사를 채 끝내기도 전에 갑자기 이 일이 일어나서 세잔의 그림을 사들이자는 이야기는 그만 뒷전으로 밀려나게 되었다. 그날 느지막이 케슬러 화랑에 나가보았더니, 밴스가 특히 갖고 싶어하던 그림 중 두 점은 이미 팔린 뒤였다. 내 생각에는 밴스가 벤슨 살인사건 수수께끼를 풀어서 적어도 죄없는 한 사람을 궁지에서 구출해 내는 데 성공하긴 했지만, 그것 때문에 그날 그가 그토록 갖고 싶어했던 두 점의 그림을 놓쳐버린 것에 대한 섭섭함을 지울 수는 없었을 것이다.

그날 아침 밴스의 집사 겸 하인이며, 때로는 특별요리사이기도 한 충실한 영국 노인 캐리의 안내로 내가 거실에 들어가니, 밴스는 비단으로 된 가운을 입고 회색 양가죽 슬리퍼를 신고서 커다란 팔걸이 의자에 앉아, 무릎 위에는 보라르의 세잔 그림 카탈로그를 펼쳐놓고 있었다. "실례인 줄은 알지만 일어나지 않겠네, 밴." 하고 그는 가볍게 인사했다. "사실, 근대미술 발전을 모두 이 무릎 위에 올려놓은 상태라서 말이야. 게다가 이렇게 일찍 일어나면 아주 피곤하거든." 밴스는 책장을 이리저리 넘기면서 인쇄된 그림들을 들여다보았다. "이 보라르 씨는 예술공포증에 걸려 있는 이 나라 사람들에게 꽤 두둑한 배짱을 보여주었어. 이번에 보내온 세잔의 그림들은 아주 굉장한 것일세. 어제 처음 보았는데 정말 감탄했다네. 하긴, 케슬러가 내 눈치를 보고 있기에 그런 내색은 안했지만. 오늘 아침 화랑이 문을 열면 즉시 자네가 가서 사야 할 그림에 표시를 해두어야겠네." 그렇게 말한 밴스는 서표(書標)로 쓰는 조그만 카탈로그를 내게 건네주었다. "마음에 안 드는 일거리겠지만 말이야." 하고 그는 게으른 미소를 지으며 덧붙였다. "흰 종이에 여기 저기 조그만 얼룩을 묻혀놓은 듯한 그림이 법률공부로 굳어진 자네에게는 아무런 의미도 없겠지——깔끔하게 타이프라이터로 친 서류 같은 것과는 너무도 거리가 있으니까. 그 중에는 거꾸로 걸어둔 게 아닌가 싶을 정도의 것도 있다네——하긴 정말 거꾸로 걸린 것도 한 장 있기는 했지만, 케슬러조차도 모르고 있었으니까. 그러나 걱정할 건 없네, 밴. 내가 사려는 그림은 아주 아름답고 가치 있는 소품이야. 2~3년 안에 오를 것을 생각하면 오히려 싼 편이지. 사실, 돈 좋아하는 녀석들에게는 더없이 좋은 투자라네. 애거서 숙모님이 세상을 떠났을 때, 자네가 그토록 열심히 권한 로여스 에쿼티 주식 같은 것과는 비교가 안될 만큼 유망하다네."[1]

밴스의 정열 가운데 하나는(순수하고 지적인 열애를 정열이라고 해도 좋다면) 미술이었다. 좁은 개별적 뜻으로서의 미술이 아니고 보다 넓은 보편적 의미로서의 미술 말이다. 그리고 미술은 밴스에게 있어서 가장 큰 관심거리였을 뿐만 아니라 또한 도락이기도 했다. 동양의 판화에 대해서는 상당한 권위자였고, 또한 직물로 표현하는 미술이나 그 밖에 도자기에 대해서도 조예가 깊었다. 언젠가 밴스가 몇몇 손님들 앞에서 타나그라*의 찰흙 인형에 대해서 즉석 '코즈리'(causerie(강연))를 하는 것을 들어본 적이 있었는데, 그런 것들을 기록해 두었더라면 더없이 재미있고 유익한 전공논문이 되었을 것이다. (*타나그라는 고대 그리스 아소포스 강 연안의 도시로서, 여기에서 BC 4~3세기경의 테라코타제(製) 작은 인형이 많이 발견되었다.)

밴스는 그의 수집본능에 열을 올리기에 충분한 재력도 있었고, 그림이나 '오브제 다르'(objets d'art(미술골동품))의 훌륭한 수집품을 소장하고 있었다. 그 수집품은 보기에는 모두가 다른 특징을 가지고 있었지만, 그 하나하나가 모두 모양이나 선에서 어떤 원칙이 있었으며 서로 어떤 관련이 있었다. 미술을 이해하는 사람이라면 밴스를 둘러싸고 있는 모든 소장품들이 시대라든가, '메티에'(métier(수법))라든가, 또는 겉모습에서 아무리 큰 차이가 있어도 거기에는 어떤 통일된 일관성이 있다는 것을 느낄 수가 있을 것이다. 내가 늘 느끼고 있듯이 밴스는 정말 진귀한 사람이었으며, 확고한 철학적 식견을 가지고 있는 수집가였다.

이스트 38번가에 있는 밴스의 아파트에는—— 사실은 낡은 저택의 위쪽 두 층을 곱게 새로 단장한 것인데, 방을 넓히고 천장을 높이기 위해서 일부는 개축된 것이었다—— 동서고금의 훌륭한 미술품으로 가득차 있었으나, 그렇다고 결코 혼잡한 느낌을 주는 것은 아니었다. 그 그림들은 이탈리아의 문예부흥기 이전의 작품에서부터 세잔과 마티스에게까지 이르고, 원화의 수집품 중에는 미켈란젤로에서 피카소에 이르기까지 시대적으로 대단히 광범위한 것이었다. 밴스의 중국 판화는 미국에서도 가장 훌륭한 개인 수집품으로 손꼽히고 있었다. 그 가운데에는 이용면, 이안충, 임고민, 하규, 목계* 등의 훌륭한 작품들이 포함되어 있었다. (*이용면(李龍眠)은 북송(北宋)의 화가로 '오마도'(五馬圖)가 유명하며, 이안충(李安忠) 역시 북송의 화가로 학을 잘 그렸다. 하규(夏珪)와 목계(牧溪)는 남송(南宋)의 화가.)

언젠가 밴스는 내게 이렇게 말한 적이 있었다. "중국인은 동양에서 참으로 훌륭한 예술가일세. 그들은 그 작품에서 깊은 철학정신을 보다 강렬하게 표현한 사람들일세. 거기에 비하면 일본 사람들은 천박해. 단순한 장식적 '수시'(souci(배려))를 조금 표현한 것에 불과하거든. 호쿠사이의 작품과, 이용면의 깊은 사색과 자각에 뿌리한 예술과는 커다란 차이가 있다네. 만주족의 지배하에서 중국의 예술은 타락되었지만, 그래도 여전히 깊은 철학적 맛—— 말하자면 적극적인 '센시빌리테'(sensibilite(감성))를 찾아볼 수 있어. 모사(模寫)의 근대적 모사—— 문인화(文人畵)라고 불리는 것——중에서조차도 깊은 뜻이 담긴 그림이 있다네."

밴스의 예술에 대한 취미가 얼마나 광범위한 것인지는 참으로 놀라운 것이었다. 그 수집의 다양함은 미술관도 비교가 안되었다. 아마디스(이집트 제18대 왕조) 시대의 검은색으로 무늬를 그려넣은 앙포라 단지(술이나 기름을 넣는 용기로서 양쪽에 손잡이가 붙어 있는 단지)가 있는가 하면, 에게풍의 코린트 시대 전기(前期)의 꽃병이 있고, 쿠바차나 로도스 섬(모두 에게 해 스포라데스 제도의 섬들)의 접시, 아테네의 도자기, 16세기 이탈리아 수정성수반(水晶聖水盤) 듀돌 왕조 시대의 백랍(白蠟) 그릇(주석과 납의 합금)—— 그 중 몇 점에는 겹장미 모양의 순분(純分) 검증각인이 찍혀 있었다—— 첼리니(1500~1571,

이탈리아의 조각공)의 청동 액자, 리모지(프랑스 남부의 도시)에서 만든 세 폭이 한 세트인 법랑 세공품, 월포고나가 만든 스페인풍 제단용 칸막이, 에트루리아(고대 이탈리아의 북부지방)의 청동제품이 몇 점, 인도의 그리스풍 불상(佛像), 명나라 시대의 관음보살상, 르네상스 시대의 아름다운 수많은 목판화, 비잔틴과 샤레망 왕조(751~987, 프랑스의 제2왕조) 초기의 프랑스 상아세공품 등이 있었다.

밴스가 가지고 있는 이집트의 귀중한 미술품 중에는 재가지그(이집트의 나일 강 하류 저지대(低地帶)의 삼각주에 있는 도시)에서 출토된 황금 물주전자, 나이 부인의 작은 상(像)(르부르 박물관의 소장품에 뒤지지 않는 훌륭한 작품), 제1테베 왕조시대의 아름다운 조각이 새겨진 돌비석이 둘, 진귀한 하피〔聖牛〕나 암세트를 본뜬 것을 포함한 여러 가지 작은 조각상, 카라시스코스의 무희를 조각해 넣은 여러 개의 아르헨티나 주발 등이 있었다. 밴스가 수집한 근대 유화며 선화(線畫) 등이 걸려 있는 서재의 활처럼 휘어진 제임스 1세 시대풍 책장 맨 위칸에는 프랑스령(領) 기니아, 수단, 나이지리아, 상아해안, 콩고 등지에서 제전용(祭典用)으로 쓰이는 가면이며 물신상(物神像) 등―― 흥미 있는 아프리카 조각들이 놓여 있었다.

밴스의 예술적 본능에 대해서 이처럼 장황한 설명을 한 것은 어떤 목적이 있기 때문이다. 6월의 그날 아침 밴스를 위해서 시작된 멜로드라마 같은 모험을 완전히 이해하기 위해서는 아무래도 본인에 대한 '팡샹'(penchants(성향))과 내면적인 경향에 대해서 대강은 알아둘 필요가 있는 것이다. 그가 미술에 대해서 가지고 있는 흥미는 그 개성 중에서 중요한――거의 지배적이라고 해도 좋은―― 요소였다. 나는 여지껏 그와 같은 사람――겉보기에는 그토록 변덕스럽게 보이면서도, 사실은 그만큼 견실한 사람을 본 적이 없다.

밴스는 많은 사람들이 '딜레탕트'(아마추어 예술애호가)라고 부르기에 알맞은 사람이었다. 그러나 그런 호칭은 그에게 부당하다. 밴스는 상당한 교양과 재능을 갖춘 사람이었다. 출신으로 보나 천성으로 보나 그는 귀족적이었으며, 몸가짐 또한 고상했다. 그의 말씨나 태도에는 모든 저속한 것에 대한 뭐라고 형언할 수 없는 경멸이 나타나 있었다. 가끔 그와 접촉해 본 대부분의 사람들은 밴스를 '스노브'(사이비 신사)라고 생각한다. 그러나 그의 겸양이나 경멸이 다른 사람에게 보이기 위한 것은 결코 아니었다. 그의 스노비즘은 지성적이면서도 사교적이다. 저속한 악취미를 싫어하는 것 이상으로 우둔함을 미워했다고 나는 믿는다. 나는 그가 'c'est plus qu'un crime, c'est une faute'(그것은 죄악 이상이다. 그것은 과실이다)라는 푸셰*의 그 유명한 말을 인용하는 것을 들은 적이 있다. 그는 그 말을 그대로 믿고 있었다. (*푸셰(1759~1820)는 낭트에서 태어나서 프랑스 혁명 때에는 산악당에 속했으며 제정시대에는 경시총감을 지내다가 마침내 나폴레옹을 배반하고 왕정복고 당시에 각료로 머물렀다. 또한, 드레스덴에 전권대사로 부임했다가 뒤에 가서 오스트리아에 귀화하여 트리에스테에서 죽었는데, 그의 권모술수에 찬 일생은 그야말로 한 편의 추리소설이다.)

밴스는 거침없이 비꼬기는 했지만 반면에 결코 악의가 있는 것은 아니었다. 재치있는 유베나리스(60~125, 로마의 풍자시인)적인 해학이었다. 말재간이 있고 오만했지만 어디까지나 의식적이고 통찰력 있는 인생의 관찰자라고 보는 것이 아마 가장 타당할 것이다. 온갖 인간적인 반응에 대해 날카로운 흥미를 가지고 있었지만, 그것은 과학자가 갖는 흥미이지 인도주의자의 관심은 아니었다. 게다가 또한 그는 보기 드문 개인적인 매력을 갖추고 있었다. 그의 사람 됨됨이를 좋게 여기지 않는 사람들조차도 그에게 끌리지 않을 수 없었다. 어딘지 모르게 돈키호테적인 기질이 있었고, 거들먹거리는 말투와 약간 영국 사투리가 섞인 억양은——옥스퍼드 대학원 시절의 유산이지만——잘 모르는 사람들에게는 아니꼽게 들렸다. 그러나 사실은 그에게 '포주르'(poseur(거드름)) 같은 것은 거의 없었다.

밴스는 뛰어나게 잘생긴 얼굴을 갖고 있었지만 입언저리가 메디치 집안 어떤 초상화의 입모습을 닮아(2) 고행자같이 냉혹하게 보였고, 눈썹이 조금 치켜올라가서 어쩐지 사람을 깔보고 있는 듯하고 거만해 보이는 구석이 있었다. 윤곽에 독수리를 연상시키는 엄격함이 있음에도 불구하고 그 얼굴은 아주 감성적이었다. 이마가 조금 앞으로 튀어나와서——학자형이라고 하기보다는 예술가 타입의 얼굴이었다. 차갑게 회색을 띤 두 눈은 사이가 널찍했으며, 콧날은 곧고 오똑했다. 갸름하게 튀어나온 턱에는 깊은 주름이 패어 있었다. 나는 최근에 존 배리모어*(미국의 유명한 연극배우)의 햄릿을 보았을 때에 왠지 모르게 밴스를 떠올렸다. 그전에 한 번 포브스

로버트슨이 출연한 '시저와 클레오파트라'의 한 장면에서도 같은 인상을 받았었다.[3] (*존 배리모어(1882~1942)는 미국의 유명한 배우 집안의 한 사람이며, 라이오넬은 그의 남동생, 에실은 그의 여동생이다. 포브스 로버스튼 경은 미국 여배우 메이 재트루드 엘리어트의 남편이지만 부인이 더 유명한 것 같다.)

밴스는 6피트(약 183cm)가 조금 모자라는 우람한 몸집으로 보기에도 단단한 근육과 정신적 지구력을 가지고 있을 듯한 인상이었다. 펜싱에도 능하여 대학 펜싱 팀의 주장이었다. 그는 비교적 야외 스포츠를 좋아하는 편이었으며, 특별히 연습을 많이 하지 않고도 잘 해내는 요령을 금방 터득하곤 했다. 골프의 핸디도 3이나 되며, 어느 시즌엔가는 우리 쪽 폴로 선수단에 가담하여 영국 팀과 대결한 적도 있었다. 그런데도 걷는 것은 아주 질색이라, 무엇이나 탈 수 있는 것이 있으면 단지 100야드(약 91m)도 걸으려고 하지 않았다.

옷은 언제나 유행을 쫓아——세밀한 구석구석까지 정성껏 가꿨다——그러나 결코 천박하지는 않았다. 꽤 많은 시간을 이곳저곳의 클럽에서 보내긴 했지만, 가장 마음에 들어하는 곳은 스타이비샌트였는데, 그의 설명에 의하면 회원들 대부분이 정계나 실업계 사람들이어서 골치 아픈 토론에 끌려들 걱정이 없기 때문이라는 것이었다. 때로는 좀더 새로운 오페라 구경을 가기도 했으며, 교향악이나 실내음악의 연주회는 빼놓지 않았다.

때로 그는 내가 본 사람들 중에서는 가장 뛰어난 포커의 명수였다. 내가 이런 말을 하는 것은 밴스 같은 타입의 사람이 예를 들어 브리지라든가 체스보다는 포커 같은 대중적인 게임을 즐겼다는 것이 어쩐지 의미있는 일이라고 생각될 뿐만 아니라, 포커 게임 중 인간심리에 대한 그의 과학적 지식이 지금부터 써나가려는 이야기와 깊은 연관이 있기 때문이다.

심리학에 대한 밴스의 지식은 정말 놀라울 정도였다. 본능적으로 인간에 대한 정확한 판단력을 가지고 태어났고, 이 천부적인 것이 연구와 독서에 의해서 신기할 정도로 잘 정리되고 체계화되어 있었다. 그는 심리학의 학문적 여러 원칙에 정통해 있었으며, 대학에서의 그의 과정은 모두가 이 주제에 집중되거나 연관된 것이었다. 내가 불법행위라든가 계약, 헌법, 관습법, 또는 형평법이나 증

거, 소송수속 같은 좁은 분야에 갇혀 있는 사이에 밴스는 문화적
교양의 온갖 방면에 발을 들여놓았던 것이다. 그는 종교사, 그리스
고전, 생물학, 공민학, 정치경제학, 철학, 인류학, 문학, 이론 및 실
험 심리학, 고대 및 근대 언어 등을 두루 섭렵했다.[4] 그러나 내가
생각하기에 밴스에게 가장 흥미가 있었던 것은 뮌스터베르크와 윌
리엄 제임스* 강좌였다. (*휴고 뮌스터베르크(1863~1916)는 유태계 독일인
심리학자 · 철학자. 프라이부르크 대학에서 교편을 잡다가 윌리엄 제임스(1842
~1910)에게 초대되어 하버드 대학에서 교수로 재직했다.)

밴스의 정신은 그 밑바탕에 철학이 있었다——다시 말하자면
보다 넓은 의미에서 철학적이었다는 것이다. 그는 이상하리만큼
인습적인 감상이나 세상의 미신에 사로잡히지 않고, 인간 행위의
밑바닥에 있으면서 그 동기가 되는 충동이나 원인을 통찰할 줄 알
았다. 거기에다 어떤 경우에도 쉽사리 사물을 믿어버리는 태도를
절대로 피했으며, 아울러 자기의 심리적 과정에 있어서도 어디까
지나 냉정한 이론적 정확성을 유지하려고 노력했다. 그는, "인간의
모든 문제는 널빤지에 고정시킨 모르못을 검사하는 의사처럼 임상
적 냉철함과 비꼬인 모멸감을 가지고 처리하지 않는 한 진리를 캐
낼 수는 없다." 하고 내게 말한 적이 있다.

밴스는 활발했다고 할 정도는 아니지만 그런대로 꽤 바쁜 사교
생활을 했다——여러 가지 가족적 유대에 대한 양보였다. 그러나
결코 사교적인 사람은 아니었다——나는 밴스만큼 집단본능이 발
달되어 있지 않은 사람을 본 적이 없다——그러니 만큼 만일 사교
계 모임에 참석했다고 해도 그것은 대개는 어쩔 수 없어서였다. 사
실 그 잊을 수 없는 6월의 아침식사를 함께 한 전날 밤에도 그는
어떤 '의무' 때문에 시간을 빼앗겼던 것이다. 그 일이 없었더라면
우리는 그 전날 밤에 만나서 세잔에 대해 의논했을 것이다. 밴스는
캐리가 딸기와 달걀과 베네딕틴 술을 따라주고 있는 동안에도 그
일 때문에 몹시 투덜거렸다. 나는 나중에 가서야 우연히 일이 그렇
게 된 것에 대해 하나님께 깊이 감사했다. 만일 그날 아침 9시에
지방검사가 찾아왔을 때 밴스가 태평스럽게 졸고 있기라도 했다면
나는 내 생애에서 가장 흥미 있고 감격적이었던 4년을 경험하지
못했을 것이며, 또한 기막히게 교활하고 목숨조차 아끼지 않는 뉴
욕의 많은 범죄자들이 아직도 멋대로 설치고 있을 것이기 때문이

다.

밴스와 내가 두 잔째의 커피와 담배를 피우려고 의자에 느긋한 기분으로 앉아 있을 때, 캐리가 시끄럽게 울리는 현관 벨소리를 듣고 나가더니 지방검사를 거실로 안내해 들어왔다.

"웬일들이지!" 하고 지방검사는 짐짓 놀라는 척하며 두 손을 들고 소리쳤다. "뉴욕 제1의 '플라뇌르'(flâneur(게으름뱅이)) 미술애호가께서 벌써 일어나 계시다니!"

"그렇다네! 너무 부끄러워 얼굴이 다 화끈거리는군!" 하고 밴스가 응수했다.

하지만 지방검사가 농담이나 할 기분이 아닌 것은 분명했다. 그는 갑자기 정색하고 말했다.

"밴스, 중대한 일로 찾아왔네. 아주 급한 일이 생겨서 서둘러야 하는데, 자네와 약속을 했기 때문에 잠깐 들른 걸세. 실은 앨빈 밴슨이 살해되었다네."

밴스는 귀찮은 듯이 눈썹을 치켜올렸다. "아니, 이제 와서 죽다니!" 하고 그는 맥빠진 소리로 말했다. "시시하군. 하지만 물론 살해될 만도 하지. 어쨌거나 자네가 투덜거릴 건 없네. 자, 이리 앉아서 캐리 솜씨인 천하일품 커피라도 한 잔 들게나." 그러고는 상대방이 뭐라고 말을 꺼낼 틈도 없이 벌떡 일어나서 벨을 눌렀다.

매컴은 잠시 망설였다. "그러지. 1~2분 늦는다고 어떻게 되는 것도 아니니까. 하지만 한 모금만일세." 그렇게 말하며 그는 우리 맞은편 의자에 앉았다.

---

(1) 사실 밴스가 250달러와 300달러에 사들인 그 그림이 4년 뒤에 가서는 3배로 되었다.

(2) 내가 생각하는 것은 내셔널 갤러리(국립미술관) 소장의 브론티노가 그린 '피에트로 데 메디티'와 '코시모 데 메디티' 등 두 초상화와 피렌체의 베키오 궁에 있는 바사리의 작품 '로렌초 데 메디티'의 메다용(화폐 모양의 메달) 초상이다.

(3) 밴스가 언젠가 부비강염(副鼻腔炎), 이른바 축농증에 걸려 머리의 X선 사진을 찍었을 때 거기에 첨부되어 있던 설명서에, '뚜렷한 장두형(長頭型)'이며 '보기 드문 북구형(北歐型)'이라고 적혀 있었다. 그리고 또 다음과 같은 데이터도 첨부되어 있었다──두개지수(頭蓋指數) 75, 코는 레프탈린(狹長)이며 지수는 48, 안면각(顔面角) 85도, 수직지수 72, 상부안면지수 54, 동공 간격 67, 턱은

미사그나사스(중간 정도의 돌출이며 지수는 중간쯤)이고 103, 세라 토르시카(두 개골의 터키 안장(鞍))가 특히 크다.

(4) 밴스는 나와 알게 된 지 얼마 안되어, "문화는 무수하게 많은 언어를 가지고 있다. 세계의 지적이고 심미적 업적을 이해하는 데에는 여러 가지 언어를 알아야 한다. 특히 그리스나 라틴의 고전은 번역판으로 보아서는 의미가 없다." 라고 했다. 내가 여기서 그의 말을 인용한 까닭은 밴스가 영어 이외의 여러 언어로 된 책을 그때그때 닥치는 대로 읽어서, 그 놀라운 기억력과 함께 그의 일상용어에 영향을 미치고 있기 때문이다. 그의 말투가 어떤 사람에게는 혹 철학적으로 들리는지도 모르겠으나, 어쨌든 나는 이 글에서 되도록 그의 말을 그대로 인용하려고 애썼는데, 그렇게 함으로써 밴스를 보다 정확하게 알리고 싶었기 때문이다.

제2장 범죄의 현장에서
(6월 14일 금요일 오전 9시)

존 F X 매컴은 여러분도 알다시피 뉴욕 시에 주기적으로 찾아오는 태머니 홀*에 대한 반대여론이 높아졌을 때, 독립개혁파에서 입후보하여 군(郡)의 지방검사로 선출되었다. 4년의 임기를 마치고 재선될 기미가 있었으나 반대파의 정치적 음모로 표를 잃어 실패하고 말았다. 그는 지칠 줄 모르는 일꾼으로서 지방검사국에 형사와 민사의 수사에 여러 가지 방법을 끌어들였다. 지극히 청렴결백하여 선거구민의 열렬한 찬사를 받았을 뿐만 아니라 반대파에 속한 사람들에게조차도 커다란 신뢰감을 심어주었다. (*태머니 홀은 뉴욕에 있는 건물의 이름. 1880년 이래로 민주당 사무소가 되어 부정부패의 온상이 되어오다가 1928년에 가스 회사에 팔렸다.)

취임 후 몇 달 안되어 어떤 신문에서는 그에게 '망보는 개'라는 별명을 안겨주었다. 이 별명은 그의 임기가 끝날 때까지 그를 따라다녔다. 사실 재직 4년 동안 검사로서의 그의 훌륭한 업적은 오늘에 와서도 법률이나 정치를 논할 때 더러 인용될 만큼 대단한 것이었다.

매컴은 큰 키에 몸집이 단단한 40대 중반의 사나이로서, 언제 보아도 깨끗하게 면도된 어쩐지 젊어 보이는 그 얼굴은 이미 반백이 다된 머리와 어떤 의미로는 어울리지 않았다. 흔히 말하는 미남은 아니지만 품위가 있었고, 요즘 정치적 지위를 차지한 무리들에게서는 좀처럼 찾아볼 수 없는 사회적 교양을 지니고 있었다. 게다가 무뚝뚝하고 끈질긴 데가 있는 사나이였는데, 그 무뚝뚝함은 좋은 집안에서 제대로 자라 튼튼한 바탕을 이룬 겉모양이지——흔히 눈에 띄는——겉만 번지르르하고 결점이 여기저기 눈에 보이는, 그래서 바탕이 거친 그런 것은 아니었다.

의무와 도리상의 걱정이나 긴장감에서 해방되었을 때의 그는 더 없이 우아한 사람이었다. 그러나 처음 그와 알게 되었을 무렵에 나는 그 정중한 태도가 갑자기 냉엄하고 권위적 태도로 바뀌는 것을 자주 보게 되었다. 마치 전혀 다른——엄격하고 굽힐 줄 모르는 영원한 정의의 심벌 같은——새로운 인격이 그 순간 매컴의 육체에서 태어난 것처럼 생각되었다. 우리가 서로의 협력이 끝날 때까지 나는 여러 번 그런 변모를 목격했다. 사실 그날 아침만 해도 밴스의 거실에서 나와 마주앉았을 때, 그 덮쳐누르는 듯한 엄격한 표정에는 단순한 암시 이상의 것이 있었다. 나는 매컴이 앨빈 벤슨의 살인사건에 대해서 깊이 고심하고 있다는 것을 알 수 있었다.

그는 서둘러 커피잔을 비웠다. 그리고 그가 잔을 내려놓자 그때까지 재미있다는 듯이 반은 놀리는 투로 그를 바라보고 있었던 밴스가 입을 열었다. "여보게, 벤슨이라는 사내 하나가 죽었다고 해서 그렇게까지 걱정스러운 얼굴을 할 건 없잖나? 설마 자네가 범인일 리도 없고."

매컴은 밴스의 농담에는 상대도 하지 않았다. "지금부터 벤슨의 집으로 갈 참이라네. 함께 가지 않겠나? 자네는 사건 현장에 실제로 한번 부딪쳐 보고 싶다고 했었지? 나는 그 약속을 지키려고 들른 걸세."

그때 나는 몇 주일 전에 스타이비샌트 클럽에서 뉴욕에 요즘 살인사건이 많아졌다는 이야기가 나왔을 때에 밴스가 기회가 있으면 지방검사의 수사현장에 동행해 보고 싶다고 했고, 매컴이 조만간 중대사건이 생기면 데리고 가주겠다고 약속했었던 일이 생각났다. 밴스는 사람의 행위 뒤에 숨겨진 심리에 흥미를 가지고 있었는데, 이미 오랫동안 매컴과는 가까이 지내온 사이이므로 그런 것을 요구하게 되었던 것이다.

"기억력이 좋군." 하고 밴스는 귀찮은 듯이 말했다. "그런 것은 잊어버려도 좋을 텐데." 그는 벽난로 위에 걸린 시계를 흘끗 보았다. 9시 조금 전이었다. "아무리 그렇기로 이런 시간에 찾아오다니 ……꽤씸하군."

매컴은 초조한지 의자에서 곧 일어설 자세다. "자네의 호기심을 만족시킬 수만 있다면 아침 9시에 많은 사람들 앞에 나서는 창피 정도는 참아야 하지 않겠나? 자, 서두르게. 실내복과 침실 슬리퍼 차림인 자네를 데리고 갈 수야 없잖나? 하지만 옷 갈아입는 데 5분 이상은 못 기다리네."

"왜 그렇게 서두르지?" 밴스가 하품을 하며 물었다. "그 양반은 이미 죽었잖아. 도망칠 수도 없을 테고."

"어서 일어나게, 늑장부리지 말고. 이 일은 장난이 아닐세. 아주 중대한 사건이야. 아무래도 굉장한 스캔들이 될 것 같아——자네는 어쩔 셈인가?"

"어쩌긴. 서민들의 위대한 복수자 뒤를 얌전히 따라가야지." 밴스는 그렇게 말하며 일어서더니 허리굽혀 인사했다. 그리고는 초인종을 눌러서 캐리를 부르더니 갈아입을 옷을 가져오라고 일렀다.

"매컴 씨가 시체와 대면하는 자리에 입고 갈 옷이니 좀 단정한 것이 좋겠군. 비단 양복은 춥지 않을까……넥타이는 연보라가 좋겠군. 다른 것은 안되지."

"설마 초록색 카네이션을 달고 갈 생각은 아니겠지?" 하고 매컴이 투덜거렸다. 그러자 밴스가 나무라듯 말했다.

"히첸스*를 읽었군, 소위 지방검사라는 사람이. 그건 그렇다 치고 내가 '부토니에르'(boutonniére(양복깃에 다는 꽃)) 같은 걸 달지 않는 것쯤은 자네도 알잖나? 그건 이미 구식이 되어버렸다네. 아직도 그런 습관을 소중하게 간직하고 있는 사람은 '루에'(roué(도락가)) 아니면 섹스폰 연주자뿐이야. 그건 그렇고, 죽은 벤슨이라는 사람은 어떤 인물인가?" (*히첸스(1864~1948)는 영국의 대중작가. 「초록색 카네이션」(1894)이 그의 처녀작이며, 오스카 와일드의 매너리즘을 비꼰 것으로 유명하다.)

그때 밴스는 이미 캐리의 시중을 받으며 옷을 갈아입고 있었는데, 그렇게 재빠른 동작은 전에 본 적이 없을 정도였다. 겉으로는 괜한 농담이나 하는 척했으나 그 밑바닥에는 새로운 경험을 향해 뛰어들려는 인간의 진지한 열의와, 민첩하고도 날카로운 관찰력을 지닌 자신의 정신을 이런 극적인 방법으로 시험해 볼 수 있다는 기대에 차 있음을 나는 알았다.

"앨빈 벤슨이 자네도 전혀 모르는 사람은 아니지?" 하고 지방검사가 말했다. "그런데 오늘 아침 일찍 그 집 가정부에게서 관할경찰서로 전화가 걸려왔는데, 주인이 옷을 입은 채 언제나 사용하는 거실 의자에서 머리에 총을 맞고는 앉아 있더라는 거야.

그 신고는 즉시 경찰본부 전신과를 거쳐서 근무중인 부하가 내게 알려왔다네. 나는 원칙에 따라서 경찰이 처리하도록 맡겨둘 생각이었다네. 그런데 30분쯤 지나서 앨빈의 형인 벤슨 소령에게서 전화가 걸려왔는데, 이번 사건은 특별히 내가 맡아달라고 부탁하더구먼. 소령과 나는 20년이나 알고 지내는 터라 거절할 수가 없었어. 그래서 서둘러 아침식사를 마치고 벤슨의 집으로 가기로 했다네. 그 집은 이스트 48번가에 있는데, 자네 동네를 지나다가 문득 자네 부탁이 생각나서 함께 가볼 생각이 있는지 물어보려고 들른 걸세."

"고맙군." 밴스는 입안에서 중얼거리며 문간에 걸린 화려한 장식거울 앞에서 늘 하던 대로 넥타이를 고쳐맸다. 그리고 내 쪽으로 돌아보며 말했다. "여보게, 밴, 자네도 함께 죽은 벤슨을 보러 가세. 틀림없이 매컴의 부하 형사 중에서 누군가가, 내가 그 속물을 싫어했었던 사실을 알아내고는 나를 범인으로 몰아붙일지도 모르네. 법률 전문가가 옆에 있어준다면 나도 안심할 수가 있지. 괜찮겠지, 매컴?"

"물론 괜찮네." 하고 동의는 했으나 어쩐지 나를 데려가고 싶지 않은 눈치였다. 그러나 나로서는 체면상 사양하기에는 너무도 큰 흥미를 느꼈으므로 밴스와 매컴의 뒤를 따라 층계를 내려갔다.

기다리고 있던 택시에 올라타자 차는 매디슨 가(街)를 오르기 시작했다. 나는 그때까지도 가끔 느끼곤 했었지만, 옆에 앉은 이 두 사람의 이상한 우정에 좀 놀랐다——매컴은 행동이 곧 그의 마음이요, 인습적이며 좀 근엄했고, 인생을 살아가는 태도가 지나치게 고지식했다. 한편 밴스는 기분파이고 쾌활하여 아무리 침통한 현실에 부딪쳐도 그 특유의 유머를 잃지 않았다. 그런데 이상하게도 그 기질의 차이가 오히려 그들 우정의 바탕을 이루고 있는 모양이었다. 마치 두 사람은 서로 상대방이 자기가 갖지 못한 경험이나 감각을 지니고 있다는 것을 이해하고 있는 듯했다. 밴스가 보기에 매컴은 견실하고 탄탄한 인생의 현실을 대표하는 존재였고, 매컴이 보기에 밴스는 지적인 모험과 태평스럽고 이국적인 집시 정신을 뜻하는 것이었다. 두 사람의 우정에는 사실 겉보기와는 다른 깊은 게 있었다. 매컴은 밴스의 태도나 의견에 정면으로 반대하고 있었지만, 밴스를 아는 다른 어느 누구보다도 그의 지성을 존경하고 있었다고 나는 믿는다.

그날 아침 우리가 차를 타고가고 있을 때 매컴은 몹시 침울해 보였다. 아파트를 나와서는 어느 누구도 입을 열지 않았다. 그러다가 48번가로 꺾어들자 밴스가 물었다. "이렇게 이른 아침 살인의식에 참석하자면 어떤 사교적인 예의를 갖춰야 하는 것 아닌가? 시체 앞에서 모자를 벗는 것 말고."

"모자는 쓰고 있어도 괜찮네."

"허 참, 유태인의 집회 같군. 그거 정말 묘한데. 하지만 신발은 벗어야겠지. 발자국으로 온통 어지럽히지 않으려면."

"아닐세." 하고 매컴은 대답했다. "손님은 입은 그대로의 복장으로도 괜찮다네—— 자네들 멋쟁이들의 파티와는 다르지."

"아, 이 사람아."—— 밴스의 어조는 언제나처럼 좀 시큰둥한 것이었다—— "자네의 타고난 그 도덕가 기질이 다시 발동했군. 자네 말은 마치 '엡워스 리그'*파(派)와 같아." (*'엡워스 리그'는 영국의 엡워스에서 태어난 메더리스트 교회의 창시자 존 웨슬리(1703~1791) 일가를 중심으로 한 종교운동.)

매컴은 밴스의 농담을 받아주기에는 다른 일에 너무 많이 마음을 빼앗기고 있었다. 그는 정색하고 말했다. "자네에게 두세 가지 미리 주의를 주어야 할 것이 있네. 내 생각엔 이 사건이 꽤 시끄러워질 것 같아. 질투도 상당히 있을 것이고, 서로 공을 세우려는 경쟁도 있을 걸세. 지금 이 단계에서 내가 얼굴을 내민다는 것은 시기적으로도 좋지 않고, 경찰에서도 환영하진 않겠지. 그러니까 나리들 비위를 거슬리지 않도록 조심해 달란 말이야. 내 부하 하나가 지금 거기에 가 있는데, 그의 말에 따르면 총경은 히스 경사에게 이 사건을 맡긴 모양일세. 히스라는 사람은 살인수사과의 경사인데, 이번에 내가 나서는 것은 이름을 날리기 위해서라고 생각할 거야.”

“자네는 직책상 그의 상관이잖나?” 하고 밴스가 물었다.

“물론 그렇긴 하지. 그래서 문제가 더 미묘해지는 걸세. 소령이 이 사건을 내게 부탁하지 말았어야 했는데 말이야.”

“‘에휴’(Eheu(난처하게 됐군.))” 밴스는 한숨을 내쉬며 말했다. “이 세상은 히스 같은 사람으로 가득차 있으니 정말 큰일이야.”

“오해는 말게.” 매컴은 서둘러 밴스를 달래며 말했다. “히스 경사는 좋은 사람이야——사실 그만한 인물도 쉽지 않다네. 그에게 이 일을 맡겼다는 것만으로도 경찰본부가 이번 사건을 얼마나 중대하게 보고 있는지 알 수 있지. 내가 나선다고 해서 사실 그들이 불쾌해 할 이유는 없다네. 그 점만은 알아줘야겠어. 그러나 나로서는 되도록 평온한 분위기였으면 좋겠다는 거지. 어쨌든 히스 경사로서는 내가 자네들을 구경꾼으로 데리고 가는 것을 달갑지 않게 생각할 거야. 그러니 부탁인데, 밴스, 제발 얌전한 제비꽃처럼 행동해 달란 말일세.”

그러자 밴스가 토를 달고 나섰다. “수줍은 장미꽃이 더 좋을 것 같은데, 자네만 좋다면. 어쨌든 나는 가자마자 그 신경과민인 히스라는 사람에게 장미꽃잎 물부리가 달린 특제 ‘레지’*(Régie) 담배를 한 대 진상해야겠구먼.” (*‘레지’는 파일로 밴스가 애용하는 특제 개인용 터키 담배.)

그러자 매컴이 웃으며 말했다. “그런 행동을 했다간 그는 아마 자네를 수상한 인물로 보고 체포할 걸세.”

우리를 태운 차는 어느새 제6 애버뉴 부근인 48번가 위쪽 낡은 갈색 석조건물 앞에 닿았다. 상류층의 건물로서 내구력과 미관이 다같이 건축가들 사이에서 중요시되던 시대에 세워진 것인데, 전면 폭이 25피트(약 7.6m)는 되었다. 설계는 같은 블록에 있는 다른 집들과의 균형을 생각해서 평범했지만, 장식적인 꼭대기 부분과 입구 둘레와 창문 위의 조각에는 사치와 개성이 드러나 보였다.

길과 건물 정면벽 사이에는 자갈이 깔린 좁은 빈터가 있었고 거기에는 높은 철책이 둘러쳐져 있었다. 그리고 단 하나의 출입구인 정면 현관은 거리에서 6피트(약 1.8m)나 높은 곳인, 넓은 돌층계를 열 개나 올라간 꼭대기에 있었다. 현관과 오른쪽 벽 사이에 난 커다란 창문에는 단단한 '그류'(grilles(쇠창살))가 끼워져 있었다.

집 앞에는 호기심으로 가득찬 구경꾼들이 꽤 많이 모여 있었고, 돌층계 위에는 민첩해 보이는 젊은이들이 몇 명 서성거리고 있었는데, 보기에는 신문기자들인 것 같았다. 제복차림을 한 경관이 택시 문을 열어주고 매컴에게 정중한 경례를 하더니, 밀치락거리는 구경꾼들을 보란 듯이 헤쳐서 우리에게 길을 열어주었다. 작은 현관문 앞에 서 있던 또 다른 제복경관이 매컴을 알아보고서 우리를 위해 문을 열어주고는 그 문이 닫히지 않도록 받치면서 차려 자세로 경례했다.

"'Ave, Cæsar, te salutamus!'(황제 폐하께 경례, 만세!)" 하고 밴스가 싱글벙글 웃으며 속삭였다.

"그만두게. 자네의 이죽거리는 소리를 듣지 않고도 나는 이미 충분히 속이 상하니까." 하고 매컴이 나무랐다.

우리가 조각이 새겨진 당당한 떡갈나무로 된 앞문을 지나 복도 끝 홀로 들어가자 지방검사보 딘위디가 마중나왔다. 아주 고지식해 보이고 가무잡잡한 얼굴에 주름이 잡혀 나이보다는 늙어 보이는 젊은이인데, 전 인류의 온갖 슬픔을 혼자서 다 어깨에 짊어지고 있는 듯한 인상을 하고 있었다.

"안녕하십니까, 지방검사님." 하고 이제야 안심이 된다는 듯이 매컴에게 인사했다. "와주셔서 정말 기쁘게 생각합니다. 이 사건은 사방팔방이 꽉 막혀버린 것 같아요. 틀에 박힌 살인입니다만, 단서가 하나도 없습니다."

매컴은 침울하게 고개를 끄덕이며 검사보의 어깨너머로 거실을 들여다보며 물었다. "저기 누가 와 있나?"

"경찰국장을 비롯하여 모두 다 와 있습니다."

딘위디는 마치 이 사실이 관계자 모두에게 재수없는 일이기라도 하다는 듯이 어깨를 으쓱했다.

바로 그때 키가 크고 단단한 체격에 혈색좋은 얼굴을 하고 하얀 콧수염을 짧게 다듬은 중년 사나이가 거실문 앞에 나타났다. 그는 매컴을 보자 굳은 표정으로 한 손을 내밀면서 다가왔다. 나는 곧 그가 경찰 전부를 장악하고 있는 오브라이언 경찰국장임을 알았다. 경찰국장과 매컴 사이에 정중한 인사가 오갔다. 그리고 밴스와 내

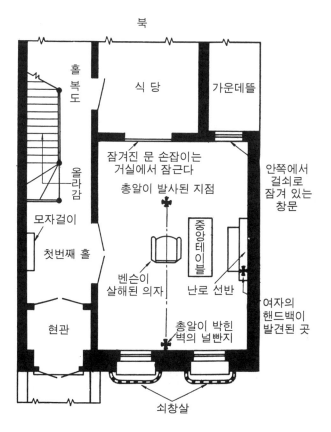

북

홀 복도

식 당

가운데뜰

잠겨진 문 손잡이는
거실에서 잠근다

안쪽에서
걸쇠로
잠겨 있는
창문

총알이 발사된 지점

올라감

중앙테이블

모자걸이

첫번째 홀

벤슨이
살해된 의자

난로 선반

여자의
핸드백이
발견된 곳

현관

총알이 박힌
벽의 널빤지

쇠창살

웨스트 48번가

가 소개되었다. 오브라이언 경찰국장은 우리 두 사람에게는 말없이 고개만 조금 숙였을 뿐이고 매컴, 딘위디, 밴스, 나를 뒤에 거느리고서 거실로 돌아갔다.

홀을 10피트(약 3m)쯤 가로지르자 커다란 두짝 문이 나왔는데, 거기에 있는 방은 꽤 넓은 정사각형을 하고 있었으며 천장이 높았다. 길 쪽으로 창문이 두 개 있고, 집 정면과는 반대편인 북쪽 벽의 오른쪽 끝에 또 창문이 하나 포장된 가운데뜰을 향해 열려 있었다. 이 창문 왼쪽에 뒷곁에 있는 식당으로 통하는 미닫이문이 있었다.

방은 언뜻 보기에도 화려하고 더없이 사치스러웠다. 주위의 벽에는 호사스러운 액자에 넣어진 경마 말의 유화가 몇 장 걸려 있고, 수많은 기마 사냥에서 받은 트로피가 장식되어 있었다. 화려한 색깔의 동양 카펫이 거의 바닥 전체에 깔려 있었다. 출입구와 마주보는 동쪽 벽 중앙에는 한껏 장식한 벽난로가 있고, 화려하게 조각이 새겨진 대리석 선반이 붙어 있었다. 오른쪽 구석에는 구리로 테두리를 장식한 호도나무 재(材)의 피아노가 비스듬히 놓여 있었다. 그리고 유리문이 달리고 무늬가 든 커튼이 쳐진 마호가니 재(材) 책장, 화려한 색깔의 푹신해 보이는 긴의자, 진주모(眞珠母)를 상감세공한 낮은 베네치아풍 의자, 커다란 놋쇠 사모바르(소련 특유의 금속제 주전자)가 설치된 티크 재(材) 스탠드, 길이가 거의 6피트(약 1.8m)나 되는 블루 세공의 상감을 한 중앙 테이블 등이 있었다. 이 테이블의 홀 가까운 쪽에 등을 바깥길 쪽으로 돌린 부채꼴 모양의 높은 등받이가 달린 커다란 등나무 안락의자가 놓여 있었다.

그 의자 안에서 앨빈 벤슨의 시체가 쉬고 있었다.

나는 제1차 세계대전 중에 2년 동안 전방근무를 한 적이 있어서 소름끼치는 모습의 시체를 많이 보아왔으나, 살해당한 이 사나이를 보는 순간 강렬한 혐오감을 누를 수가 없었다. 프랑스에서는 죽음이란 피할래야 피할 수 없는 일상생활의 일부가 되었었지만, 여기서는 주위의 모든 것이 치명적인 폭력이라는 관념과는 완전히 동떨어진 것이었다. 빛나는 6월의 햇빛이 방안을 들이비치고, 활짝 열린 창문으로는 거리의 소음이 끊임없이 들려와서, 그것이 비록 불협화음이기는 하나 평화롭고 안전하며 질서있는 사회생활이 이루어지고 있음을 연상케 해주었다.

벤슨의 시체는 너무도 자연스러운 모습으로 의자에 앉아 있었으므로 금방이라도 우리 쪽을 돌아다보며 어째서 남의 방에 함부로 들어왔느냐고 따지고 들 것만 같았다. 머리는 등받이에 기대어져 있었다. 오른쪽 다리는 왼쪽 다리 위에 포개져 있어서 아주 편안하게 쉬고 있는 모습이었다. 오른쪽 팔은 가운데 있는 테이블에 자연스럽게 놓여져 있고, 왼쪽 팔은 의자팔걸이에 얹혀 있었다. 그런 자연스러운 모습 중에서도 가장 놀라운 것은 오른손에 들려 있는 조그만 책이었는데, 그가 읽고 있었을 것으로 짐작되는 부분에 아직도 엄지손가락이 그대로 얹혀 있는 것이었다.[1]

그는 정면에서 앞이마가 꿰뚫어져 있었다. 그리고 작고 둥근 총알자국이 지금은 피가 엉겨 거무스름하게 되어 있었다. 의자 뒤쪽 카펫 위에 남아 있는 검고 커다란 얼룩은 총알이 뇌수를 꿰뚫었을 때 얼마나 많이 피가 흘렀는지를 말해 주고 있었다. 이런 어수선한 흔적만 없었더라면 잠깐 책 읽는 것을 멈추고 의자 등받이에 기댄 채 쉬고 있는 것으로 보였을 것이다.

좀 낡은 스모킹 재킷에 빨간 침실용 슬리퍼를 신고 있었는데, 예복 바지와 셔츠를 입은 채였고, 칼라는 보이지 않았으며, 셔츠 윗단추는 편안해지기 위해서인지 풀어져 있었다. 육체적으로는 별로 매력있는 사나이는 아니었으며, 거의 완전한 대머리인데다 약간이 아니라 엄청나게 뚱뚱했다. 얼굴은 탄력이 없고 짤막한 목은 칼라로 가려져 있지 않아서 더욱 눈에 띄었다. 너무도 끔찍하여 몸서리가 쳐졌으므로 나는 얼른 시체에서 눈을 돌려 방안에 있는 다른 사람들을 바라보았다.

손발이 크고, 검은 펠트 모자를 잔뜩 뒤로 젖혀쓴 촌스러운 두 사나이가 앞쪽 창문의 쇠창살을 유심히 살펴보고 있었다. 돌벽에 시멘트로 쇠막대기가 고정된 곳을 특별히 주의해서 살피는 중이었다. 마침 그들 중 하나가 원숭이처럼 두 손으로 '그류'(griles(쇠창살)를 쥐고 그 강도를 알아보기라도 한 듯이 흔들어대고 있었다. 또 보통 키에 노란색 짧은 콧수염을 기른 약삭빨라 보이는 한 사나이가 벽난로 격자 앞에 쭈그리고 앉아 있었는데, 먼지투성이인 가스 연통을 열심히 살펴보고 있는 듯했다. 테이블 맞은편에는 감색 사지 양복을 입고 중절모를 쓴 뚱뚱한 사나이가 두 손을 허리에 짚고 서서 의자 속의 말없는 얼굴을 유심히 들여다보고 있었다. 날카롭고 연푸른 눈을 가늘게 뜨고 네모진 턱에 힘이 들어 있었다. 벤슨의 시체를 열심히 들여다보고 있는 것은 주의력을 한곳에 집중시킴으로써 살인의 수수께끼를 풀어보려고 하는 듯했다.

아주 특이한 풍채를 한 다른 사나이 하나는 뒤창문 앞에 서서 보석상에서 쓰는 확대경을 눈에 대고 손바닥에 올려놓은 조그만 물건을 살펴보고 있었다. 사진에서 본 적이 있으므로 나는 그가 미국에서도 가장 유명한 총기 전문가 칼 헤지던 주임이라는 것을 알았다. 몸집이 크고 어깨 폭이 넓은 50대 사나이로서, 입고 있는 번쩍이는 검은 양복이 좀 헐렁하게 보였다. 윗도리는 등에서 말려 올라가 있으며, 앞자락은 무릎 절반쯤까지 늘어져 있었다. 바지는 너무 크고 길어서 발목 위에서 보기 싫게 접혀져 있었다. 둥그런 머리는 터무니없이 크고 귀는 두개골 속에 파묻힌 것처럼 보였다. 입은 희끗희끗하고 더부룩한 수염에 완전히 가리워져 있었다. 콧수염이 모두 아래쪽으로 나 있어서 마치 입술 위에 발을 쳐놓은 듯했다. 헤지던 주임은 뉴욕 경찰국에 벌써 30년이나 관계하고 있어서 그의 풍채나 태도는 경찰에서도 웃음거리가 되어 있으면서도 깊은 존경을 받고 있었다. 총기나 총상에 대한 그의 의견은 모든 점에서 최종적인 것으로서 받아들여지고 있었다.

방 안쪽 식당으로 통하는 문 가까이에 두 사나이가 버티고 서서 열심히 이야기를 주고받고 있었다. 하나는 형사과 과장인 윌리엄 M 모런 총경이고, 또 하나는 매컴이 아까 우리에게 이야기한 살인 수사과의 어니스트 히스 경사였다.

오브라이언 경찰국장의 뒤를 따라서 우리가 방으로 들어가자 모두들 잠시 일손을 멈추고, 불안하지만 그러나 존경이 담긴 태도로 지방검사 쪽을 보았다. 단지 헤지던 주임만은 매컴에게 흘끗 곁눈질을 했을 뿐 자기와는 무관하다는 듯이 손바닥에 놓인 작은 물건에 대한 조사를 계속했으므로 밴스의 입가에 희미한 미소가 떠올랐다.

모런 총경과 히스 경사는 딱딱한 위엄을 보이며 앞으로 나와서 예의적인 악수를 한 다음(뒤에 가서야 알게 되었지만 이것은 경찰이나 지방검사국 직원들 사이에서는 일종의 종교적인 관계로 되어 있는 것 같았다) 매컴은 밴스와 나를 소개하고서 우리를 데려온 이유를 간단히 설명했다. 총경은 선뜻이 인사하여 우리의 무단침입을 승낙했으나, 내가 보기에 히스는 매컴의 설명 같은 것은 귀담아 듣지도 않고 우리가 눈앞에 없는 것처럼 행동했다.

모런 총경은 그 방에 있는 다른 사람들과는 기질이 좀 다른 인물이었다. 나이는 60대로서, 흰 머리에 갈색 콧수염을 기른, 어디 하나 나무랄 데 없는 옷차림을 하고 있었다. 경찰관이라기보다는 성공한 월 가(街)의 주식중개인 중에서도 상류급에 속하는 사람 같았다.[2]

"매컴 씨, 나는 이 사건을 히스 경사에게 맡기기로 했소." 하고 총경은 낮고 부드러운 목소리로 설명했다. "해결할 때까지 좀 애를 먹을 것 같소. 오브라이언 경찰국장도 이 예비수사 단계에서 자신이 직접 나서서 사기를 북돋아줄 필요가 있다고 생각했을 정도요. 8시부터 이미 나와 계시오."

오브라이언 경찰국장은 방으로 들어오더니 우리 곁을 지나 정면을 향해 나 있는 두 개의 창문 사이에 서서 진지한 표정만으로는 도무지 알 수 없는 얼굴을 하고 수사의 진행을 지켜보고 있었다.

"그럼, 나는 이만 가보겠소." 모런 총경은 이어 말했다. "7시 반에 일어나서 아직 아침식사도 못했소. 당신이 오셨으니 나는 이제 필요없겠지요……그럼, 실례하오." 그리고 모런 총경은 다시 악수했다.

모런이 가버리자 매컴은 지방검사보를 돌아보고 말했다. "이 두 분을 안내해 주겠나, 딘위디? 마치 숲속에 버려진 갓난아기 같다네. 수사가 어떤 방법으로 진행되는 것인지 보고 싶다고 하시네. 내가 히스 경사와 의논하는 동안 여러 가지 설명을 좀 해드리게."

딘위디는 기꺼이 그 역할을 맡았다. 그는 이야기 상대가 생겨서 억압되어 있던 흥분을 발산시킬 기회가 주어졌으므로 기뻐하는 것 같았다.

우리 세 사람이 거의 본능적으로 살해된 사람의 시체 쪽을 돌아보자──뭐니뭐니 해도 살해된 당사자가 비극의 중심이었다──히스가 무뚝뚝한 소리로, "매컴 검사님, 이제부터 직접 사건지휘를 하시겠지요?" 하는 소리가 들렸다.

딘위디와 밴스는 이야기를 주고받고 있었다. 나는 매컴에게서 경찰국과 지방검사국 사이에 경쟁의식이 있다는 말을 방금 전에 들었으므로 흥미를 가지고 매컴을 지켜보고 있었다.

매컴은 천천히 품위 있는 미소를 띠고 히스를 보면서 고개를 가로저으며 대답했다. "아니, 경사, 내가 여기에 온 것은 당신과 협력하기 위해서 온 게요. 그 점을 먼저 잘 알아주기 바라오. 사실 벤슨 소령이 전화를 걸어서 도와달라고 부탁을 해오지 않았더라면, 이렇게 지금 여기 오지도 않았을 게요. 그러니 내 이름은 내걸지 말았으면 좋겠어. 소령이 나와 오랜 친구 사이라는 것은 꽤 널리 알려져 있지—— 알려져 있지 않다고 하더라도 이제 곧 그렇게 될 테고. 그러니까 내가 이 사건에 관계하고 있다는 것을 덮어둘 수만 있다면 여러 가지로 편리할 것 같소."

히스는 뭐라고 혼자 중얼거렸으나 내게는 들리지 않았다. 그러나 상당히 기분이 좋아졌다는 것만은 알아차릴 수 있었다. 매컴을 아는 사람은 모두 그렇지만 그 경사도 지방검사의 말은 믿어도 좋다는 것을 알고 있었다. 게다가 히스 경사는 개인적으로는 매컴을 좋아하는 터였다.

"이 사건에서 어떤 공을 세우게 된다면——" 하고 매컴이 이어 말했다. "그것은 경찰국 차지가 될 것이오. 그러니까 신문기자와 만나는 것도 당신 쪽이 좋겠다고 생각하오……그 대신——" 하고 매컴은 부드러운 미소를 지으며 덧붙였다. "어떤 비난받을 일이 생긴다면, 그에 대한 책임도 당신들이 져야 하오."

"좋습니다." 하고 히스는 동의했다.

"그럼, 경사, 곧 일을 시작합시다."

(1) 그 책은 O 헨리의 「오로지 사업만을」(Strictly Business)이며, 펼쳐진 곳은 기묘하게도 '거리의 보고'라는 제목의 이야기였다.
(2) 모런 총경은 나중에야 안 일이지만 한때 뉴욕 주 북부의 큰 은행 총재를 지내기도 했었으나, 1907년의 경제공황 때에 실패하고 말았다. 게이더 시장 시절에는 시경찰위원 물망에 종종 오르기도 했었다.

제3장 여자 핸드백
(6월 14일 금요일 오전 9시 30분)

지 방검사와 히스는 시체 옆으로 다가가서 우뚝 선 채 그것을 내려다보고 있었다.

"보시는 바와 같이 정면에서 총을 맞았습니다." 하고 히스는 설명했다. "그것도 성능이 아주 좋은 총입니다. 총알이 머리를 관통하여 저쪽 창가의 널빤지에 박혔을 정도니까요." 히스 경사는 복도 홀에 가까운 쪽 창문 커튼 옆 바닥의 조금 위쪽 널빤지를 가리켰다. "탄피도 발견되었으며, 헤지던 주임이 총알을 파냈습니다." 경사는 총기전문가를 돌아보았다. "어떻습니까, 헤지던 주임님, 무슨 특징이 있습니까?"

헤지던 주임은 천천히 고개를 들어 근시안인 눈썹을 찌푸리며 히스를 보았다. 그리고는 좀 어색한 몸짓으로 별로 서두르지도 않고 분명하게 대답했다. "45구경 육군 총탄——콜트 자동권총이오."

"어느 정도의 거리에서 쏜 것인지 짐작은 안됩니까?"

"그야 알 수 있지." 하고 헤지던은 언제나처럼 무겁고 단조로운 목소리로 대답했다. "5피트 내지 6피트(약 1.5~1.8*m*)일 것이오, 아마."

히스 경사는 코를 울렸다. "아마——" 하고 그는 악의 없이 경멸하는 어조로 같은 말을 매컴에게 되풀이해 들려주며, "주임님이 그렇게 말하는 것이니 믿어도 되겠지요. 아시다시피 44구경이나 45구경보다 작았다면 한번에 사람을 죽일 수야 없지요. 이런 강철을 씌운 육군의 총알이라면 사람의 두개골 같은 건 마치 치즈처럼 꿰뚫어 버리지요. 게다가 똑바로 널빤지까지 가서 박힌 것을 보면 상당히 가까운 거리에서 쏘았음이 분명합니다. 그런데도 얼굴에 화약자국이 조금도 남아 있지 않으니 헤지던 주임님이 말하는 거리가 틀림없을 겁니다."

그때 앞문이 열렸다가 닫히는 소리가 들리더니 검시주임인 도어매스 의사가 조수를 데리고 뛰어들어왔다. 그는 매컴이며 오브라이언 경찰국장과 악수하고, 히스에게는 정답게 고개숙여 인사했다. "늦어서 미안하오." 하고 그는 사과의 말을 했다. 도어매스 의사는 주름투성이의 얼굴을 한 신경질적인 사람으로서, 부동산회사의 지배인 같은 태도였다. "대체 어찌 된 겁니까?" 하고 그는 의자 안의 시체를 보고 얼굴을 찌푸리며 다급히 물었다.

"그건 박사님에게 묻고 싶은 말입니다." 하고 히스가 쏘아붙였다.

도어매스 의사는 오랫동안의 수련이 가져다 준 차갑고 무관심한 태도로 살해된 사나이에게로 다가갔다. 우선 얼굴을 자세히 살펴보았다——내가 보기에는 화약자국을 찾고 있는 것 같았다. 그 다음에는 이마의 총알 구멍과 뒤통수의 엉망이 된 상처를 대강 훑어보았다. 그리고 시체의 팔을 움직여 보고 손가락을 구부려 보기도 하더니 머리를 한쪽으로 조금 밀었다. 사후경직의 정도에 대한 검사를 마치고는 히스 쪽으로 돌아보았다. "이 사람을 그쪽 긴의자로 옮겨도 되겠소?"

히스는 매컴을 쳐다보며 물었다. "이제는 괜찮겠죠?"

매컴은 고개를 끄덕였다. 히스는 앞쪽 창가에 있는 두 명의 부하에게 시체를 긴의자 위로 옮기도록 눈짓으로 명령했다. 사후의 근육경직으로 시체는 앉은 자세를 그대로 유지하고 있었으므로 박사와 조수가 손발을 억지로 폈다. 그런 다음에 도어매스 의사는 옷을 벗기고 또 다른 상처가 있는지를 조심스럽게 검사했다. 팔은 특별히 주의해서 살펴보고는, 두 손을 벌려놓고 손바닥을 꼼꼼하게 조사했다. 이윽고 허리를 펴고서 일어나더니 커다란 비단 손수건으로 두 손을 닦았다.

"왼쪽 앞이마를 겨누어——" 하고 의사가 보고했다. "똑바로 쏘았습니다. 총알은 두개골을 완전히 관통했습니다. 총알이 뚫고 나간 자리는 왼쪽 후두부——두개골의 아랫부분입니다——총알은 찾아냈겠지요? 깨어 있는 상태에서 총에 맞았는데, 즉사했습니다——아마 총 맞은 것도 몰랐을 겁니다. 죽은 지 대략——글쎄요, 내 판단으로는 8시간은 지났습니다. 아니, 어쩌면 좀더 되었을지도 모르겠습니다만."

"정확한 시간을 12시 30분으로 잡으면 어떨까요?" 하고 히스가 물었다.

의사는 자기 시계를 보았다. "잘 맞아들어가는군요……그밖에 다른 건……?"

아무도 입을 여는 사람이 없었다. 조금 뒤에 오브라이언 경찰국 장이 입을 열었다. "검시보고를 오늘중으로 해주었으면 좋겠소."

"그러지요." 하고 말하고 도어매스 박사는 진찰가방을 찰칵 소리나게 닫고서 조수에게 건네주었다. "그럼, 시체는 되도록 빨리 안치소로 보내주십시오." 서둘러 악수를 마치고서 박사는 바쁘게 나갔다.

우리가 들어갔을 때 히스는 테이블 옆에 서 있는 형사를 돌아보고 말했다. "버크, 자네는 본부에 전화해서 시체를 가져가라고 해주게 —— 서두르라고 이르고. 그런 다음 경찰국에 가서 나를 기다리고 있게."

버크는 인사하고 갔다.

히스는 앞창의 '그류'(grilles(쇠창살))를 살펴보던 두 부하 중 하나에게 말을 걸었다. "스니트킨, 그 쇠창살은 어떤가?"

"끄떡없습니다, 경사님." 하고 대답했다. "마치 감옥처럼 튼튼합니다 —— 둘 다. 아무도 이 창문으로 들어온 흔적은 없는데요."

"알았네." 하고 히스는 부하에게 말했다. "그럼, 자네들 둘은 버크와 행동을 같이 하게."

두 사람이 가버리자 감색 사지 양복에 중절모를 쓴 몸집이 작은 남자가, 이 사람은 그의 활동권이 벽난로인 듯했는데, 테이블 위에다 담배꽁초 두 개를 올려놓았다. "경감님, 이것이 가스 연통 밑에 있었습니다." 하고 그는 성의 없이 설명했다. "대수로운 것은 아닙니다만, 이 근처에는 그것 말고는 별로 없군요."

"알았네, 에밀리." 히스는 담배꽁초를 찌푸린 얼굴로 내려다보았다. "자네도 기다릴 필요 없네. 나중에 경찰국에서 보세."

헤지던이 어슬렁어슬렁 앞으로 나섰다. "나도 이만 가보겠소." 하고 그는 불쑥 말했다. "그런데 이 총알은 한동안 내가 보관하겠소. 아무래도 좀 이상한 줄이 나 있어서. 경사, 당신들에게는 특별히 필요하진 않겠지?"

히스는 쓴웃음을 지었다. "내가 가지고 있어 봐야 무얼 하겠습니까? 주임님이 보관하시지요. 하지만 잃어버리면 안됩니다."

"잃어버릴 리가 있나?" 하고 헤지던은 고지식하게 장담하고 지방검사나 경찰국장에게는 눈길도 주지 않은 채 무슨 커다란 양서(兩棲) 포유동물을 연상케 하는 동작으로 몸을 좌우로 흔들어대며 어슬렁어슬렁 방을 나갔다.

출입문 옆에 나와 함께 서 있던 밴스가 갑자기 뒤돌아서더니 헤지던 주임의 뒤를 따라서 복도 홀로 나갔다. 두 사람은 한동안 낮은 목소리로 이야기를 주고받았다. 밴스가 무슨 질문을 하고 있는 듯했으나 내게는 잘 들리지 않았다. 다만 몇 가지 단어 —— '탄도(彈道)', '초속(初速)', '사각(射角)', '탄력', '충격', '편류(偏流)' 같은 말이 들려왔으므로 대체 어째서 그런 묘한 질문을 하는지 이상한 생각이 들었다.

밴스가 헤지던 주임에게 여러 가지를 가르쳐 주어 고맙다는 인사를 하고 있을 때에 오브라이언 경찰국장이 홀에 들어왔다. "공부가 좀 되었습니까?" 하고 그는 의젓한 태도로 밴스를 보고 웃으며 물었다. 그리고 채 대답을 듣기도 전에, "헤지던 주임, 함께 가세. 시내까지 태워다 주겠네." 하고 말하는 것이었다.

매컴이 그 말을 들었다. "경찰국장님, 딘위디도 함께 부탁드릴까요?"

"좋습니다, 매컴 씨."

세 사람은 가버렸다.

그래서 지방검사, 히스와 함께 방에 남은 사람은 밴스와 나뿐이었다. 그리고 약속이라도 한 것처럼 우리는 제각기 의자에 앉았다. 밴스는 벤슨이 살해당한 의자 맞은편 식당 가까운 자리에 앉았다.

나는 이 집에 도착한 순간부터 밴스의 태도나 행동에 깊은 흥미를 가지고 있었다. 처음 방에 들어서자 밴스는 먼저 자기의 외눈안경을 신중하게 조정했다 —— 무심한 듯한 그의 태도에도 불구하고 나는 그것이 밴스가 깊은 흥미를 가지고 있는 증거라고 생각했다. 정신이 긴장되고 주위의 인상을 재빨리 파악하려고 할 때 그는 언제나 외눈안경을 꺼내기 때문이다. 그런 것이 없어도 충분히 잘 보이는데 외눈안경을 쓴다는 것은 내가 보기에는 주로 지적 지상명령의 결과인 듯했다. 그것을 씀으로써 시각이 더욱 맑아지면서 정

신을 맑게 하는 데 미묘한 영향을 미치는 모양이다.[1]

처음에 밴스는 별 재미도 없다는 듯이 방안을 둘러보며 일의 진행을 따분한 태도로 지켜보았는데, 히스가 부하들에게 간단한 질문을 할 때에는 심술궂은 재미를 느끼고 있는 표정으로 바뀌었다. 그런 다음 지방검사보 딘위디에게 두세 가지 개괄적인 질문을 하고는, 겉보기에는 아무런 목적도 없는 듯이 방의 여기저기를 서성거리며 여러 가지 물건들을 들여다보기도 하고 때로는 어떤 가구와 다른 가구 사이를 이리저리 살피며 시선을 이곳저곳으로 움직이는 것이었다. 이윽고 널빤지의 총알자국 앞에 몸을 굽혀 자세히 살펴보더니 다시 한 번 출입구 쪽으로 가서 이번에는 홀 내부를 위에서 아래로 훑어보았다.

밴스의 관심을 조금이나마 끌었을 것으로 생각되는 유일한 것은 시체뿐이었다. 몇 분 동안 그 앞에 서서 죽은 사람의 자세를 살펴보며, 대체 죽은 사람이 어떤 상태로 책을 들고 있었는지를 알아내려는 듯이 테이블 위에 놓인 팔을 몸을 굽혀서 살펴보기도 했다. 그러나 가장 밴스의 눈길을 끈 것은 포개진 다리의 자세였는지 꽤 오랫동안 그 자리에 선 채로 열심히 바라보았다. 이윽고 외눈안경을 다시 조끼 주머니에 접어넣고는 입구 가까이에 있던 딘위디며 나와 함께 서서 히스나 다른 형사들이 행동하는 것을 헤지던 주임이 돌아갈 때까지 느긋하고 무관심한 태도로 바라보았다.

우리 네 사람이 의자에 앉자마자 현관을 지키고 있던 경관이 입구에 나타났다. "이곳 관할경찰서에서 사람이 왔습니다." 하고 그 경관이 보고했다. "담당자를 만나뵙고 싶다는데 들여보낼까요?"

히스가 무뚝뚝하게 고개를 끄덕였다. 그러자 곧 사복 차림의 크고 붉은 얼굴을 한 아일랜드계 사나이가 우리 앞에 나타났다. 먼저 히스에게 경례를 했지만 지방검사가 있는 것을 알고는 주로 그에게 보고하는 것이었다.

"저는 맥러플린이라고 합니다—— 웨스트 47번가 경찰서에 근무하고 있습니다." 하고 그는 설명해 나갔다. "어젯밤 이 구역을 순찰했습니다. 12시경이었다고 생각되는데, 이 집 앞에 커다란 회색 캐딜락이 한 대 멈춰 있었습니다—— 제가 특별히 그 차를 눈여겨본 까닭은 자동차 뒤에 여러 개의 낚싯대가 튀어나와 있었고, 불이 모두 켜져 있었기 때문입니다. 오늘 아침에야 사건 이야기를 듣고 경감님에게 그 자동차에 대한 보고를 드렸더니 여기에 와서 말씀드리라고 하시더군요."

"수고했네." 하고 매컴이 격려했다. 그리고는 고개를 한번 끄덕인 다음 이야기를 히스에게로 넘겼다.

"무엇인가 이유가 있을지도 모르겠군." 하고 히스는 인정은 했지만 별로 솔깃해 하는 눈치는 아니었다. "그 자동차는 그곳에 얼마나 서 있었다고 생각하나?"

"아마 30분은 충분히 될 겁니다. 12시 전에 그곳에 서 있었는데, 12시 30분쯤 다시 왔을 때도 그대로 있었습니다. 그러나 그 다음에 다시 왔을 때에는 가고 없더군요."

"그밖에 또 이상한 것은 없었나? 차 안에 누군가가 있었다든가, 아니면 자동차 주인인 듯한 사람이 서성거렸다든가?"

"아, 예. 아무것도 보지 못했습니다."

비슷한 질문이 두세 가지 더 나왔지만 그 이상은 알아내지 못한 채 그 경관을 돌려보냈다.

"어쨌든 이 자동차 이야기는 신문기자들에게는 좋은 기삿거리가 될 겁니다." 하고 히스가 말했다.

밴스는 맥러플린과의 이야기가 계속되는 동안 졸린 듯이 멍청히 앉아 있었——그 경관의 보고를 몇 마디라도 들었을지 의심스러울 정도였다——마침내 밴스는 선하품을 하고 일어나더니 천천히 방 한가운데에 있는 테이블로 다가가서 벽난로 안에서 발견된 담배꽁초를 하나 집어들었다. 엄지손가락과 집게손가락 사이에 꽁초를 끼우고 빙글빙글 돌려가며 찬찬히 들여다보더니 엄지 손톱으로 종이를 찢고 비어져 나온 담배를 코로 가져갔다.

히스는 밴스가 하는 행동을 무서운 얼굴로 지켜보다가 갑자기 의자에서 몸을 앞으로 내밀었다.

"대체 뭘 하는 겁니까, 밴스 씨?" 하고 그가 딱딱한 어조로 물었다.

밴스는 뜻밖이라는 듯이 기품 있는 눈길을 들었다. "그냥 담배 냄새를 맡아보았을 뿐이오." 하고 그는 별로 점잔을 빼는 것도 아닌 태연한 태도로 대답했다. "부드러우면서도 꽤 재치있게 섞은 것 같군."

히스의 볼 근육이 화난 듯이 꿈틀거렸다. "아무것에도 손대지 마십시오." 하고 그는 잔소리를 했다. 그리고는 밴스를 위아래로 훑어보며, "담배전문가인가요?" 하고 분명하게 비꼬는 투로 물었다.

"아니, 천만에요." 밴스의 목소리는 경쾌했다. "내가 잘 아는 것은 트레미 왕조(BC 323~30년의 이집트 왕조)의 투구벌레 무늬이지요."

매컴이 눈치빠르게 끼여들었다. "밴스, 여기 있는 것은 무엇이든지 지금은 손대선 안되네. 무엇이 중요한 것이 될지 모르니까. 그 담배꽁초도 소중한 증거가 되지 말라는 법은 없거든."

"증거라고?" 하고 밴스는 천진스럽게 되물었다. "그걸 몰랐었군. 정말 재미있는데……"

매컴은 정말 난처했다. 히스는 속이 뒤틀리는 듯했지만 그 이상 더는 아무 말도 하지 않았다. 벌레 씹은 기분을 억누르려고 미소까지 지었다. 밴스가 아무리 책망 들을 행동을 했다 하더라도 지방검사의 친구에게 좀 지나친 결례를 했다고 느꼈음이 틀림없다.

그러나 히스는 상관 앞에서 비위나 맞추는 사나이는 아니었다. 그는 자신의 가치를 알고 있었고, 온 힘을 다해 그에 걸맞은 일을 해냈으며, 주어진 임무를 수행함에 있어서는 스스로에 대한 이해 같은 건 거들떠보지도 않았다. 그 완강한 정신과 거기서 나오는 견실한 성격 때문에 웃사람들에게서 존경과 높은 평가를 받아왔다.

히스 경사는 몸집이 크고 늠름한 사람이었으나, 그의 움직임은 재빠르고 유연하여 마치 잘 훈련된 권투선수 같았다. 날카롭고 푸른 눈은 몹시 번쩍거려 사람을 꿰뚫어보는 듯했으며, 코는 작고 턱은 폭넓은 달걀 모양이었다. 그리고 곧고 엄격한 입언저리는 언제나 굳게 한일자로 다물어져 있었다. 40을 넘은 지 이미 오래인데도 흰머리 하나 섞이지 않았으며, 짧게 다듬은 억세 보이는 머리칼이 꼿꼿하게 곤두서 있었다. 목소리는 도전적으로 들렸지만, 좀처럼 고함치는 적은 없었다. 많은 점에서 형사라는 것에 대한 일반적인 관념에 잘 들어맞았다. 그러나 그 사람의 개성에는 그 이상의 것이 있었다. 말하자면 재능과 박력이 첨가되어 있는 것이었다. 나는 그 날 아침 앉아서 그 사람을 보고 있는 사이에 여러 가지 결점이 뚜렷이 눈에 띄는데도 불구하고 어느새 그에게 감탄하게 되었다.

"그런데 정확한 상황은 어떻소, 히스 경사?" 하고 매컴이 물었다. "딘위디에게서 대강만 들었을 뿐이오."

히스는 헛기침을 했다. "제가 보고를 받은 것은 7시 조금 지나서였습니다. 벤슨의 가정부인 플래트 부인이라는 여자가 관할경찰서에 전화를 걸어서 주인이 죽어 있는 것을 발견했다며, 누구든지 빨리 와달라고 했습니다. 그 보고는 물론 본부에 전달되었지요. 저는 그 자리에 없었습니다만 당직인 버크와 에밀리가 모런 총경님에게 알려드리고 이리로 왔습니다. 관할경찰서에서 몇 명이 나와서 이미 일에 착수하여 격식대로 수사를 하고 있었답니다. 총경님이 여기 오셔서 대강 상황을 살펴보고는 급히 나오라고 저에게 전화를 했습니다. 제가 와서 보니 관할경찰서 형사들은 이미 철수했고, 살인수사과에서 세 사람이 더 나와서 버크와 에밀리를 도와주고 있더군요. 총경님은 헤지던 주임에게도 전화했습니다—— 사건이 중대하기 때문에 곧 주임님을 불러야겠다고 생각했겠지요—— 헤지던 주임은 지방검사님이 도착하기 조금 전에 오셨습니다. 딘위디 검사보는 총경님이 온 바로 뒤에 와서는 곧장 검사님에게 전화 걸더군요. 오브라이언 경찰국장님은 저보다 한 발 먼저 왔습니다. 저는 곧 가정부인 플래트 부인을 심문했고, 부하들이 현장조사를 하고 있을 때에 검사님이 오신 겁니다."

"그런데 그 플래트 부인은 지금 어디에 있소?" 하고 매컴이 물었다.

"2층에 있는데 관할경관이 지키고 있습니다. 그 여자는 이 집에서 먹고 자고 있답니다."

"당신은 도어매스 의사에게 특별히 12시 30분이라고 했는데, 무슨 이유에서였소?"

"플래트 부인이 그 시간에 무엇인가가 폭발하는 소리를 들었다고 했기에 총소리일지도 모른다고 생각한 겁니다. 지금은 총소리였다고 추정하고 있습니다—— 여러 가지 사실과 잘 맞아들어가거든요."

"한 번 더 플래트 부인과 이야기해 보는 것이 좋겠군." 하고 매컴이 권했다. "그런데 그전에 한 가지 묻겠는데, 이 방에서 뭔가 이렇다 할 만한 것은 발견되지 않았소?——단서가 될 만한 것 말이오."

히스는 거의 눈치채지 못할 만큼 약간 머뭇거렸다. 그런 다음 윗도리 주머니에서 여자 핸드백과 길고 하얀 양가죽 장갑을 꺼내어 지방검사 앞 테이블 위에 놓았다.

"이것뿐입니다." 하고 히스 경사가 말했다. "관할경찰서 경관이 저 벽난로 위 끄트머리에서 발견했답니다."

매컴은 장갑을 대강 살펴본 다음에 핸드백을 열고 그 속에 든 것들을 테이블 위에 꺼내놓았다. 나는 앞으로 나아가 들여다보았으나 밴스는 태연히 담배를 피우며 의자에 그대로 앉아 있었다.

핸드백은 가느다란 그물처럼 짜여져 있었으며, 여닫는 장식에는 작은 사파이어가 박혀 있었다. 특히 작은 점으로 보아서 분명히 야회복용으로 만들어진 것이리라. 속에 들어 있는 것들은 매컴이 조사하고 있었는데, 파도무늬가 든 납작한 비단 담배 케이스, 로저 앤드 갤릿 회사 제품인 향수 '플뢰르 다무르'(Fleurs d'Amour(사랑의 꽃))가 담긴 작은 황금빛 병, '클루아소네'(cloisonné(칠보))로 된 배니티 콤팩트, 호박이 상감세공된 짧고 날씬한 담배 물부리, 금 케이스에 든 루즈, 한 귀퉁이에 'M.St.C.'라는 머릿글자가 새겨지고 수가 놓인 작은 프랑스제 모시손수건, 그리고 열쇠가 하나.

"이것은 좋은 단서가 될 것 같은데." 하고 매컴은 손수건을 가리키며 말했다. "히스 경사, 이 물건들은 물론 모두 신중하게 조사했겠지요?"

히스는 고개를 끄덕였다. "조사했습니다. 핸드백은 어제 저녁 벤슨과 함께 외출한 여자의 것이라고 생각됩니다. 가정부의 이야기에 의하면 벤슨은 어제 저녁 미리 약속이 되어 있어서 야회복을 입고 저녁식사하러 나갔었던 모양입니다. 그런데 돌아오는 소리는 못 들었다고 합니다. 어쨌든 이 'M.St.C.'라는 여자를 알아내는 것은 별로 어렵지 않을 겁니다."

매컴은 다시 담배 케이스를 집어들었다. 그리고 그것을 거꾸로 하자 마른 담뱃가루가 테이블 위에 떨어졌다.

히스가 갑자기 일어섰다. "이 담배꽁초는 그 케이스에 있었던 것이었는지도 모릅니다." 하고 그는 검사에게 주의를 주었다. 그리고 밴스가 손대지 않은 담배꽁초를 집어들고 가만히 들여다보았다. "이건 여자용 담배인데요. 틀림없습니다. 아마 물부리에 끼워서 피운 모양입니다."

"경사, 실례지만 그렇지 않은 것 같소." 하고 밴스가 내키지 않은 목소리로 참견을 했다. "쓸데없는 참견을 용서하시오. 하지만 그 담배 끝에는 아주 조금 루즈가 묻어 있더군요. 금종이로 말려 있어서 잘 안 보이지만."

히스는 날카롭게 밴스를 쏘아보았다. 화내기 전에 먼저 놀란 모양이었다. 다시 한 번 담배를 살펴보고 나서 경사는 밴스를 보았다.

"그럼, 이 담뱃가루를 조사해 보면 이 케이스에 있었던 담배인지 아닌지를 알겠군요?" 하고 그는 잔뜩 비꼬면서 물었다.

"그런 건 아무도 뭐라 말할 수 없지요." 하고 대답한 밴스는 귀찮은 듯 몸을 일으켰다. 그리고 케이스를 집어들고 눌러서 열더니, 테이블 위에다 대고 탕탕 두드렸다. 그런 다음에는 눈 가까이 대고 속을 들여다보며 입가에 묘한 미소를 떠올렸다. 그는 집게손가락을 케이스 속에 깊숙이 집어넣더니 케이스 바닥에 눌려 있었던 담배 한 개비를 꺼냈다.

"이건 타고난 내 후각도 필요없을 것 같군요." 하고 밴스사 말했다. "눈으로 보기만 해도 이 담배와 꽁초가 같은 것이었음을 알 수 있으니까──어떻소, 히스 경사?"

히스는 사람좋은 웃음을 얼굴에 떠올렸다. "밴스 씨가 뜻밖의 것을 찾아냈군요, 매컴 씨." 그렇게 말하고 히스 경사는 담배꽁초를 소중하게 봉투에 넣어 무엇인가를 써넣고는 주머니에 집어넣었다.

"이제 알겠지? 밴스──" 하고 매컴이 입을 열었다. "담배꽁초가 중요하다는 것을."

"나는 그렇게 생각지 않네." 하고 밴스가 대답했다. "꽁초가 무슨 값어치가 있겠나? 피울 수 있는 것도 아니고."

"증거가 된다네, 이 사람아." 하고 매컴은 화나는 것을 누르며 설명했다. "이 핸드백의 임자는 어제 저녁 벤슨과 함께 돌아와서 담배를 두 대 피울 동안 여기 있었다는 것을 알 수 있다네."

밴스는 어색하게 놀란 표정을 지으며 눈썹을 치켜올렸다. "그런가? 정말 놀랍군."

"남은 것은 여자를 찾아내는 일뿐이지요." 하고 히스가 끼여들었다.

"어쨌거나 그 여자는 아마 브루넷(살갗이 거무스름하고 머리와 눈빛이 검은색인 여자)일 거요——이 사실은 당신들의 수사에 도움이 될 것이오만." 하고 밴스는 멍청한 얼굴로 말했다. "그런데 어째서 그 여자를 그렇게 귀찮게 하려는지 나는 도무지 알 수가 없군——정말 모를 일이야."

"어째서 그 여자가 브르넷일 거라고 생각하나?" 하고 매컴이 물었다.

"그건 말이야, 만일 그렇지 않다면——" 하고 밴스는 내키지 않은 듯 의자 등받이에 몸을 기대며 말했다. "그 여자는 화장품 가게에 가서 어떻게 화장해야 좋을지 의논을 해야만 할 거네. 보아하니 그 여자는 '라셀'의 가루분과 '게를랑'의 거무스름한 루즈를 쓰고 있는 것 같구먼. 이것은 금발 여자들은 결코 쓰지 않는 것들이라네, 알겠나?"

"자네의 그 전문적인 의견에 경의를 표하겠네." 하고 매컴은 미소지었다. 그리고 그는 히스를 향해, "아무래도 브루넷인 여자를 찾아내야 할 것 같소, 히스 경사."

"저는 어느쪽이든 상관없습니다." 하고 히스는 익살스런 얼굴로 동의했다. 그때는 이미 경사도 밴스가 담배꽁초 하나를 못 쓰게 만들어놓은 일은 깨끗이 잊어버리고 있었다.

(1) 밴스의 눈은 좌우의 초점이 약간 다르다. 오른쪽 눈은 1.2이고 난시인데, 왼쪽 눈은 거의 정상이다.

제4장 가정부의 진술
(6월 14일 금요일 오전 11시)

"**자**아——" 하고 매컴이 제의했다. "집안을 한 바퀴 둘러보기로 하지. 히스 경사, 당신은 이미 자세히 보았겠지만 나도 한번 구조를 보아두어야겠소. 시체를 내가기 전에는 가정부를 심

44

문하고 싶지 않소."

히스는 일어섰다. "알겠습니다. 저도 다시 한 번 봐두어야겠습니다."

우리 네 사람은 홀로 나와서 복도를 따라 집 뒤쪽으로 돌아갔다. 왼쪽 끝에 문이 있었고, 층계를 내려가니 지하실로 통하게 되어 있었는데 자물쇠가 채워져 있었고 빗장까지 걸려 있었다.

"지하실은 지금 창고로 쓰고 있을 뿐입니다." 하고 히스가 설명했다. "그리고 지하실에서 길로 나가는 문은 널빤지로 막혀 있습니다. 플래트라는 여자는 위층에서 잡니다——벤슨이 이 집에서 혼자 살았기 때문에 빈방이 많이 있습니다——부엌은 아래층에 있고요."

히스가 복도 반대쪽 문을 열어주어서 우리는 현대적인 작은 부엌으로 들어섰다. 두 개의 창이 바닥에서 8피트(약 2.4m) 높이로 뒤뜰을 향해 열려 있었는데, 튼튼한 쇠창살이 끼워져 있었다. 그 위의 올렸다내렸다 하는 창문은 닫힌 채 걸쇠가 채워져 있었다. 우리는 흔들문을 밀어열고 거실 바로 뒤로 이어지는 식당으로 들어갔다. 그곳의 두 창문은 자갈이 깔려 있는 조그만 가운데뜰을 향하고 있었다——가운데뜰이라고는 해도 벤슨네 집과 옆집 사이에 있는 깊은 공기(空氣) 우물 정도에 지나지 않았다——그리고 그 창에도 쇠창살이 끼워지고 걸쇠가 채워져 있었다.

우리는 다시 복도의 홀로 되돌아와서 2층으로 올라가는 층계 어귀에서 잠시 멈춰서 있었다.

"매컴 검사님, 보시는 바와 같습니다." 하고 히스가 지적했다. "그러니 벤슨을 쏜 자는 앞문으로 들어온 것이 분명합니다. 그밖에는 들어올 데가 한 군데도 없습니다. 혼자 살고 있어서 그런지 벤슨은 도둑에 꽤 신경을 쓴 것 같군요. 쇠창살이 없는 창이라고는 거실 뒤쪽 창 하나뿐입니다. 그것도 걸쇠가 채워져 있습니다. 하긴 그 창은 가운데뜰로만 통할 뿐이지요. 거실 앞창에는 쇠철망이 씌워져 있어서 창 너머에서 쏘았다고 볼 수도 없습니다. 벤슨은 그쪽과는 반대방향에서 총에 맞았으니까……범인이 앞문으로 들어왔다는 것은 거의 확실합니다."

"그런 것 같군." 하고 매컴이 말했다.

"이렇게 말하긴 뭣하지만——" 하고 밴스가 끼여들었다. "벤슨이 끌어들였을 거요."

"그럴까요?" 하고 히스는 별로 마음내키지 않는 듯이 되받았다. "언제고 나중에 모두 알게 되겠지요. 그렇게 되기를 바랍니다."

"물론 알게 되겠지요." 밴스도 쌀쌀맞게 동조했다.

우리는 층계를 올라가서 거실 바로 위에 있는 벤슨의 침실로 들어갔다. 아담했지만 놓여 있는 가구는 훌륭했으며 구석구석까지 잘 정돈되어 있었다. 침대는 지금이라도 들어가 잘 수 있도록 준비되어 있었으며, 어젯밤엔 쓰지 않았음이 분명했다. 창문의 차양은 걷혀 있었다. 벤슨의 디너 재킷과 하얀 피케 천으로 된 조끼가 의자에 걸려 있었다. 날개달린 칼라와 검은 나비 넥타이가 침대 위에 있는 것으로 미루어보아 벤슨이 집에 돌아오자마자 풀어서 내동댕이친 것이 분명했다. 뒤꿈치 낮은 야회용 구두가 한 켤레 침대 발치 의자에 기대어 세워져 있었다. 머리맡 작은 테이블에 놓인 컵에는 의치(義齒)가 네 개 끼워진 백금 틀니가 들어 있었고, 정말 진짜처럼 보이는 가발이 서랍장 위에 내던져져 있었다.

이 마지막 물건이 특별히 밴스의 흥미를 끌었다. 그는 가까이 다가가서 바라보았다. "이거 참 재미있군." 하고 그는 말했다. "피해자는 가발을 쓰고 있었던 모양인데. 자네는 알고 있었나, 매컴?"

"그럴지도 모른다는 생각은 했었다네." 하고 무관심하게 대답했다.

입구에 버티고 서 있던 히스는 조금 초조해진 모양이었다. "2층에는 방이 또 하나 있습니다." 하고 복도를 앞장서서 안내하며 말했다. "그것도 역시 침실입니다——'손님용'이라고 가정부가 그러더군요."

매컴과 나는 문 밖에서 들여다보았는데, 밴스만은 층계 위 난간에 기대어 멍하니 서 있었다. 앨빈 벤슨의 저택 구조에는 조금도 흥미가 없는 모양이었다. 매컴과 히스, 그리고 나, 이렇게 세 사람이 3층으로 올라가는데도 밴스는 천천히 아래층 홀로 내려갔다. 이윽고 우리가 대강 둘러보고 내려가자 밴스는 벤슨의 책장에 꽂힌 책의 제목들을 멍청하게 바라보고 있었다.

우리가 마침 층계를 다 내려갔을 때 앞문이 열리고 남자 둘이 들것을 들고 들어왔다. 복지국에서 보낸 구급차가 시체공시소로 시체를 가져가기 위해서 온 것이다. 난폭하고 사무적인 방법으로 벤슨의 시체를 덮어씌워 들것에 실어내어 자동차에 짐짝처럼 싣는 것을 보고 있자니 나는 몸서리가 쳐졌다. 반대로 밴스는 두 사나이를 흘끗 바라보았을 뿐, 그 다음부터는 거들떠보지도 않았다. 그는 멋진 험프리 밀퍼드 장정본 한 권을 찾아내어 로저 페인*의 디자인 솜씨며 금박을 입힌 솜씨를 넋을 잃고 바라보고 있었다. (*험프리 밀퍼드는 험프리 새무얼 밀퍼드 경(1877~?)인 듯하며, 그는 1919년부터 21년까지 영국출판협회 회장을 지냈고, 동시에 1945년까지 옥스퍼드 대학 출판부 책임자였다. 로저 페인은 18세기 영국의 유명한 도서 장정가였다.)

"이제는 플래트 부인을 만나볼 수 있게 되었군." 하고 매컴이 말했다. 히스는 층계 어귀에 가서 크고 기운찬 소리로 명령을 전달했다.

이윽고 머리가 희끗희끗한 중년여자가 커다란 여송연을 입에 문 사복형사를 따라서 거실로 들어왔다. 플래트 부인이라는 여자는 조용하고 인자한 얼굴을 한, 소박하고 예스러운 어머니 같은 여자였다. 내가 보기에는 대단히 열심히 일하는 여자, 히스테리 같은 것과는 인연이 먼 여자처럼 느껴졌다──그런 인상은 무슨 일에나 수동적이고, 체념해 버린 듯한 그 태도로 더욱 뚜렷한 느낌을 주었다. 그러나 무지한 사람들에게서 흔히 보게 되는 말없는 고양이 같은 교활함이 엿보였다.

"앉으시지요, 플래트 부인." 하고 매컴이 부드럽게 맞았다. "나는 지방검사인데 두세 가지 당신에게 묻고 싶은 것이 있소."

그녀는 입구 옆의 딱딱한 의자에 앉아서 신경질적인 눈으로 우리를 차례차례 둘러보며 기다렸다. 그러나 매컴의 부드럽고 사람의 마음을 끄는 듯한 목소리에 힘입은 탓인지 그녀의 응답은 차츰 부드러워졌다.

15분쯤 걸린 심문에서 밝혀진 중요한 사실을 요약하면 다음과 같다.

플래트 부인은 이미 4년 동안이나 벤슨의 가정부로 있었으며, 고용인은 그녀 한 사람뿐이었다. 침식제공의 일자리이며, 그녀의 방은 3층, 즉 가장 위층 뒤쪽에 있다.

어제 오후 벤슨은 전에 없이 일찍──4시쯤──사무실에서 돌아와서 저녁식사는 집에서 하지 않겠다고 했다. 거실에 들어간 그는 홀 쪽으로 난 문을 닫고 6시 30분까지 나오지 않았는데, 그 뒤 옷을 갈아입기 위해서 2층으로 올라갔다. 집을 나간 것은 7시쯤이었는데, 어디로 가는지는 말하지 않았다. 나가면서 무슨 말 끝에 그리 늦어지지는 않을 테지만, 자지 않고 기다릴 필요는 없다고 했다──벤슨이 손님을 데려올 예정일 때는 언제나 기다리는 것이 그녀의 버릇이었다. 살아 있는 벤슨의 모습을 본 것은 그때가 마지막이었다. 어젯밤 벤슨이 돌아오는 소리는 듣지 못했다.

그녀는 10시 30분쯤 자기 방으로 돌아갔으며, 더워서 문은 반쯤 열어두었다. 그리고 얼마 뒤 요란한 폭발소리에 잠이 깼었다. 깜짝 놀라서 머리맡의 등불을 켰는데, 늘 쓰고 있는 자명종 시계가 12시 30분을 가리키고 있었다. 시간이 그쯤밖에 안되었으므로 그녀는 안심했다. 벤슨은 밤에 외출하면 언제나 새벽 2시 이전에 돌아오는 적이 없었다. 시간이 아직 이른데다 집안이 조용했으므로 그 요란한 소리는 49번가를 지나가는 자동차 소리였나 보다고 그녀는 생각했다. 그래서 그 일은 대수롭지 않게 여기고 다시 잠들어 버렸다.

다음날 아침──즉, 그날 아침 7시에 그녀는 여느 때처럼 아래층으로 내려가서 언제나 해오던 대로 일을 시작했다. 우유와 크림을 가지러 현관으로 가다가 벤슨의 시체를 발견했다. 거실의 차양은 모두 내려져 있었다. 처음에 그녀는 벤슨이 의자에서 졸고 있는 줄 알았다. 그러나 총맞은 자국과 전등이 꺼져 있는 것을 보고 주인이 죽었다는 것을 알았다. 그래서 곧 홀의 전화 있는 곳으로 달려가서 교환수에게 경찰서를 대달라고 하여 살인사건을 신고했다. 그런 다음 벤슨의 형 앤터니 벤슨 소령이 생각나서 거기에도 전화를 했다. 소령은 웨스트 47번가 경찰서 형사들과 거의 동시에 집에 도착했다. 그리고 그녀에게 두세 가지 질문을 하고, 형사들과도 이야기를 나누고는 경찰국에서 경관들이 파견되어 오기 전에 돌아갔다.

"그런데, 플래트 부인──" 하고 매컴은 자기가 메모한 것을 홀끗 보며 물었다. "한두 가지만 더 묻고 끝냅시다……최근 벤슨 씨의 행동에서 걱정거리가 있는 것 같은 기색은 없었나요?——예를 들어 어떤 색다른 일이 일어날지 몰라서 걱정하는 듯한 눈치라든가——"

"아뇨." 하고 그녀는 얼른 대답했다. "지난 1주일 동안은 특히 기분이 좋은 것 같았는데요."

"둘러보니까 아래층 창문에는 모두 쇠창살이 끼워져 있더군요. 벤슨 씨는 도둑이나 그 밖에 누군가가 침입해 들어올까 봐 특별히 겁내고 있었나요?"

"글쎄요——특별히 그렇지는 않았어요." 하고 망설이듯 그녀는 대답했다. "하지만 경찰이란 늘 조금도 도움이 되지는 않는다고 했답니다——죄송합니다——그리고 이 도시에서는 권총강도를 당하지 않으려면, 자기 몸은 자기가 지킬 수밖에 없다고도 하셨지요."

매컴은 히스를 돌아보고 싱긋 웃었다. "지금 그 말은 특히 당신 수첩에 적어두는 것이 좋겠소, 히스 경사." 그리고는 플래트 부인을 보고, "벤슨 씨에게 원한을 품은 사람은 없었소?" 하고 말했다.

"없었어요." 하고 가정부는 힘주어 말했다. "주인어른은 여러 가지 점에서 좀 특이한 분이었지만, 누구에게나 호감을 준 듯했거든요. 언제나 파티에 초대받거나 또는 초대했지요. 누군가가 그분을 죽이려 했다니, 저로서는 도무지 이해가 안되는군요."

매컴은 다시 한 번 메모한 것을 들여다보았다. "지금으로서는 더 물어볼 게 없는 것 같군……어떻소, 경사. 당신 쪽에서 물어볼 것이라도 있소?"

히스는 잠깐 생각에 잠겼다. "아니, 당장은 별로 없을 것 같습니다. 그러나, 플래트 부인, 당신은——" 하고 경사는 가정부 쪽을 차갑게 흘끗 보고는 덧붙였다. "나가도 좋다고 할 때까지 이 집에 있어야 합니다. 나중에 다시 물을 일이 생길지도 모르니까. 그리고 다른 누구와도 이야기를 해서는 안되오——알겠소? 얼마 동안 부하 두 사람을 이 집에 두도록 하겠소."

이 심문이 진행되는 동안 밴스는 조그만 주머니수첩 앞장에 무언가를 적어넣더니 그것을 매컴에게 건네주었다.

매컴은 눈살을 찌푸리며 그것을 훑어보더니 입가에 힘을 주었다.

그리고 한동안 망설이다가 가정부에게 말을 걸었다. "플래트 부인, 당신 말로는 벤슨 씨가 누구에게서나 호감을 샀다고 했지요? 그런데 당신은 그를 좋아했나요?"

그녀는 무릎 위로 눈을 내리깔았다. "그것은 저어——" 하고 그녀는 망설여가며 대답했다. "저야 한낱 가정부에 지나지 않는걸요. 저에 대한 그분의 태도에 대해서는 조금도 불만이 없었습니다." 그런 대답에도 불구하고 그녀는 벤슨을 몹시 싫어했거나, 아니면 그리 탐탁하게 생각지 않았을 것이라는 인상을 받았다. 매컴은 더 이상은 묻지 않았다. "그건 그렇고, 플래트 부인——" 하고 매컴이 다시 말을 꺼냈다. "벤슨 씨는 집안에 총기 같은 걸 두었습니까? 예를 들어 권총이나 그런 걸 가지고 있진 않았나요?"

심문이 시작된 뒤 처음으로 가정부에게 동요의 빛이 떠올랐다. 두려움이라고 해도 좋았다. "예, 저어——가지고 있었던 것 같아요." 하고 그녀는 주저하는 듯이 인정했다.

"어디에 두었나요?"

가정부는 걱정스러운 듯 흘끔 위를 보며 사실대로 말하는 것이 좋을지 어떨지를 궁리하는지, 눈동자를 이리저리 굴렸다. "큰 테이블의 비밀서랍 안에 있었습니다. 열려면——그 작은 놋쇠 버튼을 누르면 됩니다."

히스가 재빨리 몸을 일으켜 그녀가 가리킨 버튼을 눌렀다. 아주 작고 얕은 서랍이 튀어나왔다. 그 속에는 손잡이에 진주가 여기저기 박힌 '스미스 앤드 웨슨' 38구경 회전식 권총이 들어 있었다. 히스 경사는 그 권총을 집어들고 총신을 꺾어 탄창을 들여다보았다. "총알은 다 있는데요." 하고 보고했다. 정말 안심하는 듯한 표정이 가정부의 얼굴에 퍼졌다. 그리고 분명히 알아들을 수 있는 한숨을 내쉬었다.

매컴도 일어서서 히스의 어깨너머로 권총을 넘겨다보았다. "당신이 맡아두는 게 좋겠소, 히스 경사." 하고 그는 말했다. "사건과 어떤 관계가 있는지 나로서는 분명하게 모르겠지만."

매컴은 다시 자리로 돌아가서 밴스가 건네준 메모지를 잠깐 보고는 다시 가정부 쪽을 돌아보았다. "한 가지 더 물어보겠소, 플래트 부인. 당신은 벤슨 씨가 여느 때보다 일찍 돌아와서 저녁식사

전까지 이 방에 있었다고 했는데, 그 동안 누구 찾아온 사람은 없었나요?"

나는 가정부를 가만히 지켜보고 있었다. 그리고 그녀가 갑자기 입술에 힘을 주는 것같이 느껴졌다. 어쨌든 그녀는 대답하기 전에 의자에서 조금 앉음새를 고쳤다. "아무도 오지 않았어요, 제가 알기로는."

"하지만 벨이 울리면 틀림없이 알 수 있었겠지요?" 하고 매컴이 다시 다그쳤다. "당신이 문을 열어주게 되어 있지요?"

"아무도 오지 않았다니까요." 하고 그녀는 좀 발끈해서 같은 말을 되풀이했다.

"그럼, 어젯밤 당신이 방으로 돌아간 다음에는 현관의 벨이 한 번도 울리지 않았소?"

"예, 울리지 않았어요."

"잠들어 있어도 벨이 울리면 들리기는 하겠지요?"

"그럼요, 벨은 제 방 바로 바깥에 있고, 부엌에도 달려 있답니다. 양쪽 모두 울리게 되어 있지요. 벤슨 나리께서 그렇게 달아두었답니다."

매컴은 가정부에게 수고했다는 인사말을 하고 돌려보냈다. 그녀가 가버리자 지방검사는 밴스에게 말하고 싶은 것이 있는 듯한 눈길을 보냈다. "자네가 내게 그 질문을 시킨 것은 무슨 꿍꿍이가 있어서 그랬나?"

"조금 주제넘은 행동을 했는지도 모르겠군." 하고 밴스가 말했다. "하지만 그 부인이 고인의 인품을 칭찬할 때, 나는 어쩐지 지나치게 추켜올리는 것 같은 느낌이 들었다네. 그녀의 칭찬 속에는 그녀 자신도 깨닫지 못하는 반감이 들어 있었어. 그 말을 듣고 나는 그녀가 주인을 그리 좋아하지 않았다고 느꼈네."

"권총에는 어떻게 생각이 미쳤나?"

"그 물음은——" 하고 밴스가 설명했다. "자네가 쇠창살이 끼워진 커다란 창문이며, 벤슨이 특별히 도둑을 두려워했었느냐고 물은 그 질문과 비슷한 것일세. 벤슨이 강도나 적을 두려워했다면 신변에 무기를 지녔을 가능성이 있을 듯해서 말이야—— 안 그런가?"

"아무튼, 밴스 씨——" 하고 히스가 끼여들었다. "당신의 호기심 덕분에 작고 예쁜 권총이 한 자루 발견되었습니다. 아마 한 번도 쓴 적이 없는 것 같습니다."

"그런데, 경사님——" 하고 밴스는 기분이 좋아서 하는 상대방의 빈정거림은 무시해 버리고 물었다. "당신은 그 예쁘고 작은 권총을 어떻게 보십니까?"

"글쎄요." 하고 히스는 어울리지도 않게 익살맞은 투로 대답했다. "나는 벤슨 씨가 진주손잡이가 달린 '스미스 앤드 웨슨'을 큰 테이블의 비밀서랍에 감추어 두었었다고 봅니다."

"정말입니까——그거?" 하고 밴스는 과장된 몸짓으로 감탄하는 시늉을 하며 말했다. "대단한 직관력이시군요!"

매컴이 두 사람의 농담에 끼여들었다. "자네는 또 어째서 찾아온 사람이 있었는가에 대해서 알고 싶어했나, 밴스? 아무도 오지 않았다는 건 이미 알고 있었는데 말일세."

"아, 그것 말인가? 그냥 심심해서. 라 플래트(플래트 부인이 여자이므로 프랑스어의 여성 정관사 '라'(la)를 붙인 것임)가 뭐라고 대답하는지 듣고 싶은 충동을 느꼈기 때문이라네."

히스는 호기심을 느끼며 밴스를 지켜보고 있었다. 밴스에 대한 첫인상은 이미 거의 지워지고, 그 태평스럽고 쾌활해 보이는 겉모습 뒤에는 처음 상상했던 것보다 훨씬 견실한 성실성이 숨겨져 있지 않나 하는 생각이 들기 시작한 것이다. 히스 경사는 밴스가 매컴에게 한 설명만으로는 도저히 만족할 수 없었다. 지방검사가 가정부를 심문하는 데 곁에서 거들어준 밴스의 진정한 이유를 알아내려고 애쓰는 것 같았다. 히스는 빈틈없는 남자로서 사람의 마음을 꿰뚫어보는 보통 정도의 능력은 갖추고 있었다. 그러나 밴스는 히스가 보통 접촉하고 있는 사람들과는 달라서 그로서는 도무지 알 수가 없었다.

마침내 히스는 밴스를 관찰하는 것은 포기하고 테이블로 의자를 끌어당겨 시원스러운 목소리로 기운차게, "그럼, 매컴 검사님, 이쯤에서——" 하고 말했다. "서로 일이 중복되지 않도록 우리의 활동에 대해 대체적인 방침을 세우는 것이 좋겠군요. 부하들이 빨리 일을 시작하도록 해주려면 서두를수록 좋으니까요."

매컴으로서는 싫다고 할 이유가 없었다. "수사는 당신에게 모두 맡기겠소. 나는 필요하다면 거들어줄 생각으로 여기 와 있을 뿐이니까."

"호의는 고맙습니다." 하고 히스는 대답했다. "그러나 보아하니 모두들 일이 한짐씩은 되는 모양입니다. 핸드백 주인도 찾아내야 하고, 벤슨의 밤동무를 알아내기 위해서도 부하를 내보내야 하고 —— 가정부에게서 그 이름을 알아낼 수도 있겠지만. 맨 먼저 이 일부터 시작하는 것이 순서겠지요. 게다가 그 캐딜락도 찾아내야 합니다. 그리고 여자관계도 알아볼 필요가 있고요 —— 꽤 많을 것으로 생각되는군요."

"그 일이라면 내가 소령에게서 알아낼 수 있을지도 모르겠소." 하고 매컴이 자청했다. "나에게라면 우리가 알고 싶어하는 것을 모두 말해 줄 테지. 그리고 벤슨의 사업관계에 대해서도 알아볼 수 있을 게요."

"그 방면에 대해서는 저보다 검사님 쪽이 적임자라고 말씀드리려던 참입니다." 하고 히스는 말했다. "어쨌든 수사방향을 빨리 잡아야 합니다. 어제 저녁 벤슨이 저녁식사를 함께 하고 이리로 데리고 온 여인을 찾아내면 지금보다 훨씬 많은 사실을 알 수 있겠지요."

"어쩌면 더욱더 알 수 없게 될지도 모르지요." 하고 밴스가 중얼거렸다.

히스는 갑자기 눈을 번쩍 뜨고 무의식중에 화가 났는지 큰소리를 질렀다. "밴스 씨, 당신에게 한마디해 두겠는데요 —— " 하고 말했다. " —— 당신은 이런 사건에 대해 연구하고 싶어한다는 말을 들었습니다. 수사상 무슨 중대한 문제가 발생했을 때에는 사건 속의 여자를 찾는 것이 꽤 확실한 방법이란 말입니다."

"아, 그러세요?" 밴스는 미소지었다. "'셰르셰 라 팜'(Cherchez la femme(여자를 찾아라))로군요 —— 오랜 옛날부터 있었던 사고방식이지요. 로마 사람들도 그런 미신 때문에 고생했지요 —— 그들은 이것을 '듀스 페미나 팍티'(Dux femina facti(행위를 지도하는 것은 여자다))라고 말했지요."

"로마 인이 뭐라고 했든 —— " 하고 히스는 반박했다. "그것은 올바른 사고방식이지요. 그 사고방식을 선생들께서 고치게 해서는 안됩니다."

매컴이 또다시 재치있게 사이에 끼여들었다. "그 점은 이제 곧 알게 되겠지. 그렇게 되기를 바랄 뿐이오. 그런데, 히스 경사, 지금 당장 특별한 제안이 없다면 나는 이만 실례해야겠소. 벤슨 소령과 점심때 만나기로 약속을 해두었거든. 저녁때가 되면 당신에게 정보를 줄 수 있을지도 모르겠소."

"좋습니다, 검사님. 저는 좀더 여기 남아서 빠뜨린 것은 없는지 살펴보겠습니다. 밖에 한 사람, 안에 한 사람 감시원을 두어서 플래트 부인을 지키도록 하지요. 그리고 신문기자를 만나서 수상한 캐딜락이며 밴스 씨가 비밀서랍에서 찾아낸 권총에 대해서도 말해 주어야겠습니다. 그것으로 일단 신문기자들을 막아낼 수 있을 겁니다. 새로운 것이 발견되면 전화드리지요."

히스는 지방검사와 악수하고는 밴스를 보고, "그럼, 안녕히 가시지요." 하고 유쾌하게 말했다. 이것은 나도 뜻밖이었지만 매컴도 마찬가지였던 모양이다. "밴스 씨, 오늘 아침에 공부가 좀 되었다면 좋겠습니다만."

"공부라고요? 예, 당신이 깜짝 놀랄 정도로 크게 도움이 되었소." 하고 밴스는 무뚝뚝하게 대답했다.

나는 히스의 눈에 다시 사람의 마음속을 살피는 듯한 교활한 빛이 떠오르는 것을 보았다. 그러나 그것은 이내 사라져 버렸다. "그렇습니까? 그거 참 다행이군요." 하고 건성으로 대답했다.

매컴과 밴스 그리고 나 이렇게 세 사람이 밖으로 나가자 지켜서 있던 경관이 택시를 불러주었다. "그러니까 우리의 존경해 마지않는 '잔다르므리'(gendarmerie(경찰))는 신비하기 그지없는 범죄의 밑바닥으로 내려갈 때에는 그런 방식을 쓰게 되나?──여보게." 하고 밴스는 택시가 거리를 달리기 시작하자 감개무량한 듯한 어조로 말했다. "매컴, 그런 우악스러운 사람들에게 범인이 꼼짝없이 붙잡히다니 대체 믿을 수가 없는데 그래."

"자네가 본 것은 겨우 시작일 뿐일세." 하고 매컴이 설명했다. "일단 거쳐야만 할 정해진 순서라는 게 있다네──우리들 법률가가 말하는 '엑스 아분단시아 카우텔래'(ex abundantia cautelae(경계조치))로써 말일세."

"그렇더라도 어이가 없더군——그런 방식은 말이야." 하고 밴스는 한숨을 쉬었다. "그래, 그래. 우리 속인(俗人)들이 'quantum est in rebus inane'(거기에는 얼마나 많은 허영심이 있었던가) 하는 것과 같구먼."

"자네는 히스 경사의 솜씨를 잘 몰라서 그러네."——매컴의 목소리는 애가 타고 있었다——"그래봬도 그 사람은 아주 총명하다네. 하지만 언제나 실력보다 낮게 평가받고 있지."

"그런가?" 하고 밴스는 중얼거렸다. "어쨌든 자네에게 깊이 감사하네. 그 엄숙한 절차를 보여주어서 말이야. 배운 건 없었지만 아주 재미있었네. 자네의 공식적인 에스클라피우스(그리스의 의사. 도어매스를 말함)는 정말 마음에 들었어——그렇게 힘차고 무감동하며 시체를 앞에 두고도 전혀 동요하지 않다니. 그런 사람은 의학 같은 걸 공부하지 말고 본격적으로 범죄와 맞붙었어야 했을 걸세."

매컴은 어두운 얼굴로 입을 다물어 버렸다. 그리고 밴스의 집에 닿을 때까지 아주 곤혹스러운 얼굴로 생각에 잠겨서 창밖을 내다볼 뿐이었다. "아무래도 사건의 겉모습이 마음에 안 들어." 하고 길모퉁이를 돌 때 그렇게 말했다. "이 사건은 어쩐지 기묘한 느낌이 들어."

밴스는 곁눈으로 흘끗 매컴을 보았다. "여보게, 매컴." 하고 전에 없이 진지하게 물었다. "자네는 벤슨을 누가 쏘았는지 짐작되는 바가 없나?"

매컴은 애써 희미한 미소를 지었다. "그랬으면 좋겠네만, 모살죄는 그렇게 쉽사리 해결되는 것은 아닐세. 게다가 이번 사건은 특별히 더 복잡한 것 같아."

"그거 놀랍군." 하고 밴스는 차에서 내리며 말했다. "나는 더없이 단순한 사건이라고 생각하는데."

제5장 정보수집
(6월 15일 토요일 오전——)

여러분은 앨빈 벤슨 살인사건이 불러일으킨 혼란을 기억하고 있을 것이다. 그 사건은 두말할 것도 없이 세상사람들의 상상력에 한껏 부채질을 한 범죄 중 하나였다. 수수께끼란 모든 로맨스의 기초가 되는 것이며, 벤슨 사건의 주위에는 헤아릴 수 없는 신비한 기운이 감돌고 있었다. 이 살인사건을 에워싸고 있는 상황에 희미한 빛이 비쳐지기까지는 꽤 오랜 시일이 흘렀다. 그 동안 수많은 '이그네스 파티'(ignes fatui(도깨비불, 즉 사람들을 오해로 이끄는 사실))가 일어나 세상사람들의 상상력을 자극하여 온갖 방면의 터무니없는 추측이 일어났다. 벤슨은 어느 모로 보나 로맨틱한 사람은 아니었으나 널리 알려진 인물인데다 그의 인품이 다채로워서 사람들을 놀라게 하는 점이 있었다. 그는 뉴욕의 부유하고 방종한 사교계의 인물이며——만능 스포츠맨, 대담한 도박꾼, 그리고 이름난 도락가였다. 그의 생활은 화류계와 밀접한 사회에서 이루어지고 있어서 세상 사람들의 입에 오르내렸다. 많은 에피소드가 나돌았다. 나이트 클럽이나 카바레에서의 행동은 브로드웨이의 가십이 되었고, 지방의 여러 신문이나 잡지에 과장된 이야깃거리나 기사자료를 제공해 주었다.

벤슨과 그의 형 앤터니는 사건이 일어났을 무렵 월 가(街) 21번지에서 '벤슨 앤드 벤슨 상회'라는 이름으로 주식중개소를 경영하고 있었다. 뉴욕 주식거래소의 규약이나 법칙에 비추어보면 좀 상도의에 빗어나는 점도 있었겠지만, 두 사람 다 월 가의 다른 중개인들로부터는 빈틈없는 사업가로 인정받고 있었다. 두 형제는 성격이나 취미가 완전히 대조적이며, 사무실 이외의 곳에서는 좀처럼 얼굴을 마주 대하는 일이 없었다. 앨빈 벤슨은 여가시간을 거의 쾌락을 쫓는 일에 바쳐 뉴욕에서 손꼽히는 카페의 단골손님이었다. 한편 앤터니 벤슨은 나이도 위이고 지난번 전쟁(제1차 세계대전)에서 소령으로 종군한 사람이라 밤이면 대개 자기가 소속된 클럽에서 조용히 보냈다.

하지만 두 사람이 다 저마다 친구 사이에서는 평판이 좋아서, 그 친구들을 통해 많은 고객을 만들었다.

화려한 경제계에서 일어난 일이므로 사건을 취급하는 신문의 태도에도 크게 영향을 미쳤다. 게다가 살인이 일어났을 그 무렵 뉴욕의 신문계는 마침 특출한 기삿거리가 없었으므로 여러 신문들이 제1면을 할애하는 등, 이런 사건치고는 보기 드물 만큼 대대적으로 취급했다.[1] 전국의 저명한 탐정들은 바쁘게 뛰어다니는 신문기자들에게 붙들려 인터뷰에 응해야 했다. 미결상태의 유명 살인사건이 다시 화제에 오르고, 예언가며 점성술사가 일요판 편집자에게 끌려나와서 여러 가지 초자연적인 방법으로 수수께끼를 풀도록 요청받기도 했다. 사진이나 도면이 날마다 신문에 실려 기사의 흥을 돋구었다.

모든 신문기사들은 회색 캐딜락과 진주 손잡이가 달린 '스미스 앤드 웨슨' 권총을 인기품목으로 내걸고 있었다. 맥러플린 순경의 설명에 맞도록 '수정'되고 개조된 캐딜락 자동차 사진도 상당수였으며, 그 중에는 뒷좌석에서 낚싯대가 튀어나와 있는 것도 보였다. 벤슨네 집 중앙 테이블의 사진이 찍히고 비밀서랍이 확대되어 함께 실렸다. 어떤 일요잡지에서는 전문기술자를 불러서 가구에 설치하는 비밀서랍에 대한 기사를 싣기도 했다.

벤슨 사건은 경찰의 입장에서 보면 처음부터 골치 아픈 사건이 분명했다. 밴스와 내가 범죄현장에서 떠난 지 한 시간도 못 되어 히스가 지휘하는 살인수사과 형사들은 조직적인 수사를 시작했다. 벤슨의 집은 다시 한 번 철저하게 재조사가 이루어지고 일체의 개인 편지는 검열을 받았으나, 비극적 상황에 빛을 던져줄 만한 실마리는 하나도 나오지 않았다. 벤슨이 가지고 있었던 '스미스 앤드 웨슨' 권총 이외에는 흥기도 전혀 없었다. 창문의 모든 쇠창살도 다시 점검되었으나 모두 튼튼했으며, 살인범은 스스로 열쇠로 열고 들어갔거나 아니면 벤슨이 불러들였거나 둘 중 하나임이 분명했다. 덧붙여 말하면, 히스 경사는 플래트 부인이 벤슨과 자기 말고는 열쇠를 가지고 있는 사람이 없었다고 확언했음에도 불구하고 벤슨이 불러들였을지도 모른다는 가능성을 받아들이려 하지 않았다.

핸드백과 장갑밖에는 결정적인 단서가 전혀 없었으므로 벤슨의 친구나 친지를 찾아다니며 실마리가 될 만한 사실을 찾아내는 것이 오직 하나의 유일한 수단이었다. 히스가 핸드백의 주인을 찾는 데 희망을 걸고 있는 것도 바로 이 방법이었다. 따라서 벤슨이 그날 저녁을 어디서 보냈는지 그 장소를 알아내는 일에 특별한 힘을 기울였다. 그러나 벤슨의 많은 친지들을 만나 그가 자주 식사하러 갔던 카페를 알아내어 빠짐없이 찾아가 보았으나 그날 밤 그를 보았다는 사람은 아무도 없었고, 두루 알아본 바로도 벤슨이 그날 밤의 계획을 누군가에게 이야기한 적도 없었다. 게다가 경찰이 온 힘을 기울여 샅샅이 조사했으나 무엇 하나 도움이 될 만한 일반적인 정보도 당장은 나오지 않았다. 벤슨에게 적은 없었던 것 같았다. 누구와 심하게 다툰 적도 없었다고 했다. 그의 태도는 여느 때와 다름이 없었으며, 별다른 눈치도 보이지 않았다는 것이다.

앤터니 벤슨 소령은 동생의 생활에 대해서는 깊이 알고 있었을 터이므로 정보제공을 요청받은 주요인물이었다. 사건수사 초기에 지방검사국이 주로 활동을 편 곳도 그 계통이었다. 매컴은 범죄가 발견된 그날 벤슨 소령과 점심식사를 함께 했다. 소령은 자진해서 ── 비록 동생의 인격에 손상되는 일이 있더라도 ── 협력하겠다고 말했지만, 그가 제공한 정보는 거의 쓸모가 없었다. 소령은 동생의 교우관계는 거의 알고 있었으나 그런 죄를 저지를 동기를 가질 만한 사람은 없고, 또 자기가 보기에 범인체포에 도움이 될 듯한 사람도 없다고 매컴에게 말했다. 뿐만 아니라 소령은 동생의 생활에는 소령이 전혀 알 수 없는 일면이 있었음을 솔직히 시인하고, 숨겨진 사실을 알아낼 특별한 수단을 내놓지 못해 미안하다고 했다. 그러나 동생의 여자관계엔 색다른 면이 있었다고 털어놓으며, 그 방면에서 동기를 찾아낼 가능성이 조금은 있다는 의견을 내놓았다.

이 막연하고도 기대에 어긋난 소령의 의견에 따라 매컴은 곧 뉴욕 경찰국 형사과에서 지방검사국으로 배속된 민완형사 두 사람에게 수사활동을 지시했는데, 그 수사는 주로 벤슨의 여자관계에 국한시키고 경찰국 사람들의 활동에 쓸데없이 참견하는 일이 없도록 지시했다. 그리고 심문할 때 밴스가 가정부에 대해 뚜렷한 관심을 보였으므로, 그녀의 이력이며 대인관계를 조사하도록 부하 한 사람을 내보냈다.

조사결과 밝혀진 바에 의하면 플래트 부인은 펜실베이니아 주의 어느 조그만 마을에서 태어났고, 부모는 독일인이었지만 두 분 모두 이미 세상을 떠났으며, 16년이나 과부로 지내왔다. 벤슨에게 고용되기 전에는 다른 집에서 12년 동안이나 있었는데, 그곳을 그만

둔 까닭은 다만 안주인이 살림살이를 그만두고 호텔에서 살게 되었기 때문이다. 수사관이 먼젓번 고용주를 찾아가서 물어보니 플래트 부인에게는 딸이 하나 있는 듯했으나, 본 적도 없고 그 일에 대해서는 전혀 아는 바가 없다고 했다. 이런 사실들은 아무 쓸모가 없어서 매컴은 그냥 형식적으로 그 보고서를 철해 두기만 했다.

히스를 독려해 가며 그 회색 캐딜락을 찾기 위해 온 시내를 뒤지게 했으나 그 자동차가 사건과 직접 어떤 관계가 있으리라고는 거의 믿지 않았다. 그런데 이 수사에는 신문이 대대적으로 보도해 주어서 크게 도움이 되었다. 그리고 묘한 사실이 밝혀져 이 캐딜락이 실제로 수수께끼를 푸는 열쇠를 제공해 줄지도 모른다는 희망으로 경찰을 들뜨게 했다. 거리의 한 청소부가 그 자동차에 있었던 낚싯대에 대해 신문에서 읽었는지 사람들에게서 들었는지, 센트럴 파크의 컬럼버스 서클 가까운 자동차 도로변에서 흠집 하나 없는 낚싯대 마디를 두 개 발견했다고 신고해 온 것이다. 문제는 그 낚싯대 마디가 맥러플린 경관이 캐딜락에서 보았다는 낚싯대의 일부인가 아닌가 하는 점이었다. 자동차 주인이 도중에서 내버렸다고도 해석할 수 있고, 누군가가 자동차를 타고 공원을 지나가다가 떨어뜨렸을지도 모를 일이었다. 하지만 그 이상의 정보는 아무것도 들어오지 않았다. 그리고 범죄가 발견된 다음날 아침이 되어도 사건은 해결을 향한 이렇다 할 진전이 없었다.

그날 아침 밴스는 집사 캐리를 시켜서 거리에서 팔고 있는 신문들을 빠짐없이 사오게 하여 한 시간이 넘도록 사건에 대한 여러 가지 기사를 샅샅이 읽었다. 밴스가 심심풀이라도 신문을 읽는 것은 아주 드문 일이며, 일상의 습관과는 전혀 관계없는 문제에 갑자기 흥미를 갖는 것을 보고 나는 그만 놀라 그 점을 입 밖에 내어 말하지 않고는 견딜 수가 없었다.

"아니, 밴——" 밴스는 나른한 목소리로 설명했다. "그렇다고 내가 감상적이 되거나 인간적이 된 건 아닐세. 이 '인간적'이라는 말이 요즘은 잘못 쓰여지고 있지만 말이야. 나는 테렌티우스(로마의 희극시인)처럼 'Homo sum, jumani nihil a me alienum puto'(나는 인간이다. 인간에 관한 것은 무엇이나 나와 관계있다)라고 말할 수는 없네. 인간적이라고 불리는 것은 그 대부분이 나와는 전혀 관계가 없는 일

59

들이지. 하지만, 자네, 범죄계의 조그만 이 돌풍이 어쩐지 좀 재미 있지 않나? 이렇게 말하는 것이 마음에 들지 않는다면 잡지사 기 자가 말했듯이 '인트리깅'(intriguing(흥미를 돋구어주는))이라고 고치 지—천박한 말이지만. 밴, 정말 자네는 이 귀중한 히스 경사와 의 인터뷰 내용을 꼭 읽어둘 필요가 있네. '아무것도 모른다'는 것 을 설명하기 위해서 꼬박 신문의 한 단을 썼으니 말일세. 정말 희 한한 사람이야. 나는 그가 아주 좋아질 것 같네."

"히스 경사는 말일세——" 하고 나는 말했다. "실제로 알고 있 는 사실을 신문기자들에겐 숨기기 위해서 슬쩍 외교전술을 쓴 것 일지도 모르네."

"그럴 리는 없어." 하고 밴스는 한심하다는 듯이 머리를 가로저 으며 대답했다. "자신이 추리력을 약에 쓸 만큼도 갖고 있지 못하 다고 일부러 세상에 떠벌릴 만큼 허영심 없는 사람은 없을 것일세 ——히스가 이 조간신문에서 한 행동이 바로 그것일세——기껏 살인범 하나를 법의 심판을 받게 하기 위해서 그렇게 희생정신을 발휘할 미친 사람이 있을 것 같나?"

"그렇긴 하지만 매컴은 아직 발표되지 않은 무엇인가를 알고 있 거나 혐의를 갖고 있을지도 모르지."

밴스는 잠시 생각에 잠겼다. "그야 있을 수 없는 일은 아니야." 하고 그는 인정했다. "그는 신문기자와의 교섭을 일체 끊고 얌전 히 그들에 틀어박혀 있으니까. 그런데 우리 손으로 사건을 좀더 자 세히 검토해 보지 않겠나?——어때?"

밴스는 전화 앞으로 가서 지방검사국을 불러냈다. 그리고 나서 매컴과 스타이비센트 클럽에서 점심식사를 함께 하기로 약속하는 소리가 들려왔다.

"스티글리츠 화랑의 나델만(폴란드 태생의 미국 조각가)의 작품은 어 떻게 하지?" 하고 나는 문득 그날 아침 밴스를 찾아간 이유가 생 각나서 물었다.

"오늘 나는 그리스풍의 단순한 아름다움을 감상할 기분이 들지 않는데."(2) 하며 밴스는 다시 신문을 들추었다.

밴스의 이런 태도는 '놀랍다'는 표현 정도로는 충분치 못하다. 밴스와 알게 된 뒤로 나는 지금까지 한 번도 그가 기분전환을 위해서 미술에 대한 집착을 희생시키는 것을 본 적이 없었기 때문이다. 하물며 법률이나 그 운용에 관계가 있는 어떤 일이 그의 관심을 끈 적은 없었다. 그래서 나는 이상한 성격을 띤 무엇인가가 그의 머릿속에서 활동을 시작했음을 깨닫고 그 이상 주제넘은 참견은 삼갔다.

매컴은 약속시간보다 조금 늦게 클럽에 나타났다. 그가 도착했을 때 밴스와 나는 이미 늘 마음에 들어 즐겨앉는 자리에 앉아 있었다.

"여어, 친애하는 리칼거스(BC 4세기경의 그리스 법률가)." 하고 밴스는 지방검사를 맞이했다. "중요하고 새로운 단서가 몇 가지 발견되어서 아주 가까운 장래에 중대한 발전을 보게 될 것으로 기대해도 좋다는 둥 하는 그런 헛소리는 빼버리고, 사실은 어떻게 되어가고 있나?"

매컴은 미소지었다. "그러니까 신문을 읽은 모양이군. 그 보도를 어떻게 생각하나?"

"물론 전형적이지." 하고 밴스는 대답했다. "아주 신중하게 고심해 가며 중요한 부분은 빼놓고 자세하게 씌어졌더군."

"그런가?" 매컴의 말투는 익살스러웠다. "그렇다면 묻겠는데, 자네가 말하는 그 중요한 점이란 대체 무얼 말하나?"

"이 어리석은 신출내기의 생각으로는——" 하고 밴스가 말했다. "앨빈 벤슨의 가발이야말로 가장 중요한 단서 중 하나라고 보네."

"적어도 벤슨은 그렇게 생각했었겠지. 그 밖에는?"

"글쎄, 서랍장 위의 칼라와 넥타이."

"그리고——" 하며 매컴은 반농담조로 덧붙였다. "컵 속에 있었던 틀니도 빼놓아선 안되지."

자네는 정말 총명하군." 하고 밴스는 탄복한 척했다. "그래, 틀니도 이 사건의 중요한 단서 중 하나일세. 내가 장담하겠네만, 그 장한 히스 경사도 그 점만은 알아차리지 못한 것 같더군. 하지만 거기 있었던 다른 아리스토텔레스 여러분들도 그에 못지 않게 관찰력이 시원치 않더군."

"자네는 어제의 수사를 별로 탐탁지 않게 여기는 것 같구먼?"

"천만에!" 하고 밴스는 지방검사에게 말했다. "기막힐 정도로

탄복했다네. 절차 전체가 하나같이 어리석음의 극치였으니까. 중
요한 것은 철저하게 무시당하고 있더군. 적어도 한 다스쯤 되는
'푸앙 드 데파르'(Points de départ(출발점))가 있고, 또 모두 같은 방
향을 가리키고 있었는데도 누구 한 사람 죽 늘어선 '푸르팔라르'
(pourparleurs(참석자, 여기서는 눈앞의 단서)) 중에서 어느 것 하나도 알
아차리지 못했네. 모두들 담배꽁초나 찾고 창문 쇠창살이나 살피
며 쓸데없는 일에만 힘을 쏟고 있더군――그건 그렇고, 그 쇠창살
은 정말 근사하던데――피렌체풍의 디자인이었지."

　매컴은 반쯤은 재미있기도 하고 기분이 언짢기도 했다. "경찰은
믿어도 되네, 밴스." 하고 그가 말했다. "결국엔 해낼 걸세."

　"사람을 믿는 자네의 그 성격에는 군말없이 머리를 숙이겠네."
하고 밴스는 중얼거렸다. "하지만 나를 믿고 내게도 한번 털어놓
아 보게. 대체 자네는 벤슨을 죽인 범인에 대해서 무슨 짐작되는
바라도 있나?"

　매컴은 잠시 망설였다. "이것은 물론 우리끼리만의 이야기인데
――" 하고 마침내 그는 말했다. "오늘 아침 자네 전화를 받고 난
바로 뒤에 벤슨의 여자관계에 대해 조사를 시켜두었던 부하 하나
에게서 보고가 왔었는데, 그날 밤 핸드백과 장갑을 그 집에 두고
간 여자를 찾아냈다는 거야――손수건에 새겨진 머릿글자가 단서
가 되었지. 그리고 그 여자에 대해서 두세 가지 흥미 있는 사실이
밝혀졌네. 그 여자가 벤슨과 저녁식사를 같이 한 걸세. 여배우인데
――뮤지컬 코미디언이라고 생각돼. 무리엘 세인트 클래어라는 이
름이야."

　"그거 정말 유감이군." 하고 밴스는 깊은 한숨을 쉬었다. "나는
말일세, 아직은 자네 부하들이 그 여인을 찾아내지 못했으면 하고
바랐거든. 나는 그 여자를 모르지만, 아는 사이라면 위로편지라도
보낼 뻔했다네. 그럼, 자네는 이제 '쥐지 댕스트 시옹'(juge d'inst-
ruction (예심판사))역을 맡아 그녀를 호되게 쥐어짤 생각이겠구먼."

　"물론 심문은 해야지. 지금 자네가 하는 말이 그런 뜻이라면."

　매컴의 태도에는 걱정거리가 있는 듯했으며, 그 뒤로는 식사가
끝날 때까지 우리는 별로 말로 하지 않았다.

　우리가 클럽 휴게실에 앉아서 담배를 피우고 있는데 가까운 창

가에 힘없이 서 있던 벤슨 소령이 매컴을 발견하고 우리에게로 다가왔다. 통통하게 살찐 얼굴에 고지식해 보이고 호감이 가는 인상으로써, 체격이 곧고——단단해 보이는 50대 남자였다. 소령은 밴스와 나에게 가볍게 고개숙여 인사하고는 곧 지방검사 쪽을 보았다.

"매컴, 어제 자네와 점심식사를 하고 난 뒤로 난 여러 가지 생각을 해보았는데——" 하고 그는 말했다. "한 가지 더 자네에게 말해 두는 편이 좋을 것 같은 일이 있네. 앨빈과 아주 가까이 지낸 리앤더 파이피라는 사람이 있는데 말일세, 그 사람에게서 도움이 될 만한 정보를 얻을 수 있을지도 모르네. 어제는 그 사람 생각이 미처 나지 않았었다네——이 고장에 살지 않거든. 그는 롱 아일랜드 어딘가에 살고 있지——아마 포트 워싱턴일 걸세——그저 짐작이지만, 사실 말이지 이런 끔찍한 사건이 어째서 일어났는지 나는 도무지 짐작조차 되지 않는다네." 소령은 자신도 모르게 솟구치려는 어떤 감정을 누르려는 듯이 얼른 깊이 숨을 들이마셨다. 여느 때는 몹시 소극적인 성격의 이 사람이 깊이 동요하고 있음을 나는 알 수 있었다.

"정말 좋은 정보를 알려주었네, 소령." 하고 매컴은 편지 뒷면에 메모를 했다.

이 짧막한 대화를 나누는 동안 무관심한 듯이 창밖을 내다보고 있던 밴스가 문득 돌아보며 소령에게 말을 걸었다. "오스틀랜더 대령은 어떨까요?"

벤슨 소령은 어렴풋이 반대한다는 듯한 몸짓을 했다. "조금 알고 지냈을 정도였지요. 아무 도움도 되지 않을 겁니다."

그리고 소령은 매컴 쪽을 보면서 말했다. "무슨 실마리가 잡혔느냐고 묻는 것은 아직 이르겠지?"

매컴은 피우고 있던 여송연을 손가락에 잡고 돌려가며 생각에 잠긴 듯이 그것을 바라보았다. "꼭 그렇지만은 않네." 하고 그는 조금 뒤에 대답했다. "목요일 밤에 자네 동생과 함께 저녁식사를 한 사람을 알아냈어. 그 여자가 자정 조금 지나서 자네 동생과 함께 집으로 간 사실도 알아냈네." 매컴은 그 이상 이야기하는 것이 현명한지 어떤지 생각하듯이 잠깐 말을 중단했다. 그런 다음, "실은 대배심 앞으로 기소를 청구하는 데 있어서 더 이상 증거가 필요없을 정도라네."

그거 정말 뜻밖이라는 듯한 놀란 표정이 소령의 어두운 얼굴을 스쳤다. "그렇다면 하나님께 감사해야겠군, 매컴." 하고 소령은 말했다. 그리고는 단단해 보이는 턱에 힘을 주며 지방검사의 어깨에 한 손을 얹었다. "끝까지 힘써 주게――나를 위해서라도." 하고 그는 힘주어 말했다. "나는 이 클럽에 늦게까지 있을 테니 무슨 일이 있으면 알려주게나." 그렇게 말한 소령은 등을 돌려 방에서 나갔다.

"동생이 죽은 직후인데 소령에게 여러 가지 캐물어 괴롭히는 것은 너무 인정머리없는 행동 같군." 하고 매컴이 말했다. "하지만 세상사 제자리걸음만 하고 있을 순 없지."

밴스는 나오는 하품을 삼켰다. "어째서 또――하나님까지 들먹였을까?" 하고 그는 따분한 듯이 중얼거렸다.

(1) 유명한 엘웰 사건은 그 몇 년 뒤에 일어났으며, 어떤 점에서는 벤슨 사건과 아주 비슷했는데, 엘웰은 벤슨보다 더 널리 알려진 사람이고 관계자들도 사회적으로 훨씬 저명한 인사들이었지만, 이 사건만큼 큰 센세이션을 불러일으키지는 않았다. 사실 엘웰 사건을 보도할 때 벤슨 사건이 여러 차례에 걸쳐 인용되었고, 어느 야당측 신문은 사설에서 존 F X 매컴이 뉴욕 지방검사가 아닌 것이 유감이라고도 했다.
(2) 밴스는 영국에서 여러 해 동안 살았으므로 가끔 'ain't'라는 말투를 쓴다.――영국에서는 이 단축법을 미국에서보다 훨씬 더 고상하게 여기고 있다. 그도 역시 'ate'를 'et'처럼 발음했고, 영국에서 사교적으로는 쓰지 않는 'stomach'(위)라든가 'bug'(빈대)라는 등의 단어를 쓰는 것을 나는 한 번도 들은 적이 없다.

제6장 밴스, 의견을 말하다
(6월 15일 토요일 오후 2시)

우리는 한동안 말없이 담배를 피우고 있었다. 밴스는 매디슨 스퀘어를 멍하니 내다보고 있었고, 매컴은 벽난로 위에 걸려 있는 피터 스타이비샌트 옹*의 빛바랜, 유화로 그려진 초상화에 그윽한 눈길을 보내고 있었다. 이윽고 밴스가 돌아보고 놀리는 듯한 미소를 어렴풋이 지으며 지방검사를 바라보았다. "여보게, 매컴." 하고 그는 내키지 않은 듯이 입을 열었다. "나는 말일세, 범죄수사에

종사하는 사람들이 이른바 단서라는 것에서 얼마나 어처구니없는 잘못을 저지르고 있는지를 보고 언제나 말할 수 없이 놀라고 있다네. 툭하면 발자국을 찾아냈다니, 멈춰서 있는 자동차가 있었다느니, 머릿글자가 새겨진 손수건이 있었다느니 해서 '엑세 시그 넘' (ecce signum(자아, 증거가 나왔다!)) 하고 아우성치며 덮어놓고 뒤쫓거든. 그 꼴이 뭔가, 그래 가지고야 서푼짜리 모험소설에 사로잡힌 꼴밖에 더 되겠는가? 범죄란 단순한 물적증거나 상황증거를 근거로 한 추리로서는 해결되지 않는다는 것을 자네들은 어째서 모르나?"(*피터 스타이비샌트(1592~1672)는 네덜란드의 식민지 총독으로서, 1646년부터 지금의 뉴욕, 당시는 뉴암스테르담이 1664년 영국에 양도될 때까지 뉴 네덜란드의 총독이었다. 그는 만년을 뉴욕에서 살았는데, 파일로 밴스가 마음에 들어하는 클럽은 뉴욕의 개척자라 해서 그의 이름이 붙여진 곳이다.)

이 갑작스러운 비난에 매컴도 역시 나처럼 당황했을 것으로 생각되지만, 우리는 둘 다 밴스를 잘 알고 있었으므로 그의 말투가 냉정하고 거의 무례할 정도였음에도 불구하고, 그 밑바닥에는 무언가 중대한 의도가 깔려 있음을 깨달을 여유가 있었다.

"자네는 범죄수사를 함에 있어서 모든 물적증거를 무시하라고 주장하는 건가?" 하고 매컴은 조금은 측은하다는 듯이 물었다.

"그렇다네, 나는 강력히 주장하네." 하고 밴스는 침착하게 선언하듯이 말했다. "아무런 가치가 없을 뿐만 아니라 위험하기까지 하거든. 자네들의 가장 한심한 점은 범죄를 다루는 데 있어서 언제나 범인은 바보이거나 터무니없는 실수를 저지르는 사람으로 처음부터 단정하고 덤비는 것일세. 형사가 알아볼 만한 단서라면 범죄자에게도 보일 것이고, 그래서 보여선 안되겠다 싶으면 숨기거나 얼버무린다는 것을 자네는 여태 한 번도 생각해 본 적이 없나? 오늘날 보기 좋게 성공하도록 범죄계획을 세우고 그것을 실행할 만한 지능을 가진 사람이라면 '입소 팍토'(ipso facto(그 사실 자체보다)) 자기의 목적에 맞는 단서를 만들어낼 만한 능력도 있으리라는 것을 자네는 한 번도 생각해 본 적이 없나? 자네들 수사관들은 범죄상황이 일부러 만들어진 속임수일지도 모르고, 자네들을 잘못된 방향으로 이끌어가려는 뚜렷한 목적을 가지고 거기에 남겨둔 단서일지도 모른다는 사실을 전혀 인정하려 들지 않는 모양일세."

"그런데 말일세── " 하고 매컴은 비꼬는 말투로 지적했다. "모든 지시적 증거와 유력한 상황과 빈틈없는 추론을 무시해 버린다면 죄인을 단죄하는 일은 거의 불가능해질지도 모르네. 범죄란 대개 남이 보지 않는 곳에서 이루어지는 것이니까."

"그 점이 자네의 근본적인 잘못일세." 밴스는 거침없이 말했다. "모든 범죄는 모든 예술작품과 마찬가지로 제3자에 의해서 목격되고 있다네. 범죄자나 예술가가 실제로 작업을 하고 있는 광경을 아무도 보지 못했다는 것은 전혀 문제가 아닐세. 예를 들어 루벤스가 안트워프의 대성당에 '십자가에서 내려오는 그리스도'를 그릴 때 그가 어떤 사업적인 일로 다른 일을 하고 있었다는 유력한 상황증거가 있다고 하면, 현대의 범죄수사가들은 그 그림을 루벤스의 작품으로 믿지 않을 걸세. 이 사람아, 그런데도 그런 결론이 우스꽝스럽기 짝이 없다는 점에는 변함이 없거든. 비록 부정적인 추론이 법률적으로는 논란의 여지가 없을 만큼 유력하다고 해도 그림 자체가 어디까지나 루벤스가 그렸다는 것을 증명하겠지. 왜냐고? 이유는 간단하네. 루벤스가 아니고는 어느 누구도 그런 그림을 그릴 수 없기 때문일세. 거기에는 루벤스의 개성과 천재성이——루벤스만이 지닌 무엇인가가 지워버릴 수 없는 흔적을 남겼기 때문일세."

"나는 심리학자가 아니야." 하고 매컴은 좀 화가 나서 주의를 주었다. "단지 법률실무자에 지나지 않지. 따라서 범죄를 저지른 장본인을 결정하는 데 있어서도 추상적인 가설보다는 물적증거를 더 중요시한다네."

"그런 것을 중요시하면, 자네——" 하고 밴스가 반박했다. "온갖 종류의 골칫거리 속으로 휘말려들 걸세." 밴스는 천천히 새 담배에 불을 붙여서 동그란 원을 그려 연기를 천장을 향해 띄워보냈다. "예를 들어 이번 살인에 대한 자네의 결론을 생각해 보게나." 하고 밴스는 언제나처럼 나른하고 무감동한 목소리로 말을 이었다. "자네는 이제 입을 열 수 없게 된 벤슨을 십중팔구 죽였을 것이라고 생각하는 인물을 알고 있다는 잘못된 의견 때문에 애를 먹고 있다네. 자네는 소령에게 기소수속을 밟기에 충분한 증거를 손에 넣었다고 말했지. 물론 자네는 오늘날의 박식한 솔론들(BC 7세기경 그리스의 현인들(솔론은 그리스 7현인 중 한 사람)——이 경우에는 대배심을 말함)이 결정적인 단서라고 인정할 만한 것을 몇 가지는 가지고 있 겠지. 하지만 사실대로 말한다면 자네는 범인에 대해서 전혀 짐작 도 못하고 있네. 범죄와는 아무 관계도 없는 한 가엾은 여자를 학 대하려 할 뿐이지."

매컴은 곧 반박했다. "그래? 내가 죄없는 사람을 학대하려 한단 말이지? 이 사람아, 밴스, 그녀에 대해 무슨 증거를 잡고 있는지 아는 것은 내 부하와 나뿐일세. 그녀가 결백하다는 것을 자네는 어 떤 비법을 써서 알아냈는지 그 설명이나 듣고 싶군."

"그야 쉬운 일이지." 하고 밴스는 놀리듯이 입가를 실쭉하며 대 답했다. "이 특수한 범죄를 저지른 사람은 자네나 경찰이 찾아내 는 증거 같은 거로는 자기 신변이 위태로워질 염려가 조금도 없다 고 꿰뚫어볼 만큼 간교한 지혜와 통찰력을 가진 인물이라는 그 이 유만으로도 자네가 앞을 내다보는 눈이 범인보다 못하다는 걸세." 밴스는 너무도 분명해서 토론할 여지조차 없는 사실을 이야기하듯 확신 있게 잘라 말했다.

매컴은 정말 경멸하듯 웃음을 터뜨렸다. "어떤 범법자라 할지라 도 온갖 예상치 못한 경우를 미리 짐작할 만큼 간교한 지혜를 가 진 자는 없다네." 하고 신의 계시라도 내리듯 엄숙하게 말했다. "아무리 사소한 일이라도 그보다 앞서거나 뒤에 이어지는 다른 일 과 여러 가지 점에서 밀접한 관련이 있고 서로 얽히는 법이지. 범 인이 —— 아무리 긴 시간을 들여 신중하게 계획했다 하더라도 —— 그 준비에는 어딘가에 빈틈이 있어서 결국 꼬리가 잡히게 된다는 것은 잘 알려진 사실 아닌가?"

"잘 알려진 사실이라고?" 하고 밴스는 매컴의 말을 되풀이했다. "천만의 말씀! —— 그건 네미시스(그리스 신화에 나오는 복수의 여신)의 복수는 반드시 내려진다는 유치한 관념에 근거를 둔 케케묵은 미 신에 지나지 않아. 천벌을 피할 수 없다는 신비스러운 종교적 관념 이 어째서 점이나 미신처럼 세상사람들에게 매력을 느끼게 하는지 나는 잘 모르겠지만 —— 솔직히 말해서 —— 자네까지, 나의 오랜 친구인 자네까지 그런 황당무계한 것을 믿고 있다고 생각하니 슬 퍼지는군."

"자네도 그런 일로 하루를 망치지는 말게나." 하고 매컴은 씁쓸하게 말했다.

"날마다 일어나는 미해결사건이나 또는 성공한 범죄사건을 보세." 하고 밴스는 상대방의 비꼬는 말에는 아랑곳하지 않고 다음 말을 계속했다. "——그 방면에서 가장 뛰어난 민완형사들을 완전히 따돌린 범죄를 보게. 사실 해결되는 것들은 어리숙한 녀석들이 꾸민 범죄뿐이네. 그렇기 때문에 별것 아닌 재능밖에 갖지 못한 사람도 나쁜 짓을 하려고 마음을 먹고 선뜻 그 일을 해치우면 발각될 염려가 없다는 확신을 갖게 되는 걸세."

"밝혀내지 못한 범죄는——" 하고 매컴이 나무라듯 말했다. "대부분 경찰당국의 운이 나빴기 때문이었어——범인의 지혜가 뛰어났기 때문은 결코 아니라네."

"운이 나빴다는 것은 말일세——" 밴스의 목소리는 상쾌하다고 해도 좋을 정도였다——"무능을 변호하고 스스로를 위로하는 말에 지나지 않아. 발명의 재능과 두뇌가 있는 사람이라면 운 나쁜 일은 당하지 않지……여보게, 매컴, 해결되지 않는 범죄란 다시 말하자면 교묘하게 계획되어서 실행에 옮겨진 범죄를 이르는 걸세. 그리고 마침 벤슨 살인사건은 이 범주에 속하지. 그러니까 겨우 몇 시간 조사했을 뿐이면서 누구의 행동인지 거의 짐작이 된다고 자네가 말하면 나는 그만 자네를 공박해 주고 싶은 생각이 솟아오른단 말일세. 용서하게나." 밴스는 말을 중단하고 깊은 생각에 잠기며 담배를 두어 모금 빨아들였다. "자네가 추구하고 있는 부자연스럽고 궤변적인 추리는 터무니없는 결론으로 이끌어가기 쉬워. 자네가 지금 가엾은 젊은 여인의 자유를 빼앗으려 하는 그것이 바로 나의 주장을 뒷받침하고 있다고 나는 지적하겠네."

매컴은 지금껏 끓어오르는 분노를 너그러운 척 꾸민 미소로 얼버무리고 있었으나, 이번만은 밴스 쪽을 보고 정색을 하고서 꽤 위압적인 태도가 되었다. "이렇게 되면 나도 '엑스 카테드라'(ex cathedra (권위를 가지고)) 말하겠네." 하고 그는 사납게 말했다. "나 역시 자네가 말하는 가엾은 젊은 여인에 대해서 거의 확증을 잡게 될 단계에 와 있단 말일세."

밴스는 동요하지 않았다. "아무리 그런 말 해봐야——" 하고 그는 불쑥 말했다. "그건 여자로서는 절대로 할 수 없는 일이네."

나는 매컴이 몹시 흥분하는 것을 보았다. 말을 할 때 입가에서 침이 튈 정도였다. "여자로서는 할 수 없다고?——증거가 있는데도 말인가?"

"그렇다네." 하고 밴스는 태연히 대답했다. "만일 본인이 자백한다 하더라도, 또 자네들 법률을 지키는 파수꾼들이 거드름피우며 소위 확고부동한 증거라는 것을 산더미처럼 쌓아놓는다 하더라도 말일세."

"그런가?" 매컴의 말투에는 비웃음이 담겨 있었다. "그러니까 자네는 자백도 아무 쓸모가 없다는 건가?"

"그렇다네, 유스티니아누스(로마 법전의 제정자)." 하고 밴스는 재미있는 듯이 대답했다. "정녕 그렇다고 알아주기 바라네. 솔직히 말하자면 자백은 다른 무엇보다도 더욱 처치곤란이라네——오해의 근원이 될 뿐이야. 가끔 진실일 때도 있기 때문이지——여자의 직관이 어이없을 만큼 높이 평가되는 것과 마찬가지로——더더욱 믿을 수 없는 것이 되지."

매컴은 얕보듯이 불만을 털어놓았다. "진상이 드러났거나 드러날 가능성도 없는데 무엇 때문에 자기에게 불리한 것을 고백하겠나?"

"정말이지 한심하군, 매컴. 그 천진난만한 귀에 '프리바티심 에 그라티스'(privatissime et gratis(살짝 무료로))로 속삭여 줄까? 자백에는 언제나 여러 가지 많은 동기를 추정할 수가 있다네. 자백은 공포라든가 강박관념의 결과일지도 모르고, 또는 편리한 한 가지 수단, 모성애, 의협심, 정신분석학자들이 말하는 열등감, 망상, 또는 그릇된 의무관념, 왜곡된 자만심, 쓸데없는 허영심 등 그 밖에도 수많은 원인을 들 수가 있다네. 자백은 온갖 형식의 증거 중에서 가장 믿을 수 없는 것이지. 법률이란 우스꽝스럽고 비과학적인 것이지만, 그래도 살인사건에 있어서의 자백은 다른 증거의 뒷받침이 없는 한 거부되고 있다네."

"자네는 웅변가 같군, 감탄했어." 하고 매컴은 말했다. "법률은 모든 자백을 추방하며 온갖 물적 단서를 무시하라는 것이 자네의 주장인 모양인데, 그렇게 되면 사회는 모든 재판소를 폐쇄하고 모든 구치소를 폐지해야 될지도 모르네."

"전형적인 법이론상의 '농 세퀴투르'(non sequitur(이론의 비약))로 군."

"그럼, 범인을 어떻게 다스려야 하나? 고견을 듣고 싶군."

"인간의 유죄와 책임을 결정하는 절대로 틀림없는 방법이 꼭 한 가지 있지." 하고 밴스가 설명했다. "하지만 경찰은 그 운용법을 모르기 때문에 경사스럽게도 그 가능성을 알아차리지 못하고 있어. 진실을 아는 유일한 방법은 범죄의 심리적 요인을 분석하여 그것을 개인에게 적용하는 일일세. 즉, 유일한 진실의 단서는 심리적인 것이지, 물적인 것이 아닐세. 예를 들어서 참으로 뛰어난 미술전문가가 그림을 판단하거나 감정할 경우에 밑칠을 살펴보거나 그림물감을 분석하는 것이 아니라, 그림의 착상이나 필치 등에 나타난 화가의 창조적 개성을 연구한다네. 먼저 자신에게 이렇게 물어보지. 이 예술작품은 형식, 기법, 마음가짐에 있어서 과연 루벤스, 미켈란젤로, 베로네제, 티티안, 틴틀렛, 그 밖의 작가 누구라도 좋은데 그 작가로 지목되는 사람의 천재성 —— 즉, 개성 —— 을 형성하는 특질을 갖추고 있는가 하는 것을 말일세."

"내 정신은 아무래도 아직 ——" 하고 매컴이 고백했다. "너무 유치해서 하찮은 사실에 이끌리기 쉽다네. 그래서 지금 맞닥뜨린 사건에서도 —— 자네의 더할 나위 없이 독창적이고 예술적인 비교론에 대해서는 미안한 이야기지만 —— 그런 하찮은 일련의 사실에 이끌리고 있다네. 그 사실들은 한결같이 한 젊은 여성이, 뭐라고 하면 좋을까 —— '앨빈 벤슨 살인'이라는 범죄적 '오퍼스(opus(작품))의 창작자임을 가리키고 있는 것일세."

밴스는 거의 눈에 띄지 않을 정도로 어깨를 으쓱했다. "지장이 없다면 듣고 싶군 —— 그것이 무엇인지는 모르지만, 비밀은 지키지."

"지장이고 뭐고 없어." 하고 매컴은 동의했다. "'앙프리미스'(Imprimis (우선 첫째로)), 그녀는 총이 발사되었을 때 그 집에 있었다네."

밴스는 믿을 수 없다는 듯한 얼굴을 했다. "정말인가? 정말 그 자리에 있었단 말이지? 그것 참 놀랍군."

"있었다는 확증이 있다네." 하고 매컴이 말했다. "자네도 알다시피 식사 때 낀 장갑과, 가지고 있었던 핸드백이 모두 벤슨의 거실 벽난로 선반 위에서 발견되었잖나?"

"허, 참." 하고 밴스는 입안에서 나직하게 중얼거리며 동의할 수 없다는 듯이 희미한 미소를 지었다. "그렇다면 그 자리에 있었던 것은 그 여인이 아니고 여인의 장갑과 핸드백이 아닌가?——물론 이것은 법률적 견지에서 보면 따질 것도 없는 시시한 구별이겠지. 그렇긴 하지만——" 하고 밴스는 다시 말을 계속했다. "미안하게 도 이 무식한 풋내기의 생각으로는 그 두 가지 조건을 동일한 것 으로 받아들일 수는 없네. 내 바지는 지금 세탁소에 가 있어. 따라 서 나도 세탁소에 있다고 해야 하나?"

매컴은 몹시 흥분해서 밴스에게 다시 말했다. "여자에게 늘 필 요한 소지품이, 그날 밤 내내 가지고 다닌 물건이 다음날 아침 그 녀와 동행한 남자의 방에서 발견되었는데도 자네의 그 풋내기 같 은 생각으로는 아무런 증거도 되지 않는다는 건가?"

"그렇기 때문에 나는 법률적 이해력이 가엾으리만큼 부족하다 고 미리 말하지 않았나?" 하고 밴스는 태연히 상대방의 말을 인정 했다.

"하지만 그 여인은 대낮부터 그런 특수한 물건을 들고 다니지는 않았을 것이고, 만일 그날 밤 벤슨이 집에 없었을 때 찾아갔다면 가정부가 알 게 아닌가? 그런데 다음날 아침 그 물건이 그곳에 있 었다면 전날 밤 늦은 시간에 여자가 직접 가져왔다고밖에는 생각 할 수 없지 않겠나?"

"솔직히 말해서 나로서는 조금도 이해할 수가 없네." 하고 밴스 는 대답했다. "그 여인 자신이 결국 자네의 호기심을 만족시켜 주 겠지. 하지만 여러 가지 설명을 붙이지 못할 것도 없네. 죽은 체스 터필드*가 그것들을 양복주머니에 넣고서 집으로 돌아왔는지도 모 르지——여자들은 흔히 이것저것 잡동사니나 물건꾸러미들을 남 자들에게 떠맡기기 좋아하니까. '이거 당신 주머니에 좀 넣어두세 요.' 라고 아양을 떨면서 말일세. 그리고 또 범인이 어떤 수단으로 그 물건을 손에 넣고는 '폴리차이'(polizei(경찰))의 눈을 속이기 위 해서 일부러 벽난로 선반 위에 놓아두었을지도 몰라. 여자란 말일 세, 결코 자기 소지품을 벽난로나 모자걸이같이 아무런 방해가 되 지 않는 자리에 놓아두지 않는다네. 반드시 자기 마음에 드는 의자

위나 테이블 위에 던져두지."(*체스터 필드(1694~1774)는 영국의 귀족. 헤이그에 대사로 나가 있을 때 뒤 부세라는 여자와 스캔들을 일으켰음.)

"그렇다면——"하고 매컴이 중간에 끼여들었다. "벤슨은 여자의 담배꽁초도 주머니에 넣고 돌아왔겠군?"

"이상하게 생각되는 일이란 세상에 얼마든지 있다네." 하고 밴슨은 태연하게 대답했다. "물론 담배꽁초를 가지고 돌아왔다고 해도, 지금 벤슨을 나무랄 생각은 없네만……그 담배꽁초는 두 사람 이전의 '콘베르사치오네'(conversazione(대화))의 증거일지도 모르지."

"자네가 경멸하는 히스 경사까지도——"하고 매컴은 설명했다. "그 벽난로 아궁이를 날마다 청소하는지 가정부에게 확인할 만한 머리는 가지고 있었다네."

밴스는 정말 감탄한 듯이 한숨을 쉬었다. "자네들의 조사는 그렇게까지 빈틈이 없었군……하지만 설마 그것만으로 그녀에게 혐의를 두는 건 아니겠지?"

"물론이지." 하고 매컴은 확신있게 대답했다. "자네는 덮어놓고 믿지 않으려 하지만, 우리에겐 훌륭한 증거가 있다네."

"그야 그럴 테지." 하고 밴스는 동의했다. "——얼마나 자주 죄 없는 사람들이 우리 나라 법정에서 단죄되고 있는지를 보게 되면 ……아니, 우선 자네 이야기부터 듣기로 하세."

매컴은 조용하게, 그러나 자신을 가지고 말을 이어나갔다. "부하들이 조사한 바에 따르면, 첫째 벤슨은 그 여인과 단둘이서 웨스트 40번가의 작고 멋진 마르세유라는 레스토랑에서 식사를 했다네. 둘째, 두 사람은 그곳에서 다투었다네. 셋째, 두 사람은 한밤중인 12시에 택시를 타고 함께 나갔다네. 그런데 살인은 12시 30분에 일어났어. 그러나 그 여인은 80번대인 리버사이드 드라이브에 살고 있으니까, 벤슨은 그녀를 집까지 데려다 줄 수 없었을 걸세——자기 집으로 데리고 가지 않았다면 당연히 바래다 주었겠지만—— 그러므로 권총이 발사되었을 때에는 이미 집에 돌아와 있었던 거라네. 그리고 여자가 벤슨네 집에 있었다는 것을 가리키는 증거는 또 있어. 부하가 그녀의 아파트를 조사해 본 결과, 그녀는 새벽 1시 넘어서까지 집에 돌아오지 않았다는 사실을 알아냈다네. 게다가 그녀는 장갑과 핸드백을 가지고 있지 않았고, 열쇠를 잃어버렸다면서 여벌 열쇠를 빌려서 자기 방으로 들어갔다네. 자네도 기억하고 있겠지만 열쇠는 핸드백 안에 있었거든. 그리고——이런 사실들을 매듭짓는 증거로서——벽난로 아궁이에 있었던 담배꽁초와, 자네가 그녀의 담배 케이스에서 찾아낸 담배는 똑같은 것일세." 매컴은 잠깐 이야기를 멈추고 여송연에 다시 불을 붙였다. "그 끔찍한 일이 일어난 날 밤의 이야기는 이 정도로 해두고——" 하고 그는 다시 뒤를 이어나갔다. "오늘 아침 그 여자의 신원이 밝혀지자 나는 곧 부하 둘에게 그녀의 사생활을 알아보도록 지시했네. 점심때쯤 내가 사무실에서 나오려는데 그 부하에게서 전화가 걸려오더군. 그의 보고에 의하면 그녀에게는 약혼자가 있다는 것일세. 리코크라는 육군 대위인데, 그는 벤슨을 살해할 때 쓴 것과 똑같은 권총을 가지고 있었던 모양일세. 게다가 그 리코크 대위는 살인이 일어난 날 그녀와 점심식사를 함께 했고, 다음날 아침에는 아파트로 그녀를 찾아갔었다네."

매컴은 몸을 조금 앞으로 내밀고 의자의 팔걸이를 손가락 끝으로 두들김으로써 다음 말을 한층 더 강조했다. "그러니 동기, 기회, 수단, 모두가 갖추어졌지……그런데도 자네는 유죄로 인정할 만한 증거가 없다고 주장하겠나?"

"여보게, 매컴." 하고 밴스는 침착하게 말했다. "자네가 제시한 점들은 머리좋은 중학생 정도라면 누구나 쉽게 발뺌할 수 있는 것들뿐일세." 밴스는 미안하다는 듯이 머리를 가로저었다. "그런 증거로 시민의 생명과 자유를 빼앗으려 하다니, 나는 정말 두려워지는군. 내 개인적인 안전을 생각하면 몸서리가 쳐지네."

매컴은 초조했다. "자네는 뭔가 아는 척하며 거드름을 피우는데, 그렇다면 내 추리 가운데 어디가 잘못되었는지 지적해 줄 만한 친절은 보여주어도 좋지 않겠나?"

"내가 보기엔——" 하고 밴스는 태연히 대답했다. "그 여인에 대해서 자네가 늘어놓은 여러 가지 증거는 전혀 이치에 맞지 않아. 자네는 두세 가지 전혀 관련 없는 사실을 가지고 서로 연결시켜서는 대뜸 결론으로 비약해 버렸다네. 내가 그 결론이 잘못되었음을 알게 된 것은, 이 범죄의 심리적 징후가 모두 자네의 결론과 모순되기 때문일세——즉, 이 사건에서 단 한 가지 진실한 증거가 완전히 다른 방향을 가리키고 있기 때문이야."

밴스는 그 말을 강조하는 듯한 몸짓을 했다. 그리고 그 어조는 전에 없이 열기를 띠고 있었다. "그러니 만일 자네가 그 여자를 앨빈 벤슨의 살해혐의로 체포한다면 자네는 이미 범한 죄 위에다 또 한 가지 다른 죄——'도리에 어긋나고 용납할 수 없는 우둔함'이라는 죄를 덧붙이는 결과가 될 걸세. 더구나 벤슨 같은 속물을 쏘아죽이는 일과 무고한 여인의 명예를 훼손하는 일 중에서 나중 일이 더 비난받아 마땅하다고 생각하네."

나는 매컴의 눈에서 분노의 빛이 번뜩이는 것을 보았으나, 그는 특별히 화내지는 않았다. 잊지 말아야 할 것은 이 두 사람은 친한 친구이며, 성격은 사뭇 달라도 서로 상대를 이해하며 존경하고 있다는 사실이다. 그들의 솔직성은——너무도 신랄하여 때로는 독설이 되기도 하지만——그것도 실은 서로간의 존경에서 우러나온 것이었다.

잠시 침묵이 흘렀다. 마침내 매컴이 억지웃음을 지으며, "자네 말을 듣고 있으려니까 슬그머니 걱정이 되는군." 하고 그는 놀리듯이 말했다. 그러나 그 농담같이 들리는 말투에도 불구하고 나는 그 속에 얼마쯤은 진심이 들어 있다는 것을 느꼈다. "그렇다고 해서 내가 당장 그 여자를 체포하기로 결정을 내린 것은 아닐세."

"자네가 그처럼 신중한 것은 아주 잘하는 일이지." 하고 밴스는 칭찬 같은 말을 한마디했다. "그러나 내가 생각하기엔 자네는 이미 그 여자를 위협하여 올가미를 씌워놓고 법률가라면 예외없이 좋아하는 증언의 모순을 후벼파낼 준비를 갖추었을 걸세. 분명히 —— 사실 신경질적이거나 흥분하기 쉬운 사람은 아무 죄가 없으면서도 의심받고 들볶이면 자칫 뻔한 모순을 드러내는 법이라네. '담금질'이라는 걸 하는 것이지——이 말이 가장 적합하군. 사람을 화형에 처하던 옛날의 흔적 말이야."

"그야, 물론 그 여자를 심문이야 하겠지." 하고 매컴은 시계를 꺼내어 흘끗 보면서 단호하게 말했다. "부하 하나가 30분 안에 그 여자를 사무실에 데려오기로 되어 있다네. 그러니 이 유쾌하고 계몽적인 대화는 이쯤에서 끝내야겠구먼."

"자네는 그녀를 심문하면 유죄의 증거를 잡을 수 있을 거라고 정말로 기대하고 있나?" 하고 밴스가 물었다. "여보게, 나는 자네가 망신당하는 것을 보고 싶어 견딜 수가 없네. 하지만 용의자를 들볶는 것은 법률적 '아르카나'(arcana(비법)) 가운데 하나겠지?"

매컴은 일어나서 문 쪽으로 가려다가 밴스의 말에 걸음을 멈추고 잠시 골똘히 생각하는 듯했다. "자네가 입회하고 싶다면 나는 굳이 반대하지는 않겠네." 하고 그가 말했다. "정말로 가보고 싶다면 말일세."

매컴은 밴스가 말한 망신을 밴스 자신이 당하게 될지도 모른다고 생각하는 모양이었다. 그래서 우리는 택시를 타고 형사법정건물을 향해 달렸다.

제7장 보고와 심문
(6월 15일 토요일 오후 3시)

우리는 빛바랜 대리석 기둥과 난간이 있고 고풍스러운 아라베스크 무늬 쇠장식이 달린 낡은 건물로 달려가, 프랭클린 가(街) 입구에서 곧장 4층 지방검사 사무실로 올라갔다. 사무실도 건물과 마찬가지로 예스러움을 풍기고 있었다. 높은 천장, 육중해 보이는 금빛 떡갈나무 재(材)의 조각, 낮게 드리워진 청동과 도자기로 만든 정교한 샹들리에, 페인트 칠을 한 창문과 창문 사이의 우중충한 벽, 남쪽을 향해 나 있는 높고 좁은 네 개의 창문——이 모든 것이 지나간 시대의 건축과 장식을 말해 주고 있었다.

바닥에는 그 또한 우중충한 갈색 비로드 카펫이 넓찍하게 깔려 있고, 창문에는 같은 색깔의 비로드 커튼이 드리워져 있었다. 벽 가장자리와 지방검사의 사무용 책상 앞 커다란 떡갈나무 테이블 둘레에는 크고 안락해 보이는 의자가 몇 개 놓여 있었다. 검사의 책상은 창문 바로 아래, 방 안쪽을 향해 놓여 있었으며, 넓고 평평하고 다리는 조각이 되어 있으며, 양옆에는 바닥까지 닿도록 서랍이 달려 있었다. 등받이가 높은 책상용 회전의자 오른쪽에 조각이 새겨진 떡갈나무 테이블이 또 하나 있었다. 방안에는 그 밖에도 몇 개의 서류장과 커다란 금고가 하나 있었다. 동쪽 벽 중앙에는 가죽으로 씌워진 위에 커다란 놋쇠 장식못이 박힌 문이 있고, 그 문은 사무실과 대기실 사이에 있는 길쭉한 방과 통해 있었다. 그 방에는 지방검사의 비서와 서기 몇 명이 나란히 놓인 책상 앞에 앉아 있었다. 이 문과 마주보는 곳에 또 하나의 문이 있었는데, 그 문은 지방검사의 깊숙한 성당과 이어지는 모양이었다.

밴스는 한가하게 방안을 둘러보았다. "흠, 여기가 뉴욕 시 정의의 모체(母體)인가?" 그는 어떤 창문 앞으로 다가가서 맞은편에 있는 시(市)구치소의 둥근 잿빛 탑을 내려다보았다. "그리고 저기가 우리의 법률에 희생된 친구들이 바깥 시민들 속에서 범죄활동의 경쟁을 하지 못하도록 가둬두는 '우블리에트'(oubliette(감옥))로군. 정말 가슴아픈 풍경일세, 매컴."

지방검사는 사무용 책상에 앉아 기록부에 적혀 있는 메모에 눈을 주었다. "부하 두 사람이 나를 기다리고 있다는군." 하고 그는 얼굴도 들지 않고 말했다. "그러니까 미안하네만 잠깐 거기 앉아 있게. 사회를 해치는 나의 쓸모없는 일을 좀더 진행시켜야겠어." 책상 아래쪽에 있는 버튼을 누르자 도수높은 안경을 낀 시원시원해 보이는 젊은이가 문 앞에 나타났다.

"스워커, 펠프스를 들여보내게." 하고 매컴이 지시했다. "그리고 스플린저가 식사를 마치고 돌아오거든 곧 만나고 싶다고 이르게."

비서가 나가자 이어서 키가 크고 얼굴이 매같이 생기고 등이 굽어서 볼품없는 사나이가 딱딱한 걸음걸이로 들어왔다. "뭐, 새로운 거라도 있나?" 하고 매컴이 물었다.

"예, 검사님." 하고 형사는 낮고 귀에 거슬리는 목소리로 대답했다. "당장 도움이 될 만한 것을 한 가지 알아가지고 왔습니다. 점심때 보고를 끝낸 다음 리코크 대위의 아파트로 한번 가보았습니다. 그곳 일꾼들에게서 좀 알아낼 것이 없을까 하고 말입니다. 그런데 마침 대위가 외출하던 참이더군요. 뒤따라가 보았더니 그는 곧장 리버사이드 드라이브의 그 여자 아파트로 가서 한 시간 이상 있었습니다. 그리고는 걱정스러운 얼굴로 나와서 자기 아파트로 돌아가더군요."

매컴은 잠깐 생각에 잠겼다. "별로 대수로운 일이 아닐지도 모르지만, 어쨌든 알아낸 건 잘한 일일세. 세인트 클레어 양이 이제 곧 올 테니까 뭐라고 말하는지 떠봐야겠군. 오늘은 이제 다른 용건은 없네──스워커에게 그렇게 말하고 트레이시를 들여보내게."

트레이시는 펠프스와 아주 대조적인 사나이였다. 키가 작고 뚱뚱했으며, 꾸민 듯한 부드러운 분위기를 자아내고 있었다. 둥그스름한 얼굴이 상냥해 보이고, '팡스네'(pince-nez(코안경))를 썼으며, 입은 옷도 요즘 유행하는 것으로서 몸에 잘 어울렸다.

"안녕하십니까, 검사님." 하고 그는 얌전하고 싹싹한 목소리로 인사했다. "저어, 세인트 클레어라는 여자가 오늘 이곳에 출두하게 되어 있는 것으로 압니다만, 검사님이 심문하실 때 참고가 될 만한 것을 두세 가지 알아가지고 왔습니다." 형사는 조그만 수첩을 펼치고서 코안경을 고쳐썼다. "저는 그녀의 음악선생에게서 무엇인가 알아낼 수 있을지도 모른다고 생각했습니다. 그전에는 메트로폴리턴 오페라에 관계했던 이탈리아 사람인데, 지금은 자기 합창단을 가지고 있습니다. 프리마 돈나가 되려는 야심을 가진 여자들에게 코러스와 무대장치를 곁들여 배역에 대한 연습을 시켜주고 있는 사람이죠. 세인트 클레어 양은 그가 아끼는 제자 가운데 하나입니다. 그는 묻는 말에 선선히 대답해 주더군요. 벤슨에 대해서도 잘 알고 있는 것 같았습니다. 벤슨은 세인트 클레어 양이 연습하는 것을 여러 번 구경했으며, 가끔 택시로 마중을 가기도 했었답니다. 리널드 씨가──그 음악선생 말입니다, 벤슨이 그 여자에게 완전히 빠져 있었다고 하더군요. 지난 겨울 그녀가 클라이텔리언 극장에서 단역을 맡아 노래불렀을 때 리널드 씨가 후원을 해주었는데, 벤슨이 분장실을 가득 채우고도 남을 만큼 온실재배꽃을 선물했었답니다. 벤슨이 정말로 그녀의 후견인이었는지를 알아내려고 했습니다만, 리널드 씨는 모르는 모양인지, 아니면 알고도 모르는 척하는 건지 분명한 말을 하지 않더군요." 트레이시는 수첩을 덮고 얼굴을 들었다. "도움이 될지 모르겠습니다, 검사님."

"물론일세." 하고 매컴이 말했다. "그 선에서 계속 뛰어주게. 그리고 월요일 이때쯤 다시 진행상황을 알려주게나."

트레이시는 꾸벅 인사를 하고 나갔다. 형사가 나가자 비서가 다시 문 앞에 나타났다. "스플린저 형사가 와 있습니다." 하고 비서가 말했다. "들여보낼까요?"

스플린저는 펠프스나 트레이시와는 전혀 다른 타입의 형사였다. 나이도 그들보다 많았고, 근면한 은행장부 담당직원 같은 침울하

고 유능해 보이는 사람이었다. 그의 행동에는 진취적인 점이라고
는 눈곱만큼도 없었으나 섬세한 일을 아주 정확하게 해낼 능력은
있어 보였다.

매컴은 주머니에서 벤슨 소령에게서 들은 이름을 적어둔 봉투를
꺼냈다. "스플린저, 롱 아일랜드에 사는 사람인데 되도록 빨리 만
나보았으면 하네. 벤슨 살인사건과 관계가 있어. 주소를 알아내어
급히 이리로 데려오도록. 전화번호부에서 찾게 되면 일부러 갈 것
까지는 없겠지. 이름은 리앤더 파이피, 포트 워싱턴에 살고 있을
걸세." 매컴은 그 이름을 카드에 휘갈겨써서 형사에게 주었다. "오
늘은 토요일이니까 만일 내일 뉴욕에 나올 일이 있거든 스타이비
샌트 클럽으로 나를 찾아와 달라고 전해 주게. 오후에는 거기 있겠
네."

스플린저가 나가자 매컴은 다시 버튼을 눌러서 비서를 부르더니
세인트 클레어 양이 오거든 곧 들여보내라고 일렀다.

"히스 경사님이 와 있습니다." 하고 스워커가 보고했다. "바쁘시
지 않으면 뵙고 싶다고 하는데요."

매컴은 문 위의 벽시계를 올려다보았다. "아직 시간이 좀 있구
먼. 들여보내게."

히스는 밴스와 내가 지방검사실에 있는 것이 좀 뜻밖인 모양이
었다. 그러나 매컴과 형식적인 악수를 나눈 뒤에 호인다운 미소를
띠우며 밴스를 보았다. "아직도 공부하고 있습니까, 밴스 씨?"

"꼭 그렇다고 할 수는 없군요, 히스 경사님." 하고 밴스는 소탈
하게 대답했다. "그러나 꽤 흥미 있는 과오에 대해서 몇 가지 배우
고 있는 중이지요. 그건 그렇고, 당신의 수사는 어떻게 되어가고
있나요?"

히스의 얼굴이 갑자기 진지해졌다. "그것을 검사님에게 말씀드
리러 왔습니다." 히스는 매컴 쪽을 보았다. "정말 골치아픈 사건입
니다, 검사님. 부하와 제가 벤슨과 가까이 지낸 사람들을 각각 나
누어서 열 명 남짓 만나보았으나 참고가 될 만한 사실은 하나도
찾아내지 못했습니다. 아무것도 모르거나, 아니면 모두 조개같이
입을 꼭 다물어버리는 사람들뿐이더군요. 벤슨 씨가 살해되었다는
말을 듣고는 모두들 소스라치게 놀라서는 입을 딱 벌리거나 기절

초풍하는 사람들뿐이었습니다. 어째서 그런 일이 벌어졌는지 짐작되는 바가 없느냐고 물어도 죄다 모르겠다는 겁니다. 그들의 말은 모두 똑같았습니다—— 앨빈같이 좋은 사람을 누가 죽였을까? 앨빈이 얼마나 좋은 사람인지 모르는 강도가 아닌 다음에야 아무도 그런 행동을 하지는 못할 거야. 비록 강도라도 그가 얼마나 좋은 사람인가를 알았다면, 그런 행동은 못했을 거라는 거지요……제기랄, 나는 그들 두세 명쯤을 내 손으로 때려죽여서 자기들이 그토록 좋아한다는 앨빈 씨 곁으로 보내주고 싶을 정도였습니다.

"자동차에 대해서는 무슨 단서라도 나왔소?" 하고 매컴이 물었다.

히스는 아주 못마땅한 얼굴로 내뱉듯이 말했다. "하나도 없습니다. 그렇게 요란하게 선전이 되었는데도 아무 소식이 없으니 아무래도 이상합니다. 수중에 들어온 것은 그 낚싯대 마디뿐입니다. 그건 그렇고, 오늘 아침 경찰국장님이 시체해부 보고서를 보내주셨는데 새로운 것은 하나도 없었습니다. 쉬운 말로 해서 벤슨은 머리에 총을 맞고 죽었으며, 다른 기관은 모두 이상이 없다고 하는 겁니다. 멕시코 콩에 중독되었다거나 아프리카 뱀에게 물렸다거나 해서 사건을 지금보다 더 복잡하게 보이도록 하지 않은 것이 오히려 이상할 정도입니다."

"기운을 내시오, 히스 경사." 하고 매컴은 격려했다. "우리 쪽은 당신보다 운이 좀 좋은 것 같소. 트레이시가 핸드백 주인을 알아내어 그날 밤 그녀가 벤슨과 저녁식사를 함께한 사실을 확인했거든. 그 밖에도 그와 펠프스가 두세 가지 잘 들어맞는 보충적인 사실을 알아냈지. 오래지 않아 그녀가 이리로 올 게요. 무슨 말을 할지 곧 알게 되겠지."

지방검사가 말하는 동안 히스의 눈에는 분해 하는 빛이 떠올랐으나 곧 사라지고는 여러 가지 질문을 하기 시작했다. 매컴은 모든 것을 자세히 설명해 주고 리앤디 파이피에 대해서도 이야기해 주었다. "그녀와 만나서 이야기한 결과는 곧 알려주겠소." 하고 그는 말을 맺었다.

히스가 나가고 문이 닫히자 밴스는 능글맞은 미소를 지으며 매컴을 쳐다보았다. "니체의 '위버멘셴'(Übermenschen(초인))일 수는 없는 모양이군——어떤가? 헤아릴 수 없이 복잡한 이 세상일에 저 나리께서도 조금은 당황하고 있는 것 같지 않나? 완전히 풀이 죽어 있더군. 그 도수높은 안경을 낀 몹시 바빠 보이는 젊은이가 경사가 왔다고 알려왔을 때, 나는 사실 가슴이 두근거렸다네. 벤슨을 살해한 범인을 적어도 여섯 명쯤은 체포했다고 자네에게 보고하러 온 줄로만 알았거든."

"자네 희망이 너무 컸군." 하고 매컴이 꼬집었다.

"하지만 그것은 자네들이 늘 쓰는 수법 아닌가?——우리의 위대하고 도의적인 신문의 큰 제목을 믿어도 좋다면 말일세. 나는 범죄가 일어나면 그 순간부터 경찰은 닥치는 대로 사람을 마구 잡아들인다고만 생각했거든——세상의 눈을 끌기 위해서. 이 또한 환멸일세……슬픈 일이지!" 하고 밴스는 중얼거렸다. "그 경사는 나의 기대를 저버렸어."

마침 그때 매컴의 비서가 문에 나타나서 세인트 클레어 양이 도착했다고 알렸다.

그 젊은 여자가 당돌하고 우아한 걸음걸이로 머리를 약간 갸우뚱하고는 꽤나 못마땅하다는 듯한 태도로 천천히 방으로 들어왔을 때 우리는 모두 조금 겸연쩍은 느낌이었다. 자그마한 몸집에 아주 예쁜 여자였다. 하지만 '예쁘다'는 말은 그녀를 묘사하는 데 꼭 알맞은 낱말은 아니었다. 그녀는 레오나르드의 엄격함을 부드럽게 순화시키고, 거기에다 친근감과 퇴폐감을 더한 카라치(이탈리아 3형제 화가, 여기서는 막내동생 안니발(1560~1609)을 가리킴)의 초상화에서 볼 수 있는, 좀 이국적인 멋을 풍기는 아름다움을 지니고 있었다. 검은 눈은 그 사이가 넓었으며, 코가 오똑하니 곧고, 이마도 시원했다. 육감적인 입술은 윤곽이 뚜렷하여 마치 조각품 같았으며, 입가에는 수수께끼 같은 미소, 아니 미소 비슷한 것이 떠올라 있었다. 둥글고 단단해 보이는 턱은 다른 곳에 비해 좀 답답한 느낌이었지만, '앙상블'(ensemble(전체))로 보면 결코 그렇지도 않았다. 그 태도에는 안정감이 있었고, 어딘가 모르게 강한 성격이 엿보였다. 그러나 그 외면의 고요 속에 강렬한 감정이 숨겨져 있음을 나는 느낄수가 있었다. 옷차림은 인품과 잘 조화를 이루어 수수하고 평범하게 보였으나, 색깔 선택 같은 점에 나타나 있는 독창성이 일종의 독특한 매력을 풍겼다.

매컴은 일어나서 형식적인 인사를 하고, 자기 책상 바로 앞의 편안해 보이는 푹신한 의자를 권했다. 여자는 고개만 까딱하고 그 의자를 흘끗 보더니 그 옆에 있던 팔걸이 없는 여느 의자에 앉았다.

"실례해야겠네요." 하고 그녀는 말했다. "앉고 싶은 의자에 앉아서 조사받고 싶군요." 그 목소리는 낮고 잘 어울렸다――연습을 많이 한 가수의 목소리였다. 그녀는 이야기해 가면서 미소짓고 있었으나, 그것은 마음을 열어놓은 미소가 아니라, 차갑고 쌀쌀맞으면서도 어딘지 요염한 구석이 있는 것이었다.

"세인트 클레어 양." 하고 매컴이 정중하면서도 엄격한 말투로 심문을 시작했다. "앨빈 벤슨 씨의 살인사건에 당신은 밀접한 관련이 있습니다. 결정적 조치를 취하기 전에 두세 가지 물어볼 것이 있어서 여기까지 와달라고 한 겁니다. 그리고 미리 충고해 두겠습니다만, 솔직하게 말하는 편이 당신 자신을 위해서 좋습니다." 매컴은 잠시 말을 끊었다. 여자는 비웃음이 어린, 묻고 싶은 듯한 눈으로 검사를 바라보았다.

"친절하게 충고해 주셔서 고맙다는 말씀을 드려야겠군요."

매컴의 얼굴이 더욱 찌푸려지며 책상 위의 타이프된 서류를 내려다보았다. "이미 아시리라고 생각합니다만, 벤슨 씨가 총에 맞은 다음날 아침 당신의 장갑과 핸드백이 그의 집에서 발견되었습니다."

"핸드백이 내 것이라는 것을 어떻게 알아냈는지, 그 점은 알 듯도 합니다만――" 하고 그녀가 대답했다. "장갑이 내 것이라고 단정하신 것은 무슨 이유에서인지?"

매컴은 그녀를 쏘아보았다. "그럼, 장갑은 당신 것이 아니란 말입니까?"

"아니, 그렇다는 건 아니에요." 그녀는 또다시 매컴을 보고 쌀쌀맞게 웃었다. "나는 다만 그 장갑이 내 것인 줄을 어떻게 알았는지 이상하게 생각되었을 뿐이에요. 장갑에 대한 내 취향이며 치수도 아실 리가 없을 테니까요."

"그럼, 그 장갑은 당신 것이로군요?"

"하얀 염소가죽 장갑으로써 팔꿈치까지의 치수가 5인치 4분의 3(약 15cm)인 트레푸스(상점 이름) 것이라면 틀림없이 내 것이에요.

지장이 없으시다면 돌려주시겠어요?"

"안됐습니다만——" 하고 매컴이 말했다. "지금은 우리가 보관해 둘 필요가 있습니다."

그녀는 어깨를 으쓱하며 화제를 바꾸었다. "담배를 피워도 되겠어요?"

매컴은 책상서랍을 열고 '벤슨 앤드 해지스' 담배를 한 갑 꺼냈다.

"내게도 있어요. 고마워요." 하고 그녀가 말했다. "하지만 난 물부리를 아주 좋아하는데, 그걸 잃어버려서 정말 속상해요."

매컴은 망설였다. 그녀의 태도는 분명히 만만치 않았다. "기꺼이 빌려드리지요." 하고 그는 타협하기로 했다. 그리고 책상의 다른 서랍을 열고 물부리를 꺼내어 그녀 앞에 내놓았다.

"그런데, 세인트 클레어 양——" 하고 매컴이 다시 본래의 엄격한 태도로 돌아갔다. "이런 당신의 소지품들이 어째서 벤슨 씨 거실에 놓여 있었는지 그 이유를 설명해 주시겠습니까?"

"아뇨, 매컴 씨. 그 이야긴 하지 않겠어요." 하고 그녀는 대답했다.

"거절하면 이런 경우 심상치 않은 추정이 내려진다는 것은 아시겠지요?"

"그런 문제는 별로 생각해 보지 않았어요." 그녀의 말투는 대범했다.

"생각해 보는 게 좋을 텐데요." 하고 매컴이 충고했다. "당신의 입장은 결코 바람직한 것이 못 됩니다. 물론 당신 소지품이 벤슨 씨 방에 있었다는 것만으로 당신을 이 사건과 결부시키려는 것은 아닙니다만."

그녀는 의아한 듯한 눈을 들고는 입가에 또 그 수수께끼 같은 미소를 떠올렸다.

"나를 살인범으로 단정할 만한 충분한 증거라도 가지고 있는 모양이지요?"

매컴은 그 물음에는 대답하지 않았다. "벤슨 씨와는 꽤 가까운 사이였다고요?"

"내 핸드백과 장갑이 그분의 방에서 발견되었으니 사람들은 그렇게 생각하겠지요, 안 그래요?" 하고 그녀는 받아넘겼다.

"벤슨 씨는 당신에게 대단한 관심을 가지고 있었다지요?" 매컴은 계속 물었다.

그녀는 '무'(mone(볼멘 얼굴))로 한숨을 쉬었다. "예, 정말 굉장했어요. 내 쪽에서 화가 날 정도였으니까요. 내가 여기 불려온 것은 그분이 나에게 관심이 대단했었다는 것을 말하기 위해선가요?"

매컴은 이 질문도 무시했다. "세인트 클레어 양, 당신은 밤 12시에 마르세유를 나와서 댁으로 돌아갈 때까지 어디에 있었습니까? ―― 아파트로 돌아간 시간은 새벽 1시 지나서였다고 알고 있습니다만."

"당신은 정말 굉장하군요!" 하고 그녀는 감탄했다. "무엇이나 다 알고 있는 것 같군요. 네, 그야 집으로 돌아가는 중이었다고 말씀드리는 수밖에 없겠네요."

"40번가에서 81번가와 리버사이드 드라이브 모퉁이까지 가는데 한 시간이나 걸리나요?"

"네, 그래요―― 2~3분쯤 차이는 있을지 모르지만."

"어째서 시간이 그렇게 많이 걸리는지 어디 설명을 한번 들어볼까요?" 매컴은 속이 부글부글 끓기 시작했다.

"그런 것은 설명할 수 없어요." 하고 그녀는 말했다. "시간이 그만큼 걸렸다는 말밖에는. 시간이란 빨리 지나가 버리지요, 매컴 씨, 안 그런가요?"

"당신의 그런 태도는 자신에게 불리할 뿐입니다." 하고 매컴은 초조한 빛을 역력히 드러내며 경고조로 말했다. "당신의 처지가 얼마나 어렵게 되어 있는지 모르시겠소? 당신은 벤슨 씨와 식사를 함께 하고 레스토랑을 12시에 나와서 당신 아파트에는 1시 넘어서야 도착했다는 것을 우리는 알고 있단 말입니다. 벤슨 씨는 12시 30분에 총에 맞아 살해되었고, 다음날 아침 당신 소지품이 그의 방에서 발견되었습니다."

"그러니까 굉장히 수상쩍다는 말씀이로군요?" 하고 그녀는 정말 큰일이라는 듯한 얼굴을 하고서 매컴의 말을 인정했다. "그리고, 매컴 씨, 이 말도 덧붙여 두겠습니다. 만일 내 생각만으로도 벤슨 씨를 죽일 수 있었다면 그분은 이미 오래 전에 죽었으리라는

것 말이에요. 죽은 사람을 나쁘게 말해서 안된다는 것쯤은 알고 있
어요——'데 모르튀이스'*(de mortuis)라는 말로 시작되는 속담이
있지요. 하지만 나에겐 벤슨 씨가 정말 싫어서 견딜 수 없었던 이
유가 있었어요." (*'De mortuis'로 시작되는 속담은 'De mortuis nil nisi bonum'
(죽은 사람에 대해서는 좋은 말만 하라)로서, BC 3세기 무렵의 그리스 철인 디
오게네스의 말.)

"그렇다면 어째서 그와 함께 식사하러 갔었나요?"

"그 질문은 그 뒤 나 스스로도 몇 번이나 해보았답니다." 하고
그녀는 슬픈 얼굴로 고백했다. "여자들이란 아주 충동적이거든요
——언제나 해서는 안되는 일을 해버리지요. 물론 당신이 무슨 생
각을 하고 있는지 잘 알아요. 내가 그분을 쏠 작정이었다면 그것은
아주 자연스러운 예비행동이었다고 생각하는 거겠죠? 그래요, 사
람을 죽이는 여자는 모두 그전에 희생자와 함께 식사를 하러 가는
모양이지요?"

그녀는 말을 해가며 콤팩트를 열어 거울에 비친 얼굴을 들여다
보았다. 물결치는 짙은 갈색 머리카락이 흐트러졌다고 생각되는지
느긋한 손놀림으로 매만진 다음, 눈썹 연필로 그린 반달형 눈썹이
눈에 보이지 않을 정도로 흩어진 듯 손가락으로 다듬었다. 그리고
머리를 갸우뚱하며 자기 모습을 시험해 보기라도 하듯이 살펴본
다음 말을 끝내고는 지방검사에게로 시선을 옮겼다. 그 행동은 이
야기를 듣고 있는 사람에게 대화의 내용보다 자기의 겉모습이 더
중요하다는 인상을 주고 있는 것이 뚜렷했다. 이 짧은 무언극만큼
분명하게 그녀의 무관심을 나타내고 있는 것은 없었다.

매컴은 완전히 애를 먹고 있는 꼴이었다. 타입이 다른 지방검사
라면 이런 경우에 자기의 직권을 믿고서 강압적인 방법으로 상대
방의 마음을 좀더 다루기 쉬운 방향으로 끌고갔으리라. 그러나 매
컴은 특히 여자를 다룰 경우에는 어느 검사국 직원들처럼 고압적
이고 위협적인 말을 늘어놓는 방법을 본능적으로 싫어했다. 하지
만 만일 클럽에서 밴스가 흑평을 하지 않았더라면 지금쯤은 아마
틀림없이 좀더 위압적인 태도를 취했을지도 모른다. 그러나 밴스
의 말이 마음에 걸려서 불안한 짐이 되어 있는데다가 그녀가 제멋
대로 굴어서 더욱 속을 썩이고 애를 먹는 듯했다.

한동안 입을 다물고 있던 매컴이 정색하고 물었다. "당신은 '벤

슨 앤드 벤슨 주식중개소'를 통해서 꽤 많은 투자를 했었다지요, 아닙니까?"

이 질문에 답하여 어렴풋이 음악적인 웃음소리가 울렸다. "그 소령이 말을 했군요……네, 터무니없이 어리석은 도박을 했었지요. 격에도 맞지 않는 행동이었어요. 아마 나는 욕심쟁이인가 봐요."

"그리고 요즘 크게 손해를 보았다는데, 정말입니까?──그래서 앨빈 벤슨 씨가 당신에게 추가금을 요구했고, 결국 당신은 주식을 팔았다고 하던데?"

"'그게 사실이 아니라면 얼마나 좋을까?' 하고 나는 생각한답니다." 그녀는 자못 슬픈 표정을 지으며 한탄했다. "그러니까 비열한 앙갚음을 하기 위해, 또는 정당한 벌을 주기 위해서 벤슨 씨를 해치웠다고 생각하시나요?" 그녀는 장난기 어린 미소를 띠면서 마치 알아맞추기 게임이라도 하듯이 대답을 기다렸다.

매컴은 사나운 눈을 하고 차디차게 말했다. "필립 리코크 대위가 벤슨 씨 살해에 사용된 것과 똑같은 45구경 육군 콜트 권총을 가지고 있다는데, 사실입니까?"

약혼자의 이름이 나오자 그녀는 눈에 띄게 몸이 굳어지며 긴장했다. 지금까지 그녀가 취하고 있었던 연극적인 태도는 어디론가 사라지고 붉은기가 두 뺨을 물들이더니 이마에까지 번져나갔다. 그러나 그녀는 곧 연극적인 무관심한 태도로 돌아갔다. "리코크 대위가 가지고 있는 권총의 구조나 구경에 대해서는 물어본 일조차 없어요." 하고 그녀는 대수롭지 않게 대답했다.

"그럼, 살인이 일어나기 전날 아침 리코크 대위가 당신을 찾아 갔을 때 당신에게 권총을 빌려주었다는 것은 사실이 아닙니까?" 하고 매컴은 차디찬 목소리로 몰아붙였다.

"매컴 씨, 당신은 정말 멋없는 분이군요." 하고 그녀는 다소 멋 적은 듯이 나무랐다. "약혼한 사람들의 개인관계에까지 파고들다 니! 나는 리코크 대위와 약혼한 사이예요──이미 알고 계시겠지 만."

매컴은 자제하려고 애를 쓰면서도 벌떡 일어났다. "당신은 내 질문에 일체 대답을 거절하고 있다고 보아도 좋습니까? 아니면, 현재 자신이 처해 있는 중대한 입장을 헤쳐나갈 노력을 하지 않겠다는 겁니까?"

그녀는 생각하고 있는 모양이었다. "그래요." 하고 천천히 말했다. "지금 당장은 별로 말씀드리고 싶은 게 없군요."

매컴은 몸을 앞으로 내밀고 두 손으로 책상 위를 짚었다. "당신의 그런 태도가 어떤 결과를 가져올 것인지는 아시겠지요?" 하고 그는 기분나쁜 목소리로 물었다. "이 사건과 당신과의 관계에 대해서 내가 알고 있는 사실과, 아울러 내가 납득할 만한 설명을 일체 거부하는 당신의 태도를 생각해 볼 때, 당신에 대한 구치명령을 내리는 데 필요한 조건은 충분히 갖추어졌다고 봅니다."

매컴이 말하는 동안 나는 그녀를 지켜보았다. 그녀는 지금까지의 그녀답지 않게 눈을 조금 내리깔았을 뿐이었다. 그밖에는 매컴의 말에 동요된 듯한 기색은 조금도 없었으며, 오히려 아주 재미있다는 태도로 지방검사를 쳐다보았다.

매컴의 입언저리가 갑자기 긴장되더니 몸을 돌려 책상 아래에 있는 버튼으로 손을 뻗었다. 그러면서도 그는 밴스에게로 눈길을 보내며 결단을 내리지 못하고 망설이는 듯했다. 매컴이 보기에 밴스의 얼굴에는 비난하는 듯한 놀라움이 떠올라 있었던 모양이다. 그 표정은 매컴이 무슨 일을 하려는지 잘 알고 있어서, 너무 어처구니가 없을 뿐만 아니라 다시는 돌이킬 수 없는 어리석은 행동을 하는 것이라는 걸 말 이상으로 강력하게 표현해 주고 있었다.

잠시 긴장된 침묵이 방안에 감돌았다. 이윽고 세인트 클레어 양은 침착하게 천천히 콤팩트를 열고 분첩으로 콧등을 두드렸다. 그런 다음에 지방검사에게로 차분하게 가라앉은 시선을 돌렸다. "그럼, 나를 지금 체포할 생각인가요?"

매컴은 생각에 잠기며 잠시 그녀를 바라보았다. 즉시 대답하지 못하고 그는 창가로 다가가서 1분도 더 형사법정건물과 시형무소를 연결하는 '한숨의 다리'를 내려다보고 있었다. 그러다가 마침내, "아니, 오늘 체포하지는 않겠소." 하고 천천히 말했다. 매컴은 여전히 그대로 밖을 내다보고 서 있었다. 그리고 선뜻 결단을 내리지 못하는 자신의 마음을 안정시키기라도 하려는 듯이 빙글 몸을 돌려 그녀와 마주보았다. "체포하려는 것은 아닙니다——지금으로서는." 하고 좀 퉁명스럽게 같은 말을 되풀이했다. "그러나 당분간 뉴욕을 떠나지 말도록 명령하겠습니다. 만일 이 명령을 어기고 기어이 떠난다면 그 즉시 체포될 겁니다. 잘 알아두십시오." 매컴이 버튼을 누르자 비서가 들어왔다.

"스워커, 세인트 클레어 양을 아래로 모시고 가서 택시를 잡아 드리게……그것이 끝나면 자네는 퇴근해도 좋아."

그녀는 일어나서 매컴에게 가볍게 인사했다. "담배 물부리를 빌려주셔서 정말 고마웠어요." 하고 그녀는 유쾌하게 말하며 담배 물부리를 책상 위에 놓았다. 그리고 말없이 조용히 방에서 나갔다.

세인트 클레어 양이 나가고 문이 닫히자마자 매컴은 또 다른 버튼을 눌렀다. 조금 뒤 바깥 복도로 통하는 문이 열리고 머리가 희끗희끗한 중년남자가 나타났다.

"벤――" 하고 매컴은 급히 명령했다. "지금 스워커가 아래로 데리고 간 여자를 뒤쫓게. 철저히 감시하여 놓치지 않도록. 뉴욕시 밖으로 나가지 말라고 했네―― 알겠지? 트레이시가 찾아낸 세인트 클레어라는 여자일세."

그 사람이 나가자 매컴은 밴스 쪽으로 돌아서서는 노려보았다. "자아, 말해 보게, 자네가 말한 저 죄없는 젊은 여자를 어떻게 보나?" 매컴은 도전적이고 의기양양한 태도로 물었다.

"멋진 여자야―― 안 그런가?" 밴스는 부드럽게 대답했다. "훌륭한 자제력을 가지고 있었네. 그리고 직업군인과 결혼할 생각이라지? 나쁘지 않은걸. '드 귀스티뷔스'(De gustilbus('non disputandum'에 이어지는 말로써 취미가 나쁘지 않다는 뜻))로군. 그렇게 생각지 않나, 매컴? 나는 자네가 정말 수갑을 가져오게 하는 줄 알고 잠시 조마조마했었다네. 그렇게 했더라면, 매컴, 자네는 죽을 때까지 후회했을 걸세."

매컴은 한동안 밴스를 뚫어지게 바라보았다. 밴스의 확신 있어 보이는 태도의 밑바닥에는 일시적인 감정 이상의 무엇인가가 깔려 있음을 그는 알고 있었다. 그것을 알고 있었기 때문에 그는 그녀를 구치시키려다가 곧 마음을 바꾸었던 것이다. "그 여자의 태도는 확실히 자신에게 죄가 없음을 믿게 하려는 것은 아니었어." 하고 매컴은 비난하듯이 말했다. "하지만 연극 솜씨는 대단하더군. 그런데 말일세, 똑똑한 여자라면 자신에게 켕기는 점이 있을 때 그 정도 연극은 누구나 할 수 있다네."

"그럼, 자네는 눈치채지 못했나?" 하고 밴스가 물었다. "그 여자는 자네에게서 의심받건 받지 않건 그런 것은 눈곱만큼도 개의치 않았다네. 아니, 사실 그 여자는 자네가 순순히 보내준 것에 대해 조금쯤은 실망하는 눈치였어."

"내 상황판단은 자네와 전혀 다르네." 하고 매컴이 대답했다. "죄가 있든 없든 누구나 체포당하는 것은 좋아하지 않거든."

"그건 그렇고——" 하고 밴스가 물었다. "벤슨이 살해된 시각에 그 행운의 미남 선생은 어디 있었을까?"

"자넨 우리가 그 점도 확인하지 않았을 것으로 생각하나?" 하고 매컴은 깔보듯이 말했다. "리코크 대위는 그날 밤 8시부터 내내 자기 아파트에 있었다네."

"그게 정말인가?" 하고 밴스는 아주 재미있다는 듯이 되받았다. "참으로 모범적인 젊은이로세."

매컴은 또다시 날카롭게 그를 쏘아보았다. "오늘 자네 머릿속에서 어떤 굉장한 이론이 소용돌이치고 있는지 알고 싶구먼." 하고 그는 골똘히 생각하며 말했다. "나는 일단 그녀를 돌려보낸 지금—— 물론 자네가 그렇게 하기를 바랐기 때문이지만——나는 내가 가장 옳다고 생각한 판단을 버린 셈일세. 그러니 자네도 그 숨겨진 비밀을 솔직히 털어놓아야 할 게 아닌가?"

"숨겨진 비밀을 털어놓으라고? 그런 멋없는 비유를 하다니, 마치 내가 무슨 요술쟁이 같군 그래."

밴스는 진지한 대답을 하고 싶지 않을 때면 늘 이런 식으로 대꾸했다. 그래서 매컴은 그 이야기를 그만두기로 했다.

"어쨌든——" 하고 그는 말했다. "자네 예상대로 내가 톡톡히 망신당하는 꼴을 못 보게 되어서 안됐네."

밴스는 정말 놀란 듯이 상대방을 쳐다보았다. "그랬었군." 그리고는 슬픈 듯이 덧붙였다. "여보게, 인생은 온통 실망으로 가득차 있다네."

제8장 밴스, 도전에 응하다
(6월 15일 토요일 오후 4시)

매컴이 전화로 이 심문의 자초지종을 히스 경사에게 알린 뒤 우리는 스타이비샌트 클럽으로 돌아왔다. 여느 때라면 지방검사국은 토요일 오후 1시면 닫히게 되어 있는데, 오늘은 세인트 클레어 양이 찾아오는 중요한 일이 있었기에 시간이 연장되었던 것이다. 매컴은 완전히 깊은 생각에 잠겨서 늘 앉는 클럽 휴게실 구석자리에 자리잡을 때까지 말이 없었다. 이윽고 그는 화난 듯이 말했다. "잘못했어. 그 여자를 그냥 돌려보내는 게 아닌데. 아무리 생각해도 그 여자가 범인일 것 같아."

밴스는 정말 감개무량하다는 얼굴을 했다. "아아, 그런가? 자네는 참으로 심령적이군, 매컴. 지금까지 살아오면서 늘 그랬겠지. 꿈이 모두 현실로 변하지는 않던가? 누군가를 생각하고 있으면 바로 그때 전화가 걸려오곤 했겠지. 정말 부러운 천분을 타고났군. 손금도 볼 줄 아나? 어째서 그 여자의 별점을 쳐보지 않았나?"

"자네는 그 여자에게 죄가 없다고 믿는 모양이네만——" 하고 매컴은 반박했다. "그것은 자네가 받은 인상에 지나지 않아. 무언가 좀더 구체적인 근거라고 할 수 있는 증거를 아직 자네는 만나지 못했군."

"하지만 사실이 그런 걸 어떡하겠나?" 하고 밴스는 딱 잘라 말했다. "나는 그 여자에게 죄가 없다는 것을 알고 있네. 그리고 또 여자로서는 그 총을 쏠 수 없다는 것도 알고 있다네."

"45구경 육군용 콜트 권총을 여자가 다루지 못한다는 잘못된 생각은 자네 머릿속에서 쫓아버리게."

"아아, 그것 말인가?" 하고 밴스는 어깨를 으쓱하며 그 충고에는 아랑곳하지 않았다. "범죄의 물적 증거 같은 건 내 계산에는 들어 있지 않아——그런 것들은 모두 자네들 법률가나 권력이나 쓰는 사람들에게 맡겨두지. 나는 좀더 확실한 다른 방법으로 결론을 내릴 생각이네. 그래서 자네가 벤슨 살해범으로 그 여자를 체포하는 어리석은 행동을 하면 그것보다 더 큰 망신이 없다고 말했던 걸세."

매컴은 단호하게 항의했다. "그렇게 말하는 자네는 진리에 이르기 위한 추리과정을 일체 무시하고 있는 것 같군. 자네는 혹시 사람 마음의 움직임에 대한 신뢰를 완전히 잃어버린 건 아닌가?"

"자네 말을 듣고 있으니까 하나님이 만드신 위대한 보통사람의 목소리를 듣고 있는 듯한 느낌이 드는데." 하고 밴스는 탄성을 질렀다. "자네 머리는 정말 전형적일세그려, 매컴. 자네의 머리는 자기가 알지 못하는 것은 지식이 아니고, 자기가 이해할 수 없는 것에는 설명도 존재하지 않는다는 원칙에 따라서 움직이고 있어. 정말 편리한 사고방식이로군. 고민이나 불안은 전혀 느끼지 않아도 되니까. 자네에겐 아마도 이 세상은 감미롭고 멋진 곳으로 보이겠지?"

매컴은 상냥하고 너그러운 태도를 보였다. "자네는 아까 점심식사 때 범죄수사에 있어서 절대로 실패가 없는 방법에 대해 말했었지? 그 심오하고 귀중한 비결을 이 단순한 지방검사에게 좀 가르쳐주지 않겠나?"

밴스는 은근하고 정중하게 인사를 했다.[1] "기꺼이 들려주겠네." 하고 밴스는 대답했다. "나는 개인의 성격과 인간의 본질적 심리탐구에 대해서 이야기했었지. 우리는 모두 무엇을 하든 저마다의 성격에 따라서 어느 정도 독자적인 방법을 취하는 법일세. 인간의 행위는 모두——그 크기에 관계없이——그 사람 개성의 직접적 표현이며 불가피하게 그 천성이 도장찍히듯 나타나 있다네. 그러므로 음악가는 한 장의 악보만 보고도 곧 그것이 베토벤인지 슈베르트인지, 또는 드비시인지 쇼팽인지 알아보지. 또 화가는 한 장의 화포(畫布)만 보고도 곧 그것이 코로(1796~1875, 프랑스의 화가)인지 알피니인지 램브란트인지 혹은 프란스 할스(1580?~1666, 네덜란드의 화가)인지를 아네. 완전히 똑같은 두 얼굴이 없듯이 완전히 똑같은 성격도 없다네. 우리의 개성을 이루는 성분의 배합이 각 개인에 따라 다르기 때문이지. 가령 20명의 화가가 동일한 주제를 놓고 그림을 그렸다고 해도 저마다 다른 해석과 표현을 하는 이유가 거기에 있는 것일세. 그 결과 어떤 작품을 보든지 그것을 그린 화가의 개성이 어김없이 뚜렷하게 나타나 있지. 이야기는 간단하지 않나?"

"자네 이론은 화가라면 잘 이해가 되겠지." 하고 매컴은 가볍게 비꼬듯 말했다. "그러나 솔직히 말해서 나 같은 속세의 인간 머리로는 너무도 심원해서 도저히 이해할 수가 없군."

"'그릇된 것에 마음 있는 자는 옳은 길을 거부한다'인가?" 하고 밴스는 중얼거리며 한숨을 내쉬었다.

"아무튼——" 하고 매컴은 주장하듯이 말했다. "예술과 범죄는 좀 다르니까."

"심리학적으로는 아무 차이도 없다네." 하고 밴스는 침착하게 바로잡아 말했다. "범죄는 예술작품의 기본적 요소를 모두 갖추고 있다네——보는 방법, 착상, 기법, 상상작용, 실행, 수법, 구성 등이 말일세. 뿐만 아니라 범죄에는 그 양식과 외관과 일반적인 성격에 있어서 예술작품에 견줄 만큼 다양성이 있다네. 사실 신중히 계획된 범죄는 말하자면 그림의 경우와 마찬가지로 개성의 직접적인 표현일세. 거기에 범인을 찾아낼 가능성이 숨어 있는 거야. 전문적인 미학자가 한 장의 그림을 분석하여 그것을 누가 그렸는지를 알아맞추고 그 화가의 개성이나 기질을 지적할 수 있듯이, 전문적인 심리학자는 범죄를 분석하여 누가 저지른 범행인지 말할 수 있다네——그것은 다시 말하자면 마침 그 심리학자가 범인을 그전부터 알고 있는 경우겠지만, 그렇지 않은 경우에도 거의 수학적인 정확성을 가지고 범인의 기질과 성격 등을 설명할 수가 있다네. 그리고 바로 그것이야말로 사람의 유죄를 결정하는 단 한 가지 확실하고 틀림없는 방법이지. 그 밖의 방법은 모두 단순한 추측에 지나지 않아. 비과학적이고 불확실하며——위험하다네."

이 설명을 하는 동안 밴스는 그냥 입에서 나오는 대로 말하고 있는 것처럼 보였으나, 그 태도는 냉정하고 자신에 차 있었으므로 이상하게도 그 말에는 무게가 있었다. 매컴은 흥미를 가지고 귀를 기울이고 있었으나 밴스의 이론을 진지하게 받아들이는 것 같지는 않았다.

"자네 방식대로 하자면 동기는 완전히 무시해야겠군." 하고 그는 토를 달았다.

"물론이지." 하고 밴스는 대답했다. "——동기란 대부분의 경우 정확하지 않아. 우리는 누구나 적어도 20명 정도의 인간에 대해서는 죽일 만한 훌륭한 동기를 가지고 있다네. 그와 비슷한 동기에 의한 살인이 99%나 저질러지고 있어. 그리고 누군가가 살해당했을 때 진범이 가지고 있는 것과 비슷할 정도로 유력한 동기를 가지고 있는 죄없는 사람들이 열 명 정도는 반드시 있게 마련일세. 그러니까, 이 사람아, 어떤 사람이 동기를 지녔다는 사실이 그가 유죄라는 증거가 될 수는 없네——동기 같은 것은 사람이라면 누구나 가지고 있는 것이니까. 동기가 있다고 해서 살인혐의를 씌우는 것은 다리가 둘 있으니 남의 아내와 달아날 수가 있을 것이라고 의심하는 것과 마찬가지일세. 어떤 사람이 살인을 하거나 살인을 저지르지 않거나의 문제는 기질에 달려 있는 거야——즉, 개인 심리의 문제라고 할 수 있지. 모든 일이 여기에 귀착되네. 그리고 또 이렇게 말할 수도 있어. 어떤 사람이 진정한 동기를——무지무지하게 크고 엄청난 동기를——가지고 있을 때에는 대개 그것을 자기 혼자 감춰두고 밖으로는 드러내지 않는다네——안 그런가? 여러 해 동안 준비를 해오면서도 그 동기를 숨기고 있을 경우가 있을지도 몰라. 또는 10년이나 지난 옛날 일이 문득 발견되어 범죄를 저지르기 5분 전에야 겨우 동기가 생기는 수도 있을 수 있다네. 그러니까, 여보게, 어떤 범죄에 대해서 이렇다 할 동기가 없다는 것은 동기가 있는 이상으로 수상하게 보아도 좋을 걸세."

"말은 그렇게 하지만 자네라도 범죄를 추정함에 있어서 '퀴이 보노'(cui bono(누가 이익을 얻게 되는가))라는 것을 무시할 수야 없겠지?"

"나는 장담하겠네." 하고 밴스가 응수했다. "'퀴이 보노'라는 사고방식도 그 또한 금과옥조처럼 생각하는 것은 어리석기 짝이 없는 것일세. 뿐만 아니지. 누구라도 죽게 되면 대개는 이익을 얻게 되는 사람들이 있게 마련이라네. '섬너*를 죽여라' 그런 이론으로라면 자네는 작가연맹의 모든 회원을 체포할 수 있을 걸세." (*'섬너를 죽여라'에서의 섬너는 노예해방을 부르짖다가 1856년 암살될 뻔한 미국 상원의원 찰스 섬너(1811~1874)를 가리키는 듯하다.)

"어쨌든 기회라는 것은——" 하고 매컴이 버텼다. "범죄에 있어서 무시할 수 없는 요소일세——여기서 말하는 기회란 특정한 범죄를 특정한 사람이 실행 가능할 수 있도록 편의를 주는 상황과 조건의 합치를 뜻하네만."

"그 또한 사리에 맞지 않는 요소일세." 하고 밴스가 반박했다. "싫어하는 사람을 죽일 기회는 날마다 얼마든지 있지. 바로 며칠 전에도 참을 수 없이 따분한 녀석들이 열 명이나 내 아파트로 저녁식사를 하러 몰려왔었다네── 사교상의 '드부아르'(devoir(의리)) 라는 거지. 하지만 나는 폰테 카네에 비소를 타는 일만은── 솔직히 말해서 굉장한 노력이 필요했지만── 참았다네. 이것도 역시 보르지아 집안*과 내가 기질적으로 다른 부류에 속한다는 것에 지나지 않네. 한편 내가 만일 살인을 결심한다면── 재능과 지혜가 뛰어난 '친퀘센토'(cinquecento(15세기))의 로마 귀족처럼── 나 스스로 기회를 만들어냈을 걸세. 그리고 거기엔 어려운 문제가 있다네── 기회란 만들어낼 수 있으며, 또한 거짓 알리바이나 여러 가지 속임수로 자기에게 기회가 있었다는 사실을 숨길 수도 있지. 자네도 기억하고 있겠지만, 범인이 희생자의 집에서 이상한 일이 일어난 모양이라고 신고해 놓고 경관보다 먼저 그 집으로 달려가 경관들이 뒤쫓아 위층으로 올라오기 전에 상대를 죽인 사건도 있었지."[2] (*보르지아 집안은 밴스가 곧잘 끌어내는 15세기 이탈리아의 귀족 집안인데, 반대파들을 차례로 독살하여 권세와 음탕을 누렸다 한다. 그 중 체자레 보르지아는 가장 유명하며, 마키아벨리「군주론」의 모델이 되었다.)

"그렇다면, 밴스, 그 가까이── 즉, 현장에 있던 누군가가 범행이 저질러진 시각에 그 장소에 있었다는 증거가 있는 경우는 어떨까?"

"그것 역시 잘못된 생각일세." 하고 밴스가 말했다. "죄없는 사람을 범죄현장에 있게 하여 방패로 삼고 진짜 살인범은 실제로 그 자리에 없었던 것으로 꾸미는 방법은 흔히 쓰이고 있지. 머리 좋은 범인이라면 자신은 멀찍이 떨어져서 있으면서도 현장에 있는 대리를 통해서 범행을 할 수가 있다네. 그리고 머리 좋은 범인이라면 알리바이를 만들어두고 자신은 변장을 하고서 아무도 알아차리지 못하게 범죄현장에 접근할 수도 있어. 남들이 보기에는 분명히 그 자리에 없었는데 실제로 있었던 예가 얼마든지 있거든──그 반대되는 경우도 마찬가지고. 그러나 어떤 경우에도 자기의 개성과 본성에서는 결코 벗어날 수가 없지. 모든 범죄가 결국은 인간심리의 문제에 귀착된다는 것은 바로 그 점일세——거기에 확실하고 속일 수 없는 추리의 기반이 있다네."

"자네의 이론을 듣고 있노라면——"하고 매컴이 말했다. "어째서 자네가 경찰력의 10분의 9를 줄이고 그 대신 신문 일요판 부록에서 그처럼 인기 좋은 그 심리기계(心理機械)를 2~3천 대쯤 설치하라고 주장하지 않는지 나는 그 이유를 모르겠군."

밴스는 잠깐 동안 생각에 잠겼는지 담배를 피우고 있었다. "그 기계에 대한 것은 나도 읽었네. 재미있는 장난감이더군. 피실험자의 주의가 프랭크 클레인 박사의 경건하고도 진부한 잠꼬대에서 구면삼각법(球面三角法) 문제로 옮겨가면 정서적 긴장이 어느 정도 증대될 것이고, 그것을 그 기계가 표시하는 것은 어렵지 않겠지. 그러나 죄없는 사람이 진공관이나 전류계나 전자기나 판유리나 놋쇠 손잡이 등이 여기저기 붙어 있는 그 기계 앞에 세워져서 최근에 있었던 범죄에 대해 미주알고주알 심문당한다면 피실험자는 완전히 신경공황상태에 빠져서 기계의 바늘은 러시아 발레리나처럼 멋대로 껑충거리며 뛰겠지."

매컴은 대범한 듯한 미소를 지었다. "그리고 진범을 실험대에 올리면 기계의 바늘은 꼼짝도 하지 않을 것이라는 거겠고?"

"아니, 그 반대일세." 밴스의 어조는 평온했다. "바늘은 역시 움직일 걸세——하지만 그것은 그가 범인이기 때문이 아니네. 예를 들어 그가 얼간이라면 자신이 새로운 수법의 고문에 걸려들게 되는가 싶어서 화를 낸 결과 바늘이 사납게 뛰어오르겠지. 또 영리한 자라면 그처럼 터무니없는 것을 생각해 낸 법률가의 유치한 머리가 우스워서 그것을 참고 있다 보면 바늘은 뛰어오를 걸세."

"자네의 그 탁월한 논리에는 크게 감탄했네."하고 매컴이 말했다. "내 머리가 터빈처럼 빙빙 돌 정도야. 그러나 범죄행위는 두뇌의 결함에서 온다고 믿는 우리 같은 가엾은 속물도 있다네."

"그야 그렇지."하고 밴스는 얼른 찬성했다. "하지만 불행하게도 그 결함은 온 인류가 모두들 지니고 있다네. 덕망이 있는 사람들이란, 즉 그 결함을 겉으로 드러낼 용기가 없는 사람들이지. 하지만 자네가 말하고 있는 것이 범죄자형에 대한 것이라면 우리는 결별하는 수밖에 없겠네. 선천적 범죄자라는 관념을 만들어낸 것은 황색 신문이 좋아하는 롬브로조(체자레(1836~1919), 이탈리아의 범죄학자)였지. 뒤보이스, 칼 피어슨, 골링* 등 진짜 과학자들은 그런 어리석은 이론은 헛점투성이라고 공격했다네."[3] (*칼 피어슨(1857~1936)은 영국의 과학자로서, 수학과 우생학 강의를 여러 대학에서 했다. 「인간 기능과 그 발전의 연구」, 「과학의 처지에서 본 국가생활」은 그의 유명한 저서이다. 뒤보이스는 미국의 심리학자 필립 헌터 뒤보이스(1903~ ?)로 추측되고, 골링(또는 겔링)도 역시 심리학자이다.)

"자네의 박식에 새삼 머리가 숙여지는구먼." 매컴이 말하고 지나가던 보이를 손짓해 불러서 새 여송연을 주문했다. "하지만 살인자란 결국은 드러나게 마련이어서 난 안심하고 있다네."

밴스는 말없이 담배를 피우며 창 너머 희미한 6월의 하늘을 올려다보며 깊은 생각에 잠겨 있었다. "매컴──" 하고 마침내 그가 말했다. "범죄자에 대해 여러 가지 진기한 사고방식이 아직도 남아 있는 데는 정말 놀랐네. 어째서 건전한 사람이 '살인자는 반드시 드러난다'는 식의 낡아빠진 망상에 사로잡혀 있는지 나로서는 이해할 수가 없군. 여보게, 살인자는 좀처럼 '드러나는' 법이 없네. '드러나는' 것이라면 어째서 살인수사과가 필요하겠나? 어째서 시체가 발견될 때마다 경찰이 그처럼 야단법석을 떨겠나? 이 착각의 책임은 시인에게 있네. '모더 윌 아웃'(mordre wol out(살인자는 드러난다))라는 말을 꺼낸 건 아마 초서였고, 셰익스피어가 혀를 대신하여 떠드는 기관을 살인에 부여함으로써 이에 합세한 것이지. 죽은 이의 해골을 범인에게 보이면 거기서 피가 뿜어져 나온다는 꿈 같은 이야기를 생각해 낸 것도 물론 어떤 시인이었네. 자네는 충실한 시민의 위대한 보호자로서 경찰에게 살인자가 '드러날' 때까지 사무실이든 클럽이든 단골 이발소든── 경관이 기다렸다가 만날 수 있는 장소라면 어디든 상관없네만── 조용히 기다리고 있으라고 감히 말할 수 있겠나? 천만의 말씀이지! 그런 행동을 하면 경찰은 아마 '파르티세프스 크리미니스'(particeps criminis(공범자))로서, 또는 '루나티코 인퀘렌도'(lunatico inquirendo(정신감정))를 하기 위해 자네를 구치시키라고 주지사에게 요구할 걸세."[4]

매컴은 호인답게 뭐라고 중얼거렸다. 여송연 끝을 잘라서 불붙이기에 바빴던 것이다.

"자네들은 범죄에 대해서 또 한 가지 그릇된 망상을 품고 있는 것 같네." 하고 밴스가 이야기를 계속했다. "——즉, '범인은 언제나 범죄현장으로 다시 돌아온다'는 것 말일세. 이 기발한 생각은 아무래도 애매모호한 심리학적 학설에 근거하여 설명되고 있는 것 같더군. 그러나 내가 보증하지만, 심리학은 그런 우스꽝스러운 학설을 편 적이 없네. 만일 살인범이 희생자인 시체 옆으로 다시 돌아왔다고 하더라도 그 이유는 자신이 저지른 실책을 지우기 위해서일세. 그렇지 않다면 그 범인은 브로드무어나——블루밍데일로* 가야 하네. (*앞의 것에는 영국의 정신병자 수용소가 있고, 뒤의 것은 미국에 여러 개의 같은 이름의 거리가 있지만 뉴저지를 이르는 것. 역시 그곳에도 정신병자 수용소가 있다.) 만일 이 기발한 사고방식이 진실이라면 경찰에게도 얼마나 편한 노릇이겠나? 범죄현장에 죽치고 앉아서 카드놀이나 마작을 하며 범인이 다시 나타날 때까지 기다렸다가 '바스티유'(bastille(감옥))에 집어넣기만 하면 될 테니까. 그러나 벌 받을 짓을 저지른 사람은 본능적으로 되도록 멀리, 이 세상 끝까지라도 범죄현장에서 멀리 달아나고 싶어한다네."(5)

"그러나 이 사건의 경우." 매컴은 밴스의 주의를 환기시켰다. "우리는 살인자가 드러날 때까지 팔장을 끼고 기다리는 것도 아니고, 벤슨네 거실에 죽치고 앉아 범인이 자진해서 되돌아오기를 기다리고 있는 것도 아닐세."

"자네가 지금 다루고 있는 사건을 그런 식으로 밀고 나가봐야 해결은 늦지도 빨라지지도 않을 걸세."

"나는 자네처럼 비범한 통찰력을 지니지 못한 탓으로——불완전한 인간의 추리력에 의존하는 수밖에 없다네."

"무리도 아니지." 하고 밴스는 안됐다는 듯이 동의했다. "자네들이 지금까지 해온 활동상황을 보고 있으면 아무리 끈질기고 용감한 상식의 공격을 받더라도 능히 대항할 수 있을 것이라는 결론을 내리지 않을 수 없거든."

매컴은 자존심에 상처를 받아 울컥 화가 치밀었다. "또 그 세인트 클레어라는 여자의 결백을 주장하고 있는 건가? 하지만 그녀가 범인이 아니라는 뚜렷한 증거가 없는 이상 나로서는 달리 어쩔 방법이 없다는 것쯤은 자네도 인정하겠지?"

"나는 그런 것은 인정하지 않겠네." 하고 밴스는 대답했다. "왜냐고? 그 여자가 범인이 아니라는 증거는 얼마든지 있기 때문일세. 내가 보증하겠어. 다만 자네가 미처 못 보고 지나쳤을 뿐이지."

"그렇게 생각하나?" 밴스의 그 자신만만하고 아니꼬운 침착성에 매컴은 마침내 평정을 잃고 말았다. "좋아, 그렇다면 나는 자네의 그 훌륭한 이론을 모두 깡그리 거부하겠네. 그리고 자네가 주장하는 그 증거라는 것이 단 한 조각이라도 있다면 어디 내놓아보게나. 자네에 대한 나의 도전일세." 매컴은 그 말을 마지막으로 내뱉고 이제 자기와 대화로써의 해결은 끝났다는 듯이 손가락을 펴서 주먹다짐이라도 하려는 듯한 거친 몸짓을 했다.

밴스도 역시 화가 좀 난 모양이었다. "여보게, 매컴. 나는 말일세, 피의 복수자도 사회의 명예를 지키는 사람도 아닐세. 그런 일은 달갑지 않다네."

매컴은 흥하고 코웃음만 쳤을 뿐 대꾸는 하지 않았다.

밴스는 한동안 생각에 잠겨서 담배만 피우고 있었다. 그러더니 놀랍게도 조용하고 유연하게 매컴 쪽으로 방향을 바꾸어 부드럽지만 사무적인 목소리로 말했다. "나는 자네의 도전을 받아들이기로 했네. 내 취미에 맞는 일은 아니지만. 하지만 이 문제는 어쩐지 재미있을 것 같군. '콘세르 샹페트르'(concert champêtre(전원음악회)) 사건만큼이나 골칫거리니까——즉, '작가가 누구인가?'하는 문제일세."[6]

매컴은 여송연을 입으로 가져가다 문득 손을 멈추었다. 그는 '도전'이라고는 했으나, 진심으로 한 말은 아니었다. 그것은 말뿐인 허세에 지나지 않았다. 그래서 슬며시 걱정이 되어 밴스의 얼굴빛을 살피고 있던 참이었다. 자기가 조심성 없이 반농담삼아 해버린 도전을 뜻밖에도 밴스는 심각하게 받아들여 대항해 온 사실이 마침내 뉴욕 범죄사를 완전히 바꿔놓으리라고는 꿈에도 생각지 못했던 것이다.

"어떤 식으로 싸워볼 작정인가?" 하고 매컴이 물었다.

밴스는 아무렇게나 손을 흔들었다. "나폴레옹처럼 '쥐 망가지 에 퓌이 쥐 부아'(je m'engage et puis je vois(우선 시작하고 보겠다))지. 하지만 미리 약속해 주어야겠네. 모든 원조를 해줄 것과, 성가신 법률적 간섭은 일체 하지 않을 것이라고 말일세."

매컴은 입을 굳게 다물었다. 솔직히 말해서 매컴은 밴스가 뜻밖에도 자기의 도전을 받아들인 것에 당황해 하고 있었다. 하지만 곧 그래봐야 대수로울 것 없다는 듯이 사람좋은 웃음을 소리내어 웃었다. "좋았어." 하고 동의했다. "약속하지, 그리고 다음은?"

잠깐 사이를 두었다가 밴스는 새 담배에 불을 붙여 물더니 나른한 듯이 일어섰다. "첫째——" 하고 그는 말을 시작했다. "나는 범인의 정확한 키를 결정하겠네. 그 사실은 말할 것도 없이 지시적 증거의 첫번째 사항이겠지——안 그런가?"

매컴은 의아한 얼굴로 밴스를 보았다. "도대체 어떤 방법으로 그것을 정하겠다는 건가?"

"자네가 크게 믿는 원시적 방법에 의해서지." 하고 밴스는 태평스럽게 대답했다. "자아, 그럼, 다시 한 번 범죄현장으로 가보기로 하세." 그는 출입구를 향해 걷기 시작했고, 매컴도 당황하여 투덜거리며 마지못해 그 뒤를 따라갔다.

"하지만 자네도 알다시피 시체는 이미 내가고 없네." 하고 매컴이 항의했다. "게다가 지금쯤 현장은 말끔하게 치워져 있을 거고."

"그거 고마운 일이군." 하고 밴스는 중얼거렸다. "나는 시체를 특히나 좋아하지 않으니까. 게다가 어수선하게 어질러진 것도 나는 딱 질색일세."

우리가 매디슨 가(街)로 나오자 밴스는 '코미쇼내르'(commissionnaire (문지기))에게 손짓해서 택시를 부르게 했다. 그리고 말없이 우리를 재촉하여 택시에 태웠다.

"모두 쓸데없는 행동일세." 우리가 탄 택시가 시내로 들어가자 매컴이 언짢은 얼굴로 말했다. "이제 와서 무슨 단서가 찾아질 것이라고 생각하나? 지금쯤은 단서 같은 것은 하나도 남아 있지 않을 텐데."

"무슨 소리를 하나, 매컴?" 하고 밴스는 일부러 걱정스러운 목소리로 말했다. "자네는 정말 한심할 정도로 철학적 이론이 모자라는군. 아무리 작은 것일지라도 그것을 진실로 말살해 버릴 수 있다면 세계는 머지않아 존재할 수 없게 되겠지——우주의 문제는 해결되고, 조물주는 텅 빈 하늘에 'Q.E.D.'(quod erat demonstrandum ——'증명 끝났음'이라는 수학용어)라고 쓰게 될 걸세. 우리가 생명이라고 부르는 환영(幻影)을 안고 있을 수 있는 유일한 기회는 모름지기 무한소수점 같은 것이라는 사실 속에 있다네. 자네는 어렸을 때 3분의 1을 나머지 없이 나누어보려고 종이 한 장에 3이라는 글자를 늘어놓아본 적이 있었나? 그러나 아무리 나누고 또 나누어도 역시 나머지는 있게 마련이지. 3이라는 숫자를 1만 개나 써놓고 마지막에 가서 가장 작은 3분의 1을 잘라버리면 문제는 거기서 끝나는 걸세. 생명도 마찬가지지. 아무것도 완전히 말살하거나 말소시킬 수 없기 때문에 우리는 계속 존재하고 있는 것일세." 밴스는 자기의 말에다가 눈에 보이는 종지부라도 찍듯이 손가락 끝을 살짝 움직인 다음 창밖의 밝은 하늘을 꿈꾸듯이 올려다보았다.

매컴은 한구석에 기대어서 짜증스럽게 여송연을 씹고 있었다. 자신도 모르게 얼떨결에 도전해 버린 자기 자신에 대해서 말할 수 없이 화가 나서 꽤나 속을 끓이고 있는 것을 나도 알 수 있었다. 그러나 이제 와서 물러설 수는 없다. 뒤에 가서 내게 이야기해 준 바에 의하면, 매컴은 그때 안락의자에서 억지로 끌려나와 어리석기 짝이 없는 멍청이 심부름꾼으로 몰리게 되고 말았다는 것을 확실히 믿고 있었다.

(1) 여기서부터 밴스가 범죄분석상의 심리적 방법을 설명한 대화는 물론 내 기억에 의존해서 쓴 것이다. 그러나 나는 이 부분의 교정쇄를 밴스에게 보내어 마음대로 가필정정해 달라고 의뢰했다. 따라서 이 글은 밴스의 이론을 그가 말한 그대로 옮긴 것이라고 할 수 있다.

(2) 밴스가 인용한 사건이 어떤 것인지 모르지만, 이런 종류의 예는 여러 개의 기록에 남아 있다. 추리소설가들도 더러 그것을 소재로 쓰고 있다. 최근의 예로는 G K 체스터턴 작「브라운 신부의 동심」에 수록된 '일그러진 모양'이라는 이야기 중에서도 볼 수 있다.

(3) 약 20년 전 피어슨과 골링이 영국에서의 상습범죄자에 관한 광범위한 조사를 펴서 통계를 냈는데, 그 결과에 의하면, (a) 범죄생활에 발을 들여놓게 되는 것은 16세에서 21세 사이이고, (b) 범죄자의 90% 이상의 정신이 정상이며, (c) 범죄자 아버지를 둔 경우보다 범죄자 형이 있는 경우가 더 많았다고 한다.

(4) 바스 훈장을 받은 베질 텀슨 경은 런던 경시청의 부총감을 지낸 사람인데, 이 대화가 있고 나서 몇 년 뒤 '새터데이 이브닝 포스트' 신문에 다음과 같은 기고를 했다. "예를 들어 '살인자는 반드시 드러난다'는 속담이 있는데, 이것은 몇 천 명이나 되는 발견되지 않은 살인자 중에서 한 사람이라도 세상사람들의 어떤 상상력을 부추겨줄 만한 우연에 의해서 붙잡히게 되면 언제나 인용되어 온

말이다. 즉, 살인자는 보통 잘 드러나지 않는 법인데 어쩌다 드러났으므로 뜻밖의 유쾌한 놀라움을 주게 되어, 이 현상을 축복하기 위해서 속담이 인용되는 것이다. 법정에 끌려오는 독살자들은 거의 대부분이 그 밖에도 살인을 저지른 적이 있었으며, 그것이 발각되지 않았으므로 차츰 조심성이 없어져서, 마침내 잡히고 만 결과에 이르렀다는 것이 증명되었다."

(5) 1923년 4월 21일자 '새터데이 이브닝 포스트' 신문 8페이지에 실린 '범죄에 대한 일반적으로 잘못된 견해' 속에서 베질 텀슨 경은 이런 견해를 지지하고 있다.

(6) 오랜 세월 동안 루브르 박물관의 '전원음악회'는 티티안의 작품으로 공식 인정되어 있었다. 그러나 밴스가 나서서 박물관장 루페르티에 씨를 설복하여 조르지오네의 작품으로 인정케 했으며, 그 결과 현재로서는 그 그림이 조르지오네의 것으로 공식 인정되고 있다.

제9장 범인의 키
(6월 15일 토요일 오후 5시)

우리가 벤슨의 저택에 닿자 앞뜰 철책에 졸린 듯이 기대서 있는 경관이 갑자기 차려 자세를 하며 경례를 했다. 경관은 아마 밴스와 나를 지방검사가 용의자로 보고 심문을 하기 위해서 범죄 현장으로 연행해 온 것이라고 여겼는지 기대에 찬 눈으로 바라보고 있었다. 가택 수사를 하던 날 아침 이 집에 있었던 살인수사과의 형사 하나가 우리를 집안으로 맞아들였다.

매컴은 고개를 끄덕여 그에게 인사를 했다. "잘 돼가고 있나?"

"물론입니다." 하고 형사는 싹싹하게 대답했다. "할멈은 고양이처럼 얌전하게 있습니다——게다가 요리솜씨가 보통이 아닙니다."

"잠깐 자리를 비켜주겠나, 스니핀?" 우리가 거실로 들어가자 매컴이 말했다.

"저 미식가의 이름은 스니트킨이라네——스니핀이 아니라." 문이 닫히자 밴스가 말했다.

"대단한 기억력이로군." 하고 매컴이 씁쓸하게 중얼거렸다.

"내 결점이지." 하고 밴스가 말했다. "자네는 사람의 얼굴은 결코 잊지 않으면서 이름은 생각해 내지 못하는 희한한 사람 중 하나인 모양이지?"

그러나 매컴은 농담을 받아들일 기분이 아니었다. "자네는 나를 여기까지 끌고와서 지금부터 대체 어쩔 셈인가?"

밴스는 귀찮아 죽겠다는 듯이 손을 흔들며, 정말 어쩔 수 없다는 표정으로 의자에 가서 앉았다.

거실은 전에 보았을 때와 별로 달라진 것이 없었지만 말끔히 치워져 있었다. 창문 해가리개는 올려져 있었으며, 늦은 오후의 햇살이 가득히 들어왔다. 방안의 장식가구들이 빛을 받아 더 한층 화려하게 보였다.

밴스는 주위를 흘끗 둘러보고선 부르르 몸서리를 쳤다. "어쩐지 나는 그만 돌아가고 싶어졌어." 하고 우울한 듯 말했다. "이 점은 분명해. 모욕을 당한 실내장식가가 해치운 아주 당연한 살인이었네."

"친애하는 미학자 나으리——" 하고 매컴이 초조한 듯이 말했다. "제발 부탁이니 그 예술적 편견은 잠시 접어두고, 당장 일에 착수해 주게나 물론——" 하고 그는 짓궂은 미소를 머금고 덧붙였다. "만일 자네가 일의 결과에 대해 불안을 느낀다면 지금도 늦지 않았으니, 아까 한 말을 취소해도 좋아. 그렇게 되면 자네의 훌륭한 그 이론도 그대로 처녀성을 지닐 수가 있을 걸세."

"그럼, 자네는 죄없는 젊은 여자를 전기의자에 앉힐 수 있겠구먼." 하고 밴스는 아주 분개해 마지않는 듯한 몸짓을 하며 말했다. "농담은 하지 말게. '라 폴리테스'(La politesse(예의상))로도 취소는 할 수 없어. 헨리 왕자의 말을 흉내내는 건 아니지만, '부끄럽도다, 이 몸은 기사도에 싫증이 났노라.'(이 대사는 「헨리 4세」 5막 1장의 대사) 하고 한탄 같은 건 하지 않을 걸세."

매컴은 입을 굳게 다물고 덤벼들 듯한 눈으로 밴스를 쏘아보았다. "사람은 누구나 다른 사람을 죽일 어떤 동기를 가지고 있다는 자네의 이론이 어쩐지 이치에 맞는다는 생각이 드는군, 밴스."

"그런가?" 하고 밴스는 기분좋은 듯이 대답했다. "자네가 내 견해에 동조하기 시작했다면 스니트킨 형사에게 잠깐 심부름을 좀 시키도록 해주게나."

매컴은 옆에서도 들릴 만큼 크게 한숨을 내쉬고 어깨를 으쓱했다. "자네의 연기에 방해가 되지 않는다면 나는 그 '오페라 부프'(opéra bouffe(희가극))가 상연되는 동안 담배나 피우고 있겠네."

밴스는 문앞으로 가서 스니트킨을 불렀다. "미안하지만 플래트 부인에게 긴 줄자와 노끈뭉치를 빌려다 주겠소?──지방검사가 필요하다고 하는데." 밴스는 그렇게 말하고 지방검사에게는 깍듯이 인사를 했다.

"설마 목을 매려는 건 아니겠지?" 하고 매컴이 물었다.

밴스는 지방검사를 타이르는 듯한 눈으로 흘겨보았다. "실례지만──" 하고 그는 어리광을 부리듯이 말했다. "오셀로의 대사라도 읊어주어야겠구먼."

'참을성 없는 자는 한심하도다.
어떤 상처라도 단번에 낫지는 않거늘.'
(이 말은 「오셀로」 2막 3장 끝에 이아고가 로델리고에게 한 대사.)

그럼, 시인에게서 평범한 사람으로 되돌아와서──이번에는 자네에게 롱펠로의 '펜터미터'를 소개하기로 하세. '모든 것은 오직 기다리는 사람에게만 온다.'라는 거 말이야. 물론 거짓말이지만 위안은 되지. 밀턴은 그의 '그들은 역시 성실했다──' 속에서 더 멋진 말을 했지. 하지만 뭐니뭐니 해도 세르반테스의 말이 가장 좋더군. '인내하라, 그리고 새로 시작하라.'라는 말은 훌륭한 충고지. 매컴──이 충고는 참으로 요령 있게 표현했다네. 좋은 충고는 모두 이런 식이어야 한다고. 정말 인내야말로 말하자면 최후의 수단이라 할 수 있지──달리 어떻게 해도 도리가 없을 때 취할 수단이라네. 미덕과도 같은 것이어서 때로는 실행자가 그 보답을 받는 수도 있어. 하긴 원칙적으로 이것은──미덕도 역시 마찬가지지만──이익이 없다는 점은 인정해야겠지만. 무슨 뜻이냐 하면 '인내는 그 자체가 보수'라는 말일세. 여러 가지 멋진 말로 표현되고 있어. '슬픔의 노예', '변형된 모든 악의 으뜸', '위대한 혼을 가진 자의 정열' 같은 말로 말일세. 장 자크 루소는 'La patience est amére mais son fruit est doux'(인내는 쓰지만 그 열매는 달다)라고 했지. 그러나 자네의 법률취미에는 아무래도 라틴 어가 더 어울리겠군. 베르길리우스는 'Superanda omnis fortura ferendo est'(모든 운명은 참고 견딤으로써 극복된다)고 말했거든. 그리고 호라티우스도 역시 같은 주제에 대해 'Durum sed levius fit patientia' (힘든 일은 참고 견딤으로써 쉬워진다)라고 말했다네."

"스니트킨 너석 꽤 꾸물대는군." 매컴이 투덜거렸다. 그 말이 채 끝나기도 전에 문이 열리고 형사가 줄자와 노끈뭉치를 밴스에게 건네주었다.

"그것 보게, 매컴, 자네 인내의 보답일세." 밴스는 몸을 굽혀 커다란 등의자를 벤슨이 살해된 바로 그 자리에 정확히 옮겨놓았다. 그 자리를 쉽게 알아볼 수 있었던 것은 의자다리 자국이 카펫 위에 깊고 뚜렷하게 나 있었기 때문이다. 그런 다음 밴스는 의자 등받이에 나 있는 총알구멍에 노끈을 꿰어서는 그 한쪽 끝을 나에게 쥐어주며 총알이 박힌 벽판자에 갖다대도록 일렀다. 그리고 나서 줄자를 집어들더니 구멍에 꿴 끈을 길게 늘여서 의자에 앉았던 벤슨의 이마를 출발점으로 하여 5피트 6인치(약 168cm)의 거리를 재었다. 그리고 그 잰 거리를 표시하기 위해서 노끈에 매듭을 짓고는 다시 팽팽하게 잡아당겨서 벽판자의 총알자국에서부터 시작하여 의자 등받이의 구멍을 지나 벤슨의 머리가 있던 곳을 거쳐, 앞쪽 5피트 6인치 지점까지 일직선이 되게 당겼다.

"이 끈의 매듭은 —— " 하고 밴스는 설명했다. "벤슨의 생애를 끝맺게 한 권총 총구의 정확한 위치를 가리키고 있어. 왜 그런지는 알겠지? —— 탄도 위의 두 점 —— 즉, 의자에 난 구멍과 벽판자의 총알자국 —— 을 알고 있고, 발사지점은 피해자의 머리에서 5~6피트(약 152~183cm) 정도 떨어진 수직선상에 있다는 것도 알고 있네. 그러므로 정확한 발사지점을 알기 위해서는 그 수직선까지 탄도의 직선을 연장시키기만 하면 되는 거지."

"이론적으로라면 틀림없이 옳은 말일세." 하고 매컴은 평했다. "그러나 무엇 때문에 그렇게까지 애써서 공간의 한 지점을 굳이 확인해야만 하는지 나는 통 이해를 못하겠군 —— 뿐만 아니라 자네는 탄도에 편각(偏角)이 있을지도 모른다는 것을 빠뜨리고 있다네."

"자네 말을 막아서 미안하네만 —— " 하고 밴스는 미소지었다. "어제 아침 나는 헤지던 주임에게 아주 자세히 물어 탄도에 편각이 없었다는 것을 알았다네. 헤지던 주임은 우리가 도착하기 전에 상처자국을 면밀히 조사해 보았기 때문에 그 점에 대해서는 확신을 가지고 있었지. 구경이 더 작은 권총을 썼어도 편각이 사실상 생기지 않을 만한 각도에서 총알이 앞이마에 명중한 거라는 거야. 두 번째로 벤슨이 맞은 권총은 총구가 커서——45구경이므로——초속(初速)이 아주 빨라 피해자의 이마가 더 멀리 떨어져 있었다 해도 총알은 직선 코스를 갔을 거라고 단언하더군."

"그렇다면——" 하고 매컴이 물었다. "헤지던 주임은 초속(初速)이 어느 정도였는지 어떻게 알았다는 건가?"

"그 점은 나도 꼭 알고 싶었다네." 하고 밴스가 대답했다. "헤지던의 설명으로는 사용된 총알의 크기와 성질, 튕겨져나와 있었던 탄피로 보아서 알 수 있다고 설명하더군. 그가 알아낸 것은 사용된 총은 육군 콜트 자동권총이며——헤지던 주임은 '미합중국 정부 콜트'라고 말했었던 것 같네만——여느 콜트 자동권총은 아니었다네. 이 두 종류의 총알 무게는 조금씩 다르다네. 보통 콜트 권총의 총알은 무게가 200그레인(약 13g)인데, 육군의 콜트 권총 총알의 무게는 230그레인(약 15g)이라더군. 헤지던 주임은 촉감이 특히 예민하기에 곧바로 그 차이를 구별할 수 있었던 모양일세. 물론 그의 타고난 생리적 천성까지 알아본 것은 아니지만——자네도 알다시피 나는 말이 없는 편이 아닌가? 그건 어찌 됐든 헤지던 주임은 총알이 45구경 육군 콜트 자동권총이었음을 알아냈다데. 그것만 알면, 초속 809피트(약 247m), 충격강도는 329라는 것을 알 수 있지——그것은 25야드(약 23m) 거리에서 6인치(약 15cm)의 백송나무 목재를 꿰뚫을 수 있는 힘이 있는 모양이더군——정말 놀라운 사람이야, 그 헤지던이라는 양반 말일세. 한 사람의 머릿속에 그런 굉장한 지식이 가득차 있다니, 상상도 할 수 없었네. 사나이 대장부가 어째서 바이올린 연주를 일생 직업으로 삼아야 하는가 하는 의문 같은 건 이미 진부한 이야기여서, 사람으로 태어나서 총알의 특이성에 몇 년이라는 세월을 바쳐야 터득되는가 하는 의문에 비하면 아무것도 아니라 할 수 있지."

"그런 이야기는 별로 탐탁지 않은데." 하고 매컴은 지긋지긋하다는 듯이 말했다. "그건 그렇고, 아까 그 이야기로 돌아가서 권총의 발사지점을 정확하게 알았다고 치세. 그러면 그 다음은 어떻게 되는 건가?"

"내가 끈을 일직선으로 붙잡고 있을 테니——" 하고 밴스가 지시했다. "미안하지만, 자네는 바닥에서 매듭까지의 길이를 정확하게 재어주게나. 그 다음에 나의 비밀을 말해 주겠네."

"이런 놀이는 별로 좋아하지 않는데——" 하고 매컴이 귀찮다는 듯이 말했다. "런던 브리지가 차라리 이것보다 훨씬 더 재미있지."

그렇게 말하면서도 매컴은 시키는 대로 했다. "4피트 8인치 반(약 144cm)일세." 하고 그는 시큰둥하게 말했다.

밴스는 매듭 바로 밑의 카펫에 담배를 한 개비 놓았다. "이것으로써 발사되었을 때 권총의 정확한 높이를 알게 되었군——이런 결론에 도달한 과정은 자네도 이해가 되겠지?"

"그야 뻔한 일 아닌가?" 하고 매컴이 대답했다.

밴스는 다시 문 앞으로 가서 스니트킨을 불렀다. "지방검사가 당신 권총을 잠깐 빌렸으면 한다오." 하고 말했다. "실험을 하나 해보고 싶은 모양인데——"

스니트킨은 매컴의 옆으로 다가가서 의아한 얼굴로 권총을 내밀었다. "안전장치가 되어 있습니다. 풀까요?"

매컴이 권총을 받으려고 하지 않자 밴스가 끼여들었다. "아니, 그대로라도 좋소. 지방검사는 쏠 생각이 전혀 없으니까——그러나 나는 쏘아보고 싶군요."

형사가 가버리자 밴스는 등의자에 앉아서 머리를 총알구멍에 겹쳐지도록 놓았다. "자, 매컴." 하고 밴스가 요청했다. "자네는 범인이 있었던 자리에 서서 권총을 카펫에 놓인 담배 바로 위에 오도록 해주게나. 그리고 나서 내 왼쪽 관자놀이를 똑바로 겨냥해 주게——조심해야 되네." 하고 밴스는 애교 있는 미소를 지으며 말했다. "방아쇠를 당겨서는 안돼. 만일 그랬다가는 누가 벤슨을 죽였는지 자네는 영원히 모르게 될 테니까."

매컴은 하는 수 없이 밴슨이 시키는 대로 했다. 지방검사가 겨냥하자, 밴스는 나에게 바닥에서 총부리까지의 높이를 재라고 했다. 높이는 4피트 9인치(약 145cm)였다.

"그것 보게." 하고 밴스는 일어서며 말했다. "그렇다면, 매컴, 자

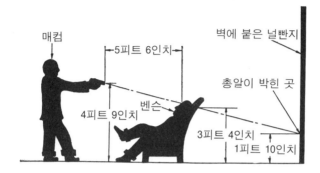

매컴

5피트 6인치

벽에 붙은 널빤지

총알이 박힌 곳

벤슨

4피트 9인치

3피트 4인치

1피트 10인치

네의 키는 5피트 11인치(약 *180cm*)일세. 따라서 벤슨을 쏜 사람은 거의 자네의 키와 비슷하다는 이야기가 되지──5피트 10인치(약 *178cm*) 이하는 아닐세. 이것은 너무 뻔한 이야기인가?"

밴스의 실험은 간단하고 명료했다. 매컴은 솔직히 감탄하면서 태도 또한 한결 진지했다. 매컴은 무엇을 생각하는지 눈살을 잔뜩 찌푸리고 한동안 밴스를 지켜보고 있다가 이윽고 입을 열었다.

"아주 좋은 착상이었어. 하지만 범인은 권총을 나보다 높이 들고 쏘았을지도 모르지 않나?"

"그렇지 않지." 하고 밴스가 대답했다. "나도 사격은 꽤 많이 해보았으니까. 숙련된 사격수가 신중하게 작은 표적을 겨냥할 때에는 가슴에 힘을 주고 어깨를 조금 들어올리면서 눈과 목표를 연결하는 직선 위로 가늠쇠를 가져가는 법이라네. 따라서 그런 조건이라면 권총 쏠 때의 높이를 산출하여 거의 정확하게 그 사람의 키를 알아낼 수가 있지."

"하지만 그것은 벤슨 씨를 죽인 범인이 작은 표적을 신중하게 겨냥할 수 있는 숙련된 사격수라는 가정하에서 하는 이야기가 아닌가?"

"가정이 아니라 사실일세." 하고 밴스는 잘라 말했다. "생각해 보게나. 숙련된 사격수가 아니라면 5피트 내지 6피트의 거리에선 앞이마가 아니라 좀더 큰 표적──즉, 가슴을 겨누었을 걸세. 기왕 앞이마를 골랐으니 신중하게 겨누었겠지. 만일 숙련된 사격수도 아니고 신중히 겨누지도 않은 채 총부리를 가슴에 겨누었다면 아마 한 방 이상 쏘았을걸."

매컴은 생각에 잠겼다. "자네 이론이 일단 수긍되는 점은 나도 인정하겠네." 그는 겨우 굽히고 나왔다. "그러나 범인의 키가 5피트 10인치 이상이라면 아무리 커도 좋다는 이야기가 되겠군. 왜냐하면 자신이 편리한 만큼 몸을 굽히고 신중하게 겨눌 사람도 틀림없이 있을 테니까."

"맞아." 하고 밴스도 동의했다. "그러나 그런 경우는 범인의 자세가 완전히 자유스러웠다는 사실을 잊지 말아야 하네. 그렇지 않았다면 벤슨의 주의를 끌게 되었을 것이므로, 벤슨이 허점을 찔리지는 않았을 거야. 그가 갑자기 기습을 당했다는 것은 피해자의 자세로 알 수 있지. 물론 살인범은 벤슨이 눈치채지 못하도록 몸을 조금 굽혔을지도 몰라. 그렇다면 범인의 키는 5피트 10인치에서 6피트 21인치(약 178~188cm) 사이라고 해두세. 그렇게 하면 자네 마음에 드나?"

매컴은 아무 말도 하지 않았다.

"그런데 그 유쾌한 세인트 클레어 양은 5피트 5인치에서 6인치(약 165~168cm)를 넘지 못할 걸세." 하고 밴스는 익살스러운 미소를 띄우고 주의를 환기시켰다.

매컴은 신음소리를 내뱉고는 계속 멍청하게 담배만 피우고 있었다.

"그러나 그 리코크 대위라면——" 하고 밴스는 말했다. "분명히 6피트(약 183cm)가 넘겠지. 어때?"

매컴은 눈을 가늘게 떴다. "자네는 어째서 그런 생각을 했지?"

"자네가 말하지 않았나?"

"내가 말했다고?"

"아니, 꼭 소리를 내서 말하지는 않았지." 하고 밴스는 설명했다. "하지만 내가 범인의 대략적인 키를 말하자, 자네가 의심하고 있던 그 젊은 여자에게는 전혀 해당이 안되기에, 자네의 활동적인 사고는 부리나케 다른 사람을 물색하기 시작했지. 그리하여 그녀의 '이나모라토'(inamorato(애인))가 자네 마음에 떠오른 유일한 혐의자였으므로 자네가 대위에 대한 것을 이리저리 생각했다고 나는 결론을 내렸어. 그러므로 만일 대위의 키가 꼭 들어맞는다면 자네는 아무 말도 않았겠지. 그런데 자네는 범인이 총을 쏠 때 몸을 굽혔을지도 모른다고 말했기 때문에 나는 대위의 키가 특별히 큰 모양이라고 생각했다네. 다만 이런 이유로 해서 자네의 그 의미심장한 침묵 속에서 자네의 정신과 내 정신은 감미로운 교류를 이루어 그 신사가 6피트 이하가 아닌 키 큰 사람이라는 사실을 나에게 가르쳐 주었던 걸세."

"자네의 그 타고난 천성 속에는 독심술(讀心術)도 포함되어 있었군." 하고 매컴은 말했다. "다음에는 기왓장 점도 한번 쳐보지 않겠나?" 그 말투는 화가 나서 퉁명스러웠다. 그것은 자기 생각이 달라진 것을 인정하기 싫어하는 태도였다. 밴스의 고삐에 끌려가는 자신을 의식하면서도 매컴은 아직도 꿋꿋하게 지금까지의 확신에 매달려 있었다.

"범인의 키에 대한 내 논증에는 물론 이의가 없겠지?" 하고 밴스는 시원스러운 목소리로 물었다.

"하나에서 열까지 다 그렇다고 할 수는 없지." 하고 매컴은 대답했다. "하지만 그런대로 사리에 맞다네. 그처럼 간단한 일이라면 어째서 헤지던 주임은 알아차리지 못했는지 이상하구먼."

"아낙사고라스(BC 428년에 죽은 그리스 철학자)는 '램프가 필요한 사람은 기름을 넣어두라'고 말했다네. 지당한 말이지, 매컴——겉으로는 단순해 보이지만 위대한 진리가 담긴 명언 가운데 하나일세. 기름이 없는 램프는 아무런 쓸모가 없거든. 경찰은 언제나 온갖 종류의 램프를 충분히 가지고 있지만, 기름이 없는 경우가 많지. 그래서 대낮이 아니고는 아무것도 찾아내지 못한다네."

매컴의 마음은 이제 다른 방향으로 바쁘게 움직이고 있었다. 그는 일어나서 방안을 왔다갔다 했다. "지금까지 리코크 대위가 범인일 것이라는 생각은 꿈에도 해보지 않았다네."

"어째서 그런 생각을 못했나? 자네의 부하 경관이 대위가 그날 밤 얌전하게 집에 있었다고 말했기 때문인가?"

"그렇다고 할 수 있지." 매컴은 여전히 생각에 잠겨서 방안을 서성거리고 있었다. 그러다가 갑자기 몸을 홱 돌렸다. "아니, 반드시 그 때문만은 아닐세. 그 세인트 클레어라는 여자에게 불리한 상황 증거가 많이 있었기 때문이지……그런데, 여보게, 밴스, 지금까지의 실험은 좋았다 치고, 그녀에게 불리한 증거에 대해서는 왜 한마디도 설명하지 않지?──새벽 12시와 1시 사이에 그녀는 어디 있었는지, 어째서 벤슨과 함께 저녁식사를 했는지, 왜 핸드백이 이 방에 있었는지, 또 벽난로에 그녀의 담배꽁초가 있었던 것은 무엇을 뜻하는지 도무지 이해할 수가 없군──그 담배꽁초는, 나는 자네의 실험으로 완전히 이해할 수 있게 되었다고는 못하겠네──사리에 맞는다고는 할 수 있지만──내 쪽에서도 담배꽁초라는 증거를 가지고 대항할 수 있는 한은 말이야. 그 증거 또한 충분히 사리에 맞으니까."

"알겠네." 하고 밴스는 한숨을 쉬었다. "자네는 아주 난처한 처지에 놓여 있는 모양이군. 하지만 그 마음에 걸린다는 담배꽁초를 어쩌면 내가 증명해 줄 수 있을지도 모르겠네."

밴스는 다시 문으로 가서 스니트킨을 불러 권총을 돌려주었다. "지방검사가 고맙다고 했소." 하고 그는 말했다. "수고스럽지만 플래트 부인을 불러다 주겠소? 할 이야기가 좀 있다오."

방으로 돌아오자 밴스는 매컴을 보고 친근하게 웃었다. "이번에는 나 혼자서 그녀와 이야기하도록 해주게. 플래트 부인에게는 자네가 어제 심문할 때 완전히 빼먹은 비밀 이야기가 있다네."

매컴은 반신반의했으나 흥미를 느낀 모양이었다. "자네에게 맡기겠네." 하고 그는 말했다.

제10장 용의자 한 사람 줄다
(6월 15일 토요일 오후 5시 30분)

가정부가 방에 들어왔을 때 보니 그녀는 처음 심문했을 때보다 훨씬 침착해진 모습이었다. 그 태도는 기운은 없었지만 고집스러운 구석이 있었고, 어느 정도 도전적인 얼굴로 우리를 쳐다보았다. 매컴은 다만 고개만 끄덕이고 밴스는 일어나서 난롯가 창문 앞에 놓인 술장식 달린 낮은 모리스식 안락의자를 권했다. 플래트 부인은 꼿꼿한 자세로 의자 끝에 앉아서는 두 팔꿈치를 널찍해 보이는 의자 팔걸이에 얹었다.

"플래트 부인, 두세 가지 물어보고 싶은 일이 있소." 하고 밴스는 날카롭게 그녀를 쏘아보며 말을 꺼냈다. "아주 솔직하게 대답해 주신다면 우리 모두에게 좋은 일이라는 것은 아시겠지요?" 매컴과 이야기할 때의 허물없고 장난스럽던 태도는 사라지고 없었다. 그는 엄격하고 태산처럼 무거운 자세로 가정부 앞에 버티고 서 있었다.

밴스는 한동안 기다렸다가 한마디 한마디 또박또박 발음을 해가며 말을 이어나갔다. "벤슨 씨가 살해된 날 몇 시쯤 그녀가 찾아왔었나요?"

가정부는 여전히 꼼짝도 하지 않고 눈을 크게 뜬 채 그를 쏘아보고 있었다. "아무도 오시지 않았습니다."

"아니, 왔었어요, 플래트 부인." 밴스의 목소리는 아주 침착했다. "그 여인은 몇 시쯤 왔었지요?"

"아무도 오시지 않았다고 말씀드리지 않았습니까?" 상대방도 야무지게 버텼다.

밴스는 날카로운 눈을 가정부에게서 떼지 않은 채 여유 있는 몸짓으로 담뱃불을 붙였다. 그가 유유히 연기를 뿜어내는 동안 그녀는 눈을 내리깔고 있었다. 그 모습을 지켜본 밴스는 그녀 쪽으로 다가가서 단정하듯 말했다. "솔직히 말해서 당신을 괴롭히고 싶지 않소. 그러나 만일 사실을 숨긴다면 엄청나게 불편한 대접을 받게 될 거요."

밴스는 흥미 있게 지켜보고 있는 매컴을 향해 익살스럽게 얼굴을 찌푸렸다.

가정부는 차츰 동요를 보이기 시작했다. 팔꿈치를 내렸고 숨결도 빨라졌다. "하나님께 맹세코——아무도 오시지 않았습니다." 목소리가 쉰 상태였는데, 그것은 그녀가 동요했음을 나타낸 것이 분명했다.

"하나님은 들먹이지 마시오." 하고 밴스가 무뚝뚝하게 말했다. "그녀가 여기 온 것이 몇 시였지요?"

가정부는 고집스럽게 입을 다물고 있었다. 꼬박 1분, 방안에는 침묵이 흘렀다. 밴스는 조용히 담배를 피우고 있었고, 매컴은 엄지

손가락과 집게손가락 사이에 여송연을 끼운 채 일이 되어가는 상태를 지켜보고 있었다.

밴스는 감정없는 목소리로 다시 물었다. "그녀가 온 것이 몇 시였지요?"

가정부는 경련을 일으킨 듯한 몸짓으로 두 손을 꼭 쥐며 얼굴을 앞으로 내밀었다. "몇 번이라도 말씀드리지요—— 절대로——"

밴스는 엄중하게 한 손을 들어 상대방의 말을 가로막으며 차디차게 미소지었다. "이러지 마시오." 하고 가정부에게 말했다. "당신의 거짓말은 어리석기 짝이 없소. 우리는 사실을 알기 위해서 여기 왔소—— 사실대로 들어봅시다."

"사실을 말씀드리고 있습니다."

"여기 있는 지방검사가 당신의 구치명령을 내려야만 하겠소?"

밴스는 결연한 태도로 책상 위 재떨이에 담배를 비벼껐다. "좋소, 플래트 부인. 당신이 그날 오후에 여기에 찾아왔었던 젊은 여자에 대해 끝내 말하지 않겠다면 내가 말하리다."

밴스의 태도는 어디까지나 여유 있고 심술궂었으며, 가정부는 의아한 듯이 그를 지켜보고 있었다. "이 집 주인이 살해된 날 오후 늦게 현관벨이 울렸소. 당신은 아마 벤슨 씨에게서 손님이 올 거라는 이야기를 미리 들었을 테지요, 아닌가요? 아무튼 당신은 현관으로 나가서 젊고 아름다운 여인을 맞아들였소. 이 방으로 안내했겠지. 그리고—— 어떻소, 틀림없지요?—— 그리고 그 여인이 앉았던 자리는 지금 당신이 안절부절못하며 앉아 있는 바로 그 의자였소." 밴스는 잠시 말을 끊고 상대방을 애타우려는 듯이 미소지었다. "그런 다음——" 하고 그는 다음 말을 계속했다. "당신은 그 젊은 여자와 벤슨 씨에게 차를 내놓았소. 얼마 뒤 손님은 돌아갔고, 벤슨 씨는 저녁식사를 하기 위해 옷을 갈아입으러 2층으로 올라갔소……어떻소, 플래트 부인, 제대로 알고 있지요?" 밴스는 새 담배에 불을 붙였다. "당신은 그 젊은 여인을 유심히 보았나요? 만일 못 보았다면 내가 설명해 주지요. 키가 작은—— '프티트'(petite(왜소))한 여자였소. 검은 머리에 검은 눈, 수수한 옷차림이었지."

가정부의 태도가 달라지고 있었다. 눈이 크게 떠지고, 볼은 파리했으며, 숨결이 거칠어졌다.

"어떻소, 플래트 부인?" 하고 밴스는 날카롭게 물었다. "뭐, 할 말이라도 있소?"

가정부는 깊이 숨을 들이마셨다. "아무도 오시지 않았습니다." 하고 그녀는 억세게 우겨댔다. 그 고집에는 정말 감탄을 금할 수 없는 느낌이 들어 있었다.

밴스는 잠시 생각에 잠겼다. 매컴이 무슨 말인가를 하려다가 곧 생각을 고쳤는지 말없이 가정부를 지켜보았다.

"당신 태도를 이해 못하는 건 아니오." 이윽고 밴스가 말했다. "그 젊은 여인은 당신도 잘 아는 사람으로서, 당신에게는 그 여자가 여기에 왔다는 사실을 알리고 싶지 않은 개인적인 이유가 있겠지요."

그 말을 듣자 가정부는 얼굴에 공포의 기색을 띠며 앉음새를 고쳤다. "저는 그 여자를 한 번도 만난 적이 없습니다." 하고 그녀는 큰소리로 외치더니 갑자기 입을 다물어 버렸다.

밴스는 재미있다는 듯 곁눈질로 그녀를 살펴보았다. "그 젊은 여자를 한 번도 만난 적이 없단 말이지요?——그럴까요?……그럴 수도 있겠지. 그런 건 아무래도 좋소. 여하튼 예쁜 여자지요 ——당신 주인의 집에 와서 단둘이 차를 마셨고 말이오."

"그녀가 여기에 왔다고 하던가요?" 가정부의 말소리에는 기운이 없었다. 억세게 버티던 고집을 버리고 나니까, 오히려 맥이 빠져버린 것이다.

"그런 건 아니오." 하고 밴스가 대답했다. "그러나 물어볼 필요도 없소. 그녀에게 물어보지 않아도 나는 이미 다 알고 있다오…… 그런데 그녀가 여기 온 게 몇 시였지요, 플래트 부인?"

"벤슨 씨가 사무실에서 돌아오신 뒤 30분쯤 지나서였습니다."

가정부는 마침내 이제까지의 완강하던 태도를 버리고 말았다. "하지만 그분은 그녀를 기다리고 있었던 것이 아닙니다——그녀가 찾아온다는 말씀은 없었으니까요. 차도 그녀가 온 다음에 시켰습니다."

매컴이 몸을 앞으로 내밀었다. "당신은 어제 아침 내가 물었을 때, 왜 그 여자가 왔다는 이야기를 하지 않았소?"

가정부는 불안한 듯이 방안을 둘러보았다.

"여보게, 매컴——" 하고 밴스가 유쾌한 목소리로 끼여들었다. "그야, 플래트 부인은 자네가 그 젊은 여인에게 엉뚱한 혐의를 씌우지나 않을까 걱정되었기 때문이라네."

여자는 밴스의 말에 갑자기 매달렸다. "예, 선생님. 그 말이 맞습니다. 검사님이 혹시나 그녀를 의심하게 될까 봐 걱정되어서 그랬어요. 아주 얌전하고 상냥해 보이는 아가씨였으니까요. 말씀을 안드린 건 다만 그 때문이었습니다."

"그랬겠지요." 하고 밴스는 위로하듯 동조했다. "그런데 한 가지묻고 싶소만, 당신은 그처럼 얌전하고 상냥해 보이는 젊은 여자가담배피우는 것을 보고 깜짝 놀라진 않았소?"

가정부의 불안은 이제 놀라움으로 바뀌었다. "그건 또 어떻게——예, 정말 놀랐습니다……하지만 그녀는 나쁜 여자가 아니에요——그것만은 말씀드릴 수가 있어요. 요즘 젊은 아가씨들은 대개담배를 피우지요. 전 별로 나쁘게 생각지 않아요, 옛날처럼은."

"당신 말이 맞소." 하고 밴스는 맞장구를 쳤다. "하지만 젊은 여자가 담배꽁초를 타일이 붙은 가스 벽난로 안에다 던진 건 좀 이상하지 않소, 안 그렇소?"

가정부는 살피듯이 밴스를 바라보았다. 놀림을 당하고 있는 것이 아닌가 의심하는 듯했다. "그런 일이 있었나요?" 그녀는 벽난로 속을 들여다보았다. "오늘 아침에는 담배꽁초 같은 건 하나도 없었는데."

"물론 그랬겠지." 하고 밴스가 말했다. "지방검사의 부하가 어제당신 대신 깨끗이 청소해 주었으니 말이오."

가정부는 매컴을 살피듯 흘끗 보았다. 그녀로서는 밴스의 말을 그대로 받아들여야 할지 어떨지 짐작할 수가 없는 모양이었다. 그러나 밴스의 태도가 부드럽고 말투 또한 친근했으므로 곧 긴장이 풀리기 시작했다.

"이제야 서로 이야기가 통하게 된 것 같군요, 플래트 부인." 하고 밴스가 말했다. "그 젊은 여자가 여기 머물러 있는 동안 그밖에 또 특별히 눈에 띈 일은 없었나요? 알고 있는 사실을 우리에게 알려주는 것이 그녀를 위해서 좋을 겁니다. 지방검사님이나 나나 그녀가 결백하다는 것을 알고 있으니까요."

가정부는 그 말의 진실성을 헤아려 보려는 듯이 교활한 눈으로 한동안 밴스를 지켜보았다. 그 결과 아주 만족한 모양이었다. 의심할 여지가 없을 정도로 대답이 솔직하게 나왔기 때문이다. "이런 말이 도움이 될 수 있을는지 모르겠습니다만, 제가 토스트를 가져 갔을 때 주인 나리께서는 그녀와 무슨 의논을 하고 있는 것 같았습니다. 그녀는 뒷일이 걱정되는지 지금까지의 약속은 없었던 것으로 해달라고 부탁하더군요. 저는 아주 잠깐 동안 그 방에 있었기 때문에 별로 많은 이야기를 듣지는 못했습니다. 하지만 나오려는데 벤슨 나리께서 웃으시며 지금 한 말은 농담으로 겁을 준 것뿐이며, 아무 일도 없을 테니 걱정하지 말라고 하시더군요." 가정부는 거기서 말을 끊고 불안한 얼굴로 기다리고 있었다. 자신이 한 말이 그 부인에게 이롭기는커녕 불리할지도 모른다는 생각이 든 모양이었다.

"그것뿐이오?" 밴스의 말은 그런 문제라면 조금도 주저할 것이 없다는 투였다.

가정부는 다시 기운을 얻었다. "들은 이야기는 그것뿐이고―― 테이블 위에 작은 파란색 보석함이 놓여 있었습니다."

"뭐라고?―― 보석함이? 누구 것인지 알고 있소?"

"모릅니다. 그 여자가 가지고 온 것은 아닙니다. 그리고 집에서도 본 적이 없었고요."

"그런데 어떻게 보석이라는 것을 알았소?"

"벤슨 나리께서 2층으로 옷을 갈아입으러 올라갔을 때 찻그릇을 치우러 그 방에 들어갔었는데, 그대로 테이블에 놓여 있었거든요."

밴스는 미소지었다. "그래서 당신은 판도라가 되어 슬쩍 열어보았군요―― 그렇지요? 무리도 아니지―― 아마 나라도 그랬을 게요."

밴스는 뒤로 한 걸음 물러서서 정중하게 인사했다. "이제 됐습니다, 플래트 부인. 그 젊은 여자에 대해서는 걱정하지 않아도 됩니다. 아무 일도 없을 테니까요."

가정부가 나가자 매컴이 몸을 앞으로 내밀고 밴스를 향해 여송연을 흔들었다. "자네는 내가 모르는 정보를 가지고 있으면서도 왜 잠자코 있었나?"

"뭐라고?" 하고 밴스는 항의하듯 눈썹을 치켜올렸다. "대체 그게 무슨 말인가?"

"그 세인트 클레어라는 여자가 어제 오후 여기에 왔었다는 것을 어떻게 알아냈는가 그 말일세, 밴스."

"알고 있기는……그저 추측했을 뿐이라네. 벽난로에 그녀의 담배꽁초가 떨어져 있었고, 벤슨이 살해된 날 밤에는 그녀가 여기 오지 않은 것이 분명하다면 그날 좀더 이른 시각에 왔을 것이라고 추측한 거지. 벤슨은 4시까지 사무실에서 돌아오지 않았으니까 4시부터 벤슨이 저녁식사하러 나가기 전까지 그 사이에 그녀가 왔으리라고 추측했다네. 아주 초보적인 삼단논법 아닌가?"

"그러면 그 여자가 밤에 이곳에 오지 않았다는 것은 어떻게 알았지?"

"사건의 심리적 양상으로 보아 의심할 여지가 없었네. 자네에게도 말했듯이 이 사건은 여자가 저지른 것이 아니거든――이것도 역시 나의 형이상학적인 가설이네만. 아무튼 신경쓸 것 없어, 매컴. 게다가 어제 아침 나는 범인이 서 있었던 자리에 서서 벤슨의 머리와 벽판자에 박힌 총알자리를 조준점으로 하여 탄도를 어림잡아 보았지. 그랬더니 특별히 자로 재보지 않고도 범인이 키가 큰 것을 곧 알아냈다네."

"좋아……하지만 여자가 벤슨보다 먼저 여기서 나갔다는 것은 어떻게 알았나?" 하고 매컴이 따져물었다.

"만일 한 발 앞서 나가지 않았다면 어떻게 야회복으로 갈아입을 수 있었겠나? 대개 여자들은 대낮부터 '데콜르테'(décolletées(목과 어깨가 드러나는 야회복))를 입고 나다니지 않는다네."

"그렇다면 자네는 핸드백과 장갑을 그날 밤 벤슨이 직접 이리로 가져왔다고 생각하나?"

"누군가가 가지고 왔겠지――하지만 분명히 세인트 클레어 양은 아닐세."

"그래? 그렇다고 치지." 하고 매컴은 양보했다. "그럼, 모리스식 의자는 어떻게 된 건가?――어떻게 그녀가 거기에 앉았었다는 것을 알았지?"

"여자가 앉아서 벽난로에 담배꽁초를 던져넣을 수 있을 만한 의자가 달리 없잖나? 여자는 대체로 물건을 겨냥해서 던지는 솜씨가 아주 서투르다네. 창밖으로 담배꽁초를 던진다고 해도 마찬가지지."

"아주 간단한 추리였군." 하고 매컴도 납득했다. "그럼, 여자가 여기서 차를 마셨다는 것은 어떻게 알았지? 누가 귀띔이라도 해주었다면 모르지만."

"그것을 설명하려면 창피를 각오해야겠군. 실은 저기 있는 사모 바르(러시아 특유의 물 끓이는 기구)의 상태를 보고 그렇게 추정한 것이라네. 어제 보니 쓴 그대로이며, 더운 물도 빼놓지 않았고, 닦지도 않았다더군."

매컴은 상대를 얕보듯이 의기양양하게 고개를 끄덕였다. "자네도 별수없이 물적 단서라는 천박한 법률가의 수준으로 굴러떨어진 모양이군."

"그래서 이렇게 부끄러워하고 있잖은가?……하지만 심리적 추리만으로는 사실을 '인 에세'(in esse(있는 그대로의 것))로 추정할 수 없고, 다만 '인 포세'(in posse(가능성))로 추정할 뿐이라네. 물론 다른 여러 가지 조건도 고려해야겠지. 이 경우 사모바르에 나타나 있는 조짐은 단지 가정이나 추정의 기초 자료로써만 유용할 뿐인데, 여기서 가정부가 등장하게 된 거라네."

"그렇겠지, 나도 자네의 성공을 부정하려는 것은 아니네." 하고 매컴이 말했다. "하지만 자네는 가정부가 그녀에 대해서 개인적인 관심을 가지고 있다고 비난했는데, 그 까닭이 무엇인지 알고 싶구먼. 그 말을 듣고 보니 어쩐지 자네는 이 일에 대한 예비지식을 미리 알고 있었던 것처럼 생각되는데."

밴스의 얼굴이 다시 진지해졌다. "매컴, 맹세하지만——" 하고 그는 정색을 하고 말했다. "예비지식 같은 건 전혀 없었어. 거짓말을 할 것이라는 점만은 미리 짐작하고서 다그쳤는데, 가정부가 내 덫에 걸려든 걸세. 더구나——뜻밖에도——정곡을 제대로 찌른 모양일세. 나로서도 어째서 그 여자가 그토록 당황했었는지 전혀 짐작이 가질 않아——하지만 그건 아무려면 어떤가?"

"그럴지도 모르지." 하고 매컴도 동의했는데, 그 어조는 어쩐지 반신반의하는 것 같았다. "그건 그렇고, 그 보석함이며 벤슨 씨와 여자 사이에 옥신각신했다던 일은 어떻게 생각하나?"

"아직 아무것도 생각해 보지 않았어. 하지만 아무래도 앞뒤가 맞지 않는군, 그렇지 않나?"

밴스는 한동안 말이 없었다. 이윽고 그는 어울리지 않게 정색하며 말했다. "매컴, 내 충고를 받아들여 그런 지엽적인 문제를 골치 썩이지 말게. 다시 한 번 말하지만 그녀는 이번 살인과 아무 관계가 없어. 그냥 내버려두게——그렇게만 하면 자네의 노후는 훨씬 행복해질 걸세."

매컴은 허공을 바라보고 찌푸린 얼굴로 앉아 있었다. "자네에게는 무언가 짐작되는 바가 분명히 있을 것이라고 나는 확신하네."

"'코기토, 에르고 숨'(cogito, ergo sum.(나는 생각한다, 고로 나는 존재한다.))" 하고 밴스가 중얼거렸다. "여보게, 나는 늘 데카르트의 자연주의적 철학에 마음이 끌린다네. 그것은 보편적인 회의(懷疑)에서 출발하여 자의식 속에서 실증적인 지식을 추구하고 있지. 스피노자는 그 범신론(汎神論)에서, 버클리는 유심론(唯心論)에서 제각기 그 두 선구자가 자신있어 하던 생략론법의 의의를 크게 오해하고 있네. 데카르트는 그런 오류에서도 광채를 내뿜고 있지. 그의 추리법은 과학적으로는 아주 부정확하지만 분석학자의 신조에 새로운 의의를 가져다 주었다네. 요컨대 정신이 효과적으로 기능을 발휘하기 위해서는 자연과학의 수학적 정확성과 천문학적인 깊은 사색을 함께 갖추어야 하네. 예를 들어서 데카르트의 와동설(渦動說)은——"

"정말 귀찮게 하는군." 하고 매컴이 군소리를 했다. "나는 자네의 그 소중한 정보를 억지로 제공해 달라고 하는 건 아닐세. 그런데 군이 17세기의 철학 같은 것을 논해 가며 나를 못살게 굴 건 없잖나?"

"언젠가는 자네도 인정할 걸세." 하고 밴스는 쾌활하게 말했다. "마음에 걸리던 담배꽁초 문제를 제거함으로써 세인트 클레어 양에 대한 혐의가 풀렸다는 것은 인정하겠지?"

매컴은 곧 대답하지는 않았다. 의심할 여지도 없이 지난 한 시간 동안에 일어난 일들이 그에게 결정적인 감명을 주었기 때문이다. 매컴은 고집스럽게 물고늘어졌으나, 결코 밴스를 과소평가한 것은 아니었다. 가볍게 말은 했지만 근본적으로 진지하다는 것을 잘 알고 있었다. 게다가 매컴에게는 훌륭하게 발달된 정의감이 있었다. 때로는 완고했지만, 그렇다고 마음이 좁은 것은 아니었다. 내가 알고 있는 한 그는 아무리 자기 자신의 이익에 어긋난다 해도 진실에 대한 추구를 외면하지는 않을 사람이다. 그래서 마침내 매컴이 깨끗이 항복의 미소를 띠면서 밴스를 쳐다보았을 때도 나는 뜻밖이라는 생각은 조금도 하지 않았다.

"자네가 이겼네." 하고 매컴이 말했다. "당연한 일이지만, 겸허하게 그것을 인정해야겠지. 자네에게 깊이 감사하네."

밴스는 무관심한 태도로 창가로 다가가서 밖을 내다보았다. "인간이라면 부인할 수 없을 이런 증거를 받아들일 만한 능력이 자네에게 있다는 것이 나는 기쁘다네."

이 두 사람 가운데 어느 한쪽이 너그럽게 들리는 말을 하면 반드시 다른 한쪽이 인간의 감성이 사라진 듯한 덤덤한 태도로 대답하는 것을 나는 자주 보아왔다. 마치 두 사람 사이의 친밀한 관계를 세상에서 감춰두고 싶어하는 듯이.

그래서 매컴도 밴스의 혹평을 무시해 버렸다. "벤슨 살인범에 대한 부정적인 의견뿐만이 아니고 좀더 계발적(啓發的)인 의견도 있을 것 같은데?"

"그야 물론이지!" 하고 밴스가 대답했다. "의견이라면 무진장 있다네."

"그 중에서 그럴 듯해 보이는 것을 몇 가지 나누어주지 그래?" 하고 상대방의 연극적인 어조를 흉내내어 말했다.

밴스는 잠깐 생각해 보는 것 같았다. "글쎄……우선 키가 크고 머리가 냉정하며 총기를 잘 다룰 줄 아는 사람, 사격의 명수인 동시에 고인과 아주 잘 아는 인물——벤슨 씨가 세인트 클레어 양과 저녁식사를 하러 가기로 되어 있었다는 것을 알고 있었거나, 적어도 짐작할 만한 이유를 가진 인물을 찾으라고 권하겠네."

매컴은 한동안 밴스를 가만히 응시하고 있었다. "그럴 듯해…… 게다가 착안점이 좋아. 당장 히스 경사를 불러서 살인이 있었던 날 밤 리코크 대위가 무엇을 했는지 좀더 샅샅이 알아보도록 해야겠군."

"꼭 그렇게 하게나." 하고 밴스는 소탈하게 말하고는 피아노 옆으로 다가갔다.

　매컴은 의아한 얼굴로 그를 지켜보고 있었다. 그리고 무슨 말인가를 꺼내려 하는데 밴스는 경쾌한 프랑스 샹송을 연주하기 시작했다. 그것은 다음과 같이 시작되는 노래였다.

Ils sont dans les vignes les moineaux.(포도밭에 참새가 있다.)

제11장 동기와 협박
(6월 16일 일요일 오후——)

다음날은 일요일이었으나 우리는 스타이비샌트 클럽에서 매컴과 점심식사를 같이 했다. 밴스가 전날 밤에 이 모임을 제의했었던 것이다. 밴스가 내게 설명해 준 바에 의하면 리앤더 파이피가 롱 아일랜드에서 왔을 때 그 자리에 함께 있고 싶기 때문이라고 했다.

　"나는 무척 재미있다네." 하고 그는 말했다. "사람들은 별로 대수롭지 않은 평범한 문제를 일부러 복잡하게 만든단 말이야. 간단하고 직접적인 것은 무엇이든 꽤나 싫어하거든. 현대의 상업제도는 그 모두가 일을 되도록 복잡하고 번거로운 방법으로 해나가기 위한 거대한 기계에 지나지 않아. 요즘은 백화점에서 10센트짜리 물건을 하나 사면 그 거래의 완전한 기록이 세 통 만들어져서 열 명도 더 되는 판매장 감독이나 점원들의 검열을 받고는 서명되고 부서(副署)된다네. 또 갖가지 색깔의 잉크로 수없이 많은 장부에 기입되고, 그런 다음에는 철제 캐비넷에 고이 보관되지. 그런데도 사업가들은 이런 정도의 헛된 '쉬누아즈리'(chinoiserie(수고))로는 만족하지 못하고 엄청난 비용이 드는 수많은 능률전문가를 대량으로 양성하고 있는 거야. 그들의 유일한 임무는 그 제도를 더욱 복잡하게 하고 혼란시키는 데 있다네……그것은 현대생활의 다른 모든 부분에서도 마찬가지일세. 골프라고 불리는 처치곤란한 열병을 보게나. 그것은 공을 막대기로 때려서 구멍 속에 넣는 장난에 지나지 않아. 그런데 그 놀이에 미친 사람들은 별난 옷까지 만들어 입고서 놀고 있다네. 다리의 올바른 각도며 막대기를 쥐는 방법을 위해 20년도 넘게 노력을 기울이지. 거기에 한술 더 떠서 그 어처구니없는 스포츠의 복잡성을 설명하기 위해서 영어학자조차 알지 못할 기묘한 단어를 만들어내고 있다네."

밴스는 호젓하게 수북이 쌓인 일요신문더미를 손가락으로 가리켰다. "그리고 여기 벤슨 살인사건이 있네 —— 간단하고 하찮은 사건이지. 그런데 법률의 모든 기구는 최대한의 압력을 발휘하여 시(市) 전체에 증기를 분출하고 있네. 조금만 머리를 써서 생각하면 단 5분이면 해결할 수 있는 문제인데 말이야."

밴스는 그런 말을 하면서도, 식사하는 동안에는 사건에 대해서 한마디 언급도 없었다. 무언의 약속이라도 있었던 듯 아무도 그 문제를 들먹이지 않았다. 우리가 식당으로 들어갈 때에 매컴이 무심히 하는 말처럼 조금 뒤 히스가 올 거라고 했을 뿐이다. 담배를 피우려고 휴게실로 물러나오니 이미 히스 경사가 와서 기다리고 있었다. 그 표정을 보기만 해도 일이 제대로 풀려나가고 있지 않다는 것을 알 수 있었다.

"어제도 말씀드렸다시피, 검사님 —— " 하고 히스 경사는 우리에게 의자를 끌어다 주며 말했다. "이 사건은 골칫거리가 될 것 같습니다……세인트 클레어 양에게서 무슨 단서라도 찾아냈습니까?"

매컴은 고개를 가로저었다. "그 여자는 상관이 없게 됐소." 그렇게 말하고 그는 어제 오후 벤슨네 집에서 있었던 일을 대강 설명해 주었다.

"그렇습니까? 검사님이 만족하신다면 우리로서는 상관없습니다. 그런데 그 리코크 대위는 어떻습니까?" 하고 하는 말로 미루어보아 히스는 어딘지 좀 석연치 않은 모양이었다.

"그 일로 할 이야기가 있어서 여기까지 와달라고 한 게요." 하고 매컴이 말했다. "그에 대한 직접적인 증거는 없소. 하지만 그를 이번 살인사건과 연결시킬 수 있는 수상한 상황이 두세 가지 있지. 키도 꼭 들어맞고, 또 —— 예사롭게 보아넘길 수 없는 점은 —— 벤슨 씨는 리코크 대위가 가지고 있을 듯한 권총에 맞았다는 사실이오. 그녀와 약혼한 관계인데다 벤슨 씨가 그녀를 마음에 들어했던 점에 동기가 숨겨져 있을지도 모르오."

"하긴 이번 전쟁 이후로——" 하고 히스는 덧붙였다. "군인들은 사람 쏘는 것을 예사로 여기게 되었으니까요. 피를 보는 일에 익숙해졌기 때문이겠지요."

"한 가지 곤란한 점은——" 하고 매컴이 설명했다. "대위를 조사한 펠프스의 보고에 의하면 그는 그날 밤 8시 이후에 줄곧 집에 있었다는 거요. 그러나 어딘가에 허점이 있을지도 모르기에 나는 당신 부하 하나가 좀더 철저하게 다시 조사해 주었으면 하오. 펠프스는 아파트 관리인에게서 그 정보를 얻었다는데, 그 관리인을 불러다가 다시 한 번 다그쳐보는 게 좋을 것 같소. 그날 밤 새벽 12시 30분에 리코크 대위가 집에 없었다는 것을 알아내면 당신이 찾고 있는 단서가 될지도 모르니까."

"제가 직접 해보겠습니다." 하고 히스가 말했다. "오늘밤 그 아파트로 가보죠. 그 관리인이 무언가 알고 있다면 털어놓게 하는 것은 그리 어렵지 않을 겁니다."

그렇게 2~3분쯤 이야기하고 있으려니까 제복을 입은 보이가 지방검사 옆으로 다가와서 정중하게 허리를 굽히고는 파이피 씨가 만나고 싶어한다는 말을 전했다.

매컴이 그 손님을 안내하도록 이르고 히스에게 말했다. "당신도 그대로 앉아 있다가 그가 뭐라고 하는지 들어두는 게 좋을 거요."

리앤더 파이피 씨는 빈틈이라고는 조금도 없는 멋쟁이였다. 그는 좀 거드름을 피우며 우리 쪽으로 다가왔다. 몹시 길고 가늘어 보이는 다리는 무릎이 약간 안으로 휘어진 듯했으며, 그 위에 뚱뚱하게 살찐 몸뚱이가 얹혀 있는 꼴이며, 가슴은 활 모양으로 한껏 젖히고 있어서 마치 비둘기 가슴 같았다. 동그란 얼굴과 네모난 턱이 답답해 보이는 칼라 위에 두 개의 원을 그리며 올려져 있었다. 숱이 적은 금발은 매끈하게 뒤로 빗어넘겨져 있었고, 가늘고 명주실 같이 부드러운 콧수염 끝이 바늘처럼 꼿꼿했다. 옅은 회색 여름 면양복에, 옅은 초록빛 비단 셔츠를 입고, 얇은 천의 화려한 넥타이를 맸으며, 회색 양가죽 옥스퍼드 구두를 신고 있었다. 강한 동양풍 향수냄새가 가슴주머니에 단정히 꽂힌 모시손수건에서 풍겨나왔다.

파이피는 끈끈하고 은근한 태도로 매컴에게 인사하고 소개된 우리에게는 의젓한 태도로 고개만 까딱해 보였다. 보이가 권한 의자에 앉자 가슴주머니 리본에 꽂았던 금테 안경을 닦기 시작하면서 우울한 눈으로 한동은 매컴을 바라보았다. "이번 일은 참으로 안됐습니다." 하고 한숨을 쉬었다.

"당신과 벤슨 씨 사이의 우정을 생각하면 이번 일로 당신을 귀찮게 해드리는 것을 매우 유감스럽게 생각합니다." 하고 매컴이 말했다. "그럼에도 불구하고 오늘 이렇게 여기까지 나와주시다니 정말 감사합니다."

파이피 씨는 매니큐어를 칠한 손을 정중하게 들어올리며 매컴의 말을 막는 듯한 몸짓을 했다. 무어라고도 표현할 수 없을 정도로 자기만족에 취한 모습으로, 사회의 공복인 당신들을 도울 수 있다면 그보다 더 기쁜 일이 없겠으며, 자기의 사소한 불편 같은 건 아무것도 아니라고 했다. 물론 어쩔 수 없어서였겠지만, 그 태도는 '노블레스 오블리지'(noblesse oblige(신분높은 사람은 그만큼 너그러워야 한다))라는 격언에 담긴 의미를 알고 있으며, 또한 그것을 다하고자 하는 마음가짐이 있다는 것이 뚜렷이 나타나 있었다. 그는 아주 유쾌한 얼굴로 매컴을 바라보았다. 그의 눈에는 용건이 무엇이냐고 씌어 있었으나 입술은 움직이지 않았다.

"앤터니 벤슨 소령의 이야기로는——" 하고 매컴이 말했다. "당신은 그분의 동생과 무척 가까운 사이였다더군요. 피해자의 개인적인 문제며 사교관계 등에 대해 수사에 참고될 만한 이야기를 들려주셨으면 합니다만."

파이피 씨는 슬픈 듯이 바닥으로 눈길을 떨어뜨렸다. "예, 그렇습니다. 앨빈과 나는 아주 가깝게 지냈지요—— 사실 둘도 없는 친구였답니다. 그처럼 친하게 지낸 사람이 비극적인 최후를 마쳤다는 소식을 듣고 내가 얼마나 슬퍼했는지 도저히 상상도 못하실 겁니다." 그것을 듣고 있노라니 아에네이스와 아카테스*의 현대판을 보는 듯한 느낌이었다. "곧바로 뉴욕으로 나와서 나를 필요로 하는 분들에게 도움이 되어드리지 못해서 정말 죄송합니다." (*아에네이스와 아카테스는 베르길리우스의 「에아네이드」에 나오는 주인공으로, 트로이 전쟁의 영웅, 그 중 아카테스는 트로이 전쟁이 끝난 뒤 아에네이스와 그림자처럼 붙어다닌 친구로 'Fidus Achates'(충실한 아카테스)라 불리었다.)

"그렇게 해주셨더라면 벤슨 씨의 다른 친구분들도 마음이 든든

했을 겁니다." 하고 매컴은 쌀쌀했지만 정중하게 말했다. "그러나 사정이 사정이니만큼 당신을 탓할 수도 없지요."

파이피 씨는 정말로 후회를 금할 수 없다는 듯 눈을 깜박이고 있었다. "그래도 나로서는 미안해서 견딜 수가 없군요—그렇다고 해서 나에게 떳떳하지 못한 데가 있다는 건 아닙니다만. 마침 그 비극이 일어나기 전날 나는 캐츠킬스 쪽으로 여행을 떠났었습니다. 친한 사이였기 때문에 앨빈에게도 함께 가자고 권했습니다만, 그는 바빠서 갈 수 없다고 하더군요." 파이피 씨는 예측할 수 없는 인생의 짓궂은 장난을 한탄하듯 머리를 흔들었다. "함께 갔었더라면 얼마나 좋았겠습니까?—정말 좋았을 텐데—만일 그것이 단순히—"

"아주 짧은 여행이었던가 보군요." 하고 매컴이 그의 말을 가로막았다. 예측할 수 없는 하나님의 섭리에 대해서 그가 또다시 푸념을 늘어놓을 것 같았기 때문이다.

"그렇습니다." 하고 파이피 씨는 너그러운 태도로 고개를 끄덕였다. "실은 뜻하지 않은 사고가 났었지요. 자동차가 고장이 난 겁니다. 그래서 돌아오지 않을 수 없었던 거지요."

"어느 길로 갔습니까?" 하고 히스가 물었다.

파이피 씨는 안경을 천천히 고쳐쓰며 귀찮다는 듯이 히스 경사를 보았다. "가르쳐 드리지요—저어—스니드 씨."

"히스입니다." 하고 경사는 쌀쌀한 목소리로 바로잡았다.

"아 참! 히스 씨였지요. 알려드리겠습니다만, 히스 씨, 만일 캐츠킬스로 자동차 여행을 떠날 계획이 있으면 미국 자동차 클럽에 부탁해서 도로지도를 받도록 하십시오. 내가 택한 길은 아마 당신에게는 맞지 않을 겁니다." 파이피 씨는 자기와 같은 신분을 가진 사람이 아니면 이야기하고 싶지 않다는 듯이 지방검사 쪽으로 얼굴을 돌렸다.

"파이피 씨, 그런데—" 하고 매컴이 물었다. "벤슨 씨에게 적이 있었습니까?"

그는 뭐라고 대답해야 좋을지 생각하는 것 같았다. "아니, 없을 겁니다. 그를 죽여야 할 만큼의 큰 원한을 가진 사람은 없었습니다."

"그렇다면 적이 있기는 있었다는 이야기가 되겠군요. 좀더 자세히 말씀해 주시겠습니까?"

파이피 씨는 고상한 손놀림으로 금빛 콧수염 끝을 매만진 다음, 집게손가락으로 볼을 만지며 어떻게 할까 마음을 정하지 못해 망설이는 얼굴이었다. "매컴 씨, 당신의 질문은——" 하고 정말 말하기 거북한 듯이 입을 열었다——"나로서는 말씀드리기 곤란한 문제로군요. 그러나 다 털어놓는 것이 가장 좋을지도 모르겠습니다—— 서로 신사로서 말입니다. 앨빈은 세상의 점잖은 사람들이 흔히 그렇듯이—— 뭐라고 할까—— 하나의 약점——이라고나 해 둘까요—— 가지고 있었습니다—— 여자에 대해서 말입니다." 파이피는 차마 입에 담을 수 없는 천박한 사실을 아주 완곡하게 말하고 있는 것인 양 매컴을 바라보았다. "아시다시피——" 하고 그는 상대방이 이해한다는 듯이 고개를 끄덕이자 말을 계속했다. "앨빈은 여자의 마음을 끌 만한 매력을 지닌 사나이는 못 되었죠." (파이피는 자기는 그 점에서 벤슨과 근본적으로 다르다고 생각하고 있는 듯한 인상을 나는 받았다.) "앨빈은 자신의 육체적 결점을 잘 알고 있었습니다. 그래서 앨빈은——이런 한심한 이야기는 정말 하고 싶지 않다는 것을 잘 아시리라 생각합니다—— 여자와의 교제에서 당신이나 나라면 결코 취하지 않을 어떤 방법을 썼습니다. 입에 담기조차 싫습니다만, 앨빈은 이따금 부당하게 여자를 속이는 행동을 했지요. 말하자면 비열한 방법을 썼었던 겁니다." 파이피 씨는 거기서 일단 말을 끊었다. 친구의 미워해야 할 결점과, 또 그것을 이를테면 배신하고 폭로해야 할 처지에 몰려 있는 것을 괴로워하는 얼굴이었다.

"그러니까 당신은 벤슨 씨가 그처럼 부당하게 취급한 어떤 여자가 마음에 걸린다는 말씀입니까?" 하고 매컴이 물었다.

"아니——그 여자 당사자에 대해서가 아닙니다." 하고 파이피 씨는 대답했다. "그 여자에게 관심을 가지고 있는 어떤 남자가 마음에 걸립니다. 사실 그 남자는 앨빈을 죽이겠다고 위협까지 했었지요. 이 말을 해야 될지 어떨지 망설이게 되는 내 기분을 이해해 주시리라 믿습니다만 나로서는 그 위협이 공공연하게 이루어졌다는 것도 말씀드리고 싶군요. 그 말을 들은 사람은 나 말고도 여러 명 있으니까요."

"그렇다면 당신은 이론상으로는 신뢰를 저버렸다고 할 수는 없겠네요."

파이피 씨는 가볍게 머리숙여 상대방의 이해성 있는 태도에 대해 감사의 뜻을 나타냈다. "어떤 조그만 모임에서의 일이었는데, 운나쁘게도 내가 주인 역할을 맡았었지요." 하고 파이피 씨는 겸손하게 고백했다.

"그 사람이 누굽니까?" 매컴의 말투는 정중했지만 감히 거부할 수 없는 위엄이 있었다.

"나로서는 말씀드리기 어렵다는 것을 아시겠지만……" 하고 파이피 씨는 서두를 꺼내었다. 그리고는 모조리 다 털어놓으려는 듯이 몸을 앞으로 내밀었다. "그 신사의 이름을 말씀드리지 않는다면 앨빈에 대해 성실하지 못한 결과가 되겠지요……실은 필립 리코크 대위입니다." 파이피 씨는 아주 감동한 듯이 한숨을 내쉬었다. "매컴 검사님이 그 여자의 이름까지 묻지는 않으시리라고 생각합니다."

"그럴 필요는 없습니다." 하고 매컴은 상대방을 안심시켰다. "하지만 그때 있었던 일을 좀더 자세히 말씀해 주시면 고맙겠는데요."

파이피 씨는 하는 수 없다는 듯한 표정을 지었다. "앨빈은 문제의 그 여자에게 몹시 마음이 끌려서 여러 가지로 돌봐주었습니다만, 내가 보기엔 그녀에게서 별로 호감을 받은 것 같진 않습니다. 리코크 대위는 앨빈이 그녀에게 호의를 보이는 것을 몹시 싫어했지요. 어느 날 내가 주최한 작은 모임에 리코크 대위와 앨빈이 초대되었는 데, 옆에서 듣기에도 몹시 불쾌하고 거북한 말이 두 사람 사이에 오갔습니다. 뭐, 술이 좀 과했기 때문이겠지요. 왜냐하면 앨빈은 언제나 깔끔해서 사교상의 예의 같은 것은 잘 지키는 사람이었거든요. 그래서 리코크 대위가 먼저 울화통을 터뜨리며 앞으로 그녀를 가만히 내버려두지 않으면 살아남지 못할 줄 알라고 앨빈에게 말했습니다. 리코크 대위는 정말로 주머니에서 리볼버 권총을 반이나 꺼내기까지 했지요."

"그것은 회전식이었습니까, 아니면 자동식이었습니까?" 하고 히스가 물었다.

파이피 씨는 경사를 거들떠보지도 않고 어렴풋이 쓴웃음을 지으

며 지방검사를 보았다. "내가 잘못 말했군요, 미안합니다. 리볼버
가 아니었습니다. 육군용 자동권총인 것 같았어요——아까도 말
씀드렸듯이 반쯤 꺼냈기 때문에 자세히 보지는 못했습니다만."

"그러면 다른 사람들도 그 자리에서 그 말다툼을 들었겠군요?"

"손님 몇 사람이 그 주위에 서 있었지요." 하고 파이피 씨는 설
명했다. "그러나 누구누구였는지 그 이름은 생각나지 않습니다. 하
긴 나는 그 대위의 협박 같은 것을 대단치 않게 생각했지만요——
사실 앨빈이 그처럼 비명에 숨졌다는 것을 신문에서 읽기 전까지
는 그런 일들을 깨끗이 잊고 있었습니다. 신문을 보고서야 비로소
그 일이 생각나서 지방검사님에게 말씀드려야겠다고 생각한 거지
요."

"내뿜는 생각, 불타오르는 말*——" 하고 그때까지 지루함을 참
고 앉아 있던 밴스가 중얼거렸다. (*'내뿜는 말, 불타오르는 생각'은 토머
스 그레이(1716~1771)의 「Ode for Music or Installation Ode」에서 인용된 것이
다.)

파이피 씨는 다시 한 번 안경을 고쳐쓰고 밴스를 노려보았다.

"실례입니다만, 뭐라고 했나요?"

밴스는 거리낌없이 미소지었다. "예, 그레이를 인용했지요. 어떤
기분에 젖게 되면 나는 시가 떠오른답니다……그런데 당신은 혹시
오스틀랜더 대령을 모르십니까?"

파이피 씨는 밴스를 차디찬 눈으로 바라보았으나 그의 시선이
가닿은 것은 멍청한 얼굴에 지나지 않았다. "그분이라면 알고 있
지요." 하고 그는 거만하게 대답했다.

"당신이 연 그 유쾌한 사교 모임에 오스틀랜더 대령도 참석했었
습니까?" 밴스의 말투는 조금도 꾸밈이 없고 천연덕스러운 것이
었다.

"그리고 보니 그분도 참석했었던 것 같군요." 하고 파이피 씨는
그 사실을 인정하면서도 의아한 듯이 눈썹을 치켜올렸다.

그러나 밴스는 전혀 관심이 없는 듯 다시 창밖을 내다보았다.

매컴은 이야기가 도중에 끊어진 것을 못마땅하게 생각하고, 좀
더 흠없고 실제적인 토대 위에 이야기를 올려놓으려고 애썼다. 파
이피 씨는 끊임없이 얘기했으나 그 이상의 정보는 얻을 수 없었다.
걸핏하면 화제를 리코크 대위에게로 돌렸고, 입으로는 그렇지 않

다고 말했으나 그 협박에 대한 것을 자기가 인정하고 있는 이상으로 중요시하고 있음이 분명했다. 매컴은 꼬박 한 시간이나 질문했으나 그밖에 쓸모있는 내용은 알아내지 못했다.

파이피 씨가 돌아가려고 일어나자 밴스는 밖을 내다보던 눈길을 그에게로 돌리며 부드럽게 머리숙여 호인 같은 미소를 지었다.

"파이피 씨, 이렇게 뉴욕까지 오셨고, 또 좀더 빨리 오시지 못한 것을 그토록 유감스럽게 생각하신다니 수사가 끝날 때까지 이곳에 머무르시겠지요?"

파이피 씨는 그때까지 겉으로 꾸미고 있던 침착함이 어디론가 사라지고 순식간에 놀라움이 얼굴에 가득찼다. "그럴 생각은 아니었는데요."

"꼭 그렇게 해주었으면 좋겠습니다── 큰 지장이 없으시다면." 매컴도 강력하게 권했다. 그러나 밴스가 그 말을 꺼내기까지는 그런 요구를 할 생각이 전혀 없었음을 나는 알았다.

파이피 씨는 잠시 망설였으나 마침내 체념했다는 듯이 고상한 몸짓으로 동의했다. "그럼, 그렇게 하지요. 내가 도와드릴 일이 생기거든 연락하십시오. 앤소니아에 있겠습니다."

파이피 씨는 아주 너그러운 태도로 부드럽게 말함으로써 도량이 넓음을 과시하고는 매컴에게 작별의 미소를 보냈다. 그러나 그 미소는 마음에서 우러나온 것이 아니었다. 눈에 보이지 않는 조각가의 손이 그 얼굴에 조각해 붙인 듯한 미소였다. 입가의 근육이 조금 움직였을 뿐이었다.

그가 가버리자 밴스는 억지로 웃음을 참고 있는 듯한 눈으로 매컴을 바라보았다. "'우아하고 유창한 금옥(金玉)의 운율(韻律)이여──'*라지만 시는 믿지 않는 게 좋을 걸세. 저 키케로를 닮은 친구는 순전히 거짓말쟁이니까." (*'우아하고 유창한 금옥의 운율이여'는 셰익스피어「Love's Labour Lost」의 4막 2장 홀로파네스의 대사에서 인용된 것.)

"저 사람이 굉장한 거짓말쟁이라는 말에는──" 하고 히스가 끼여들었다. "저는 찬성할 수 없는데요. 리코크 대위가 협박했다는 이야기는 정말이라고 생각합니다."

"아아, 물론 그 이야기는 정말이오……여보게, 매컴, 그 기사도 정신이 풍부한 파이피 씨는 자네가 세인트 클레어 양의 이름을 밝히라고 강요하지 않자 몹시 실망하는 눈치더군. 저 리앤더 씨는 여자를 위해 헬레스폰투스 해협*을 헤엄쳐 건널 사람은 결코 아닐세."
(*헬레스폰투스 해협은 터키의 다다넬스 해협을 말한다. 그리스 아비도스의 젊은이 레안드는 세스토스의 비너스 궁전에 있는 무너 헤로의 사랑을 받았다. 그래서 밤마다 등불에 의지하여 헬레스폰트를 헤엄쳐 건너 애인을 만났는데, 어느 날 밤 폭풍우 때문에 등불이 꺼져서 익사했다. 헤로도 그 뒤를 따라 탑에서 몸을 던져 죽었다.)

"헤엄에 대해서는 모르겠지만 그는 우리에게 단서가 될 것을 가르쳐 주었습니다." 하고 히스는 참을 수 없다는 듯이 말했다.

매컴도 파이피 씨가 리코크 대위에게 걸려 있는 혐의에 자료를 더 보태주었다는 점에 대해서는 다른 의견이 없었다. "내일 리코크 대위를 사무실로 불러다가 심문해 볼 생각일세." 하고 말했다.

그 뒤 벤슨 소령이 바로 방으로 들어왔으므로 매컴이 자리를 권하여 우리와 한자리에 앉게 되었다.

"방금 파이피가 택시에 타는 것을 보았는데, 앨빈 사건 때문에 그를 심문했나?" 하고 벤슨 소령은 자리에 앉아서 물었다. "그래, 도움이 좀 되었나?"

"우리 모두에게 도움이 되었기를 바라고 있다네." 하고 매컴은 부드럽게 대답했다. "그런데, 소령, 자네는 필립 리코크 대위에 대해 좀 알고 있는 게 없나?"

벤슨 소령은 놀란 얼굴로 매컴을 보았다. "모르고 있었나? 리코크 대위는 내 연대 소속이었다네——일류 군인이지. 앨빈과도 꽤 잘 아는 모양이었으나, 내가 보기에 그 두 사람은 그다지 사이가 좋은 것 같지는 않았네. 그렇기는 하지만 설마 리코크 대위를 이번 사건에 결부시켜서 생각하는 건 아니겠지, 매컴?"

매컴은 그 질문에는 대답하지 않았다. "자네는 리코크 대위가 자네 동생을 협박했다는 그날 밤 파이피 씨 모임에 갔었나?"

"파이피의 파티에는 한두 번 갔었지." 하고 소령은 말했다. "나는 본디 그런 모임을 좋아하지는 않지만 앨빈이 사업상의 중요한 방편이라고 자꾸 권하기에 갔었네." 소령은 얼굴을 뒤로 젖히고 어렴풋한 기억을 더듬듯이 눈살을 찌푸리고 허공을 노려보았다. "아무래도 생각이 잘 안 나는데——맞아, 간 것 같구먼. 하지만 그날 밤에 있었던 일을 문제삼을 건 없는데. 그날은 모두들 너무 취했었으니까."

"리코크 대위가 권총을 빼들었었습니까?" 하고 히스가 물었다.

소령은 입을 오므렸다. "그런 말을 듣고 보니 그런 일이 있었던 것 같기도 하군요."

"권총을 직접 보았습니까?" 히스가 다그쳐 물었다.

"아니, 보지는 못했소."

매컴이 다시 물었다. "리코크 대위가 살인을 저지를 수 있다고 생각하나?"

"천만에!" 하고 벤슨 소령이 힘주어 대답했다. "리코크 대위는 냉혈한이 아닐세. 말썽의 불씨가 된 그 여자야말로 그런 행동을 할 만한 사람이지."

짧은 침묵이 흘렀다. 밴스가 그 침묵을 깨뜨렸다. "소령님, 그 유행하는 안경에 멋쟁이로 차려입은 파이피라는 분에 대해서는 어느 정도나 알고 계십니까? 좀 특별한 사람이더군요. 그에 대한 특별한 이야기라도 있습니까? 아니면 겉보기와 별로 다를 것이 없는 인물입니까?"

"리앤더 파이피는――" 하고 소령이 입을 열었다. "요즘 한가한 젊은 사람들의 전형적인 표본이지요―― 젊다고는 했습니다만, 그도 그럭저럭 마흔쯤은 되었을 겁니다. 응석받이로 자랐지요. 갖고 싶은 것은 무엇이든지 다 가질 수 있었고요. 하지만 침착성이 좀 모자라고, 여러 가지 도락에 손을 댔다가는 결국엔 모두 싫증내는 사람이랄까? 한 2년쯤 남아프리카에 가서 맹수사냥을 한 적도 있었고, 그 모험담을 책으로 써낸 적도 있는 모양입디다. 그 뒤로는 내가 아는 한 아무것도 하지 않는 것 같습니다. 몇 년 전에, 돈은 많으나 다루기 힘든 여자와 결혼했지요―― 물론 돈이 목적이었을 겁니다――그러나 그 여자의 아버지가 재산권을 쥐고 있으면서 근근히 살아갈 정도밖에 돌봐주지 않는다더군요. 파이피는 낭비가 심한데다 게으르지만, 앨빈은 그런 그에게서 어떤 장점을 찾아냈었던 모양입니다."

소령의 말투는 마치 자기와는 아무 관계도 없는 이야기를 하듯이 덤덤하고 솔직했다. 그러나 우리는 모두 소령이 파이피 씨에 대해서 개인적으로 깊은 혐오감을 품고 있다는 인상을 받았다.

"별로 탐탁지 못한 인물이군요." 하고 밴스가 평했다. "게다가 너무 거만하고."

"그렇긴 하지만——" 하고 히스가 의아한 듯이 눈썹을 모았다. "맹수사냥을 한다면 신경이 꽤 대범할 것 같군요……그런데 신경에 대해서 말하자면, 소령님 동생을 쏜 사람이 더 머리가 무섭게도 냉정한 사람이라고 생각됩니다. 상대가 눈을 시퍼렇게 뜨고 있었고, 가정부가 이층에 있는데도 정면에서 쏘았으니까요. 그러자면 어지간히 신경이 대범해야 가능한 일이지요."

"히스 경사님, 당신 머리는 무척 빠르게 돌아가는군요." 하고 밴스가 칭찬했다.

제12장 45구경 콜트 권총 소유자
(6월 17일 월요일 오전——)

밴스와 나는 다음날 아침 9시가 조금 지나서 지방검사 사무실에 도착했는데, 리코크 대위는 이미 20분 전에 와서 기다리고 있었다. 매컴은 스워커에게 일러 그를 들어오게 했다.

필립 리코크 대위는 전형적인 육군장교로서 키가 아주 크고—— 6피트 2인치(약 188cm)는 충분히 되었다——깨끗이 면도한 얼굴에 자세는 꼿꼿하고 탄력이 있어 보였다. 어떤 일에도 동요되지 않을 듯한 엄숙한 얼굴로 마치 상관의 명령을 기다리는 병사처럼 자세를 똑바로 하고서 진지한 태도로 지방검사 앞에 섰다.

"앉으십시오, 리코크 대위." 하고 매컴은 형식적인 인사를 했다. "이렇게 오시라고 한 것은 이미 그 이유를 아실 줄 압니다만, 앨빈 벤슨 씨에 대해서 두세 가지 물어보고 싶은 것이 있기 때문이지요. 그와 당신과의 관계에 대해서 알고 싶은 점이 몇 가지 있습니다."

"내가 이 범죄와 관계가 있다고 생각하십니까?" 리코크 대위의 말투에는 남부 사투리가 조금 섞여 있었다.

"그것은 아직 알 수 없지요." 하고 매컴이 차디차게 대답했다. "그 점을 결정하기 위해서 당신을 오시라고 한 겁니다."

리코크 대위는 자세를 꼿꼿이 하고 의자에 앉아서 다음말을 기다렸다.

매컴은 똑바로 대위를 쏘아보았다. "당신은 최근에 앨빈 벤슨 씨를 죽이겠다고 협박한 적이 있었습니다. 그렇지요?"

리코크 대위는 움찔 놀라며 무릎 위에 놓인 손에 힘을 주었다. 그가 미처 대답하기도 전에 매컴이 다시 말했다. "협박한 날짜도 알고 있습니다——리앤더 파이피 씨가 베푼 파티석상에서였지요."

리코크 대위는 주춤했다. 그렇지만 턱을 앞으로 내밀고 기세등등하게 대답했다. "예, 협박한 것은 인정하겠습니다. 벤슨은 비열한 사람이었으니까요——살해당하는 것도 당연합니다……그날 밤에는 여느 때보다 더 밉살스러웠지요. 게다가 술도 좀 과했었고요——나도 그것은 인정합니다." 리코크 대위는 일그러진 미소를 지으며 지방검사의 어깨너머로 창밖을 향해 신경질적인 시선을 내던졌다. "하지만 내가 그를 쏘아죽인 것은 아닙니다. 다음날 아침 신문을 읽기 전까지는 그가 살해된 것도 모르고 있었습니다."

"벤슨 씨가 맞은 총은 육군용 콜트 권총이었습니다——당신이 전쟁중에 가지고 있었던 것과 같은 권총이지요." 하고 매컴은 상대방에게서 눈길을 떼지 않은 채 말했다.

"알고 있습니다." 하고 리코크 대위는 대답했다. "신문에도 그렇게 났더군요."

"당신도 그런 권총을 가지고 있지요, 리코크 대위?"

대위는 다시 머뭇거렸다. "아닙니다." 그의 목소리는 겨우 알아들을 수 있을 정도로 낮았다.

"아니라니요?"

상대방은 매컴을 흘끗 보더니 곧 시선을 돌려 외면했다. "그렇습니다——분실했습니다……프랑스에서."

매컴은 희미하게 웃었다. "그렇다면 당신이 앨빈 씨를 협박한 날 밤 파이피 씨가 권총을 보았다는 사실을 어떻게 설명하겠습니까?"

"권총을 보았다고 하던가요?" 대위는 지방검사를 노려보았다.

"그렇습니다. 보았다고 했습니다. 그리고 육군용 콜트 권총이었다고 하더군요." 하고 매컴은 어조도 바꾸지 않고 말을 계속했다. "그리고 벤슨 소령도 당신이 권총을 꺼내려고 하는 것을 보았다고 했습니다."

리코크 대위는 깊은 숨을 내쉬며 못마땅한 듯이 입을 삐죽 내밀었다.

"이미 말씀드렸듯이 나는 권총을 가지고 있지 않습니다……프랑스에서 잃어버렸습니다."

"잃어버린 것이 아니라 누군가에게 빌려주었겠지요."

"그렇지 않습니다!" 입술에서 튀어나오는 듯한 말투였다.

"다시 한 번 생각해 보십시오, 대위……누구에게 빌려주지 않았습니까?"

"아니——그런 적 없습니다."

"당신은 어제 리버사이드 드라이브를 찾아갔었지요. 혹시 거기에 갖다놓지 않았습니까?"

밴스는 열심히 듣고 있었다. "흠, 꽤 머리가 좋군." 그는 내 귀에다 대고 속삭였다.

리코크 대위는 좀 들뜬 태도였다. 햇볕에 검게 그을렸는데도 얼굴은 파리해 보였다. 그는 심문하고 있는 상대방의 끈질긴 눈길을 피해서 테이블 위의 무엇에라도 주의를 집중시키려고 애쓰고 있었다. 그런데 지금까지의 무뚝뚝하던 목소리가 불안해지기 시작했다. "가지고 가지 않았습니다……아무에게도 빌려준 적도 없고요."

매컴은 책상 너머에서 몸을 앞으로 내밀고 한 손으로 턱을 고이고 위협적인 표정을 지었다. "살인이 나기 이전에 누군가에게 빌려주었는지도 모르겠군요?"

"그 이전이라니요?" 리코크 대위는 눈을 치켜뜨고 상대방의 말을 분석하려는 듯 잠깐 사이를 두었다.

매컴은 그의 혼란을 이용했다. "프랑스에서 돌아온 뒤 아무에게도 권총을 빌려주지 않았습니까?"

"아니, 빌려준 적 없습니다——" 하고 말하다가 대위는 갑자기 입을 다물고 얼굴을 붉혔다. 그리고는 얼른 덧붙였다. "그런 걸 어떻게 빌려줄 수가 있겠습니까? 아까도 말씀드렸듯이——"

"그만 됐습니다." 하고 매컴은 상대의 말을 가로막았다. "그럼, 당신은 권총을 가지고 있기는 했군요——혹시 지금도 가지고 있습니까?"

리코크는 무슨 말인가를 하려고 입술을 벌렸다가 다시 굳게 입을 다물어버렸다.

매컴은 긴장을 풀고 다시 의자에 기댔다. "당신은 물론 알고 있었겠지요? 벤슨 씨가 클레어 양에게 여러 가지로 주제넘은 행동을 해서 그녀가 귀찮아 했었다는 것 말입니다."

여자의 이름이 나오자 대위의 몸이 굳어졌다. 얼굴빛은 검붉게 변했고, 눈은 지방검사를 위협하듯 노려보았다. 이윽고 그는 천천히 숨을 들이마시더니 이를 악물듯 하고 말했다. "여기에 세인트 클레어 양을 끌어들이지 마십시오!" 대위는 당장에라도 매컴에게 덤벼들 것만 같았다.

"안됐지만 그럴 수는 없겠는데요." 매컴의 말은 동정적이기는 했지만 엄격함을 지니고 있었다. "너무나 많은 사실들이 클레어 양을 이 사건에 끌어들이고 있습니다. 예를 들어 그녀의 핸드백이 살인이 일어난 다음날 아침 벤슨 씨의 거실에서 발견되었지요."

"그건 거짓말입니다." 하고 리코크가 말했다.

매컴은 리코크의 말을 무시했다. "세인트 클레어 양 스스로 그 것을 인정했습니다." 대위가 뭐라고 말하려 하자 매컴은 손을 들어 가로막았다. "오해는 마십시오. 나는 사실을 말할 뿐입니다. 나는 세인트 클레어 양이 이 사건에 책임이 있다고 나무라는 게 아닙니다. 나는 다만 이 사건에 있어서의 당신의 입장을 분명히 해두려는 것뿐입니다."

리코크 대위는 말없이 매컴을 지켜보고 있었는데, 그 표정은 분명히 매컴의 말을 의심하고 있는 것 같았다. 그는 마침내 결심한 듯 입가에 힘을 주며 말했다.

"그 문제에 대해서는 더 이상 아무것도 말씀드릴 게 없습니다."

"알고 있었지요, 어떻습니까?" 하고 매컴은 계속 말했다. "세인트 클레어 양은 벤슨 씨가 살해된 날 밤 그와 마르세유에서 저녁 식사를 함께 했다는데……"

"그것이 어쨌다는 겁니까?" 리코크 대위는 불끈 화를 내며 내뱉었다.

"두 사람은 마르세유에서 밤 12시에 나왔고, 세인트 클레어 양은 새벽 1시가 넘도록 집으로 돌아가지 않았다는 것도 알고 있겠죠?"

대위의 눈에서 이상한 빛이 번득였다. 목의 힘줄이 불끈 솟아오르며 골똘히 생각하는 듯, 깊은 숨을 내쉬었다. 그러나 지방검사는 아예 쳐다보려고 하지 않았고 입을 열려고도 하지 않았다.

"물론 알고 있겠지요?" 하고 매컴이 단조로운 소리로 계속했다. "벤슨 씨는 그날 밤 12시 30분에 살해되었다는 것을 말입니다." 매컴은 대답을 기다렸다. 꼬박 1분쯤 방안에는 침묵만이 있었다. "대위, 이제 아무것도 할말이 없습니까?" 매컴이 마침내 말했다. "더 이상 당신이 설명할 것은 없는 건가요?"

리코크 대위는 대답하지 않았다. 가만히 앉아서 어디 바람이 부느냐는 듯이 앞만 바라보고 있었다. 그는 입을 꼭 다물고 있을 작정인가 보다.

매컴은 일어섰다. "그럼, 이야기는 이만 끝내기로 하지요."

리코크 대위가 나가자 매컴은 버튼을 눌러 서기 한 사람을 불렀다.

"벤에게 지금 그 사람 뒤를 밟으라고 이르게, 어디 가서 무얼 하는지 알아보도록, 보고는 오늘밤 스타이비샌트 클럽에서 듣겠네."

우리만 남게 되자 밴스는 반쯤은 놀리듯이 감탄하며 매컴을 바라보았다. "멋있었네, 매컴!──예술적이라고까지 할 수는 없었지만──하지만, 이 사람아, 그녀에 대한 질문은 아찔할 만큼이나 서툴렀어."

"그야 그랬겠지." 하고 매컴도 인정했다. "그러나 그럭저럭 본궤도에 오른 것 같네. 리코크 대위는 한치의 틈도 없이 결백하다는 인상은 남기지 않았으니까."

"그런가?" 하고 밴스가 물었다. "그럼, 수상하게 여길 만한 점은 무엇이었나?"

"권총에 대해 묻자 새파랗게 질리지 않던가? 신경이 바늘 끝처럼 날카로워져 있었어──마음 밑바닥에서부터 떨고 있었다네."

밴스는 한숨을 쉬었다. "매컴, 자네는 어쩌면 그토록 외관상의 견해밖에는 갖지 못하는가? 죄없는 사람이 의심을 받으면 죄있는 사람보다 훨씬 더 신경질적으로 된다는 것을 모르나? 죄가 있는 사람은, 첫째 죄를 저지를 만한 신경을 가지고 있고, 둘째 벌벌 떨며 겁먹으면 자네들 수사관들이 죄가 있다고 간주해 버린다는 사실을 알고 있단 말일세. '내 힘은 장사, 내 마음은 깨끗하니까'(테니슨의「갤러해드 경」에서 인용된 말) 라는 것은 주일학교의 주문에 불과하네. 누구라도 좋으니 죄없는 사람의 어깨를 잡고 '당신을 체포하겠소' 라고 말해 보게. 대개는 눈을 동그랗게 뜨고 식은땀을 흘리고 얼굴에서 핏기가 가시면서 벌벌 떨다가는 호흡곤란을 일으킬걸세. 만일 히스테리 증세나 신경성 심장병이라도 있는 사람이라면 그대로 쓰러져 버리겠지. 그러나 그런 경우 시치미를 뚝 떼고 일부러 놀란 척 눈썹을 치켜올리면서, '허, 참! 농담은 그만두시오 ——자아, 여송연이나 한 대 붙이시지요.' 라고 말하는 사람은 틀림없이 죄가 있는 녀석이지."

"경력이 쌓인 악당이라면 자네 말도 맞겠지." 하고 매컴도 양보했다. "하지만 결백하고 정직한 사람이라면 누명을 씌운다고 해도 그토록 당황하지는 않는다네."

밴스는 이해시키기 어렵다는 듯이 머리를 가로저었다. "여보게, 매컴, 자네들에게 걸리면 클라일이나 볼로노프*도 일생을 허송했을 것일세. 공포라고 불리우는 현상은 내분비선이 작용하는 결과라네 ——단지 그뿐이야. 그 사람의 갑상선 발육이 나쁘거나, 부신 호르몬이 정상이 아니기 때문이라는 것이 완전히 증명되었다네. '네가 범인이다.' 라는 말을 듣거나 범행에 사용된 피묻은 흉기를 내보였을 때 태연한 얼굴로 웃기도 하고, 펄펄 뛰며 아우성치고, 히스테리를 일으키고, 기절하거나 마치 무관심한 얼굴을 하는 것은 ——모두 저마다의 호르몬 상태가 달라서 그런 것이지 죄가 있고 없음에는 관계가 없다네. 사람이 한결같이 여러 가지 내분비선의 분량이 똑같다면 자네의 이론도 옳겠지. 그러나 그렇지가 않거든……그러니, 매컴, 단순히 상대방의 내분비선에 결함이 있다고 해서 전기의자에 앉힐 수는 없는 것일세. 그건 공정성을 잃은 거야."
(*'클라일'은 조지 워싱턴 클라일(1864~1943)을 가리키는데, 그는 미국의 외과의사로서 '클리블랜드 클리닉 파운데이션' 원장이었고, 저서로는「기구적(機構的)으로 본 전쟁과 평화」가 있다. '볼로노프'는 세르게이 볼로노프(1860~ ?)를 가리키며 러시아 외과의사이다. 파리의 러시아 병원 외과주임을 지냈으며, 뒤에 '콜레지 드 프랑스'의 생리학 연구소 소장이 되었다. 호르몬에 의해 젊어지는 방법을 실험하여 유명해졌다.)

매컴이 그 말에 대답을 하려는데 스워커가 문 앞에 나타나 히스 경사가 왔다고 알렸다. 히스 경사는 만족한 미소를 지으며 마치 뛰어들듯이 방으로 들어왔다. 그날은 악수하는 것도 잊고 있었다.

"이제야 쓸 만한 단서가 잡힌 것 같습니다. 어젯밤 그 리코크 대위의 아파트에 가보았습니다. 자, 들어보십시오──리코크 대위는 13일 저녁 내내 집에 있었답니다. 거기까지는 좋았지요. 그런데 한밤중이 되자 방을 나와 서쪽으로 갔답니다── 어떻습니까?── 그리고 새벽 1시 15분쯤까지는 돌아오지 않았답니다."

"그럼, 관리인이 처음에 한 말은 어떻게 된 거지?" 하고 매컴이 물었다.

"바로 그 점입니다. 중요한 것은 리코크 대위가 관리인을 매수했던 겁니다. 돈을 주어서 그날 밤에 외출하지 않았다고 말하도록 시킨 거지요── 어떻게 보십니까, 지방검사님? 서툰 행동을 한 거지요── 그렇지 않습니까?……관리인 녀석을 잡아다놓고 거짓말 말라고 호통을 치며 강 위쪽으로 보내버리겠다고 겁을 주었더니 실토하더군요."(강 위쪽은 허드슨 강을 말하며 싱싱 형무소를 가리킴.) 히스는 싱긋 웃었다. "그리고 리코크 대위에게는 아무 말도 하지 말라고 입을 막아놓았습니다."

매컴은 천천히 고개를 끄덕였다. "히스 경사, 당신 말은 오늘 아침 내가 리코크 대위와 이야기하며 얻은 결론과 어떤 점에서는 꼭 들어맞는구먼. 그래서 그를 미행시키라고 벤에게 일러놓았소. 보고는 오늘밤에 듣기로 했으니 이 문제는 내일 검토하기로 합시다. 아침에 당신에게 연락하겠소. 해야 할 일이 생기면 당신에게 수고를 끼쳐야 할 테니까."

히스가 돌아가자 매컴은 두 손을 머리 뒤로 깍지끼고 만족스럽게 몸을 뒤로 젖혔다. "마침내 해답이 나온 것 같군." 하고 그가 말했다. "그 여자는 벤슨 씨와 저녁식사를 마치고 함께 그의 집으로 간 거야. 대위는 그럴지도 모른다는 의심이 들어서 뒤쫓아가 보니 아니나다를까 그녀는 벤슨 씨의 집에 있었어. 그래서 벤슨 씨를 쏘게 된 거지. 그래야만 장갑이나 핸드백에 대한 설명이 될 뿐만 아니라 마르세유에서 그녀가 집까지 돌아가는 데 걸린 시간도 설명할 수가 있지. 그리고 토요일 그녀가 여기서 취한 태도나 리코크 대위가 권총에 대해 거짓말한 것도 모두 설명이 되네……이제야 겨우 이 사건을 마음먹은 대로 다룰 수 있게 되었군. 리코크 대위의 알리바이가 무너졌으니 사건은 일단락된 셈일세."

"그렇겠지." 하고 밴스는 유쾌한 듯 말했다. "'희망은 승리의 나래 위에서 기뻐 춤추네!' 로군."

매컴은 밴스의 얼굴을 한동안 바라보았다. "자네는 하나의 결정에 도달하는 방법에 있어서 인간의 이성을 완전히 무시하는군. 협박사실을 인정했고, 동기, 시간, 장소, 기회, 행동, 범인과 범행도구가 모두 갖추어져 있다네."

"그런 말들이 묘하게 정다운 것으로 들리는군." 하고 밴스는 미소지었다. "하지만 그 대부분은 그녀에게도 적용되잖나?……게다가 자네는 아직 범인을 실제로 체포한 것은 아니네. 지금쯤 거리어딘가를 헤매고 다닐 테지──하지만 그것은 단지 지엽적인 문제에 불과하다네."

"물론 아직 체포했다고는 말할 수 없지." 하고 매컴은 역습했다. "하지만 솜씨있는 부하가 빈틈없이 감시하고 있다네. 리코크 대위에게는 흉기를 처치할 기회가 아마 없었을 걸세."

밴스는 흥미 없다는 듯 어깨를 으쓱했다. "아무튼 성급하게 굴지는 말게." 하고 그는 충고했다. "나의 보잘것없는 의견에 따르면 자네는 단지 음모를 파헤쳤을 뿐이니까."

"음모라니, 그건 또 무슨 소린가?"

"상황 음모라는 거지."

"어쨌든 나는 기쁜데──국제정치와 관계가 없다는 것을 알았으니까." 하고 매컴은 호인답게 대답했다. 그리고 벽시계를 흘끗보았다. "이만 실례하고 일을 해야겠네. 처리해야 할 일이 한 다스 이상이나 밀려 있고, 위원회에도 두어 군데 얼굴을 내밀어야 하니까……복도를 지나 저쪽 방에 가서 벤 핸런과 이야기라도 좀 하면 어떻겠나? 그리고 12시 반쯤 이리로 오게나. 은행가 클럽에 가서 함께 점심이나 하세. 벤은 외국계 시민에 대해서는 어느 누구보다도 잘 알고 있지. 거의 일생 동안 법망의 손길을 교묘히 빠져나간 녀석들을 뒤쫓아 온 세계를 누비고 다닌 사람이야. 아마 재미있는 이야기를 들려줄 걸세."

"그것 참 멋진데." 하고 밴스는 선하품을 하며 말했다. 그러나 매컴의 제안을 받아들이는 대신 그는 창가로 다가가서 담배에 불을 붙였다. 한동안 거기에 서서 손가락으로 담배를 돌리기도 하고 가만히 들여다보기도 하며 연기를 내뿜고 있었다. "매컴, 요즘은 모든 것이 잘못되어 버렸다고 생각지 않나? 얼빠진 민주주의라는 것 때문이지. 고귀성마저 타락했단 말일세. 이 레지(Régie) 담배 역시 마찬가지라네. 품질 자체가 떨어졌어. 자존심 있는 높은 분들이라면 이런 담배는 이제 그만 피워야 할 걸세."

매컴이 미소지었다. "부탁이라는 게 뭔가?"

"부탁? 그것이 유럽 귀족의 퇴폐와 무슨 상관이라도 있나?"

"내가 아는 한 자네는 내키지 않는 부탁을 하려는 때에는 예의상 언제나 귀족들의 험담부터 시작했었으니까."

"정말 눈치가 빠르군." 하고 밴스는 멋없이 말했다. 그리고 스스로도 미소를 지었다.

"오스틀랜더 대령을 점심에 초대해도 괜찮겠나?"

매컴은 날카로운 시선을 밴스에게 던졌다. "빅스비 오스틀랜더 대령 말인지?……지난 이틀 동안 자네가 내내 이것저것 물어보던 그 수수께끼의 그 인물 말인가?"

"바로 그 사람이라네. 위풍당당한 바보라고 해야 할 그런 종류의 인물이지만. 그러나 조금쯤은 눈을 뜨게 해줄 수 있을지도 모르네. 말하자면 벤슨 일파의 파파인 셈이지. 파티라면 어디든지 얼굴을 내민다네. 그야말로 진짜 허풍만 떨고 다니는 늙은이일세."

"꼭 부르는 것이 좋겠군." 하고 매컴이 동의했다. 그런 다음 수화기를 들었다. "그럼, 벤에게 자네가 다시 한 시간쯤 방해하게 될 거라고 말하겠네."

제13장 회색 캐딜락
(6월 17일 월요일 오후 12시 30분)

12시 30분에 매컴, 밴스, 그리고 나 세 사람은 에퀴터블 빌딩에 있는 은행가 클럽의 그릴로 들어갔다. 오스틀랜더 대령은 이미 바에서 찰리가 금주법에 충실하려고 발명해 낸 '수프 우스터 소스 칵테일'*을 한 잔 마시고 있었다. 밴스가 지방검사의 사무실을 나와서 곧 전화를 걸어 클럽에서 만나고 싶다고 하자 대령도 기꺼이 그 초대에 응했던 것이다. (*벤슨 살인사건이 일어난 당시 미국은 금주법시대였다. 그러므로 여기서 말하는 '콜램, 브로스 앤드 우스터 소스' 같은 칵테일 종류가 알콜 대신 애용되었다. 찰리는 아마 바텐더 이름일 것이다.)

"이분은 뉴욕에서 제일가는 난봉꾼이며──" 하고 밴스는 대령을 매컴에게 소개했다.(나는 전에 이미 만난 적이 있었다.) "사치와 쾌락을 일삼는 도락주의자지. 대낮까지 주무시므로 점심 전에 누구와 만날 약속은 하는 법이 없다네. 오늘은 내가 자네 직함의 위력을 들이대고 두드려 깨워서 이렇게 이른 시간에 끌어낸 것일세."

"무엇이든 도움이 될 수 있다면 기쁘겠습니다." 하고 대령은 매컴에게 말했다. "정말 놀랐습니다. 신문에서 그 기사를 읽었을 때는 정말이라는 생각이 들지 않더군요. 실은 말입니다──하긴 말씀드려도 괜찮을 줄 압니다만──내게는 그 사건에 대해서 한두 가지 생각나는 것이 있습니다. 그래서 내 쪽에서 검사님을 찾아뵐까 하던 참이었지요."

우리가 테이블에 자리잡고 앉자 밴스는 인사말은 생략하고 질문부터 하기 시작했다. "오스틀랜더 대령님, 당신은 앨빈 벤슨 씨의 친구들을 대강은 알고 있겠지요? 리코크 대위에 대해 물어보고 싶은데, 그는 어떤 사람입니까?"

"호오! 그 미남 대위를 의심하고 있습니까?" 오스틀랜더 대령은 거드름피우며 하얀 콧수염을 비틀었다. 대령은 혈색좋고 큰 얼굴에, 속눈썹은 짙었으며, 푸르고 작은 눈을 가지고 있었다. 자세나 태도는 희가극에 나오는 으스대는 장군과 똑같았다. "착상은 나쁘지 않군. 그가 했을지도 모르지요. 성미가 아주 급한 사람이니까 말입니다. 게다가 세인트 클레어라는 여자에게 완전히 빠져 있습니다──무리엘은 좋은 여자지요. 그리고 앨빈 벤슨도 그녀에게 빠졌었습니다. 나도 20년만 젊었더라면──"

"당신은 지금도 여자들에게 너무 인기가 있습니다, 오스틀랜드 대령." 하고 밴스는 상대방의 말을 가로막았다. "그보다도 리코크 대위에 대한 것을 들려주시지요."

"아아, 그랬었지──리코크 대위 말이지요? 그는 본래 조지아주 출신입니다. 전쟁에 나가서──무슨 훈장도 가지고 있습니다. 앨빈 벤슨 정도는 문제삼지도 않았지요──아니, 그보다는 아주 싫어했다는 표현이 맞을 겁니다. 성미가 급하고 외곬인데다 질투심이 강하더군요. 흔히 볼 수 있는 타입이지요——'메이슨 앤드 딕슨 라인'*의 남부 종족의 기풍이 낳은 산물이지요. 여자를 신주 모시듯 하고——뭐, 그래선 안된다는 말은 아닙니다. 그것도 좋긴 하지요. 그렇긴 하지만 그는 여자의 명예를 위해서라면 감옥에라도 갈 만한 사람입니다. 여성의 방패막이가 되겠다는 것이겠죠. 아주 감상적이고 기사도 정신이 흘러넘친다고나 할까요. 사랑의 적이라면 그의 뇌수를 터뜨려 버리는 행동도 아마 마다하지 않을 겁니다——'잔말 말어! 탕!'——이런 식으로요. 그를 놀리는 것은 위험합니다. 앨빈 벤슨 씨가 그녀가 리코크 대위의 약혼녀라는 사실을 알면서도 손을 뻗친 것은 정말 바보 같은 행동을 한 거지요. 불장난이었습니다. 충고라도 해줄까 하는 생각을 했을 정도니까요. 하지만 나와 상관없는 일이며——참견해서 득될 것도 아니라 그저 보고만 있었지요. 악취미라고 해둘까요?"(*'메이슨 앤드 딕슨 라인' 은 메릴랜드 주와 펜실베이니아 주 경계를 이루는 선으로써, 영국의 천문학자 찰스 메이슨과 제레미어 딕슨이 1763년과 1767년에 일어난 볼티모어와 펜의 두 지역 주민들이 일으킨 소유권 분쟁을 조사했는데, 이때 확정된 북위 39도 43분 26.3을 말한다. 이 선이 남북전쟁 당시 남과 북을 가르는 선의 일부가 되었고, 1820년부터는 모든 선의 통칭이 되었다.)

"리코크 대위는 벤슨 씨와 어느 정도 가까이 지냈습니까?" 하고 밴스가 물었다. "얼마나 친했느냐는 뜻입니다."

"친하다니요!" 하고 대령은 대답했다. 과장된 몸짓으로 부정하고는 다시 덧붙여 말했다. "결코 친하게 지내지 않았다고 대답할 수밖에요. 전혀! 물론 그 두 사람은 여기저기서 서로 얼굴을 마주 대하긴 했습니다. 나도 그 두 사람을 모두 잘 알고 있었기에 우리 집에서 조그만 모임이라도 열게 되면 대개 두 사람을 모두 초대했으니까요."

"그런데 리코크 대위는 도박 같은 것을 좋아했습니까?——빈틈이 없다든가 하는 그런 점은……"

"도박을 좋아했느냐고요? 천만에요." 대령은 몹시 경멸하듯 말했다. "그렇게 서툰 사람은 본 적이 없습니다. 포커를 시키면 여자보다도 솜씨가 더 서툴지요. 흥분이 지나친 탓이지요——감정을 누를 수 없나 봅니다. 요컨대 성질이 급한 거지요." 그런 다음 잠시 뒤에, "아, 당신이 묻는 의도를 알겠군요. 맞습니다. 그처럼 성급한 젊은이라면 보기싫은 놈을 총 한 방으로 '탕' 쏘아죽일 수도 있지요." 하고 덧붙였다.

"그렇다면 리코크 대위는 그런 점에서 보면 당신 친구인 리앤더 파이피 씨와는 전혀 다른 타입이군요!" 하고 밴스가 물었다.

대령은 생각하고 있는 모양이었다. "그렇다고 할 수도 있고 그렇지 않다고 할 수도 있지요." 하고 대령은 모호한 판정을 내렸다. "파이피 씨는 냉정한 도박사입니다——그 점은 내가 보증하지요. 그는 한때 롱 아일랜드 근처에서 직접 비밀도박장을 경영한 적도 있었지요. 룰렛, 몬티, 베이커 등을 했습니다. 그리고 또 한동안은 아프리카에서 호랑이와 멧돼지를 쫓아다니기도 했습니다. 하지만 그에게는 감상적인 일면도 있어서, 도저히 가망이 없는데도 불구하고 전부를 걸고는 될 대로 되라는 식으로 행동하는 경우도 있었습니다. 결코 훌륭한 과학적 도박사는 못되지요. 미친 사람처럼 충동적이라고 하면 이해가 되겠습니까? 그러니까 사람을 쏘아죽이고도 5분이 채 못 되어 까맣게 잊어버리는 그런 사람이지요. 하지만 그렇게 하도록 만들려면 상당히 화나게 해야 될 겁니다……그렇게까지 화를 냈는지는 모르지만——그건 아무도 모를 일이지요."

"파이피 씨와 벤슨 씨는 친한 사이였지요?"

"굉장히 친했습니다. 파이피가 뉴욕에 나오면 늘 둘이 함께 지냈거든요. 서로 오랫동안 사귀어온 사이랍니다. 마음이 맞는 단짝이라는 게 바로 그거지요. 사실 파이피가 결혼하기 전까지는 둘이 함께 살았답니다. 파이피의 아내는 말많은 여자입니다. 파이피가 아주 쩔쩔맨답니다. 하지만 돈은 아주 많다더군요."

"여자 이야기가 나왔으니 말입니다만——" 하고 밴스가 말했다. "벤슨 씨와 세인트 클레어 양 사이는 어땠습니까?"

"그건 아무도 알 수 없지요." 하고 오스틀랜더 대령은 딱 잘라말했다. "그러나 무리엘 양은 벤슨을 좋아하지 않았습니다——그건 분명합니다. 그렇긴 하지만……여자란 알 수 없으니까——"

"정말 그 밑바닥은 알 수 없지요." 하고 밴스는 조금 진절머리를 내며 맞장구쳤다. "대령님, 나는 그녀와 벤슨 씨의 개인적인 관계를 꼬치꼬치 캐보려는 건 아닙니다. 다만 벤슨 씨에 대한 그녀의 정신적 태도에 관해 당신이 다소라도 알 것 같은 생각이 들었을 뿐입니다."

"알겠소, 요컨대 그 여자가 벤슨에게 과감한 수단을 쓸 수 있는 여자인가 어떤가 하는 거로군요……예, 좋은 착상입니다." 대령은 그 점에 대해서 생각해 보고 있었다. "그런데, 무리엘은 성격이 강한 여자입니다. 예술에 대한 열정도 대단하고요. 그녀는 내가 보기에 가수로서도 아주 훌륭합니다. 그리고 정말로 교활한 여자이기도 하지요. 능력 있고, 기회잡는 것을 겁내지 않습니다. 독립심도 강하고요. 만일 나라면, 유혹을 받았다 해도 그녀의 길을 가로막고 서지는 않을 것입니다. 무슨 꼴을 당할지 모르니까요." 대령은 의젓하게 고개를 끄덕였다. "여자란 정말 이상한 존재여서 늘 우리를 놀라게 하지요. 그들에게는 사물에 대한 가치판단이 없습니다. 얌전한 여자인 줄만 알았는데 갑자기 안면을 바꾸고 남자를 쏘기도 하거든요——" 오스틀랜더 대령은 갑자기 자세를 고쳐앉았다. 작고 파란 눈이 도자기처럼 반짝였다. "깜박 잊고 있었군!" 대령은 꽤 크게 소리쳤다. "무리엘은 벤슨이 총에 맞은 날 밤——바로 그날 저녁 벤슨과 단둘이서 식사를 했습니다. 나는 두 사람이 마르세유에 있는 것을 이 눈으로 똑똑히 보았지요."

"아아, 그랬습니까?" 하고 밴스는 별로 신기할 것도 없다는 듯이 중얼거렸다. "하지만 식사는 누구나 하지요……그건 그렇고, 당신은 벤슨 씨와 어느 정도 가까이 지냈습니까?"

대령은 움찔한 것 같았으나 밴스의 담담한 얼굴을 보고는 마음이 놓이는 모양이었다.

"나 말입니까? 그는 사랑스러운 친구였지요, 나는 15년 전부터 그와 알고 지냈습니다. 적어도 15년——아니, 더 되었는지도 모르겠습니다만. 지금처럼 이렇게 단속이 까다롭기 전에는 이곳의 옛 거리를 여기저기 구경시키며 데리고 다녔지요. 그 무렵에는 제법 유쾌한 거리였습니다. 개방적이었고 하고 싶은 행동을 마음대로 할 수가 있었거든요. 정말 굉장한 시대였습니다. 옛날 헤이마켓* 시대도 비교가 안됩니다. 아침이 되어도 집으로 돌아갈 생각들을 하지 않으니까요." (*'헤이마켓'은 런던 웨스트 엔드의 환락가로서, 옛날에는 크게 번창하던 곳이다. 같은 이름의 지명이 시카고와 보스턴에도 있는데, 여기서는 런던을 말하는 것일 게다.)

대령이 다시 본론에서 빗나가자 밴스가 끼여들었다. "당신과 벤슨 소령과는 어느 정도나 친합니까?"

"소령 말이오?······그건 문제가 좀 다르지요. 그와 나는 잘 어울리지 않는 타입이라고나 할까요. 취미도 다르고 뜻도 맞지 않았기 때문이지요. 좀처럼 서로 만나는 적이 없습니다." 대령은 무언가 설명해야 할 필요가 있다고 생각했는지 밴스가 다시 입을 열기 전에 덧붙여 말했다. "소령은 우리가 말하는 이른바 동료가 아닙니다. 그는 들떠서 돌아다니는 걸 싫어했지요. 우리와 함께 어울리려고 하지 않았습니다. 나나 앨빈을 좀 지나치다고 생각한답니다. 그는 마냥 착실한 사람이지요."

밴스는 말없이 먹고만 있었다. 그러다가 아무렇지도 않게 물었다.

"당신은 벤슨 앤드 벤슨 주식중개소를 통해서 상당한 투자를 했다는데, 맞습니까?"

대령은 비로소 대답을 망설이는 태도를 보였다. 그는 내프킨으로 일부러 입을 닦았다. "예——도락삼아 조금." 하고 대령은 마침내 쾌활하게 사실을 시인했다. "하지만 운은 그리 좋은 편이 아니었습니다······우리는 모두 벤슨 회사에서 가끔 운명의 여신에게서 조롱당하거든요."

식사하는 동안 밴스는 계속 이런 종류의 질문을 대령에게 퍼부어 보았지만, 한 시간이 지나도록 처음과 다름없이 이렇다 할 해답은 얻지 못했다. 오스틀랜더 대령은 쉬지 않고 얘기했으나 그의 말은 모호하고 요점이 없었다. 대부분의 이야기에는 주석이 붙여졌고, 종잡을 수 없는 자기 의견을 떠벌이고는 스스로 결론을 내리곤 했기에 그 이야기에 담긴 얼마 되지 않는 정보마저도 끌어낼 수가 없었다. 그러나 밴스는 실망한 것 같지 않았다. 리코크 대위의 성격에 대해 깊이 캐물었고, 대위와 벤슨의 개인적인 관계에 특히 흥미를 느끼는 듯했다. 파이피의 도박 버릇에 대해서는 주의를 기울였고, 롱 아일랜드의 도박장과 아프리카에서의 수렵경험에 대한 대령의 장황하고 지루한 이야기를 잠자코 듣기만 했다. 밴스는 벤슨의 다른 친구에 대해서도 여러 가지 질문을 했으나 그의 대답에 대해서는 별로 귀담아듣는 것 같지 않았다.

이 만남에서 나는 처음부터 끝까지 아무런 소득이 없는 듯한 인상을 받았기에, 밴스가 무엇을 알아내려고 했었는지 이상하게 여겨져 견딜 수가 없었다. 내가 보기에는 매컴도 역시 어쩔 줄 몰라 하는 것 같았다. 겉으로는 흥미를 느끼고 있는 척해 보였으나, 대령의 그 길고 터무니없는 이야기에 자못 감탄한 듯 고개를 끄덕였음에도 불구하고 그의 눈은 이따금 엉뚱한 곳을 보고 있었다. 한두 번도 아니고 여러 번이나 그가 밴스에게 나무라는 눈길을 던지는 것을 나는 보았다. 그러나 오스틀랜드 대령이 자기 동료들에 대해서 잘 알고 있다는 것만은 의심할 여지가 없었다.

우리가 지하철 입구에서 그 말많은 손님과 헤어져서 지방검사 사무실로 돌아오자 밴스는 아주 만족스러운 얼굴로 안락의자에 몸을 던졌다. "정말 재미있었어. 어때, 대령이 용의자 제거작업을 아주 요령있게 해내지 않던가, 매컴?"

"용의자 제거작업이라고?" 하고 매컴이 대들듯이 물었다. "그가 경찰과 관계없는 일을 하고 있는 것이 얼마나 다행스러운지. 만일 그가 경찰관계자였다면 벤슨 살해범으로 시민의 절반은 감옥에 몰아넣었을 테니까 말일세."

"그는 조금은 피에 굶주려 있더군." 하고 밴스도 동의했다. "이번 사건으로 누군가를 감옥에 처넣고 싶은 모양이야."

"그 늙은 전사(戰士)의 말에 따르면 벤슨의 패거리는 권총을 휴대한 '카모라'(Camora(폭력단))였었던 것 같더군——여자까지 단원으로 거느리고 말일세. 대령의 말을 듣고 있노라면 벤슨이 이미 오래 전에 총알을 맞아 벌집처럼 되지 않은 것이 오히려 기적이라는 생각이 드는 거야."

"분명한 것은——" 하고 밴스가 비평을 했다. "대령의 그 천둥소리 속에는 어떤 계시의 번갯불이 있었는데, 자네가 그것을 보지 못하고 넘어갔다는 점일세."

"그런 것이 어디 있었지?" 하고 매컴이 물었다. "그렇다고 그 번갯불 때문에 내 눈이 멀었다는 건 아니겠지?"

"그럼, 자네는 대령의 말에서 아무런 위안도 얻지 못했다는 말인가?"

"헤어질 때 너무도 상냥하던 그 인사말 말고는 없었는데. 그 작별인사만은 확실히 마음상하게 하지 않았다네……하지만 그 노인이 리코크 대위에 대해서 한 말은 정확한 견해라고 보아도 괜찮을 것 같네. 대위에 대한 고발을 보증해 준 셈이지——새삼스럽게 보증이라는 것이 굳이 필요하다면 말일세."

밴스는 짓궂은 미소를 지었다. "아아, 물론이지. 그리고 세인트 클레어 양에 대해서 대령이 한 말은 그 여자에 대한 고발——지난 토요일의 그 일 말일세——그것도 동시에 입증해 준 셈이 되겠구먼——그리고 또 파이피 씨에 관해서 한 말은 그 '보 사브뢰르'(Beau Sabreur(미남 검객))에 대한 고발을 보증해 준 셈이 되고. 자네가 그를 의심하고 있다면 말일세——어떤가, 매컴?"

밴스의 말이 채 끝나기도 전에 스위커가 들어와서 살인수사과의 에밀리가 히스경사의 심부름으로 왔는데 가능하다면 지방검사를 만나고 싶어한다고 알려왔다.

나는 들어온 그 사람이 바로 벤슨의 벽난로에서 담배꽁초를 찾아낸 형사라는 것을 대번에 알 수 있었다.

그는 밴스와 내 눈치를 재빨리 살피더니 곧장 매컴에게로 갔다. "그 회색 캐딜락을 찾아냈습니다, 검사님. 히스 경사님은 즉시 검사님께 알리는 게 좋겠다고 하셨습니다. 암스테르담 가(街) 근처인 74번가에 있는 한 관리인이 운영하는 조그만 차고에 들어 있는데, 사흘 전부터 거기 있었답니다. 68번가 경찰관이 발견해서 뉴욕 경찰국으로 연락을 했더군요. 제가 즉시 달려가 보았더니 바로 그 차였습니다——낚시 태클이며 다른 것들도 다 그대로 있었습니다. 그러나 낚싯대는 없었습니다. 그런데 센트럴 파크에서 발견된 낚싯대가 바로 그 자동차에 있었던 것이 아닐까 싶습니다만. 아마 떨어뜨렸겠지요……자동차 주인은 지난 금요일 12시쯤 차고에 넣은 모양입니다. 차고관리인에게는 입막음으로 20달러를 쥐어준 모양이고요. 그는 신문을 읽지 않았다는군요. 아무튼 한바탕 다그치자 '프론토'(pronto(금방)) 실토하더군요."

형사는 조그만 수첩을 꺼냈다. "차번호를 조사해 보니……롱 아일랜드 포트 워싱턴 엘름 대로(大路) 24번지 리앤더 파이피라는 이름으로 등록되어 있었습니다."

매컴은 이 뜻밖의 정보를 듣고는 당황한 듯 눈살을 찌푸렸다. 그는 거의 매정할 정도로 쌀쌀맞게 에밀리를 돌려보낸 다음 책상을 똑똑 두드리며 생각에 잠겼다.

밴스는 그 모습을 유쾌한 듯 미소까지 지으며 지켜보고 있었다. "여보게, 매컴. 여기는 정신병원이 아닐세." 하고 밴스는 위로하듯 말했다. "이 사람아, 대령의 말을 듣고도 기분이 좀 나아지지 않았 나? 벤슨이 저승으로 끌려간 바로 그 시각에 리앤더 파이피가 그 부근을 서성거리고 있었다는 사실을 알아냈는데 말이야."

"그 늙어빠진 대령 같은 거야 아무래도 좋네." 하고 매컴이 퉁명 스럽게 말했다. "지금 내가 생각하고 있는 것은 이 새로운 상황을 어떻게 설명하는가 하는 거란 말이야."

"아주 멋지게 설명이 되지." 하고 밴스가 말했다. "자네는 파이 피가 그 수수께끼의 차주인이라는 사실에 정말로 당황하고 있는 건가, 매컴?"

"나는 자네같이 명석한 통찰력을 가지고 태어나질 못했어. 솔직 히 말해서 나는 이 새로운 사실에 당황하고 있다네."

매컴은 여송연에 불을 붙였——마음이 답답한 증거였다. "자 네는 물론——" 하고 그는 잔뜩 비꼬는 소리로 말했다. "에밀리가 오기 전부터 파이피의 차라는 것을 알고 있었겠지?"

"그런 걸 어떻게 안다는 건가?" 하고 밴스는 상대방의 말을 바 로잡았다. "하지만 의심은 많이 하고 있었네. 파이피는 캐츠킬스로 가다가 차가 고장났다는 말을 할 때, 그 당황해 하는 모습이 지나 치게 과장된 것으로 보였거든." 그리고 히스 경사가 어느 길을 거 쳐서 갔는지 노순(路順)을 묻자 무척 당황한 얼굴이었어. 그리고 그의 거드름도 지나치게 연극 같았고."

"자네의 '엑스 포스트 팍토'(ex post facto(뒤에가서의))의 지혜는 참으로 쓸모가 있군." 매컴은 그렇게 말하고 한동안은 말없이 담 배만 피우고 있었다.

"이 문제를 한번 조사해 봐야겠네." 매컴이 버튼을 눌러서 스워 커를 불렀다. "앤서니아 호텔을 부르게." 하고 화가 나서 말했다. "리앤더 파이피를 찾아서 6시에 스타이비샌트 클럽으로 나오라고 하게. 내가 만나자고 한다고 하고, 꼭 나와야 한다고 이르게나."

"내 생각으로는——" 하고 스워커가 나가자 매컴이 말했다. "이 자동차 이야기는 언제 어느 것에서든 도움이 될 것 같군. 파이피는 그날 밤 틀림없이 뉴욕에 있었어. 그런데 무슨 이유인지는 알 수 없지만, 그 사실이 밝혀지면 곤란한 모양일세. 무엇 때문일까? 그는 리코크 대위가 벤슨을 협박했다고 귀띔해 주며 그 사람의 행적을 조사해 보라고 했네. 물론 리코크 대위가 세인트 클레어 양을 빼앗으려는 벤슨에게 앙심을 품고 그런 방법으로 복수를 했을지도 모르지. 또 한편, 파이피가 살인이 일어난 날 밤 벤슨의 집에 있었다고 한다면 무언가 진짜배기 사실을 알고 있을지도 모르네. 그러니 이제 우리가 자동차를 발견한 지금에 와서는 자기가 알고 있는 사실을 털어놓지 않을 수 없을 걸세."

"아무튼 무슨 말이든 하겠지." 하고 밴스가 말했다. "그 사람은 자기가 말려들어 불쾌한 꼴을 당하지 않는 한, 누구에게나 어떤 말이든 할 수 있는 타고난 거짓말쟁이라네."

"큐메어의 시빌*이라고 기억하고 있는데, 자네, 그가 무슨 말을 할지 미리 가르쳐 줄 수 있겠나, 밴스?" (*시빌은 그리스 신화에 나오는 여자 예언자를 가리킨다. 많은 예언자 중에서도 큐메어의 시빌이 가장 유명하다. 그 예언서를 타르킨 왕에게 처음에는 9권을 팔겠다고 하여 값을 정했는데, 나중에는 6권 값에 팔았으며, 끝에 가서는 나머지 3권을 9권 값에 다시 팔았다고 한다.)

"큐메어의 시빌에 대해서 나는 뭐라고 말할 수 없지만——" 하고 밴스가 소탈하게 대답했다. "하지만 내 개인의 짐작으로는, 파이피는 그날 밤 성급한 대위를 벤슨네 집에서 보았다고 말할 것 같구먼."

매컴은 웃었다. "그렇게 말해 주기를 바라긴 하지만, 자네도 함께 있으면서 듣고 싶겠지?"

"듣고 싶지가 않은데 말이야——" 밴스는 이미 문 앞으로 가서 돌아갈 채비를 하고 있다가 다시 매컴을 돌아다보았다. "자네에게 한 가지 더 부탁이 있네. 파이피에 대한 '도시에'(dossier(상세한 보고))가 필요하네——아주 재미있는 사람이니까. 자네 밑에 있는 많은 도그베리* 중 한 사람을 포트 워싱턴으로 보내 그 신사의 행실과 사교생활 등을 조사시키게나——다른 무엇보다도 여자관계에 중점을 두도록 일러두게……내가 보증하지만 절대로 후회하지는 않을 걸세." (*도그베리는 셰익스피어의 「Much Ado about Nothing」(헛소동)에 나오는 얼뜨기 순경.)

내가 보기에는 매컴이 이 요구에 완전히 당황하여 마치 거절이라도 하려는 것 같았다. 그러나 잠깐 생각해 보더니, 그는 미소지으며 책상 위의 버튼을 눌렀다. "자네 마음에 드는 일이라면 무엇이든지." 하고 말했다. "곧 부하 하나를 보내기로 하지."

제14장 사슬의 고리
(6월 17일 월요일 오후 6시)

밴스와 나는 오후에 한 시간쯤 앤더슨 화랑에서 다음날 경매하기로 되어 있는, 직물로 만들어진 작품을 보며 시간을 보낸 다음 셀리즈에서 차를 마셨다. 스타이비샌트 클럽에 닿은 것은 6시 조금 전이었다. 조금 뒤 매컴과 파이피가 왔으므로 우리는 곧 대화실로 들어갔다.

파이피는 처음 만났을 때와 마찬가지로 한껏 멋을 부린 거만한 자세였다. 래트캐처(승마복의 일종)를 입고 뉴마켓풍의 표백하지 않은 마직으로 된 각반을 찼으며, 향수 냄새를 몹시 풍기고 있었다. "이렇게 빨리 다시 뵙게 되어 기쁩니다." 하고 파이피는 마치 축복이라도 받은 듯 우리에게 인사했다.

그러나 매컴은 마주 상냥하게 대하기는커녕 오히려 아주 무뚝뚝할 정도로 퉁명스럽게 인사했다. 밴스는 그저 고개만 까딱했을 뿐 자리에 앉아서는 만사가 귀찮다는 눈으로 파이피를 보는 것이었다. 그 모습은 자기가 여기에 와 있는 것을 어떻게든 변명하고 싶지만 마음대로 잘 안된다는 듯한 얼굴이었다.

매컴은 곧 본론으로 들어갔다. "파이피 씨, 우리는 당신이 금요일 정오에 차를 차고에 맡기고 관리인에게는 20달러를 쥐어주며 아무에게도 말하지 말라고 한 사실을 알아냈습니다."

파이피는 불쾌한 얼굴로 매컴을 쳐다보았다. "그것 참 괘씸하군요." 하고 한심하다는 듯이 투덜거렸다. "나는 그 녀석에게 50달러나 주었는데."

"그렇게 순순히 사실을 인정해 주시니 다행입니다." 하고 매컴이 대답했다. "당신은 신문을 보셨으니까 벤슨 씨가 살해된 날 밤

바로 당신의 차가 벤슨 씨 집 앞에 세워져 있는 것을 본 사람이 있다는 사실도 알겠지요?"

"만일 그렇지 않았다면 무엇 때문에 그렇게 많은 돈을 주어가며 내 차가 뉴욕에 있었다는 사실을 숨기려고 했겠습니까?" 파이피의 말투에는 상대방의 아둔함을 못마땅하게 여기는 태도가 역력했다.

"그렇다면 굳이 시내에 감출 건 없지 않습니까?" 하고 매컴이 물었다. "롱 아일랜드로 가져갔으면 되었을 텐데——"

파이피는 동정어린 눈으로 정말 안됐다는 듯이 고개를 내저었다. 그리고 이런 정도는 넘어가 주겠다는 듯이 자세를 앞으로 내밀었다. 그는 너그러운 교사가 진도느린 학생을 대할 때처럼 아둔한 지방검사에게 상냥하게 대해 주며 어떻게든 깨우쳐 주려는 듯한 태도였다. "나는 아내가 있는 몸이올시다, 매컴 씨." 하며 그 말투에 어떤 특별한 가치라도 두듯이 말했다. "목요일, 저녁식사를 마치고 캐츠킬스를 향해 여행을 떠났는데, 작별인사를 나누어야 할 어떤 친구가 있어서 뉴욕에 들렀습니다. 그런데 너무 늦게 끝나서—— 아마 자정이 지나서야 닿았을 겁니다. 그래서 앨빈을 찾아가기로 한 거지요. 그런데 집 앞에 차를 대고 나서 보니 집안이 캄캄하더 군요. 그래서 벨을 누를 수도 없어서 차는 그곳에 둔 채 43번가의 피에트로 바까지 걸어가서 밤술을 한잔 하기로 했지요—— 만일의 경우를 생각해서 그 집에 '헤이그 앤드 헤이그'를 한 병 맡겨두었었는데, 아직 조금 남아 있었거든요—— 그런데 유감스럽게도 가게 문이 닫혀 있더군요. 그래서 나는 하는 수 없이 자동차 있는 곳으로 돌아왔습니다……이제 생각해 보니 가엾게도 앨빈은 내가 없는 동안에 총에 맞은 겁니다." 파이피는 말을 마치고 안경을 닦았다. "얄궂은 일이지요……나는 친한 친구 신상에 무슨 일이 일어났는지 전혀 몰랐습니다—— 어떻게 알 수 있었겠습니까? 그런 참극이 일어난 줄도 모르고 나는 그 길로 차를 몰아 어떤 터키탕으로 가서 그날 밤을 묵었지요. 다음날 아침 그 살인사건 기사를 신문에서 읽었고, 뒤에 가서는 내 차에 대한 기사도 있었습니다. 그때 비로소 뭐라고 할까요—— 걱정이 되더군요. 아니, 그렇지 않습니다. '걱정'이라는 말은 오해받을지도 모르겠군. 그보다 이렇게 말하는 편이 좋겠군요. 자동차가 내 것이라는 사실이 알려지면 자칫 난처하게 될지도 모른다는 생각이 들었습니다. 그래서 나는 차를 차고에 맡기고 관리인에게 돈을 쥐어주면서 사실을 입 밖에 내지 말라고 부탁한 겁니다. 자동차가 발견되면 앨빈 살인사건이 오히려 혼란에 빠질지도 모른다는 생각이 들었기 때문에 말이지요."

그 말투와 매컴을 보는 거만한 시선을 보아서 파이피는 검사나 경찰 같은 사람들은 안중에도 없는 듯했으며, 차고의 관리인을 매수했다고 여긴들 뭐 대수냐는 태도였다.

"여행은 어째서 계속하지 않았습니까?" 하고 매컴이 물었다. "그랬더라면 자동차가 발견될 염려는 더욱 적어졌을 텐데요."

파이피는 그런 질문을 하는 것도 무리는 아니지만, 그렇더라도 너무 놀랍다는 얼굴을 했다. "가장 친한 친구가 그렇게 무참히 살해당했는데 여행을 계속한단 말입니까? 그런 슬픈 일이 생겼는데 구경이나 하고 다닐 마음이 생기겠습니까?……집으로 돌아가서 아내에게는 자동차가 고장났다고 해두었지요."

"당신 자동차로 돌아갈 수도 있었을 텐데요?" 하고 매컴이 말했다.

파이피는 상대방이 자기를 뚫어지게 지켜보고 있는데도 자못 온순한 태도로 깊은 한숨을 내쉬었다. 그것을 보며 나는 그가 자기에게는 사람의 지각을 날카롭게 해줄 힘은 없지만, 적어도 이해력이 없음을 한탄할 수는 있다고 생각하는 듯한 인상을 받았다.

"만일 내가 세상 모르고 캐츠킬스에 가 있었더라면——아내는 내가 그곳으로 간 줄로만 알고 있었으니까요——앨빈이 살해된 것을 어떻게 알았겠습니까? 아마 여러 날 지난 뒤에야 알게 되었겠지요. 그런데 공교롭게도 나는 뉴욕에서 하룻밤 묵는다는 말을 아내에게 하지 않았습니다. 사실을 말씀드리면, 매컴 씨, 내게는 뉴욕에 있었다는 사실을 아내에게 알리고 싶지 않은 이유가 있었던 겁니다. 따라서 만일 내가 그 차를 몰고 그대로 돌아갔더라면, 말씀드리기 부끄럽습니다만 아내는 내가 여행을 도중에 그만둔 것에 대해 의심을 품게 되었을 거란 말입니다. 그래서 가장 간단할 것으로 여긴 방법을 택한 것이지요."

매컴은 상대방의 유들유들한 위선이 역겨워지기 시작했다. 한동안 말없이 있다가 그는 불쑥 물었다. "그날 밤 당신 자동차가 벤슨 씨 집 앞에 있었던 것은 리코크 대위를 이 사건에 끌어들이고 싶어한 당신의 생각과 무슨 관계가 있습니까?"

파이피는 그야말로 뜻밖이라는 듯이 눈썹을 치켜세우고 정중하기는 하지만 항의하는 태도를 취했다. "검사님!" 그 목소리에는 상대방의 부당한 트집에 대한 짙은 노여움이 들어 있었다. "어제 말씀드린 내 말 속에 리코크 대위에 대한 의심이 담겨져 있었음을 알아차린 모양이군요. 만일 그렇다면 나는 그것에 대한 유일한 설명으로 그날 밤 자동차를 갖다댔을 때 앨빈의 집 앞에서 대위를 직접 목격했다는 사실도 말씀드려야겠군요."

매컴은 이거 재미있게 되어간다는 듯이 밴스를 흘끗 보더니 파이피에게로 시선을 돌리고서 물었다. "분명히 리코크 대위를 보았습니까?"

"분명히 보았습니다. 어제 그 말을 했어야 했지만, 그렇게 되면 내가 그 자리에 있었다는 것을 고백하는 것이 되었겠지요."

"그게 무슨 상관이라는 겁니까?" 매컴이 다그쳤다. "그것은 대단히 중요한 정보입니다. 그 사실을 알았더라면 오늘 아침 리코크 대위를 심문할 때에 이용할 수가 있었을 텐데……당신은 자신의 안전을 정의추구나 법질서보다 위에 두고 있군요. 당신의 태도는 그날 밤의 자신의 행동에 대한 진술을 의심스럽게 하고 있습니다."

"그건 좀 지나치군요." 하고 파이피는 풀이 죽어 말했다. "하지만 내 스스로 난처한 처지로 몰고갔으니 비난은 달게 받겠소."

"이미 아시겠지만——" 하고 매컴이 계속했다. "만일 다른 검사가 당신이 한 행동에 대해서 지금 내가 알고 있는 정도로 알고 있고, 지금 당신이 내게 보여준 그런 태도를 그에게 취했더라면 당신은 즉시 용의자로 체포되었을 겁니다."

"그러니까 나로서는 이런 심문을 받게 된 것이 굉장한 행운이라고 해야겠군요." 하고 파이피는 순순히 대답했다.

매컴이 일어섰다. "파이피 씨, 오늘은 이런 정도로 끝내겠습니다. 그러나 역시 내가 집으로 돌아가도 좋다고 할 때까지는 뉴욕에 남아 있어야 합니다. 만일 그렇지 않으면 주요증인으로 구치시키겠습니다."

파이피는 이처럼 신랄한 말에 항의하듯 몸이 굳어지더니, 이내 지나치게 공손하게 작별인사를 했다.

우리만 남게 되자 매컴은 진지한 얼굴로 밴스를 보았다. "자네의 예언은 적중했네. 나로서는 설마 이런 행운이 찾아올 줄은 몰랐어. 파이피의 증언으로 대위를 엮을 사슬의 마지막 고리가 생겼구면."

밴스는 나른하게 담배를 피우고 있었다. "이번 사건에 대해서 자네의 이론은 일단 만족할 만한 것임을 인정은 하네만, 그러나 말일세, 유감스럽게도 심리적 이론은 그냥 남아 있다네. 모두 다 들어맞는데 꼭 한 가지 리코크 대위가 예외일세. 그 사람은 전혀 타당성이 없어……우스운 이야기지만, 대위에게 벤슨 살해 역할을 맡기는 것은 들소 같은 테트라티니에게 폐병을 앓는 미미의 역할을 주는 것만큼이나 불합리한 것이지."[1]

"다른 경우였더라면——" 하고 매컴은 말했다. "나는 자네의 훌륭한 이론을 삼가 받들어 모시겠네. 하지만 리코크 대위에 대한 상황증거며 추정증거가 이처럼 갖추어진 바에야 이러쿵저러쿵할 것도 없지. '그 사람은 머리 한가운데에 가리마를 타고 깃에는 장식 손수건을 꽂았으니 범인일 수 없다'는 것은 내 저능한 법률적 두뇌에는 시시한 넌센스로밖에는 들리지 않는다네. 그것은 너무 논리를 무시한 이야기거든."

"자네의 이론에 한치의 빈틈도 없다는 것은 인정하네——물론 모든 이론이란 게 다 그렇지만. 자네는 아마 많은 무고한 사람들을 그들이 유죄라는 기묘한 이론을 내세워 처벌해 왔을 것일세." 밴스는 피곤한 듯이 몸을 죽 폈다. "옥상에 올라가서 가벼운 식사라도 하면 어떻겠나? 그 이야깃거리도 안되는 파이피라는 사람 때문에 지쳐버렸어."

스타이비샌트 옥상의 여름식당에서 우리는 혼자 우두커니 앉아 있는 벤슨 소령을 만났다. 매컴이 합석하자고 권했다. "좋은 소식이 있다네, 소령." 하고 매컴이 말했다. 우리가 음식 주문을 마치자, "범인이 누구인지 대충 짐작이 가네. 모든 점으로 미루어 그 사람이 분명해. 내일은 만사 결판이 났으면 좋겠군."

소령은 의아한 얼굴로 눈썹을 찌푸리며 매컴을 보았다. "무슨 말인지 도무지 이해가 안되는데. 지난번 이야기로는 여자가 문제 되는 듯한 인상을 받았었는데."

매컴은 멋적은 듯이 웃으며 밴스의 시선을 피했다. "그 뒤로 여러 가지 일이 있었다네." 하고 말했다. "내가 마음에 두었던 여자는 조사결과 결백하다는 결론이 나왔다네. 그 대신 방금 말한 남자가 떠올랐는데, 그 사람이 범인인 것은 거의 의문의 여지가 없어. 그 점에 대해서는 오늘 아침부터 상당한 확신을 가지고 있었는데, 조금 아까 어떤 믿을 만한 증인으로부터 자네 동생이 살해된 그 무렵에 그 집 앞에 있는 그를 보았다는 증언을 얻어냈다네."

"그 사람이 누구인지 별 지장 없다면 말해 주지 않겠나?" 소령은 아직도 눈썹을 찌푸린 채였다.

"그야 지장 없지. 내일이면 온 천하가 다 알게 될 텐데……리코크 대위일세."

벤슨 소령은 눈이 휘둥그레지며 믿을 수 없다는 듯이 지방검사를 바라보았다. "그럴 리가 있나? 나는 믿을 수 없어. 그 사람과는 유럽에서 3년이나 함께 지내서 잘 알지. 경찰에서 무언가 잘못 알고 있지 싶은데……" 하고 벤슨 소령은 얼른 덧붙였다. "잘못 짚었을 거야."

"경찰이 아니라네." 하고 매컴이 말했다. "내가 직접 조사한 결과 그 대위가 떠오른 것이지."

소령은 아무 대답도 하지 않았다. 그 침묵은 믿지 않는다는 것을 말해 주고 있었다.

"그런데——" 하고 밴스가 끼여들었다. "대위에 대해서는 내 생각도 당신과 같습니다, 소령님. 그를 오래 전부터 알고 있는 분이 내 생각과 같다니 나로서도 기쁘군요."

"그럼, 리코크 대위는 그날 밤 그 집 앞에서 무엇을 했을까?" 하고 매컴이 못마땅하다는 듯이 내뱉었다.

"벤슨의 집 창 밑에서 사랑의 노래라도 부르고 있었을지도 모르지." 하고 밴스가 주석을 달았다.

매컴이 무슨 말인가를 하려는데 급사장이 들어와서 지방검사에게 명함 한 장을 건네주었다. 매컴은 그것을 흘끗 들여다보더니 만족스럽게 코를 울리고는 손님을 곧 안내하라고 일렀다. 그런 다음 우리에게 말했다. "이제 좀더 확실한 것을 알게 되겠지. 난 이 히 긴보섬을 기다리고 있었다네. 오늘 아침 리코크 대위의 뒤를 밟게 한 형사지."

히긴보섬은 아주 힘이 세어보이는 파리한 얼굴의 젊은이로서, 눈빛은 흐린 듯했으나 동작은 매우 시원시원했다. 그는 몸을 약간 굽힌 자세로 테이블 가까이로 다가와 지방검사 앞에 서서 우물쭈물하고 있었다.

"앉아서 보고하게, 히긴보섬." 하고 매컴이 말했다. "여기 계신 분들은 모두 이 사건을 위해 애써주시는 분들일세."

"저는 용의자가 엘리베이터를 기다리고 있을 때 따라잡았습니다." 하고 형사는 매컴을 교활한 눈으로 보면서 말하기 시작했다. "대위는 지하철을 타고 주택가인 79번가와 브로드웨이의 교차점에서 내리더군요. 그런 다음 걸어서 80번가를 지나고 리버사이드 드라이브로 나가서 94번지 아파트로 들어갔습니다. 수위에게 이름도 대지 않고 곧장 엘리베이터를 타더군요. 두 시간쯤 그곳에 있다가 1시 20분에 나오더니 택시를 잡아탔습니다. 저도 얼른 다른 택시를 잡아타고 뒤를 따랐지요. 대위는 72번가까지 내려가더니 센트럴 파크를 지나 59번가에서 동쪽으로 달렸습니다. 그리고 아메리카스 아베뉴에서 택시를 내려 걸어서 퀸즈보로 다리 위로 갔습니다. 블랙웰스 섬을 향해 반쯤 건너가더니 난간에서 몸을 앞으로 내밀고 5~6분 동안 서 있었습니다. 그리고 주머니에서 조그만 꾸러미를 꺼내 강물에 던졌습니다."

"크기가 얼마나 되는 꾸러미였나?" 매컴의 질문에는 누를 수 없는 흥분이 넘실거렸다.

히긴보섬은 두 손으로 크기를 가늠해 보여주었다.

"두께는?"

"1인치쯤 되어 보이더군요."

매컴은 몸을 앞으로 내밀었다. "권총 같지 않던가?——콜트 자동권총 말일세."

"정말 그럴지도 모르겠습니다. 바로 그만한 크기였으니까요. 그리고 꽤 무게가 있어 보였습니다——대위가 그것을 다루는 손놀림이나 물속으로 떨어질 때의 상태로 보아 그런 것 같기도 합니다."

"좋아." 매컴은 크게 만족해 했다. "그밖에는?"

"그것뿐입니다. 권총을 강물에 던져버리고는 집으로 돌아가서 나오지 않았습니다. 그래서 저도 돌아왔습니다."

히긴보섬이 나가자 매컴은 의기양양해서 거보란 듯이 밴스 쪽을 향해 턱을 치켜들었다. "이젠 범인이 분명해졌지?……아직도 더 할말이 있나, 밴스?"

"응, 많이 있지." 하고 밴스는 귀찮다는 듯이 대답했다.

벤슨 소령은 알 수 없다는 얼굴로 말했다. "도무지 사정을 알 수가 없군. 리코크 대위가 무엇 때문에 리버사이드 드라이브에 권총을 가지러 가야만 했을까?"

"나는 그 이유를 알겠네." 하고 매컴이 말했다. "그는 벤슨을 쏘아죽인 다음날 세인트 클레어 양 집에 그 권총을 갖다놓았을 걸세——아마 안전하게 감춰둘 수 있는 곳으로 생각했겠지. 만일에 자기 집에서 발견되면 큰일이니까."

"세인트 클레어 양의 집에 갖다놓은 것은 사건 이전이 아닐까?"

"자네가 하는 말 뜻은 잘 알겠네." 하고 매컴이 대답했다.(나 역시 소령이 어제 세인트 클레어 양이 리코크 대위보다 자기 동생을 쏠 가능성이 훨씬 더 많다고 하던 말이 생각났다.) "나도 같은 생각을 했었으니까. 하지만 어떤 명백한 사실에 의해서 그 여자에 대한 혐의는 없어졌다네."

"자네야 물론 그 점에 대해서는 충분히 자신을 가지고 있겠지." 하고 소령은 대답했다. 그러나 그 말투에는 의문이 담겨져 있었다. "그러나 나는 리코크가 대위가 앨빈을 죽였다고는 도저히 생각할 수 없네."

소령은 말을 중단하고 한 손을 지방검사의 팔에 올려놓았다. "나는 주제넘게 나서고 싶지도 않고, 자네가 하는 일에 흠을 잡을 생각도 없어. 하지만 그를 감옥에 집어넣는 것만은 좀더 기다려 주었으면 좋겠네. 아무리 신중하고 양심적일지라도 실수란 있게 마련이니까. 사실이라는 것이 때로는 완전히 거짓인 경우도 있다네. 지금도 그 사실이라는 것이 자네를 속이고 있다고 생각할 수밖에 없네."

매컴은 오랜 친구의 부탁에 마음의 동요를 느낀 것이 분명했다.

그러나 의무에 대한 본능적인 성실성이 친구의 호소에 맞설 수 있는 힘을 주었다. "소령, 나는 나의 확신에 따라서 행동해야만 하네." 매컴은 단호하게, 그러나 동정어린 목소리로 말했다.

(1) 이 인용문은 분명 1908년 테트라티니가 맨해턴 오페라 하우스에서 '라 보엠'을 공연한 것을 가리키는 것이리라.

제15장 파이피 —— 개인용
(6월 18일 화요일 오전 9시)

다음날——수사가 시작되고 4일째——은 벤슨 살인사건에서 제기된 문제의 해결에 있어서 중대한, 어떤 의미로는 중요한 날이었다. 결정적인 단서라고는 무엇 하나 나오지 않았지만 사건에 새로운 요소가 도입되었으며, 이 새로운 요소가 결국은 범인을 찾아내는 실마리가 되었다.

벤슨 소령과 저녁식사를 마치고 밴스는 매컴과 헤어지기 전에 다음날 아침 지방검사국으로 또 찾아가도 좋겠느냐고 물었다. 매컴은 성가신 듯했으나, 이상할 정도로 열성적인 밴스의 태도에 감동하여 승낙하고 말았다. 그러나 매컴으로서는 다른 사람들의 귀찮은 간섭을 하나도 받지 않고 리코크 대위의 체포절차를 밟고 싶었으리라고 나는 생각한다. 히긴보섬의 보고를 받고 나서 매컴이 리코크 대위를 구속하여 대배심에 넘길 조서를 꾸며야겠다고 마음먹은 것만은 분명했다.

밴스와 나는 다음날 9시에 매컴의 사무실에 갔는데, 그는 이미 나와 있었다. 우리가 방으로 들어갔을 때 그는 마침 수화기를 들고 히스 경사를 불러오도록 명령을 내리고 있었다.

그때 밴스가 놀라운 행동을 보였다. 재빨리 지방검사의 책상으로 가더니 매컴의 손에서 수화기를 빼앗아서는 찰칵 전화를 끊어버렸다. 그는 전화기를 옆으로 밀쳐놓으며 두 손을 매컴의 어깨 위에 올려놓았다. 매컴은 너무 어처구니가 없어서 어찌해야 할지를 몰라 항의조차 하지 못했다. 미처 정신이 들기도 전에 밴스가 나직하고 또렷한 목소리로 말했다. 말투가 온화한 만큼 더욱 박력 있게 들렸다.

"리코크 대위를 체포하게 놔두지는 않겠어. 오늘 아침 내가 여기 온 것은 그 때문일세. 내가 이 사무실에 버티고 있는 한 그에 대한 체포명령을 내릴 수는 없을 걸세. 모든 방법을 다 동원해서라도 방해할 거야. 자네가 끝내 그처럼 어리석은 행동을 해야겠다면 방법은 오직 하나뿐이지——경관을 불러서 나를 강제로 끌어내는 것. 그러나 상당히 많은 인원을 동원해야 할 걸세. 나는 마지막까지 싸워서 끝장을 볼 생각이니까."

곧이 듣기 어려운 이 협박은 말 그대로 밴스의 본심에서 우러나온 것이었다.

그리고 매컴도 그것을 잘 알고 있었다.

"부하를 불렀다간——" 하고 밴스는 계속했다. "자네는 1주일 안에 세상의 웃음거리가 될 걸세. 그때쯤이면 사실 누가 벤슨을 쏘았는지 알게 될 테니까. 그렇게 되면 나는 민중의 영웅이며 순교자가 되겠지——굉장한 공적이거든——지방검사까지도 두려워하지 않고 진리와 정의의 제단에 내 감미로운 자유를 바쳤다느니 하면서……"

전화벨이 울렸다. 밴스가 수화기를 들었다. "그만 됐네." 하고 밴스가 말하고는 곧 전화를 끊었다. 그리고는 뒤로 한 걸음 물러서서 팔짱을 끼었다.

짧은 침묵이 흐른 뒤 매컴이 입을 열었다. 그 목소리는 노여움으로 떨고 있었다.

"밴스, 당장 이 사무실에서 나가지 않으면 별수없이 자네가 원하는 대로 나는 경관을 부르겠네."

밴스는 미소지었다. 매컴이 그런 극단적인 수단을 취하지 않으리라는 것을 그는 너무 잘 알고 있었기 때문이다. 요컨대 이 두 친구 사이의 다툼은 지능적인 것이었다. 밴스의 행동이 한때 그것이 육체적인 것이 되긴 했지만, 그런 것이 언제까지나 계속될 위험은 없었다.

매컴의 도전적인 눈빛이 차츰 깊은 당혹의 눈으로 바뀌었다. "자네는 어째서 리코크 대위에 대해서 그렇게 당치도 않은 관심을 가지고 있는 건가?" 하고 매컴이 날카롭게 물었다. "무엇 때문에 그토록 억지를 쓰면서까지 그를 봐주려 하는 거지?"

"자넨 정말로 한심한 바보로군." 밴스는 애써 냉정한 목소리로
말했다. "그가 우연히도 남부 태생의 육군대위이기 때문에 내가
특별한 관심을 가지고 있다고 생각하나? 리코크 대위와 비슷한 사
람들은 세상에 몇천 명도 더 되네—— 떡 벌어진 어깨에 네모난 턱,
여기저기 보풀이 인 양복을 입고, 케케묵은 기사도를 부적처럼 소
중히 여기는 사나이, 어머니 말고는 분간도 못하는 녀석……내가
걱정하고 있는 것은 자네일세, 매컴. 리코크 대위보다 더 상처입게
될 실수를 결코 저지르게 하고 싶지 않은 거야."

매컴의 눈에서 그 험상궂었던 빛이 사라졌다. 밴스의 동기를 알
고는 그의 행동을 이해한 것이다. 그러나 그는 아직도 리코크 대위
의 유죄를 굳게 믿고 있었다. 매컴은 한동안 가만히 깊은 생각에
잠겨 있었다. 이윽고 어떤 결심이 섰는지 버튼을 눌러서 스워커가
나타나자 펠프스를 불러오라고 했다. "그를 꼼짝 못하게 만들 좋
은 생각이 있네." 하고 그는 말했다. "밴스, 자네도 군소리 못할 증
거가 나올 걸세."

펠프스가 들어왔다. 매컴이 지시했다. "지금 곧 세인트 클레어
양을 만나게, 무슨 수를 써서라도 직접 만나서 어제 리코크 대위가
그녀의 아파트에서 가지고 나가 이스트 강에 던진 그 꾸러미 속에
무엇이 들어 있었는지 알아오게." 매컴은 어젯밤 히긴보섬에게서
들은 보고를 대강 설명해 주었다. "아무리 숨겨도 소용없는 일이
라고 말하게. 그 꾸러미 속에 있는 것이 벤슨을 쏜 권총이라는 것
을 이미 알고 있다고 넌지시 비추게. 아마 대답을 거부하면서 나가
라고 하겠지. 그때는 밑으로 내려와서 계속 감시하게. 그녀가 거는
전화를 교환대에서 들어야 하네. 그리고 편지 같은 것을 어디론가
보내거든 도중에서 압수해야 하고. 만일 외출을 하면—— 설마 그
런 일은 없겠지만—— 미행하여 가능한 한 샅샅이 알아내도록 하
게. 뭐라도 잡히면 즉시 내게 보고하도록, 알겠나?"

"알겠습니다." 펠프스는 그 임무가 아주 마음에 들었는지 기운
차게 뛰어나갔다.

"그런 날강도 같은 짓을 하거나 몰래 엿듣는 방법을 자네들 학
문 있는 직업에서는 도덕적이라고 여기는가?" 하고 밴스가 물었

다. "그런 행동은 자네의 다른 자질과는 아무래도 어울리지 않는 다네."

매컴은 몸을 뒤로 젖히면서 샹들리에를 올려다보았다. "개인적인 도덕 같은 것은 지금 문제가 아니야. 문제가 된다고 해도 보다 크고 중대한 고려에 의해서 배제되는 걸세——보다 높은 정의의 요구에 의해서 말이야. 사회는 보호되어야 하네. 이 나라의 시민들은 범죄자나 악인들이 판치는 속에서 자신들의 안전을 내게서 기대하고 있거든. 임무를 수행함에 있어서 나는 때로는 나의 개인적 본능과 모순되는 행동을 취해야만 할 경우도 있다네. 어떤 개인에 대한 이른바 도덕적 의무 때문에 사회 전체를 위태롭게 할 수는 없거든……물론 자네는 알고 있을 줄 알지만, 그런 반도덕적 수단으로 입수한 정보는 나는 결코 쓰지 않을 작정일세. 단, 그 정보가 상대방에게 범죄적 행동이 있었음을 입증하는 경우는 이야기가 다르지만. 그때에는 나는 공공의 선(善)을 위해서 그것을 쓸 충분한 권한이 있다고 생각하네."

"그야 자네 말이 맞겠지." 하면서 밴스는 하품을 했다. "하지만 사회라는 건 내게는 별로 흥미가 없어. 나로서는 정의보다는 훌륭한 예절 쪽이 훨씬 마음에 든단 말일세."

밴스가 말을 마치자 스워커가 나타나 벤슨 소령이 찾아와서 매컴을 만나고 싶어한다고 말했다.

벤슨 소령은 22살쯤 되어보이는 아름다운 여자와 함께 나타났다. 여자는 금발을 짧게 자르고 산뜻하고 간단한 연푸른빛 '크레프 드 신'(crepê de chine) 옷을 입고 있었다. 얼른 보기엔 아직 어리고 어딘지 모르게 천한 구석이 보였으나, 태도가 조심스럽고 요령도 있어서 곧 상대방에게 신뢰감을 갖게 했다.

벤슨 소령은 그 여자를 우리에게 비서라고 소개했고, 매컴은 자기 책상 맞은편 의자를 그녀에게 권했다.

"호프먼 양에게서 자네에게 들려주면 좋을 것 같은 이야기를 조금 전에 들었기에 이렇게 본인을 직접 데려왔다네." 소령은 전에 없이 진지한 태도였으며, 눈에는 납득은 안되지만 기대를 걸어봐야겠다는 빛이 떠올라 있었다.

"매컴 씨에게 아까 나에게 한 이야기를 그대로 말씀드려요, 호프먼 양."

그녀는 얌전히 얼굴을 들고는 시원시원하고 잘 들리는 목소리로 그 이야기라는 것을 하기 시작했다. "1주일쯤 전——수요일이었다고 생각됩니다만——파이피 씨가 앨빈 벤슨 씨를 찾아왔었습니다. 저는 타이프라이터가 놓여 있는 옆방에 있었지요. 두 방 사이에는 유리 칸막이가 있을 뿐이어서 벤슨 씨 방에서 큰소리로 이야기를 하면 제 방에까지도 들린답니다. 파이피 씨가 오고 나서 5분쯤 지난 뒤에 두 분이 말다툼을 하기 시작했어요. 저는 그처럼 사이좋은 분들이 이상하다 싶었으나 대수롭지 않게 생각하고는 계속 타이프라이터를 쳤습니다. 그러나 두 분의 목소리가 너무 커져서 저에게도 몇 마디 들려왔지요. 벤슨 소령님이 오늘 아침에 그 두 분이 무슨 말을 했었느냐고 물으셨는데, 여기서도 그때 들은 것을 그대로 말씀드리면 되겠지요? 이야기는 모두 어음에 관한 것이었습니다. 한두 번 '수표'라는 말도 들렸고 '장인'이라는 말도 몇 번 들렸습니다. 그리고 벤슨 씨가 한 번 정도 '그건 안되네.' 라고 말하더군요……그런 다음 벤슨 씨가 저를 불러서 금고의 전용서랍에서 '파이피——개인용'이라고 씌어진 봉투를 가져오라고 하셨지요. 그것을 갖다드린 다음에는 곧바로 장부 부서로 불려갔기 때문에 그 뒤로는 아무것도 듣지 못했습니다. 약 15분쯤 지나 파이피 씨가 돌아가시자 벤슨 씨가 저를 불러 봉투를 도로 갖다넣으라고 하시더군요. 그리고 파이피 씨가 다시 찾아와도 벤슨 씨 자신이 있을 때 말고는 무슨 일이 있어도 결코 방에 들여놓아서는 안된다고 했습니다. 그리고 봉투는 아무에게도——비록 서면에 의한 명령서가 있더라도 절대로 꺼내주어서는 안된다고 하시더군요……제 이야기는 그것뿐입니다, 매컴 씨."

여비서가 이야기하는 동안 나는 그녀의 말은 물론이고 밴스의 행동에도 그에 못지않은 흥미를 가졌다. 처음 그녀가 방에 들어왔을 때 밴스는 그녀를 그냥 예사롭게 흘끗 보더니 갑자기 눈에 생기가 돌았다. 그리고는 주의깊은 눈길로 바뀌어 무엇인가를 찾아내려는 듯이 뚫어지게 그녀를 지켜보는 것이었다. 매컴이 호프먼 양을 위해서 의자를 바로 놓아주었을 때 밴스는 자리에서 일어나서 그녀 옆에 놓여 있는 책으로 손을 뻗으며 필요 이상 몸을 굽혀

——내 눈에는 그렇게 보였다——그녀의 머리 옆쪽을 살펴보았다. 그리고 이야기하는 동안에도 계속 지켜보면서 가끔 더 잘 볼 수 있도록 몸을 좌우로 가볍게 기울이곤 했다. 이해할 수 없는 행동처럼 보였으나, 나는 어떤 중대한 생각이 떠올라서 밴스가 그토록 세심하게 살피고 있다는 것을 알고 있었다.

호프먼 양의 이야기가 끝나자 벤슨 소령은 주머니에 손을 넣어 긴 다갈색 종이봉투를 꺼내 매컴의 책상 위에 던졌다. "그거라네." 하고 소령이 말했다. "호프먼 양에게 이야기를 듣고는 얼른 가져오게 했지."

매컴은 그 내용물을 꺼내볼 권리가 있는지 없는지 마음을 정하지 못하고 머뭇거리다가 봉투를 집어들었다.

"꺼내보게나." 하고 소령이 권했다. "그 봉투 속에는 사건과 중요한 관계가 있는 것이 들어 있을지도 모르네."

매컴은 고무 밴드를 벗겨내고 봉투 알맹이를 앞에 꺼내놓았다. 그 속에는 세 가지 물건이 들어 있었다. 리앤더 파이피 앞으로 앨빈 벤슨이 발행한 1만 달러짜리 수표 한 장과, 앨빈 벤슨 앞으로 파이피가 발행한 1만 달러짜리 어음 한 장, 그리고 이 수표는 위조라는 사실을 고백한 파이피의 서명이 들어 있는 짧은 사과편지였다. 수표는 그해 3월 20일 날짜로 되어 있었다. 고백의 편지와 어음에는 그 이틀 뒤의 날짜가 적혀 있었다. 어음은——90일 기한이며——6월 21일 금요일, 즉 앞으로 겨우 사흘 뒤면 만기였다.

매컴은 꼬박 5분이 넘도록 그 문서들을 들여다보았다. 느닷없이 이런 것이 사건에 끼어들어 꽤나 당황한 모양이었다. 이윽고 그 서류를 다시 봉투에 챙겨넣었으나 그의 곤혹스러운 빛은 얼굴에서 사라지지 않았다.

매컴은 여비서를 차근차근 심문했고, 어떤 부분은 되풀이해서 진술시켰다. 그러나 더 이상은 아무것도 알아내지 못했다. 그제야 소령을 보면서 말했다.

"이 봉투를 한동안 내가 맡아가지고 있어도 되겠나? 지금 당장은 여기에 무슨 뜻이 담겨 있는지 나로서도 알 수 없으니 좀더 두고 생각해 봐야겠네."

벤슨 소령과 비서가 돌아가자 밴스는 자리에서 일어나 두 다리

를 벌렸다. "'아 라 팽'(A la fin(아아, 신난다!)) '모든 것은 여행떠났
다. 해도 달도, 아침도 낮도, 저녁도 밤도, 그리고 별도'. '비델리세
트'(Videlicet(그래서)) 우리도 겨우 이제 전진하기 시작한 모양이지."

"무슨 쓸데없는 소리를 하고 있나?"

파이피의 시시하고 해묵은 악(惡)이 새로 끼여들게 되어 매컴은
신경이 곤두서 있었다.

"그 호프먼인가 하는 아가씨는 재미있는 여자야——어떤가, 매
컴?" 하고 밴스는 뚱딴지 같은 대답을 했다. "그 아가씨는 죽은 벤
슨을 별로 좋아하지 않았던 모양일세. 그리고 역겨운 리앤더 파이
피는 분명히 싫어하고 있었어. 아마 그는 아내에게 오해받고 있다
느니 어쩌니 해가며 그 아가씨에게 저녁식사를 하자고 했을지도
모르지."

"그래, 굉장한 미인이니까." 하고 매컴은 내키지 않는 듯이 맞장
구를 쳤다. "벤슨도 귀찮게 굴었겠지——그래서 싫어했을 걸세."

"분명해!" 밴스는 잠깐 생각에 잠겼다. "아름다워——정말로.
하지만 거기에 속아 넘어가서는 안되네. 저래봬도 상당한 야심과
재능도 있어——맥을 짚을 줄도 알고 있고, 그녀는 풍선이 아닐세.
단단한 줄기 같은 것이 있어——튜턴의 피가 조금 섞여 있는 것
같더군." 밴스는 생각에 잠겼는지 잠깐 입을 다물었다가, "여보게,
매컴. 그 귀여운 아가씨가 머지않아 자네를 다시 만나자고 할지도
모르네."

"수정 점에 그렇게 나왔나?" 하고 매컴이 문득 중얼거렸다.

"아니, 천만에." 밴스는 창밖을 멍청하게 바라보고 있었다. "나
는 말하자면 '무언(無言)의 수행(修行)'을 하고 있다네. 두개골학적
(頭蓋骨學的) 고찰에 잠겨서 말일세."

"자네가 그 아가씨를 곁눈질로 흘끔흘끔 쳐다본 것은 나도 알고
있어." 하고 매컴은 말했다. "하지만 머리를 짧게 자르고 모자까지
썼는데 어떻게 두상(頭相)을 분석할 수 있었다는 건가?——하긴,
자네들 골상학자들이 '두상'이라는 말을 쓰는지 어떤지는 모르지
만."

"골드스미스의 설교자가 한 말을 잊어서는 안되네." (골드스미스
의 시에서 인용한 말.)하고 밴스는 느긋하게 말했다. "그의 입술에 오

른 진리는 이 세상에 수없이 많지. 그것을 어긴 자는 어쩌고저쩌고 한다네……첫째 나는 골상학자가 아닐세. 그러나 시대적, 민족적, 유전적으로 두개골이 모두 다르다는 것은 믿고 있지. 그 점에서는 나는 구식 다윈파일세. 필트다운 인의 두개골과 크로마뇽 인*의 두개골이 서로 다르다는 것은 세 살 먹은 어린아이도 알고 있어. 아무리 법밖에 모르는 법학자인 자네라도 아리안 인의 두개골과 우랄 알타이 인의 두개골은 구별할 수 있겠지? 그리고 말라야 인과 니그로 인의 두개골이 어떻게 다른지 정도도 아마 알 걸세. 그러니까 멘델의 법칙을 조금이라도 알고 있는 사람이라면 유전적인 두개골이 서로 비슷하다는 것을 알아볼 수 있지……하지만 이런 고매한 지식은 자네에게는 무리일 거야. 그러나 나는 그 젊은 여자가 모자를 쓰고 머리카락까지 있었는데도 머리의 윤곽이며 얼굴의 골격에 대해 잘 알 수 있었다네. 귀까지도 일단은 보아두었지." (*필트다운 인은 'Eoanthropus Dawsoni'라고도 불리며, 1912년 우연한 기회에 '영국 에섹스 군 필트다운'에서 발견된 두개골에 의해 이름붙여진 원시인이다. 빙하기 초기에 살았던 것으로 추정된다. 크로마뇽 인은 구석기시대에서 신석기시대로 넘어가는 과도기에 유럽으로 옮겨간 원시인으로 추정되며, 1868년 폴 브로커가 프랑스의 도르도뉴 지방 레 제이지에 있는 크로마뇽 동굴에서 발견한 몇 개의 두개골에 의해서 이름 붙여졌다. 북구와 지중해 인종의 원시인으로 여겨진다.)

"다시 한 번 나를 만나자고 할지도 모른다는 결론이 거기서 나왔나?"

"간접으로는——그렇다네." 하고 밴스는 인정했다. 그리고 조금 뒤에, "매컴, 호프먼 양이 털어놓은 이야기와 대조해 보면 어제 오스틀랜더 대령의 설명이 차츰 빛을 내기 시작하고 있는 것 같지 않나?"

"이 사람아, 밴스." 하고 매컴이 안타까운 듯이 말했다. "그렇게 빙빙 둘러서 이야기할 것이 아니라 요점만 말하게."

밴스는 창가에서 천천히 돌아서서 매컴을 그윽한 눈으로 바라보았다.

"매컴——내가 하나 묻겠네. 순수한 이론으로서 말일세——파이피의 위조수표는 거기에 따르는 고백편지 및 기한이 다가오고 있는 어음과 함께 생각할 때 벤슨 씨를 없앨 수 있는, 말하자면 '유력한 동기'가 되지 않겠나?"

매컴은 갑자기 벌떡 일어났다. "자네는 파이피가 범인이라는 건가?——"

"글쎄——상당히 동정받을 만한 처지이기는 하지. 파이피는 분명히 벤슨의 이름을 수표에 서명했어. 그리고 그 사실을 벤슨에게 솔직히 털어놓았네. 그랬더니 뜻밖에도, 정말 뜻밖에도 그렇게 오래 사귀어온 친구에게서 변상을 위한 90일짜리 어음을 요구받은 데다, 어김없이 지불을 보증하겠다는 고백서까지 써야 했다네…… 자아, 여기서 그 뒷일을 한번 생각해 보세——첫째로 파이피는 1주일 전에 벤슨을 찾아가서 말다툼을 했는데, 그때 수표 이야기가 나왔겠지. 다몬은 아마 어음기간을 연기해 달라고 핀티아스*에게 빌었을 걸세. 그러나, '그건 안되네.' 라고 냉정하게 거절당했겠지. 둘째로, 벤슨은 그 이틀 뒤에 살해되었는데, 1주일 안으로 어음기한이 끝나게 되어 있었어. 셋째로, 파이피는 벤슨이 살해된 시각에 그 집에 있었는데도 그의 소재에 대해 자네에게 거짓말을 했을 뿐만 아니라, 차고관리인을 매수하여 자동차에 대한 입막음을 시켰다네. 넷째로, 자네가 다시 다그치자 '헤이그 앤드 헤이그'를 마시러 갔으나 문이 닫혀 있었다고 했지만, 아무리 생각해 보아도 그 대목이 좀 시원치 않았어. 게다가 잊어서 안될 것은 대자연의 고독을 찾아 오직 혼자 캐츠킬스로 떠났었다는 처음의 이야기도—— 어떤 수수께끼의 인물에게 작별인사를 하기 위해서 뉴욕에서 하룻밤 머물렀다는 이해할 수 없는 이야기와 아울러 생각할 때——아무래도 수긍이 안되네. 다섯째로, 그는 흥하고 망하는 것을 하늘에 맡기고 한판 승부를 벌이는 충동적인 도박사일세. 그리고 남아프리카에서의 경험으로 총기다루는 솜씨도 보통은 아닐 테지. 여섯째로, 리코크 대위에게 혐의를 뒤집어씌우기 위해 비열하게도 고자질을 해서 그 중요한 시각에 현장에서 대위를 보았다고 했네. 일곱째로——아니, 자네 왜 그렇게 넋나간 얼굴을 하고 있나, 매컴? 자네가 아주 좋아하는 그 요인(要因)이라는 것을 열거하고 있는데 말이야——그 요인이란 무엇인가?——동기, 때, 장소, 기회, 행위 같은 것들이지? 빠진 것은 범인뿐일세. 그런데 리코크 대위의 권총은 이스트 강의 바닥에 있네. 그렇다고 해서 대위가 파이피보다 훨씬 더 유력한 용의자라고 단정할 순 없지 않겠나, 안 그래?"

(*다몬과 핀티아스는 그리스의 디오니시오스 왕 시대의 피타고라스파의 철학자이며, 우정의 모범으로 인용된다. 핀티아스는 폭군에게서 사형을 언도받았는데, 집안 일을 정리할 때까지 집행유예를 간청했다. 그 동안 다몬이 대신 갇혀 있겠다고 나섬으로써 그 간청이 받아들여졌는데, 형집행시간이 다가오도록 핀티아스는 나타나지 않았다. 그러다가 사형집행 직전에 핀티아스가 달려온 것을 보고, 왕은 두 사람의 우정에 감동하여 사형을 사면해 주었다. 그리고 그 우정을 자기에게도 나누어달라고 했으나 거절당했다.)

매컴은 밴스의 설명에 주의깊게 귀를 기울이고 있었다.

그는 책상 위를 노려보며 시무룩한 얼굴로 입을 다물고 앉아 있었다.

"어때? 리코크 대위에 대해서 마지막 조치를 취하기 전에 파이피와 한번 이야기해 보는 것이 어떻겠나?" 밴스가 제안을 했다.

"자네의 충고에 따르지." 매컴은 몇 분 동안 생각한 끝에 천천히 대답했다. 그리고는 수화기를 들었다. "지금 이런 시각에 호텔에 있을까?"

"있을 걸세." 하고 밴스가 말했다. "눈을 번득이며 기다리고 있을 것이네, 틀림없이."

파이피 씨는 과연 있었다. 매컴은 그에게 곧 사무실로 나와달라고 했다.

"또 한 가지 자네가 해주어야 할 일이 있네." 하고 밴스는 매컴이 수화기를 내려놓자 말했다. "실은 벤슨이 사망한 시각——즉, 13일 밤, 좀더 정확히 말하자면 14일 새벽이 되겠구먼—— 밤 12시에서 새벽 1시 사이에 이 사건에 관계된 사람들이 저마다 무엇을 하고 있었는지 꼭 알고 싶네."

매컴은 놀란 듯이 밴스를 보았다.

"바보 같은 행동이라고 생각하겠지?" 밴스는 자못 유쾌한 듯이 다음 말을 계속했다. "하지만, 매컴, 자네는 알리바이라는 것을 꽤 신봉하고 있잖나——때로는 완전히 실망할 경우도 있겠지만, 그렇지 않나? 예를 들면 리코크 대위 말일세. 아파트 관리인의 말 한 마디로 히스 경사가 여기저기 뛰어다니다가 제비꽃다발을 억지로 사게 되었다고 해서 자네가 대위를 혼내줄 수는 없지. 그건 자네가 사람을 지나치게 믿는다는 증거가 되거든……자네는 어째서 그 사람들이 각자 어디에 있었는지를 조사하지 않나? 파이피와 리코크 대위는 벤슨의 집에 있었어. 자네가 소재를 조사한 것은 이 두 사람뿐이라고 해도 과언이 아닐세. 그날 밤 앨빈의 주위에는 그 밖에도 몇 사람이 더 있었을지도 모르네. 친구나 친지들이 가까이에서 밀치락달치락했을지도 모르지. 이른바 '수아레'(Soirée (밤놀이))라는 것을 하며……따라서 다시 한 번 그 양반들을 모두 조사하면 풀이 죽어 있는 히스 경사의 슬픔을 날려보낼 만한 것이 나올 걸세."

매컴도 나도 어떤 중대한 근거 없이는 밴스가 이런 제의를 하지 않으리라는 것을 알고 있었다. 한동안 매컴은 이 뜻밖의 요청을 한 이유를 알아내려는 듯이 밴스의 얼굴을 살펴보았다.

"특히 누구를 조사하면 좋겠나?" 하고 매컴이 물었다. "자네는 '모두'라고 했지만." 그리고는 연필을 꺼내 메모할 준비를 했다.

"한 사람도 빠짐없이." 하고 밴스가 대답했다. "우선 세인트 클레어 양을 적게——그리고 리코크 대위——벤슨 소령——파이피——호프먼 양——"

"호프먼 양이라고?"

"모두 다란 말일세……호프먼 양을 적었나? 다음은 오스틀랜더 대령——"

"아니, 여보게?" 하고 매컴이 그의 말을 가로막았다.

"——그 밖에도 한두 사람 더 있을지 모르지만 뒤로 미루기로 하지. 우선 그들부터 조사하면 되겠구먼."

매컴이 다시 항의하려는 순간 스워커가 들어와서 히스 경사가 밖에서 기다리고 있다고 했다.

"리코크 대위는 어찌 되었습니까?" 라는 말이 경사의 첫질문이었다.

"하루 이틀 좀더 기다리기로 했소." 하고 매컴이 설명했다. "결정적인 조치를 취하기 전에 파이피와 다시 한 번 이야기해 봐야겠소." 그런 다음 벤슨 소령과 호프먼 양이 찾아왔던 일을 히스 경사에게 이야기했다.

히스는 그 봉투와 내용물을 훑어보고는 지방검사에게 돌려주었다. "이건 별것 아닌 것 같은데요." 하고 경사가 말했다. "벤슨과 파이피의 개인적인 거래가 아닐까요?——리코크 대위가 아무래도 수상합니다. 빨리 잡아넣을수록 제 마음이 홀가분해지겠는데요."

"내일이면 그렇게 될 게요." 하고 매컴은 격려해 주었다. "조금 늦춘다고 해서 풀죽을 건 없소……대위는 계속 감시하고 있겠지?"

"그렇습니다." 하고 히스는 싱긋 웃었다.

밴스가 매컴을 돌아보았다. "히스 경사에게 줄 명단은 어쨌나?" 하고 가볍게 물었다. "알리바이에 대해 무슨 말인가를 했었던 것 같은데."

매컴은 눈살을 찌푸리며 망설이다가 밴스가 불러준 이름을 적은 쪽지를 히스 경사에게 건네주었다.

"다만 신중을 기하기 위해서라오." 하고 매컴은 내키지 않는 듯이 말했다. "여기 이 사람들이 살인이 일어난 날 밤 무엇을 하고 있었는지 조사해 보시오. 혹시 도움될 만한 것이 나올지도 모르니까. 당신이 이미 알고 있는 것도 다시 한 번 확인해 주었으면 좋겠소. 예를 들어 파이피 같은 경우는 특히 보고가 빠를수록 좋소."

히스가 나가자 매컴은 화가 치밀어 뒤집힐 듯한 눈으로 밴스를 보았다. "모든 일을 휘저어놓고 성가시게 굴 작정──" 하며 말을 꺼냈다.

그러나 밴스가 부드럽게 그 말을 가로막았다. "자네는 배은망덕한 사람이로군, 매컴. 모르겠나? 나는 자네를 지켜주는 수호신일세. 자네의 '데우스 엑스 마키나'(deus ex machina(때맞추어 나타나는 수호신)), 여신의 어머니란 말일세!"

제16장 시인(是認)과 은닉
(6월 18일 화요일 오후──)

한 시간쯤 지나자 매컴이 리버사이드 드라이브 94번지로 보냈던 형사 펠프스가 의기양양한 얼굴로 돌아왔다.

"검사님, 바라시는 정보를 알아냈습니다." 그 쉰 목소리에는 감출 길 없는 승리감이 드러나 있었다. "세인트 클레어라는 여자의 아파트로 올라갔었지요. 벨을 눌렀습니다. 그녀가 직접 나왔기에 홀 안으로 밀고 들어가서 심문을 했지요. 물론 대답을 거절하더군요. 벤슨 씨를 쏜 권총을 싼 꾸러미를 알고 있느냐고 으름장부터 놓았으나 그녀는 웃기만 할 뿐 문을 활짝 열어젖히며, '이 아파트에서 나가세요, 구역질 나요.' 라고 하더군요." 형사는 씩 웃었다. "급히 아래로 내려가 교환대가 설치되어 있는 방으로 달려들어가 기가 무섭게 그녀의 방 신호등이 켜지더군요. 교환수에게 그녀가 주문하는 번호에 연결시키도록 한 다음 옆으로 밀어내고 제가 직접 들어보았지요. 그녀는 리코크 대위와 통화하더군요. 그녀는 단도직입적으로, '어제 당신이 여기서 권총을 들고 나가 강물에 던져버린 사실을 저쪽에서 알고 있어요.' 라고 하는 겁니다. 그 말을 듣고 가슴이 철렁했던 모양인지 리코크 대위는 한참 동안 아무 말도 없었습니다. 그리고 나서야 침착을 되찾았는지 달콤한 목소리로, '걱정 말아요, 무리엘. 어제 일은 아무에게도 말해선 안돼요. 오전 중에 깨끗이 처리할 테니까.' 라고 하더군요. 그리고는 내일까지 얌전하게 있겠다는 약속을 받아낸 다음 전화를 끊었습니다."

매컴은 말없이 그 이야기를 음미하고 있었다. "자네는 그 대화를 듣고 어떤 인상을 받았나?"

"그렇게 물으시니 말씀입니다만——" 하고 형사가 말했다. "십중팔구 리코크 대위가 범인이고, 여자도 그 사실을 알고 있는 것 같았습니다."

매컴은 수고했다고 말하고 형사를 물러가게 했다.

"그 포토맥* 남쪽 지방의 기사도에는 정말 질려버리겠군." 하고 밴스가 중얼거렸다. "그건 그렇고, 그 멋쟁이 리앤더 파이피와 고상한 대화를 시작해 볼 시간이 되지 않았나, 매컴?"

밴스의 말이 미처 끝나기도 전에 그가 와 있다는 전갈이 왔다. 파이피는 여전히 아주 세련된 모습으로 들어왔다. 그 부드럽고 유연한 태도에도 불구하고 마음속의 불안은 감추지 못하고 있었다. (*포토맥 지방은 포토맥 강의 남쪽, 즉 남부의 여러 주를 일컫는다. 그 중 조지아 주는 리코크 대위가 태어난 곳이다.)

"앉으시오, 파이피 씨." 하고 매컴이 퉁명스럽게 말했다. "좀더 설명을 해주어야 할 일이 생겼습니다,"

매컴은 다갈색 종이봉투를 꺼내 그 내용물이 상대방에게 보이도록 책상 위에 펼쳐놓았다. "이것에 대해 묻고 싶은데요."

"다 말씀드리지요." 하고 파이피는 말했지만 그 목소리에는 이미 침착성을 잃고 있었다. 거만한 태도도 어딘지 자연스럽지 못했으며, 담배에 불을 붙이기 위해 말을 중단하고 성냥을 다루는 솜씨가 좀 신경질적이라는 것을 나는 알 수 있었다.

"실은 좀더 일찍 이 문제에 대해 말씀드렸어야 했습니다." 파이피는 뜻도 없이 고상하게 손을 흔들어 서류를 가리키며 이야기를 털어놓았다. 한쪽 팔꿈치에 체중을 걸고 몸을 앞으로 기울여 비밀 이야기라도 하려는 듯한 자세였다. 그리고는 말을 할 때마다 담배가 입술 사이에서 아래위로 흔들렸다. "이런 말씀을 드리기는 정말 괴롭습니다." 하고 그는 이야기를 시작했다. "하지만 진실을 밝히기 위해서니까 불평할 수야 없지요……나의——가정 사정은 이상적이라고 할 수는 없습니다. 장인이라는 양반이 이유도 없이 나를 몹시 싫어하지요. 정말 눈곱만큼도 안되는 경제적 도움 이외에는 내게서 모든 것을 빼앗고서 기뻐하는 위인입니다. 나에게 주지 않는 돈은 실은 아내의 돈입니다. 두세 달 전에 나는 얼마쯤의 돈을——정확히 말하면 1만 달러입니다만——써버렸습니다. 나중에 가서야 안 일이지만 그것은 내 마음대로 써서는 안될 돈이었지요. 이 실수가 장인 귀에 들어가는 바람에 나는 아내와의 사이에 오해가 생기지 않게 하기 위해서 그 돈을 모두 돌려주어야 했습니다——그런 오해가 생기게 되면 아내를 더없이 불행하게 만들지도 모르기 때문이거든요. 입에 담기도 부끄러운 이야기입니다만, 그래서 수표에 앨빈의 이름을 이용했던 겁니다. 하지만 곧 그 사실을 그에게 설명하고는 어음을 써준 다음에 내 성의 표시로서 간단한 사과편지도 써주었습니다……단지 그것뿐입니다, 매컴 씨."

"지난 주에 그 사람과 말다툼한 것도 그것 때문이었습니까?"

파이피는 허를 찔려 낭패한 눈으로 매컴을 보았다. "아아, 그 대수롭지 않은 '콘트르탕'(contretemps(불행한 일))에 대해서도 들은 모양이군요……그렇습니다——약간의 의견 차이가 있어서요, 글쎄요……뭐랄까, 결재기간 때문이었습니다."

"벤슨 씨는 기한까지 어음을 결재해 달라고 고집했습니까?"

"아니, 꼭 그렇지는 않았습니다." 파이피의 태도가 갑자기 활달해졌다. "검사님, 제발 앨빈과의 사소한 다툼에 대해서는 너무 캐묻지 말아주십시오. 내가 보증합니다만, 이 사건과는 전혀 관계없는 일이니까요. 우리 둘 사이의 아주 개인적인 비밀에 속하는 겁니다." 파이피는 마치 상대방을 절대로 믿고 있다는 듯이 미소지었다. "하지만 앨빈이 총에 맞은 날 밤 수표에 대한 이야기를 하기 위해 그의 집에 갔던 것은 인정합니다. 그러나 이미 말씀드렸듯이 온 집안이 캄캄했기 때문에 그날 밤은 터키탕에서 묵었습니다."

"잠깐만, 파이피 씨——" 밴스가 끼여들었다. "앨빈 벤슨 씨가 담보도 없이 어음을 받았습니까?"

"물론이지요." 파이피의 말은 아주 당연하다는 투였다. "앨빈과 나는 이미 말씀드렸듯이 둘도 없는 친구 사이였으니까요."

"하지만 아무리 그렇다고 해도——" 하고 밴스가 물고늘어졌다. "그렇게 큰돈이니 당연히 담보를 요구했을 텐데요. 당신이 확실히 갚을 것이라는 걸 그는 어떻게 확신했을까요?"

"그가 그렇게 믿었다고밖에는 달리 설명할 수가 없군요." 파이피는 되도록 정중한 태도로 대답했다.

밴스는 여전히 알 수 없다는 얼굴이었다. "당신이 그 사과편지를 써주었기 때문일지도 모르겠군요."

파이피는 자기도 그렇게 생각한다는 듯한 만족스러운 시선으로 밴스를 쳐다보았다. "당신은 사정을 완전히 이해하고 있는 것 같군요."

밴스는 그 뒤로는 이야기에 끼여들지 않았다. 매컴은 30분 가까이 파이피를 심문했으나 그 이상은 아무것도 알아내지 못했다. 파이피는 계속 같은 말만 되풀이할 뿐 벤슨과의 말다툼에 대해서는 그 이상 깊이 파고드는 것을, 비록 부드러운 태도였지만 굉장히 거부했으며, 사건과는 아무 관계도 없는 일이라고 주장했다. 그래서 결국엔 돌아가도 좋다는 허락이 떨어졌다.

"별로 도움이 되지 못했는걸." 하고 매컴이 자기 의견을 말했다. "파이피의 무질서한 금전문제를 캐내어 그의 결점을 알아냈을 뿐이라는 점에서는 히스 경사의 의견과 다를 바 없네."

"자네라는 사람은 어쩌면 그렇게도 둔한가?" 하고 밴스는 한심하다는 듯이 말했다. "파이피가 이제 비로소 자네에게 올바른 수사의 선을 제공해 주었는데도 별로 도움이 되지 못했다고 투덜거리다니……내 이야기를 들어보게, 매컴. '노타 베네'.(nota bene(잘 기억해 두어야 하네.)) 1만 달러에 대한 파이피의 이야기는 의심할 여지가 없는 사실일세. 그 돈을 써버리고는 구멍을 메우기 위해 수표에 앨빈 벤슨의 이름을 무단도용한 것이지. 그러나 고백서 말고 다른 담보가 없었다고는 나는 절대로 믿지 않네. 앨빈 벤슨은——친구든 친구가 아니든——그만한 큰 돈을 담보 없이 빌려줄 사람이 아닐세. 그는 돈을 돌려받고 싶던 걸세——사람을 감옥에 처넣는다고 해서 되는 일이 아니지. 그래서 내가 끼여들어서 담보에 대한 것을 물어본 것일세. 파이피는 물론 부인했지만, 벤슨이 어떻게 아무 탈없이 어음이 결제될 거라고 생각했었느냐고 내가 몰아붙이자 그는 구름 속으로 숨어버리듯 하지 않던가? 그래서 나는 그 사과문이라는 것을 썼기 때문이 아니냐고 들이대본 거지. 그때 그 사람의 태도로 보아 마음 밑바닥에 숨겨져 있는 것이 있다고 느꼈다네——입 밖에 내고 싶지 않은 것을 말일세. 그는 내 암시에 선뜻 걸려들었다네. 그래서 난 내 추측이 틀림없다는 것을 알았지."

"그럼,.그 추측이란 게 뭔가?" 하고 매컴이 다급하게 물었다.

"글쎄, 눈물의 선물이라고 할까?" 하고 밴스는 한숨까지 섞어가며 말했다. "배후에 누군가가 있다는 걸 자네는 모르겠나? 담보와 관계 있는 무엇인가가 있네. 틀림없을 걸세. 만일 그렇지 않다면 파이피는 말다툼한 자초지종을 모두 털어놓았을 걸세. 그것으로 자기에 대한 혐의사실이 밝혀진다면 말이야. 그런데 자신이 난처한 처지에 몰려 있다는 것을 알면서도 그날 벤슨의 사무실에서 둘 사이에 무슨 일이 있었는가에 대한 해명을 거절하고 있네……파이피는 누군가를 감싸주고 있는 거지——그렇다고 그에게 기사도 정신 같은 게 있다는 것은 아닐세. 그래서 난 의문을 갖는 거야—왜 그랬을까 하고……"

밴스는 몸을 뒤로 젖히고는 천장을 올려다보았다. "내 머릿속에는 회오리바람이 일어날 만한 어떤 생각이 떠올랐다네." 그리고는 이어서, "그것은 말일세, 그 담보만 찾게 되면 범인도 잡을 수 있다는 것일세."

바로 그때 전화벨이 울렸다. 전화를 받고 있는 매컴의 눈에 흥미와 놀라움이 뒤섞인 빛이 떠올랐다. 매컴은 그날 오후 5시 30분에 전화의 상대자와 만날 약속을 했다. 그리고 수화기를 내려놓으며 밴스를 보고 활짝 웃었다. "자네의 천리안이 제대로 맞았구먼!" 하고 매컴이 말했다. "호프먼 양이 몰래 공중전화를 이용해서 전화를 걸어 왔는데, 자기가 한 이야기에 좀 덧붙일 것이 있다는군. 5시 30분에 이리로 올 걸세."

밴스는 그 말을 듣고도 별로 놀라는 것 같지 않았다. "'점심식사하러 사무실을 나와서 전화를 걸 것'이라고 생각했었다네."

매컴은 새삼스럽게 밴스를 바라보며, "어째 이상한 일만 자꾸 생기는군." 하고 한숨섞인 목소리로 말했다.

"정말이야." 하고 밴스도 무뚝뚝하게 대답했다. "아마 자네가 생각하는 이상으로 묘한 일일 걸세."

15분 내지 20분이나 매컴은 밴스에게서 무엇인가를 알아내려고 했다. 그러나 밴스는 갑자기 떠벌이는 능력을 잃어버리기라도 한 듯했다. 나중에 가서는 매컴은 완전히 포기하고 말았다.

"나는 이제 결론을 내리기로 했네." 하고 매컴이 말했다. "자네는 벤슨 살인사건에서 크게 한몫했거나, 아니면 보기드문 억측의 명수야."

"또 다른 견해도 있을 수 있다네." 하고 밴스는 대답했다. "나의 심미적 가설과 순수이론적 추리가—— 자네 말을 빌리자면—— 한몫을 하게 될지도 모르지—— 어떤가?"

우리가 점심식사하러 나가기 조금 전에 트레이시가 롱 아일랜드에서 보고할 것을 가지고 돌아왔다고 스워커가 알려왔다.

"파이피의 '아페르 뒤 쿠르'(affaires du coeur(여자관계))를 조사해 오라고 보낸 사람 말인가?" 하고 밴스는 매컴에게 물었다. "만일 그렇다면 마침 잘됐군!"

"바로 그 사람일세……이리로 들여보내게, 스워커."

트레이시는 한 손에 수첩을 들고, 또 한 손에는 '팽스네'(Pince-nez(코안경))를 들고는 부드러운 미소를 머금고 들어왔다. "파이피에 대해 조사하는 건 아주 쉬웠습니다." 하고 형사가 말했다. "포트 워싱턴에서는 이름이 나 있더군요—— 얼굴도 꽤 알려져 있어서—— 그에 대한 나쁜 소문을 알아내기는 아주 쉬웠습니다."

트레이시 형사는 안경을 적당한 거리로 알맞게 조절해 쓰고는 수첩을 들여다보았다. "1910년에 그는 호손이라는 여자와 결혼했습니다. 그 여자는 부자지만 파이피는 별로 덕을 보진 못했습니다. 장인이 경제권을 틀어쥐고 있기 때문이지요——"

"저어, 트레이시 형사——" 하고 밴스가 끼여들었다. "호손 파이피 부인이나 그녀 아버지에 대한 이야기는 그것으로 됐소—— 결혼 생활이 원만치 못하다는 건 파이피가 스스로도 털어놓았으니까. 아내 이외의 다른 여자와의 관계가 있거든 그 이야기를 들려주시오. 다른 여자가 있소?"

트레이시는 이 사람은 누구냐는 듯이 지방검사를 보았다. 밴스의 '로커스 스탄디'(Locus standi(발언권))에 대해 묻는 것이다. 매컴이 고개를 끄덕이자 형사는 수첩을 넘겨가면서 설명을 계속했다. "그것에 대해서 조사한 결과 다른 여자가 하나 있었습니다. 뉴욕에 살고 있으며 파이피 씨 댁 근처 약방에 가끔 전화를 걸어 전갈을 부탁한답니다. 그리고 그도 그 여자에게 볼일이 있을 때면 그 전화를 이용한다더군요. 물론 약방 주인과는 어떤 약속이 되어 있겠지요. 그래서 여자의 전화번호는 알아냈습니다. 뉴욕에 돌아와서 곧 전화국을 통해 가입자 이름과 주소를 알아내어 잠깐 만나보았습니다. 폴라 버닝이라는 미망인으로서 행실이 별로 좋지 않아보이는 여자더군요. 웨스트 75번가 268번지 아파트에 살고 있습니다."

트레이시의 보고는 그것이 전부였다. 형사가 나가자 매컴은 밴스를 보고 너그러운 미소를 보냈다. "자네에게는 연료공급이 안된 것 같군."

"천만에! 생각한 것보다 잘 해주었는걸." 하고 밴스는 말했다. "우리가 필요로 하는 정보를 제대로 찾아내 주었어."

"우리가 필요로 하는 정보라고?" 하고 매컴이 되물었다. "내게는 파이피의 여자관계보다 더 중요하게 생각해 봐야 할 문제가 있는데."

"하지만 파이피의 여자관계야말로 벤슨 살인사건을 푸는 열쇠라네, 매컴." 하고 이야기를 마친 뒤로 밴스는 더는 아무 말도 하지 않았다.

매컴은 다른 할 일이 산더미처럼 밀려 있는데다 오후에는 사람과 만날 약속도 많았으므로 점심식사는 사무실로 가져오도록 했다. 그래서 밴스와 나는 일단 물러나왔다.

우리는 엘리제에서 점심식사를 마치고 크네드라 화랑에서 프랑스 점묘파(點描派)의 전람회를 대강 둘러보고는 에얼리언 홀로 갔다. 그곳에서는 샌프란시스코의 현악4중주단이 모차르트를 연주하고 있었다. 5시 30분 조금 전에 우리는 다시 지방검사국으로 갔는데, 그때는 직원들도 모두 퇴근하고 매컴만이 혼자 남아 있었다.

조금 있으니 호프먼 양이 찾아와서 단도직입적이고 사무적인 말투로 아까는 미처 못한 이야기를 하기 시작했다. "오늘 아침에는 하나에서 열까지 다 말씀드리지 못했습니다." 하고 여비서가 말했다. "지금도 비밀을 지켜주시겠다는 약속이 없으시면 말씀드릴 수가 없어요. 이 이야기를 했다는 사실이 알려지면 저는 직장을 잃게 되거든요."

"약속하지요." 하고 매컴이 보증했다. "당신의 비밀을 전적으로 존중하겠소."

여비서는 잠시 망설이다가 마침내 입을 열었다. "오늘 아침에 벤슨 소령님에게 파이피 씨와 앨빈 벤슨 씨에 대한 말씀을 드렸더니, 곧 함께 검사님께 가서 그 이야기를 해드려야 한다고 하시더군요. 그런데 이리로 오는 도중 이야기의 일부는 빼는 게 좋겠다고 하신 겁니다. 분명하게 하지 말라고 하시지는 않았지만, 사건과 관계없는 일이니 말씀드리면 공연히 검사님만 혼란시킬 뿐이라고 하시면서요. 그래서 전 그 말씀에 따랐습니다만, 나중에 사무실에 돌아가서 곰곰이 생각해 보니 앨빈 벤슨 씨의 죽음이 얼마나 중대한 일인가 생각하자 모두 검사님에게 말씀드려야겠다고 마음먹게 되었죠. 이것이 만일 사건과 어떤 관계가 있을 경우에 제가 숨기고 있었다는 말을 듣고 싶지 않기 때문입니다."

그녀는 자신의 결심이 현명했는지 아닌지 좀 불안한 모양이었다. "이것이 어리석은 행동이 아니기를 바랍니다. 실은 앨빈 벤슨 씨와 파이피 씨가 말다툼을 벌인 날 벤슨 씨가 금고에서 가져오라고 한 것은 그 봉투뿐만이 아니고 다른 것도 있었거든요. 네모진 무거운 꾸러미였는데, 봉투와 마찬가지로 겉에 '파이피——개인용'이라고 씌어 있었습니다. 그리고 벤슨 씨와 파이피 씨가 다툰 것은 바로 그 꾸러미 때문이 아니었나 싶어요."

"오늘 아침 소령에게 봉투를 가져다 줄 때 그 꾸러미도 금고에 있었소?"

"아뇨, 지난주 파이피 씨가 돌아간 다음 봉투와 함께 꾸러미도 금고에 넣어두었는데, 지난 목요일——그분이 살해된 날 말예요——그날 벤슨 씨가 댁으로 가져갔어요."

매컴은 이 이야기에 약간의 흥미를 보였을 뿐 얼른 대화를 끝내려 하자 밴스가 나섰다. "정말 고맙소, 호프먼 양. 그 꾸러미에 대한 이야기를 해주려고 일부러 여기까지 와주신 김에 한두 가지 더 물어보고 싶은데……앨빈 벤슨 씨와 소령의 사이는 좋은 편이었습니까?"

그녀는 다소 놀란 듯한 얼굴에 희미한 미소를 떠올리며, "아주 좋았다고까지는 할 수 없었죠." 하고 그녀는 말했다. "두 분은 성격이 전혀 달랐으니까요. 앨빈 벤슨 씨는 별로 유쾌한 분이 아니었습니다. 아니, 그다지 훌륭한 분이 아니었다고 하는 표현이 옳을 것 같군요. 도저히 형제라고 생각하기는 어려울 정도였어요. 사업상의 일로 늘 다투었답니다. 두 분은 언제나 서로를 의심하고 있었어요."

"무리도 아니겠지." 하고 밴스가 맞장구를 쳤다. "성품이 그렇게 완전히 달랐으니 말입니다……그런데 어떤 식으로 서로 의심했나요?"

"예를 들면 가끔 서로 상대방을 염탐하는 거예요. 사무실이 서로 맞붙어 있거든요. 그래서 문을 통해 서로 엿듣는 겁니다. 저는 두 분의 비서 일을 맡고 있기 때문에 엿듣는 것을 가끔 보았죠. 저를 통해 상대방의 일을 알아내려고 한 적도 한두 번이 아니었고요."

밴스는 충분히 이해하겠다는 듯이 그녀를 보고 미소지었다. "당신으로서는 기분좋은 입장이 아니었겠군요?"

"아니, 저는 별로 상관없었습니다." 하고 여비서도 마주보며 웃었다. "재미있었는걸요."

"마지막으로 엿듣는 것을 본 것은 언제였지요?" 하고 밴스가 물었다.

그녀는 곧 진지한 얼굴이 되었다. "앨빈 벤슨 씨가 살아 있던 마지막 날, 소령님이 문 옆에 서 있는 것을 보았습니다. 그때 앨빈 벤슨 씨에게 손님이 와 있었지요——여자분이었는데——소령님은 굉장히 신경을 쓰는 것 같았어요. 그때는 오후였는데, 앨빈 벤슨 씨는 그날 일찍 퇴근했습니다——그 여자 손님이 돌아가고 난 약 30분 뒤에 그 여자분이 다시 찾아왔지만, 벤슨 씨가 안 계셨기 때문에 저는 벤슨 씨가 퇴근했다고 말씀드렸지요."

"그 여자 손님이 누구였는지 아십니까?" 하고 밴스가 물었다.

"아뇨, 모르는데요." 하고 그녀는 대답했다. "이름은 밝히지 않았거든요."

밴스는 그 밖에도 두세 가지를 물어보고는, 그런 다음 우리는 호프먼 양과 함께 주택가로 가는 지하철을 타고 23번가에서 그녀와 헤어졌다.

도중에 내내 매컴은 말없이 무슨 생각에 잠겨 있었다. 밴스 또한 우리가 스타이비샌트 클럽의 휴게실 안락의자에 편안한 자세로 자리잡을 때까지 의견다운 말이라고는 한마디도 하지 않았다.

이윽고 밴스는 천천히 담배에 불을 붙여 입에 물고는 말했다. "자네는 호프먼 양이 한 번 더 찾아올 것을 예상한 정교한 내 심리적 과정을 알겠지, 매컴? 그건 말일세, 나는 벤슨이 아무리 친구 사이라도 담보 없이는 위조수표에 순순히 돈을 내주지는 않을 것이라는 걸 알고 있었기 때문이라네. 게다가 또 그 말다툼도 담보 때문에 일어난 것이 분명하다고 생각했었고. 파이피는 그 '알테르 에고'(alter ego(또 하나의 자기))로 말미암아 감옥에 들어가게 되리라고는 꿈에도 생각지 못했겠지. 나는 파이피가 어음을 결재하기 전에 담보를 돌려달라고 부탁했다가, '그건 안되네.' 하고 거절당한 것이 아닌가 싶어……게다가 그 골디록스*는 좋은 여자일지는 모르겠지만, 그래도 두 탕아의 말다툼을 옆방에 앉아 있으면서 귀를 기울이지 않았다면 그것은 여자의 본성에 어울리지 않지. 그들이 다투고 있을 때 타이프를 치고 있었다는 그녀 말은 굳이 캐들어갈 필요까지도 없지 않겠나? 나는 그녀가 털어놓은 것 이상의 사실을 알고 있었으리라 짐작했다네. 그래서 나는 어째서 그것을 빼버렸는지 나 자신에게 물어보았지. 거기에 대한 합리적인 해답은 단 하나밖에 없었네——소령이 그렇게 하라고 권했기 때문이지. 그런데 이 '그나디게스 프로일라인'(gnadiges Fraulein(자비롭고 젊은 아가씨))은 직선적인 독일인의 혼을 지니고 있는 데다, 선천적으로 자기 본위이며, 조심스럽고 정직한 신념을 타고났거든. 그래서 나는 감히 그런 예상을 해보았던 것일세. 그 아가씨는 고용주의 자애로운 감독의 눈에서 벗어나면 틀림없이 나중에 일이 탄로났을 때의 일을 생각하여 숨긴 이야기를 털어놓을 것이라고 말일세……이렇게 설명하고 보면 하나도 신비할 것 없지, 매컴?" (*'골디록스'는 옛날 이야기에 나오는 욕심많은 소녀인데, 그녀는 결국 분수에 맞는 것이 가장 좋다는 것을 깨닫게 된다.)

"거기까지는 좋아." 하고 매컴은 찌푸린 얼굴로 양보했다. "그러면 이젠 어떻게 돼가는 건가?"

"앞으로 어떻게 돼갈지 전혀 짐작할 수 없다고는 하지 않겠네." 밴스는 한동안 태연하게 담배만 피웠다. "자네도 알겠지?" 하고 마침내 그가 말했다. "그 수상쩍은 꾸러미에 담보가 들어 있었다는 걸 말일세."

"그런 결론이 될는지도 모르지." 하고 매컴도 동의했다. "하지만 그렇다 하더라도 나는 별로 놀라지 않겠네──자네는 그래주기를 바랄지도 모르지만."

"그야 물론이지." 하고 밴스가 태평스럽게 다음 말을 계속했다. "추론의 기술이 뛰어난 자네의 법률적 두뇌는 그 꾸러미가 운명의 날 오후 플래트 부인이 벤슨 씨의 테이블 위에서 본 보석상자였다는 것을 이미 알아차렸겠지만."

매컴은 앉음새를 고치고서는 어깨를 으쓱하더니 다시 의자에 몸을 묻었다. "가령 그렇다고 하더라도──" 하고 그는 말했다. "우리에게 무슨 도움이 될는지 난 모르겠군. 소령은 그 꾸러미가 사건과 아무 관계가 없다는 것을 알고 있었기 때문에 그 이야기를 우리에게 할 것 없다고 비서에게 말했을 걸세."

"하지만 소령이 그 꾸러미가 사건과 관계가 없다는 것을 안다고 하면, 그도 사건에 대해 무언가 알고 있어야 한다는 이야기가 되지──안 그런가? 만일 그렇지 않다면 무엇이 사건과 관계가 있고 없는지 알 수 없을 테니까……나는 처음부터 소령이 우리에게 이야기한 것 이상의 사실을 알고 있다고 생각했었네. 파이피의 뒤를 밟으라고 한 것도 소령이었고, 리코크 대위에게 죄가 없다고 자신 있게 단언한 것도 소령이었다는 것을 잊어선 안돼."

매컴은 한동안 생각에 잠겨 있었다. "자네가 무엇을 노리고 있는지 이젠 알 것 같군." 하고 그는 느린 어조로 말했다. "그 보석은 결국 사건과 중대한 관계가 있을지도 몰라. 소령과 만나서 우선 그 점에 대해 물어봐야겠군."

그날 밤 클럽에서 저녁식사를 마치고 우리가 휴게실에 앉아서 담배를 피우고 있는데 벤슨 소령이 나타났다. 매컴이 얼른 그의 옆으로 다가갔다. "소령, 동생의 죽음에 관한 진상을 밝히기 위한 부탁인데, 좀더 도와주지 않겠나?"

소령은 그 참뜻이 무엇인가 살피는 듯한 시선으로 매컴을 뚫어지게 바라보았다. 매컴의 목소리가 겉으로 나타나 있는 부드러움과 아주 다르기 때문이었다.

"자네 일을 방해할 생각은 추호도 없으니──" 하고 소령은 한마디 한마디 신중히 생각해 가며 말했다. "도울 수 있는 데까지는 기꺼이 돕겠네. 하지만 나로서도 당분간은 말할 수 없는 것이 두세 가지 있네……나 하나만을 생각한다면야──" 하고 소령은 덧붙였다. "이야기야 다르겠지만."

"그러니까 누군가를 의심하고 있는 겁니까?" 하고 밴스가 물었다.

"어떤 의미로는──그렇습니다. 어느 날 앨빈의 방에서 나는 소리를 언뜻 들은 적이 있었는데, 동생이 죽고 나서 생각해 보니 그 말이 다른 뜻으로 해석되더군요."

"이럴 땐 기사도 운운해서는 안되네, 소령." 하고 매컴이 설득하고 나섰다. "그 의심이 사실무근이라면 곧 밝혀질 게 아닌가?"

"하지만 분명하게 알지도 못하면서 어림짐작할 일도 아니라네." 하고 소령은 딱 잘라 말했다. "이 문제는 나를 젖혀두고 풀어가는 게 가장 좋다고 생각하네."

매컴이 아무리 재촉해도 소령은 그 이상은 한마디도 더 하지 않았으며, 마침내는 적당한 구실을 대고 나가버렸다.

매컴은 아주 못마땅한 얼굴로 짜증스럽게 의자 팔걸이를 손가락으로 톡톡 쳐가며 연신 담배만 빨아댔다.

"어떤가, 두목, 좀 질려버린 모양이지?" 하고 밴스가 꼬집었다.

"웃을 일이 아니야." 하고 매컴이 투덜거렸다. "이 사건에서는 관계자들이 하나같이 경찰이나 지방검사국보다 더 잘 알고 있군."

"모두들 이렇게 숨기려 들지만 않는다면 이토록 난처해지지는 않을 텐데 말이야." 하고 밴스가 유쾌한 목소리로 말했다. "게다가 괘씸한 점은 각자가 모두 누군가를 감싸주기 위해서 입을 다물고 얌전히 있는 것 같다는 거야. 먼저 플래트 부인을 보게나. 그 가정부는 벤슨네 집에서 그날 오후 차를 마신 사람이 있었는데도 당사자에게 피해가 갈지 모른다는 이유로 해서 우리에게 거짓말을 했네. 세인트 클레어 양은 아주 철저하게 입을 다물었고. 다른 사람에게 혐의가 가는 것을 바라지 않았기 때문이지. 리코크 대위는 자기 약혼자가 사건에 관련이 있을지 모른다는 말을 듣고는, 그 순간부터 그만 벙어리가 되어버렸네. 리앤더 파이피마저도 남이 말려들게 될까 봐 겁이 나서 혼자만 빠져나가기를 거부했네. 그리고 방금 보았듯이 소령 역시 그렇고……정말 야단이야——그러나 다른 일면에서 보면 이건 바람직한 일이라고 할 수도 있지——크게 칭찬까지는 할 수 없어도, 이처럼 숭고한 자기희생적인 사람들과 알게 되어서 말일세."

"빌어먹을!" 매컴은 여송연을 놓고 벌떡 일어났다. "이 사건으로 내 신경은 엉망이 되겠어. 나는 이 문제를 끌어안은 채 우선 눈을 좀 붙여야겠네. 그리고 내일 아침 다시 맞붙기로 하세."

"문제를 끌어안고 잠을 잔다는 옛날부터의 생각은 잘못된 것일세." 우리가 매디슨 가를 걷기 시작했을 때 밴스가 말했다. "——명확하게 사물을 생각할 수 없는 사람을 위한, 말하자면 '아폴로지아'(aplogia(변명))이지. 시적인 생각이라고 할 수도 있겠지. 시인은 모두 그것을 믿고 있으니까——대자연의 부드러운 유머라느니, 괴로움의 진정제라느니, 어린아이의 흰 연꽃이라느니, 자연의 감미로운 회복제라느니 하면서 갖가지 말들을 늘어놓지. 하지만 바보 같은 생각이야. 두뇌는 태엽이 감겨 활동하고 있을 때가 잠이 덜 깨어 멍청해 있을 때보다 훨씬 잘 움직이지. 잠은 진정제지——자극제가 아니라네."

"그럼, 자네는 깨어 있으면서 생각하게나." 하고 매컴이 퉁명스럽게 충고를 했다.

"나도 그럴 생각이네." 하고 밴스는 신이 나서 대답했다. "하지만 벤슨 사건에 대한 것이 아닐세. 그 일에 대한 처리방법은 이미 나흘 전에 생각해 두었으니까."

제17장 위조수표
(6월 19일 수요일 오전——)

다음날 아침 우리는 매컴과 함께 시(市) 중심가로 자동차를 몰았다. 9시 전에 사무실에 닿았는데, 히스 경사는 이미 방에서 기다리고 있었다. 경사는 걱정스러운 얼굴이었는데, 그의 말소리에는 지방검사에 대한 비난이 담겨 있었다. "매컴 검사님, 리코크 대위를 어쩔 셈이십니까?" 하고 히스가 물었다. "되도록 빨리 잡아들이는 게 좋을 것 같습니다만. 미행은 시키고 있는데 수상한 점이 많습니다. 어제 아침에 그는 거래은행에 가더니 출납주임 방에 들어가 30분이나 있다가 나왔습니다. 그런 다음 변호사를 찾아가 한 시간도 넘게 있다가 다시 은행으로 돌아가서 또 30분이나 머물더라는 겁니다. 애스터 그릴에 점심을 먹으러 들어가서는, 아무것도 먹지 않고 테이블만 노려보고 있었다고 합니다. 그리고 2시쯤엔 그가 사는 건물을 관리하는 토지건물회사를 찾아가더랍니다. 그가 나간 다음에 알아보니까 그가 살고 있는 아파트에 내일부터 세를 놓아달라고 부탁했다는 겁니다. 그 뒤에는 친구를 여섯 명쯤 방문하고는 집으로 돌아갔습니다. 저녁식사가 끝난 다음 제 부하가 그의 아파트 벨을 누르고 거기가 호지트 씨 댁이냐고 물으면서 안을 슬쩍 들여다보니 그는 한창 짐을 꾸리고 있었던 모양입니다. 아무래도 도망치려는 것 같습니다만."

매컴은 눈살을 찌푸렸다. 히스의 보고를 듣고 걱정되기 시작한 모양이었다. 그가 뭐라고 대답하려는데 밴스가 먼저 입을 열었다. "뭘 그렇게 걱정하십니까? 히스 경사님, 리코크 대위는 감시시키고 있겠지요? 당신 눈이 그렇게 번득이고 있는 한 달아나지는 못할 게요."

매컴은 흘긋 밴스를 본 다음 히스 경사에게로 시선을 돌렸다. "그냥 내버려둬요. 그러나 만일 리코크가 도시를 빠져나가려고 할 때에는 체포하도록 하시오."

히스는 잔뜩 골난 얼굴을 하고 나갔다.

"그런데, 매컴." 하고 밴스가 말했다. "오늘 12시 30분엔 아무와도 만날 약속을 해선 안되네. 이미 약속이 있으니까. 더구나 상대는 여자라네."

매컴은 펜을 놓고 눈을 크게 떴다. "그건 또 무슨 엉터리 수작인가?"

"자네 대신 약속을 해두었다네. 오늘 아침 내가 그 여자에게 전화를 걸었는데, 아마 그때까지 자고 있었던 모양이야."

매컴은 화가 나서 입에 거품을 물고 맹렬히 항의했다.

밴스는 그를 달래려는 듯 손을 들었다. "그러니 자네는 그저 약속을 지키기만 하면 되네. 내가 자네라고 하며 약속을 했으니까, 만일 만나지 않는다면 큰 실례가 된다네……내가 보증하겠네만, 그 여자를 만나보면 결코 후회하지 않을 걸세." 하고 밴스가 덧붙였다. "어젯밤에는 일이 너무 엉망으로 꼬여버려서——나는 자네가 애쓰는 것을 그냥 보고 있을 수가 없었네. 그래서 폴라 버닝 부인과 만나기로 자네 대신 약속해 두었지——그 여자가 바로 파이피의 에로이즈*란 말일세. 나는 그 여자가 틀림없이 자네를 에워싸고 있는 깊은 우수를 어느 정도는 걷어줄 것으로 굳게 믿고 있네."
(*'에로이즈'는 프랑스의 스콜라 철학자 아베라르가 가르친 제자로, 그와 열렬히 연애한 것으로 유명하다. 결국 그와 결혼했으나, 나중에 수녀가 되었다.)

"이봐, 밴스!" 하고 매컴이 소리쳤다. "다시 말해 두지만 이 사무실을 이끌어나가는 건 나란 말일세——" 거기까지 말하고 매컴은 갑자기 하던 말을 멈추었다. 상대방의 너무도 태연한 태도에 혼자서 아무리 떠들어봐야 소용없다는 것을 깨달았기 때문이다. 그리고 사실 폴라 버닝 부인을 만나는 것이 그리 마음내키지 않는 것도 아니기 때문일 게다. 매컴의 울화는 차츰 가라앉아서 마침내 다시 이야기를 시작했을 때의 목소리는 거의 정상으로 돌아와 있었다.

"내 이름을 대고 약속을 한 이상은 할 수 없이 만나봐야겠군. 하지만 파이피가 그 여자와 그렇게 깊이 사귀고 있다고는 생각되지 않는군. 가끔 들르는 정도겠지, 뭐——갑자기 찾아가는 게 아니라 미리 약속을 하고 가는 그런 사이 말일세."

"기묘하군." 하고 밴스가 중얼거렸다. "나도 그렇게 생각했다네.

그래서 어제 전화를 걸어 롱 아일랜드로 돌아가도 좋다고 했지."

"전화를 걸었다고? 자네가?"

"정말 미안하네, 매컴. 하지만 자네는 이미 잠자리에 들어 있었다네. 곤히 잠자며 피곤을 풀고 있는 자네를 차마 방해할 수가 없었어. 파이피도 무척 고마워하더군. 가엾을 정도로 말이야. 아내가 기뻐할 거라고도 말하더군. 눈물이 나올 만큼 애처가였다네. 하지만 집을 비운 이유를 설명하자면 아마 온갖 아양과 말재주를 다 동원해야만 할 걸세."

"그 밖에 또 나 모르는 사이에 어디어디에다 나를 팔았나?" 하고 매컴이 따지고 들었다.

"그것뿐이라네." 하고 밴스는 대답하고 훌쩍 몸을 일으켜 어슬렁어슬렁 창가로 갔다. 그는 잠시 선 채로 밖을 내다보며 깊은 생각에 잠긴 채 담배를 피워댔다. 다시 자리로 돌아왔을 때엔 지금까지의 장난기어린 태도는 보이지 않았다. 그는 매컴과 마주보는 자리에 앉았다. "소령은 이번 사건에 대해서 우리에게 이야기한 것 이상의 일을 알고 있다고 스스로 인정했네." 하고 밴스가 말했다. "자네도 물론 이 사건에 대해서 그 사람이 취한 훌륭한 태도로 보아서는 그를 추궁할 수야 없겠지. 더구나 소령은 자기 입으로는 말할 수 없지만, 자네 편에서 자신이 알고 있는 사실을 알아내는 데 대해서는 전혀 이의가 없다는 것이 어젯밤 그가 취한 태도로 보아 틀림없네. 그래서, 매컴, 나는 소령의 뜻을 거스르지 않고, 또 그의 도움도 빌리지 않고 그것을 알아내는 방법을 생각했네……자네는 호프먼 양이 말한 서로 엿들었다는 이야기를 기억하고 있겠지, 매컴? 그리고 소령이 동생이 살해된 뒤에 생각해 보니 어떤 의미를 지니고 있는 것으로 여겨지는 듯한 말을 언뜻 들은 적이 있다고 한 말도 기억하겠지? 그렇다면 소령이 알고 있는 점은 그의 사업과 관계가 있거나, 아니면 적어도 그의 고객 가운데 한 사람과 관계가 있다고 생각해도 좋을 걸세." 밴스는 천천히 새 담배에 불을 붙였다. "그래서 내게 한 가지 제안이 있네. 소령에게 전화를 걸어서 사람을 보낼 테니 회사의 원장부와 거래장부를 좀 보여달라고 부탁을 하게나. 어떤 고객과의 거래에 대해서 알고 싶기 때문이라고 하면 되겠지. 뭣하면 세인트 클레어 양이라고 해도 좋고——파이피라고 해도 좋아. 아무튼 적당한 이름을 들려주는 거야. 내게는 이상한 신들린 예감 같은 것이 있다네. 그렇게 하면 소령이 감싸고 도는 사람이 누구인지 알 수가 있을 것 같은 생각이 들어. 그리고 소령은 자네가 원장부에 흥미를 갖는 것을 환영할 것 같은 예감이 드는군."

그러나 매컴으로서는 이 계획이 실행가능성이 있다거나 효과가 있을 것이라고는 여겨지지 않았다. 게다가 벤슨 소령에게 그런 요구를 한다는 것 자체가 싫었다. 그러나 밴스의 결의가 너무도 굳건하고 그 주장을 굽히지 않기에 결국 매컴도 동의하고 말았다. 매컴은 수화기를 내려놓으면서, "사람을 보내겠다고 했더니 기분좋게 승낙하더군. 정말 모든 협조를 아끼지 않을 생각인 모양일세." 하고 말했다.

"선뜻 응해 줄 것으로 짐작했었지." 하고 밴스가 말했다. "소령이 누구를 의심하고 있는지 자네 손으로 직접 찾아내게 되면 그는 고자질했다는 부담감을 갖지 않아도 되니까."

매컴은 버튼을 눌러 스위커를 불렀다. "스티트 씨에게 전화걸어서 오전중에 여기서 만나자고 전해주게——급히 부탁할 일이 있다고 하고."

"스티트라는 사람은——" 하고 매컴이 밴스에게 설명했다. "뉴욕 생명 빌딩에 있는 회계사무소 소장일세. 이런 일이 있을 때마다 늘 도움을 받고 있다네."

정오가 조금 못 되어 스티트가 왔다. 늙은이 같은 젊은 남자로서 날카롭고 재기넘치는 얼굴을 줄곧 찌푸리고 있었다. 지방검사를 위해 일하는 것이 아주 마음에 드는 모양이었다.

매컴은 부탁할 일을 간단히 설명하고 일하는 데 참고될 만큼 사건의 내용을 설명해 주었다. 그 남자는 곧 사정을 파악하고는 좀 더러워진 봉투 뒤에 두세 가지를 메모했다.

밴스 역시 매컴이 지시를 내리고 있는 동안에 종이쪽지에다 뭔가를 적어넣고 있었다.

매컴은 일어나서 모자를 집어들었다. "자아, 그럼, 자네가 해놓은 약속을 지키러 가야지?" 하고 밴스에게 투덜거렸다. 그리고는, "자아, 갑시다. 스티트 씨, 판사 전용 엘리베이터로 아래까지 모셔다 드리리다."

"호의는 고맙지만——" 하고 밴스가 끼어들었다. "스티트 씨와 나는 그 영광을 사절하고 일반용 리프트(밴스는 영국적인 취향을 좋아 한다)로 내려가겠네. 아래에서 기다리지." 밴스는 회계사의 팔을 잡고 대합실로 걸어갔다. 그런데 우리가 다시 만날 때까지는 10분 이나 걸렸다.

우리는 지하철을 타고 72번가까지 가서 웨스트 엔드 가(街)를 걸 어올라가 폴라 버닝 부인의 집으로 갔다. 그 부인은 75번가 모퉁이 에 있는 작은 아파트에 살고 있었다. 벨을 누르고 기다리고 있으니 강한 중국향료 냄새가 풍겨왔다.

"이건 일이 잘될 것 같군." 하고 밴스는 코를 킁킁거리며 말했다. "향을 피우는 여자는 하나같이 감상적이니까."

버닝 부인은 키가 크고 조금 살찐, 그러나 나이는 짐작하기 어려 운 여자였다. 밀짚 같은 머리색깔에 살색은 희고 발그레한 빛을 띠 고 있었다. 새침한 얼굴이 젊어 보였으며, 얼빠진 듯한 천진해 보 이는 표정은 겉으로 보기에만 그런 것 같았다. 짙은 파란색 눈엔 엄격한 구석이 있어 보였고, 광대뼈와 턱밑의 보일 듯 말 듯 늘어 진 피부는 오랫동안의 게으르고 방자한 생활을 말해 주고 있었다. 그러나 싱싱하고 고운 매력이 없는 것도 아니었다. 지나치게 가구 를 많이 들여놓은 리코코풍 거실로 우리를 맞아들였을 때의 그 태 도는 아주 개방적인 친밀감을 느끼게 해주었다.

자리에 앉자 매컴은 이렇게 폐를 끼치게 된 데 대한 사과의 말 을 했고, 밴스는 지체없이 질문자의 역할을 맡고 나섰다. 밴스는 먼저 여러 가지 변명을 늘어놓으며 바라는 정보를 얻어내기 위해 어떤 방법으로 접근하는 것이 가장 좋을까를 결정하려는 듯이 주 의깊게 부인을 관찰하고 있었다.

2~3분 동안 우선 몇 마디 시험해 보더니, 밴스는 담배를 피워도 되겠느냐고 묻고 버닝 부인에게도 자기의 담배를 권했다. 그녀는 한 대 받아들었다. 그런 다음 밴스는 진심으로 감사하다는 듯이 상 냥한 미소를 짓고는 의자에 편안한 자세로 앉았다. 그리고는 상대 방에서 하는 이야기라면 그것이 무엇이든 동정하며 들을 만반의 준비가 되어 있다는 듯한 인상을 주려고 애쓰고 있었다.

"파이피 씨는 이 사건에 부인이 말려들지 않게 하려고 무척 애 썼답니다." 하고 밴스가 말했다. "우리로서도 그분이 그토록 마음 쓴 데 대해 충분히 이해가 갑니다. 그러나 앨빈 씨의 죽음과 관련 된 어떤 사정 때문에 부인도 사건에 말려들게 된 셈입니다. 그러므 로 우리가 알고 싶어하는 사항을 숨김없이 말씀해 주신다면 우리 에게도, 부인에게도——그리고 특히 파이피 씨에게도——아주 좋 을 것입니다. 우리로서도 신중하게 행동하고 있으며, 또한 이해도 하고 있으니 그 점은 믿으셔도 됩니다." 밴스는 '파이피'라는 이름 에 특히 힘을 줌으로써 그 말의 뜻을 강조했다. 버닝 부인은 불안 한 듯이 시선을 밑으로 내리깔았다. 그리고 불안해 견딜 수 없는 듯이 다시 밴스를 올려다보았을 때의 그녀의 눈은 마치, '이 사람 은 어느 정도까지 알고 있는 것일까?' 라고 스스로에게 묻고 있는 것 같았다.

"무엇을 알고 싶어하시는지 저는 짐작도 할 수 없군요." 하고 그 녀는 애써 놀라는 척하며 말했다. "그날 밤 앤디가 뉴욕에 없었다 는 것은 알고 있으시죠?"(그 거만한 멋쟁이 파이피를 가리켜 그녀 가 '앤디'라고 부르는 것은 마치 '레스 마제스테'(Lése majesté(불경 죄))처럼 들렸다.) "그이가 여기에 온 것은 다음날 아침 9시 가까이 되어서였는데요."

"벤슨 씨 집 앞에 세워져 있었던 회색 캐딜락에 대한 기사를 신 문에서 읽지 못했습니까?" 밴스는 그렇게 물으면서 상대방의 놀 란 표정을 그대로 흉내냈다.

그녀는 자신 있게 미소지었다. "그건 앤디의 차가 아니에요. 그 이는 그날 아침 8시 기차로 뉴욕에 왔거든요. 자신의 것과 똑같은 자동차가 전날 밤 벤슨 씨 댁 앞에 있었다는 것을 알고는 그는 기 차로 오기 잘했다고 말하던걸요."

그녀의 말투는 아주 진지했고 정말 자신 있게 들렸다. 파이피가 이 부분에서는 그녀에게 거짓말을 한 것이 분명했다.

밴스는 그녀가 잘못 알고 있는 것을 고쳐주지 않았다. 고쳐주기 는커녕 그녀의 설명을 그대로 받아들여서 살인이 일어난 날 밤에 파이피가 뉴욕에 있었을지도 모른다는 의심을 깡그리 버리는 듯한 태도를 보였다.

"버닝 부인과 파이피 씨가 이번 사건에 말려들게 되었다고 한 것은 실은 좀 다른 뜻으로 드린 말씀입니다. 실은 부인과 벤슨 씨의 개인적인 관계를 말하고 싶었던 겁니다."

그녀는 거기에는 무관심한 태도를 보이며 미소지었다. "그것 역시 잘못 생각하신 것 같군요." 하고 그녀는 가볍게 받아넘겼다. "벤슨 씨와 저는 친구라고 할 정도도 아니랍니다. 사실 거의 아무 것도 모르거든요."

그녀가 부정하는 말에는 지나칠 정도의 힘이 들어 있었다——믿어주기를 바라는 마음이 앞서서 완전히 무관심한 척하려던 태도에 그만 지나친 열의가 들어가 버린 게 되었다.

"단순한 거래에서도 개인적인 관계가 생길 수 있는 법입니다." 하고 밴스는 상대방의 주의를 환기시켰다. "특히 그 중간에 나선 사람이 거래 당사자 두 사람과 똑같이 친구가 되는 경우에는 말이지요."

그녀는 재빨리 밴스를 훔쳐보고는 곧 시선을 다른 곳으로 돌렸다. "무슨 말씀을 하시는지 저로서는 전혀 모르겠군요." 하고 그녀는 잡아뗐다. 그녀의 얼굴에서는 잠시 천진스러운 빛이 사라지고 타산적인 표정이 떠올랐다. "설마 저와 벤슨 씨 사이에 사업상 거래가 있었다고 말씀하시는 건 아니겠지요?"

"직접은 없었겠지요." 하고 밴스는 대답했다. "그러나 파이피 씨는 분명히 사업상의 거래가 있었습니다. 그 거래 중에서 하나는 부인을 꽤 깊이 끌어들였을 것으로 보는데요."

"저를 끌여들였다고요?" 그녀는 비웃는 듯한 미소를 지었으나 그 웃음은 일그러져 보였다.

"아무래도 불행한 거래였던 것같이 생각됩니다. 파이피 씨가 벤슨 씨와 거래해야 할 필요가 생긴 것도 불행한 일이었고, 부인을 그 거래에 끌어들여야만 할 처지에 몰린 것도 불행한 일이었습니다."

밴스의 태도는 여유 있고 자신만만한 것이었다. 그녀는 아무리 멋지게 연극을 해도, 그리고 비웃음이나 경멸 같은 것으로는 상대방의 생각을 움직일 수 없음을 깨달았다. 그래서 분한 마음을 애써 누르며 너무 뜻밖의 말을 들어서 재미있다는 태도를 보이기로 했다.

"어디서 그런 말을 들었지요?" 하고 그녀는 농담투로 물었다.

"그런데 말입니다, 어디서 들은 게 아니랍니다." 밴스는 상대방의 태도에 장단이라도 맞추듯이 대답했다. "그래서 이렇게 조금은 유쾌한 방문을 하게 된 거지요. 우리는 머리가 잘 돌지 않기에 부인이 우리를 가엾게 여겨서 다 가르쳐 주시리라고 생각했거든요."

"하지만 저는 그럴 마음이 조금도 없는데요?" 하고 그녀가 말했다. "비록 그런 수수께끼 같은 거래가 실제로 있었다고 해도 말이에요."

"저런!" 하고 밴스는 한숨을 쉬었다. "실망이 큰데요……그럼, 도리가 없군요. 내가 알고 있는 보잘것없는 정보라도 말씀드리고 부인의 동정심에 호소하고서 다시 매달려 보는 수밖에 없겠군요."

밴스의 말에서 풍기는 기분나쁜 내용에도 불구하고 그의 말투는 상대방이 느끼고 있는 불안에 대한 해독제 역할을 했다. 그녀는 상대가 자기에 대해 어느 정도 알고 있는지는 모르지만, 아무튼 호의는 가지고 있다고 생각한 모양이었다.

"파이피 씨가 1만 달러짜리 수표에 벤슨 씨의 이름을 도용했다는 사실을 부인은 모르시나요?"

그녀는 자기의 대답 여하에 따라서 결과가 어떻게 되어갈 것인지 저울질하느라고 망설이고 있었다. "아뇨, 알고 있습니다. 앤디는 제게 숨기는 것이 없으니까요."

"그럼, 벤슨 씨가 그 사실을 알고 굉장히 화를 냈다는 것도 알고 있겠군요?——그리고 수표에 대한 책임을 지우려고 어음과 사과편지를 쓰게 한 것도 아시겠고요?"

그녀의 눈은 노여움으로 번들거렸다. "네, 그것도 알고 있어요——앤디는 그 사람 때문에 그런 행동까지 해야 했지요. 세상에서 총에 맞아죽어도 가엾지 않은 사람이 있다면, 그건 바로 앨빈 벤슨 씨일 거예요. 개 같은 사람이니까요. 그런데도 앤디의 가장 친한 친구인 척했지요. 한번 생각해 보세요——사과문 없이는 앤디에게 돈을 꾸어줄 수 없다니……세상에 그런 것을 사업상의 거래라고 할 수 있나요? 절 보고 말하라면 비열하고 치사하며 엉터리 같은 사기꾼이라고 하겠어요." 버닝 부인은 흥분했다. 고상하고 상냥한 태도는 어디론지 사라지고, 자기가 쓰고 있는 말이 얼마나 상스러운 말인지도 생각지 않은 채 죽은 벤슨에게 마구 욕설을 퍼부었다. 그녀의 말씨는 초면인 사람끼리 만났을 때 지켜야 할 온갖 예절을 깡그리 잊은 것이었다.

밴스는 상대가 떠들어대고 있는 동안 위로라도 하는 듯한 얼굴로 고개를 끄덕이고 있었다. "정말 당신의 심정은 충분히 이해가 가는군요." 그런 밴스의 말투가 한층 '라프로셰망'(rapprochement (정다움))을 깊게 한 모양이었다.

얼마 뒤 밴스는 그녀에게 다정한 미소를 보냈다. "사과문 정도로 만족하고 담보까지 요구하지 않았더라면 벤슨 씨도 동정은 받았을 텐데……"

"담보라고요? 무슨……"

밴스는 그녀 말투의 변화를 재빨리 알아차렸다. 상대방이 잔뜩 흥분해 있는 틈을 노려 밴스는 담보 이야기를 꺼냈던 것이다. 그녀가 두려움을 느껴 엉겁결에 되물었을 때 밴스는 기다리던 때가 마침내 왔음을 알았다. 그녀가 마음의 평정을 되찾고 일시적으로 덮쳐온 불안에서 벗어나기 전에 밴스는 부드러운 목소리로 조심스럽게 말했다. "벤슨 씨는 총에 맞은 날 사무실에서 조그만 파란색 보석상자를 집으로 가져갔답니다."

그녀는 '흑!' 하고 숨을 들이마셨으나 마음의 동요를 겉으로 내보이진 않았다. "훔친 것으로 보시나요?"

이렇게 물어본 순간 그녀는 자신의 실수를 깨달았다. 여느 남자라면 이 질문으로 잠시 어리둥절했을 것이다. 그러나 밴스는 싱글벙글 웃고 있었으므로, 그녀는 자신의 질문이 도난당한 것을 스스로 인정하는 것으로 상대방에게 받아들여졌음을 알아차렸다.

"어음의 담보물로 파이피 씨에게 보석을 빌려준 것은 아주 잘한 일입니다."

이 말에 버닝 부인은 갑자기 고개를 쳐들었다. 얼굴에서 핏기가 가시고, 볼연지가 부자연스러운 반점으로 떠올랐다. "제가 앤디에게 보석을 빌려주었다는 말인가요? 절대로 그런 건──"

밴스는 말없이 가만히 손을 들어 부인의 말을 가로막으며 '쿠드 도유'(coup d'œil (흘끗 쏘아)) 보았다. 그녀도 지금 너무 완강하게 말을 막 해버리면 나중에 부끄러워질까 봐 그것을 미리 막아주려는 밴스의 뜻을 알아차렸다. 적의 처지에 있으면서도 이처럼 너그럽고 사려깊은 밴스의 태도에 그녀는 더욱 깊은 신뢰감을 느꼈다.

그녀는 의자에 깊숙이 앉아 두 손을 편하게 놓았다. "어째서 제가 앤디에게 보석을 빌려주었다고 생각하시지요?"

그 목소리에는 여자다운 윤기라고는 하나도 없었으나 밴스는 그 질문의 뜻을 알 수 있었다. 발버둥이 끝난 것이다. 그 뒤에 이어지는 침묵은 은사(恩赦)였다──양쪽 모두 그렇게 받아들였다. 이제 다음에 나오는 말이야말로 진실임이 틀림없다.

"앤디에게는 그렇게 해줄 수밖에 없었어요." 하고 그녀는 말했다. "그렇지 않았다면 벤슨 씨는 그이를 감옥에 집어넣었을 거예요." 그녀의 그 말에는 아무 쓸모도 없는 파이피에 대한 이상한 자기희생의 애정이 담겨 있었다. "그리고 만일 벤슨 씨가 그렇게 하지 않고 다만 수표의 지불을 거절하기만 했어도 그의 장인이 그렇게 했을 거예요⋯⋯앤디는 정말이지 사려분별이 없거든요. 결과를 저울질해 보지도 않고 닥치는 대로 일을 저지르는 사람이에요. 제가 늘 고삐를 잡아당기지만⋯⋯아무튼 이번 일은 그에게 좋은 약이 되었을 거예요. 저는 그렇게 믿어요."

이 세상에서 파이피에게 듣는 약이 있다면 바로 이 여자의 맹목적인 성실성뿐이라고 나는 생각했다.

"지난 주 수요일에 벤슨 씨 사무실에서 두 사람이 말다툼한 이유가 무엇인지 아십니까?" 하고 밴스가 물었다.

"그것은 모두 제가 나빴어요." 하고 그녀는 한숨지으며 설명했다. "어음기한은 다가오는데 앤디에게 그만한 돈이 없다는 것을 저는 잘 알고 있었지요. 그래서 저는 앤디에게 벤슨 씨를 찾아가서 있는 돈을 모두 내놓을 테니 보석을 돌려줄 수 있겠는지 물어보라고 부탁했지요⋯⋯하지만 벤슨 씨는 거절해 버렸습니다. 그럴 줄 미리 짐작은 했었습니다만."

밴스는 동정하듯 잠시 버닝 부인을 바라보았다. "나는 필요 이상 부인을 괴롭힐 생각은 없습니다만──" 하고 그는 말했다. "아까 부인은 벤슨 씨에 대해 몹시 화를 냈는데, 그 진정한 이유를 말씀해 주실 수 있겠습니까?"

그녀는 탄복한 듯 고개를 끄덕였다. "잘 보셨습니다——제게는 벤슨 씨를 미워할 이유가 있습니다." 그녀는 불쾌한 듯이 눈을 가늘게 떴다. "앤디에게 보석을 돌려줄 수 없다고 거절한 다음날 벤슨 씨가 저에게 전화를 걸었더군요——오후였는데, 다음날 아침 자기 집으로 아침식사하러 오지 않겠느냐고 하는 겁니다. 자기는 지금 집에 있으며, 보석도 가지고 있다고 하면서요. 그리고 넌지시 비치기를, 어쩌면 보석을 저에게 돌려줄 수도 있다는 거예요—— 그 사람은 그런 짐승 같은 사내였습니다……저는 포트 워싱턴의 앤디에게 전화를 걸어 그 이야기를 해주었지요. 그러자 앤디는 다음날 아침 뉴욕으로 오겠다고 하더군요. 앤디가 여기 도착한 것은 9시쯤이었는데, 우리는 그때 신문을 보고 벤슨 씨가 전날 밤에 살해된 것을 알았지요."

밴스는 한참 동안 말이 없었다. 이윽고 일어나서 버닝 부인에게 고맙다는 인사를 했다. "많은 참고가 되었습니다. 매컴 씨는 벤슨 소령의 친구랍니다. 그리고 수표와 사과문은 우리가 보관하고 있으니, 매컴 씨가 소령에게 잘 말해서 당장 그 모든 것을 없애버리도록 해드리겠습니다."

제18장 자 백
(6월 19일 수요일 오후 1시)

우리가 다시 밖으로 나오자 매컴이 물었다. "그녀가 파이피를 구하기 위해 보석을 빌려주었다는 것을 자네는 대체 어떻게 알았나?"

"내가 사랑해 마지않는 순수이론적 추리 덕분이지." 하고 밴스는 대답했다. "전에도 말했듯이 벤슨은 담보 없이 돈을 꾸어줄 만큼 배짱있는 박애주의자가 아니야. 그리고 가난뱅이 파이피에게 1만 달러에 해당하는 담보물이 있을 리도 없고 말일세. 그런 것이 있었다면 수표위조는 뭣하러 했겠나? 그래서 그만한 액수에 해당하는 담보를 빌려줄 만큼 파이피를 믿는 사람이 누구인지 생각해 보았네. 그의 기막힐 정도의 결점도 아랑곳하지 않는 감상적인 여자 말고 또 누가 있겠나? 그가 누군가에게 '오 르부아르'(au revoir

(안녕))를 속삭이기 위해서 뉴욕에 하룻밤 머물렀다고 말했을 때, '이 율리시즈의 생활에도 칼립소*가 있구나.' 하고 의심할 정도의 불순한 생각쯤은 나도 가지고 있었다네. 파이피 같은 사람이 그 상대가 남잔지 여잔지 밝히지 않는다면 그건 여자로 보아 거의 틀림없거든. 그래서 폴 플라이(영국 희극작가 존 F 폴의 희극에 나오는 게으름뱅이)를 포트 워싱턴으로 보내 그의 결혼생활 이외의 교제활동을 조사시키도록 자네에게 제안했던 걸세. 틀림없이 '본 아미'(bonne amie(좋은 여자친구))가 있을 줄 알았지. 그리고 분명 담보라고 생각되는 수수께끼의 꾸러미 속에 호기심 많은 가정부가 보았다는 보석상자가 들어 있으리라 보고 나는 생각했지. '흐흠, 파이피의 분별없는 달시니아*가 입을 벌리고 그 남자를 기다리는 감옥에서 구해 주기 위해 번쩍거리는 보석을 빌려주었구나.' 하고 말일세. 또한 그 남자가 수표에 대해 설명할 때 누군가를 감싸주고 있다는 사실도 놓치지 않고 보았다네. 그래서 트레이시가 여자의 이름과 주소를 알아내 왔을 때 나는 곧 자네 대신 만나자고 했었던 걸세."
(*'칼립소'는 바다의 요정으로, 율리시즈(오디세우스)를 사랑하여 영원한 생명을 줄 테니 언제까지나 있어 달라고 애원했다. 하지만 율리시즈는 고향의 처자에게로 돌아갈 생각을 바꾸지 않았다. 칼립소는 제우스의 명령에 따라 하는 수 없이 많은 선물과 순풍을 주어 율리시즈를 바다로 떠나보냈다.

*'달시니아'는 돈키호테가 마음에 그리던 여자이다. 실제로는 토보소의 뚱뚱한 농부의 딸이지만, 돈키호테의 눈에는 흠잡을 데 없는 절세미인으로 보였다.)

우리는 웨스트 엔드 가에서 리버사이드 드라이브 73번가에 늘어서 있는 고딕 르네상스 슈와브풍의 주택가를 지나고 있었다. 밴스는 걸음을 멈추고 잠시 건물들을 바라보았다. 매컴은 참고 기다렸다. 이윽고 밴스는 다시 걷기 시작했다. "……여보게, 매컴. 버닝 부인을 보고 나는 곧 내 결론이 옳았다는 것을 알았네. 그녀는 감상적이고, 너그러운 직업여성에게 흔히 있는 타입——'아모로조'(amoroso(애인))를 위해서라면 보석이든 무엇이든 가진 것을 기꺼이 내놓는 타입일세. 그리고 우리가 찾아갔을 때 그녀는 몸에 보석이라고는 하나도 걸치지 않고 있었다네——그런 부류의 여자들이란 다른 사람들에게 자신의 인상을 남기기 위해 반드시 보석으로 치장하기를 좋아하는 법인데 말이야. 그런 여자들은 부엌이 텅텅 비어 있어도 몸에는 보석으로 감고 있다네. 그래서 남은 문제는

'어떻게 그 여자의 입을 열게 하느냐'는 것뿐이었지."

"대체적으로 자네는 아주 잘 해냈다고 할 수 있겠는데." 하고 매컴이 평가했다.

밴스는 겸손하게 허리굽혀 절했다. "휴버트 경의 말씀에 황공할 뿐입니다―― 그건 그렇고, 내가 그녀와 이야기하는 것을 듣고 자네의 그 암담한 마음에 한 줄기 광명이 비치지 않았나?"

"그야 물론이지." 하고 매컴이 말했다. "나라고 둔하기만 한 것은 아니니까. 그녀는 자신도 모르게 우리가 쳐놓은 덫에 걸려들었지. 그녀는 파이피가 살인이 일어난 다음날 아침까지 뉴욕에는 오지 않았다고 믿고 있었으므로 벤슨이 보석을 자기 집으로 가져갔다는 걸 파이피에게 전화로 알려준 것을 털어놓았다네. 따라서 사정은 이렇게 된 걸세―― 우선 파이피는 보석이 벤슨의 집에 있다는 것을 알고 있었고, 또한 권총이 발사된 시각에 그 집에 있었네. 그런데 보석의 행방은 묘연하고, 파이피는 그날 밤의 자기 행동을 숨기려 하고 있네."

밴스는 절망한 듯이 한숨을 쉬었다. "매컴, 요컨대 이 사건에는 자네를 위해서는 나무가 너무 많아. 그래서 자네에겐 숲이 전혀 보이지 않는 것일세."

"자네는 하나의 특정한 나무를 보기에 바빠서 다른 나무들은 보지 못하는 경향이 있어."

밴스의 얼굴에 언뜻 그늘이 스쳐갔다. "자네 말대로라면 좋겠네만……" 하고 그는 말했다.

이미 1시 30분이 가까웠다. 우리는 점심식사를 하기 위해 앤서니아 호텔 그릴에 들렀다. 식사하는 동안 매컴은 줄곧 무슨 생각엔가 잠겨 있었다. 밖으로 나와 지하철을 타고서 매컴은 불안한 듯이 시계를 보았다.

"사무실로 돌아가기 전에 잠깐 월 가(街)에 가서 벤슨 소령을 만나보고 싶군. 그가 호프먼 양에게 그 꾸러미에 대해 내게 아무 말 말라고 한 것이 아무래도 마음에 걸리네……어쩌면 그 속에 있었던 것이 보석이 아니었을지도 몰라. 그러니까――"

"앨빈 벤슨이 소령에게 그 꾸러미에 대해 사실대로 이야기했을 것이라고 자네는 단 한 순간이라도 그렇게 생각했었나?" 하고 밴스는 말했다. "그건 별로 정당했다고 할 수 없는 거래였으니까, 소령에게는 아마 달리 뭐라고 꾸며댔을 걸세."

벤슨 소령의 설명은 밴스가 추측한 그대로였다. 매컴은 폴라 버닝을 만나고 오는 길이라고 말하며 보석 이야기를 특히 강조했다. 그렇게 하면 소령이 스스로 그 꾸러미에 대해 이야기해 줄 것으로 기대했었던 것이다. 여비서 호프먼 양과의 약속 때문에, 소령이 꾸러미에 대해 알고 있다는 것을 아는 척할 수가 없었다.

소령은 몹시 놀란 얼굴로 귀를 기울이고 있었는데, 눈에 차츰 노여운 빛이 떠올랐다. "아무래도 내가 앨빈에게 속은 것 같군." 하고 소령은 말했다. 한동안 똑바로 앞만 노려보고 있더니 얼굴이 차츰 누그러지기 시작했다. "하지만 이제는 죽었으니 그런 생각은 더는 하고 싶지 않군. 솔직히 말하자면 오늘 아침 호프먼 양이 나에게 봉투에 대한 이야기를 할 때 금고 속 앨빈의 개인용 서랍에 작은 꾸러미가 있었다는 이야기도 했지만 나는 그 이야기는 자네에게 하지 말라고 했다네. 그 꾸러미에 들어 있는 것이 버닝 부인의 보석이라는 것은 알고 있었지만, 그런 이야기를 자네에게 해봐야 문제만 더 복잡해질 뿐이라고 생각했었기 때문일세. 앨빈의 말로는 버닝 부인이 채무상의 일로 소송을 당했는데, 보상수속이 취해지기 직전에 파이피가 그 부인의 보석을 가지고 와서 한동안 자기 금고에 보관해 달라고 부탁했다고 했네."

형사법정 건물로 돌아오는 도중에 매컴은 밴스의 팔을 잡고 미소지으며 말했다. "자네의 그 억측은 아직 운세가 다하지 않은 모양일세."

"글쎄, 대강은." 하고 밴스가 동조했다. "내가 보기에 앨빈 벤슨은 마치 워렌 헤이스팅스*처럼 발뺌과 속임수를 최후의 방패로 삼고 죽을 결심을 했던 모양일세——'스플렌디드 멘닥스'(splendide mendax(빛나는 허위))라고나 할까?" (*워렌 헤이스팅스(1732~1818)는 인도의 초대 벵골 총독으로서, 상당한 수완가로 공적도 많았고 적도 많았다. 나중에 탄핵을 받아 독재와 잔혹한 행동을 한 이유로 재판받았는데, 7년 동안 온갖 술책과 권모술수를 동원하여 싸운 끝에 결국 무죄판결을 받았다. 그러나 이 때문에 7만 파운드의 전재산을 날려버리고 말년에는 동인도회사에서 호의로 내준 연금으로 지냈으며, 그 뒤 조지 4세를 알게 되어 그런대로 명예를 회복했다. 그처럼 분방하고 패기에 넘친 인물은 역사상 드물었다고 한다.)

"아무튼 소령은 자신도 모르게 파이피에 대해 불리한 쇠사슬의 고리를 하나 더 붙여준 셈일세."

"자네는 쇠사슬 수집을 하고 있는 모양이로군." 하고 밴스는 쌀쌀맞게 평했다. "세인트 클레어 양과 리코크 대위를 위해 별러온 쇠사슬은 어떻게 되었나?"

"그것도 아주 버리지는 않았지——자네. 내가 완전히 포기해 버린 것으로 생각하고 있는지 모르지만." 하고 매컴도 지지 않았다.

사무실에 도착하자 히스 경사가 싱글벙글 웃으며 기다리고 있었다.

"깨끗이 해결됐습니다, 매컴 검사님." 하고 경사는 보고했다. "검사님이 나가신 뒤 정오쯤 리코크 대위가 검사님을 만나고 싶어서 이리로 왔다가 검사님이 안 계셔서 본부로 전화를 걸었는데, 마침 제가 받았지요. 그랬더니 저를 만나고 싶다는 겁니다——아주 중요한 이야기가 있다고 하면서 말입니다. 그래서 급히 달려왔지요. 그는 대기실에 있다가 저를 불러세우고는, '범인을 인도하러 왔습니다. 벤슨을 죽인 사람은 나입니다.' 라고 하지 않겠습니까? 저는 스워커를 시켜서 자백서를 받아쓰게 했습니다. 그리고 대위는 거기에 서명까지 했지요……이것입니다." 경사는 매컴에게 타이프친 종이를 건네주었다.

매컴은 의자 깊숙이 몸을 내던졌다. 지난 며칠 동안의 긴장이 한꺼번에 풀린 것이다. 그는 깊은 한숨을 내쉬었다. "고맙소. 이젠 고생이 끝났소, 히스 경사!"

밴스는 정말 안됐다는 듯이 매컴을 바라보며 머리를 가로저었다. "여보게, 매컴, 자네의 고생은 오히려 지금부터일 것 같은데." 하고 그는 걱정스럽게 말했다.

매컴은 자백서를 대강 훑어본 다음 밴스에게 건네주었다. 신중하게 읽어나가는 동안 밴스의 얼굴에 차츰 재미있어하는 표정이 떠올랐다.

"여보게, 매컴——" 하고 그가 불렀다. "이 서류는 법률적 가치가 하나도 없다네. 적어도 명색이 판사라면 당장 법정 밖으로 내던질 걸세. 너무 단순하고 지나치게 확실해. '머리말'도 없고 '그러므로', '위에 쓴 바와 같이', '이렇게 되어' 라는 말도 전혀 없지 않은 가? '자유의사에 의해', '건전한 정신상태로', '기억에 의하면' 하는 식의 말도 보이지 않는군. 그리고 리코크 대위는 자기를 가리켜 한 번도 '당사자'라고 하지 않았네. 이것은 전혀 가치가 없어 히스 경사, 나라면 이런 것은 찢어버리겠소."

히스는 너무도 의기양양하고 기쁨에 차 있었기 때문에 밴스의 말을 듣고도 기분을 상할 처지가 아니었다. 그는 배짱 좋게 웃었다. "밴스 씨, 당신이 보기엔 그렇게 우습습니까?"

"히스 경사, 이 자백서가 얼마나 우스운 것인지 안다면 당신은 아마 히스테리를 일으킬 거요."

밴스는 매컴 쪽을 보았다. "여보게, 매컴, 사실 나는 이것을 중요하게 보지 않네. 하지만 진실이라는 문을 여는 요긴한 지렛대는 될지도 모르지. 아무튼 리코크 대위가 공상적 문학에 취미가 있었다니 매우 기쁜 일일세그려. 이처럼 흥미 있는 동화가 입수되었으니 소령에게 걱정을 집어치우고 아는 사실을 죄다 털어놓게 할 수 있을걸세. 물론 예상이 빗나가 불가능할 수도 있겠지만 해볼 만한 가치는 있거든."

밴스는 지방검사의 책상으로 다가가서 상대를 설득하려는 듯이 몸을 앞으로 내밀었다. "나는 아직 자네를 놀린 적이 없었지? 그래서 또 한 가지 제안을 하겠네. 소령에게 전화걸어 빨리 이리로 오라고 부탁하게. 범행을 자수하고 나선 사람이 있다고 해야 하네 —— 하지만 그 사람이 누구라고는 말하지 말게. 세인트 클레어 양이나 파이피 정도로 생각하도록 해두게. 뭣하면 본디오 빌라도*라고 해도 좋겠지. 어쨌든 즉시 오게만 하게나. 기소수속을 밟기 전에 만나서 이야기할 것이 있다고 하면 될 것일세." (*본디오 빌라도는 유대 지방을 다스리던 로마의 총독으로, 예수를 재판한 사람.)

"어째서 그럴 필요가 있는지 나는 그 이유를 도무지 모르겠군." 하고 매컴이 반대를 표시했다. "그렇게까지 하지 않아도 오늘밤 클럽에서 만날 수 있을 텐데, 그때 이야기하면 되잖나."

"그때는 아무래도 좋지 않다네." 하고 밴스는 끈덕지게 말했다. "소령이 무언가 우리에게 도움이 될 만한 말을 해준다면 히스 경사도 그 자리에 함께 있는 게 좋을 것 같아서 그런다네."

"도움 같은 건 이제 필요없습니다." 하고 히스 경사가 끼어들었다.

밴스는 정말 감탄한 듯이 놀란 얼굴로 히스 경사를 보았다. "정말 굉장한 분이로군요. 괴테도 마지막에는 '메어 리히트'(mehr Licht (좀더 빛을)) 하고 외쳤는데, 당신은 그 빛이 지긋지긋하다니 정말 놀랍소."

"여보게, 밴스." 하고 매컴이 말했다. "자네는 또 어째서 문제를 복잡하게 만들려고 그러나? 소령을 여기로 불러다 놓고 리코크 대위의 자백서를 논의해 봐야 쓸데없는 시간낭비일 뿐일세. 아무튼 소령의 증언은 이제 필요없어." 목소리는 매정했으나 어딘지 다시 생각해 보고 있는 듯한 느낌이 들었다. 본능은 밴스의 요구를 전적으로 물리치고 있었지만, 지난 며칠 동안의 경험으로 미루어보아 밴스가 어떤 제안을 해올 때에는 반드시 거기엔 목적이 있었기 때문이다.

밴스는 매컴이 망설이는 것을 알아차리고는 말했다. "지금 내 요구는 소령의 그 불그레한 얼굴이나 보고 싶다는 얼토당토않은 욕망에서 이러는 것이 아니라는 것을 알아야 하네. 비록 적은 것이지만 내가 열과 정성을 다해 말하고 싶은 것은, 지금 소령을 이리로 불러오면 아주 커다란 참고가 될 것이라는 것일세."

매컴은 생각에 잠기어 한참 동안이나 자기의 주장을 굽히지 않았으나, 밴스가 너무도 끈질기게 요구해 왔기 때문에 결국 그의 제안에 따르는 것이 현명하리라고 깨달았다.

히스는 분명하게 반대했으나 어쩔 수 없이 얌전히 앉아서 여송연으로 마음을 달래고 있었다.

벤슨 소령은 깜짝 놀랄 만큼 빨리 달려왔다. 매컴이 자백서를 건네주자 자신의 허둥대는 모습을 감추려고도 않고 얼른 그것을 받았다. 그러나 읽어가는 동안 그의 얼굴은 어두워지고, 그 눈에는 이해할 수 없다는 빛이 떠올랐다.

이윽고 그는 눈살을 찌푸리며 얼굴을 들고는, "이건 아무래도 알 수가 없는데. 정말 놀랄 뿐이야. 나는 리코크 대위가 앨빈을 쏘았다고는 도저히 믿을 수가 없네. 하긴 내가 잘못 생각하고 있었는지도 모르지만." 소령은 실망한 듯이 자백서를 매컴의 책상 위에 놓고 몸을 의자에 묻었다. "자네는 이것으로 만족 못하겠지? 매컴, 안 그런가?" 하고 소령은 물었다.

"꼭 그런 건 아니야." 하고 매컴이 말했다. "아무 죄도 없는 사람이 일부러 출두해서 자백할 리는 없으니까. 게다가 그에게 불리한 증거가 많이 있었지. 벌써 이틀 전에 체포할 생각이었다네."

"범인이 분명합니다." 하고 히스가 끼여들었다. "처음부터 그가 수상하다고 생각했었지요."

벤슨 소령은 얼른 대답하지 않았다. 다음 말을 생각하고 있는 모양이었다. "어쩌면——다시 말하자면 전혀 있을 수 없는 일은 아니라는 뜻이네만——리코크 대위에게는 남에게 털어놓을 수 없는 동기가 있었는지도 모르지."

소령의 그 말 속에 어떤 생각이 깔려 있는지 모두들 알아차렸을 것이라 나는 생각했다.

"실은——" 하고 매컴도 말했다. "나도 세인트 클레어 양을 한 번은 범인으로 생각했었네. 그래서 리코크 대위에게도 그 점을 넌지시 말했었지. 그런데 뒤에 가서 그녀가 직접적인 관계가 없다는 확신을 갖게 되었다네."

"리코크 대위는 그것을 알고 있었나?" 하고 소령이 다급히 물었다.

매컴은 잠깐 생각했다. "아니, 알고 있다고야 할 수 없지. 아마 그는 아직도 내가 그녀를 의심하고 있다고 생각할 걸세."

"아아!" 소령의 탄성은 자신도 모르는 사이에 입 밖으로 새어나온 것이었다.

"그런데 대체 그게 어떻다는 겁니까?" 하고 히스가 잔뜩 골이 나서 물었다. "여자의 명예를 위해 그가 대신 전기의자에 앉으려한다는 말씀입니까?——말도 안되는군요. 그런 이야기라면 영화에서나 있을 법한 것이지, 실생활에서는 어느 누구도 그렇게 미치광이가 되지 못합니다."

"나에게는 그만한 확신이 없소, 히스 경사." 하고 밴스가 느린 말투로 끼여들었다. "여자란 언제나 건전하고 실제적이니까 그런 바보 같은 행동은 하지 않지만, 남자는 어리석은 행동을 할 무한한 가능성을 지니고 있지요." 밴스는 반응을 살피는 듯한 시선을 소령에게로 보냈다. "소령님, 어째서 리코크 대위가 갤러하드 경*의 역할을 하고 있다고 생각하는지 설명해 주시겠습니까?" (*갤러하드 경은 아서 왕 이야기에 나오는 전형적인 기사로, 성반(聖盤)을 찾아가는 여행에서 온갖 고난을 이겨낸 사람이다.)

그러나 소령은 별로 중요하지도 않은 말로 얼버무리며 리코크 대위가 한 행동의 동기에 대해서 처음에 비추었던 것마저 설명을 피했다. 밴스는 계속 여러 가지 질문을 해보았으나 그 침묵을 깨뜨릴 수는 없었다.

히스는 좀이 쑤셔오기 시작했다. 마침내 참을 수 없다는 듯이 입을 열었다. "밴스 씨, 당신이 아무리 뭐라고 하든 리코크 대위의 죄를 없앨 수는 없습니다. 사실을 보십시오, 사실을! 그는 벤슨 씨를 위협하면서 두 번 다시 세인트 클레어 양에게 손을 대면 죽여버리겠다고 했었다지요? 그런데 벤슨 씨는 그녀와 함께 외출하고 돌아온 날 총에 맞아죽었습니다. 리코크 대위는 권총을 그녀의 집에 숨겨두었다가 발등에 불이 떨어진 것을 알고는 총을 가지고 나가 강물에 던져버렸습니다. 아파트 관리인을 매수하여 알리바이를 만들기도 했고, 그날 밤 12시 30분에 벤슨 씨 집에 있는 것을 목격한 사람도 있습니다. 심문을 받을 때도 어느 것 하나 만족할 만한 설명을 하지 못했습니다……이런데도 그가 범인이 아니라면 내가 멍텅구리겠지요?"

"상황은 확실히 이론의 여지가 없군요." 하고 소령도 동의했다. "하지만 다른 관점에서 해석할 수는 없을까요?"

히스는 그 질문에는 대답할 생각도 하지 않았다. "내가 보기에는 이렇습니다." 하고 경사는 계속했다. "리코크 대위는 밤중에 의심이 나서 권총을 들고 아파트를 나왔습니다. 그리고 벤슨 씨가 그녀와 함께 있는 현장을 보고는 달려들어서는 위협한 대로 쏘아죽인 거지요. 물론 그녀도 관련이야 있겠지만 총을 쏜 것은 리코크 대위입니다. 이렇게 자백서까지 받아놓았으니……이 나라 어느 배심원들 앞에 내놓아도 유죄가 될 것이 분명합니다."

"Probi et legales homines(정직하고 법률을 존중하는 사람들)── 정말 감탄하겠소." 하고 밴스가 중얼거렸다.

스워커가 문 앞에 나타나서, "신문기자들이 몰려와서 법석입니다." 하고 찌푸린 얼굴로 알렸다.

"자백이 있었다는 것을 알고 있소?" 하고 매컴이 히스에게 물었다.

"아직 모릅니다. 아무 말도 하지 않았으니까요——그래서 법석일 겁니다. 하지만 검사님의 허락만 떨어지면 지금 발표할까 하는데요."

매컴이 고개를 끄덕이자 히스는 문 쪽으로 걸어갔다. 그러나 밴스가 재빨리 그 앞을 가로막았다. "내일까지 덮어둘 수 없겠나, 매컴?" 하고 그는 물었다.

매컴은 당황했다. "못할 것도 없지——좋아. 하지만 어째서 그럴 필요가 있나?"

"자네를 위해서일세——다른 이유가 없다면. 자네의 전리품에는 안전하게 자물쇠를 잠가두면 되지 않겠나? 허영심은 24시간쯤 눌러두고, 벤슨 소령님도 나도 리코크 대위가 결백하다는 것을 알고 있네. 내일 이때쯤이면 세상사람들 모두가 그것을 알게 될 걸세."

다시 논의가 들끓었으나 결과는 아까와 마찬가지로 처음부터 뻔한 것이었다. 매컴은 밴스가 어떤 확신을 가지고 있으나, 지금으로서는 그것을 밝히고 싶어하지 않는다는 것을 알았다. 밴스의 요구에 반대한 것도 실은 주로 그 정보를 확인해 보려는 노력의 결과가 아니었을까 하고 나는 생각했다. 몸을 앞으로 내밀고 리코크 대위의 자백을 발표하는 것이 상책이라고 진지하게 이야기하던 태도로 보아 그게 틀림없다. 밴스는 그러나 조심성 있게 무엇 하나 털어놓지 않았으므로 결국 그의 굳센 결의가 이기고 말았다. 매컴은 히스에게 그 기자회견을 다음날까지 미루도록 일렀다. 소령도 가볍게 고개를 끄덕임으로써 그 결정에 찬성의 뜻을 표했다.

"하지만 신문기자 여러분에게는——" 하고 밴스가 권했다. "내일은 깜짝 놀랄 만한 굉장한 발표가 있을 예정이라는 것쯤은 말해도 될 게요."

히스는 맥이 빠져 불만스러운 얼굴로 나갔다.

"저 히스 경사는 성급한 사람이로군——무모하기도 하고." 밴스는 다시 한 번 자백서를 집어들고 차근차근 읽어나갔다. "그런데, 매컴, 자네의 죄수를 이리로 불러냈으면 좋겠는데——'하베아스 코르푸스'(habeas corpus(출두영장))인가 하는 것 말일세. 그가 오면 창에 놓여 있는 그 의자에 앉히고, 자네가 유력한 정치가에게나 대접하는 고급 여송연을 한 대 권하게나. 그리고 나서 내가 정중하게 이야기하는 동안 주의해서 잘 들어보게……소령님도 물론 그 자리에 함께 계셔야 합니다."

"그런 요구 정도라면 이의없이 받아들이겠네." 하고 매컴은 미소지은 얼굴로 말했다. "나도 그와 이야기해 보려던 참이었다거든." 버튼을 누르자 불그레한 얼굴의 씩씩해 보이는 서기가 나타났다.

"필립 리코크 대위의 소환장을 가져오게." 하고 매컴이 명령했다. 서류를 가져오자 매컴이 거기에 서명했다. "벤에게 주고 서두르라고 이르도록."

서기는 복도로 나가는 문을 지나 사라졌다.

10분쯤 지나자 시 구치소의 보안관보가 죄수를 데리고 들어왔다.

제19장 밴스의 반대심문
(6월 19일 수요일 오후 3시 30분)

리코크 대위는 완전히 절망에 빠진 채 될 대로 되라는 듯한 모습으로 방에 들어왔다. 어깨는 축 처지고, 팔은 맥없이 늘어졌으며, 눈은 며칠 동안 잠 한숨 못 잔 사람처럼 핏발이 서 있었다. 그러나 벤슨 소령을 보고는 언뜻 자세를 가다듬고 걸어와서 손을 내밀었다. 그것을 보니 앨빈 벤슨에게는 말할 수 없는 증오심을 품고 있었어도, 그 형인 소령에겐 호의를 가지고 있는 것이 분명했다. 그러나 지금 자신이 놓여 있는 처지가 갑자기 생각났는지 난처한 얼굴을 하고 외면했다.

소령은 재빨리 대위 옆으로 다가가서 그의 팔에 손을 얹으며, "걱정할 것 없어, 대위." 하고 부드럽게 말했다. "나는 자네가 앨빈을 쏘았다고는 도저히 생각할 수 없네."

대위는 더없이 고맙다는 눈으로 소령을 마주보았다. "하지만 제가 쏘았습니다." 그 목소리에는 힘이 없었다. "쏘겠다고 미리 말도 했습니다."

밴스가 앞으로 나와서 그에게 의자를 권했다. "이리 앉으시지요. 지방검사님이 그때의 상황을 듣고 싶다고 합니다. 당신도 알겠지만, 비록 살인을 자백하더라도 그것을 뒷받침할 증거가 없으면 법률은 유죄로 인정하지 않지요. 게다가 이번 사건에서는 당신보다 더 의심스러운 사람이 또 있기 때문에, 당신의 유죄를 증명하기 위해서는 두세 가지 질문에 대답해 주어야 합니다. 당신의 유죄가 실증되지 않으면 우리로서는 다른 용의자를 뒤쫓을 필요가 있으니까 말입니다."

리코크 대위와 마주앉고서 밴스는 자백서를 집어들었다. "당신은 이 자백서에서 벤슨 씨가 당신에게 부당한 행동을 했기 때문에 13일 밤 12시쯤 벤슨 씨 집으로 가서 죽였다고 자백했습니다. 이 '부당한 행동'이란, 즉 벤슨 씨가 세인트 클레어 양에게 치근거린 그걸 뜻합니까?"

리코크 대위의 얼굴에 도전적인 표정이 뚜렷이 나타났다. "'어째서 쏘았는가?' 하는 것은 아무래도 좋습니다——그러나 세인트 클레어 양과 이 사건을 관련시키지 않을 수는 없겠습니까?"

"알겠습니다." 하고 밴스가 동의했다. "그 여자는 관계없는 것으로 하겠다고 약속드리지요. 그러나 동기만은 우리가 이해할 수 있도록 모두 말씀해 주어야 합니다."

짧은 침묵이 지나가고 리코크 대위가 말했다. "알겠습니다. 동기는 방금 말씀하신 그대로입니다."

"그날 밤 벤슨 씨가 세인트 클레어 양과 저녁식사를 함께 하러 나간 것을 어떻게 알았나요?"

"마르세유까지 뒤를 밟았거든요."

"그런 다음, 집으로 돌아갔습니까?"

"그렇습니다."

"그 뒤 벤슨 씨 집에 간 것은 어떤 이유에서죠?"

"여러 가지 생각을 거듭하던 중에 더 이상 참을 수가 없었기 때문입니다. 눈앞이 캄캄해져서 나는 마침내 콜트 권총을 꺼내가지고 그 사람을 죽이기로 결심했습니다." 그의 목소리에는 정열이 넘치고 있었다. 거짓말을 하고 있다고는 도저히 생각할 수 없었다.

밴스는 다시 자백서에 시선을 떨어뜨렸다. "당신은 여기에 이렇게 말했군요. '나는 웨스트 48번가 87번지 그 집 현관으로 들어갔다.' 하고……그럼 벨을 눌렀습니까? 아니면, 현관이 잠겨 있지 않았습니까?"

리코크 대위는 대답하려다가 잠시 머뭇거렸다. 문득 신문에서 읽은 기사가 생각난 것이리라——그날 밤에는 한 번도 현관의 벨이 울리지 않았다고 분명하게 진술한 가정부의 증언이 말이다. "그건 아무래도 상관없는 일 아닙니까?" 대위는 시간을 벌려고 했다.

"그러나 우리는 알고 싶군요——" 하고 밴스가 말했다. "그러나 별로 급하진 않습니다."

"그렇게 중요하시다니 말씀드리지요. 벨은 누르지 않았습니다. 그렇다고 문이 잠겨 있지 않았다는 건 아닙니다." 이제 대위는 망설이지 않았다. "마침 그 집 앞에 까지 갔는데 그가 택시를 타고 와서——"

"잠깐만, 그 집 앞에 다른 자동차가 한 대 서 있는 것을 보았습니까?—— 회색 캐딜락인데요."

"예, 보았습니다."

"그 안에 타고 있었던 사람이 누구인지 알았나요?"

또 짧은 침묵이 지나갔다. "분명치는 않았습니다만, 파이피라는 사람인 것 같았습니다."

"그러니까 그 남자와 벤슨 씨는 동시에 집 밖에 있었군요."

리코크는 눈살을 찌푸렸다. "아니, 동시는 아닙니다. 내가 도착했을 때에는 아무도 없었지요……2~3분 뒤 집에서 나왔는데, 그때 파이피 씨를 보았습니다."

"당신이 집안에 있을 때에 그가 자동차를 갖다댔다는 말이로군요?"

"아마 그랬을 겁니다."

"알겠습니다……그럼, 이번에는 다시 아까의 이야기로 되돌아가지요. 벤슨 씨가 택시를 타고온 뒤에 당신은 어떻게 했습니까?"

"옆으로 다가가서 할 이야기가 있다고 했지요. 그랬더니 그가 안으로 들어가자고 해서 함께 들어갔습니다."

"그럼, 당신과 벤슨 씨가 집안으로 들어간 다음 어떤 일이 있었는지 말씀해 주시지요."

"벤슨이 모자와 지팡이를 모자걸이에 걸고서 우리는 거실로 들어갔습니다. 벤슨은 테이블 옆에 앉고 나는 선 채 할말을 했습니다. 그리고 나서 권총을 꺼내 쏘았습니다."

밴스는 상대방을 뚫어지게 바라보고 있었다. 매컴은 긴장하여 몸을 앞으로 내밀었다. "그런데 그때 벤슨 씨가 책을 읽고 있었던 것은 어찌 된 까닭일까요?"

"내가 말을 하고 있는 동안에 책을 집어든 모양입니다……무관심한 척하기 위해서 그랬을 겁니다."

"잘 생각해 보십시오. 당신과 벤슨 씨는 집안에 들어가서 곧장 복도에서 거실로 갔습니까?"

"그렇습니다."

"그렇다면 벤슨 씨가 총에 맞았을 당시 재킷을 입고 슬리퍼를 신고 있었던 건 어떻게 설명하시겠소?"

리코크 대위는 신경질적으로 방안을 둘러보았다. 대답을 하기 전에 먼저 혀로 입술을 축였다. "지금 생각났습니다만, 벤슨 씨는 처음 2~3분쯤 2층에 올라가 있었습니다……내가 너무 흥분해서 그만——" 하고 대위는 필사적으로 덧붙였다. "처음부터 끝까지 모두 기억하진 못하거든요."

"무리도 아니지요." 하고 밴스는 동정하듯 말했다. "그러나 그가 내려왔을 때 그의 머리카락이 좀 이상하다고 생각진 않았습니까?"

리코크는 멍청하게 눈을 치켜떴다. "머리카락이라고요?——무슨 말인지 잘 모르겠군요."

"머리카락의 색깔 말입니다. 벤슨 씨가 테이블 램프의 빛을 받으며 당신 앞에 앉았을 때 무언가 달라진 점이 없었느냐고 묻는 겁니다——머리카락의 색깔이 어딘가 좀 달라졌다고 느끼지 않았냐고요?"

대위는 눈을 감고 그때의 광경을 다시 떠올려보려고 애쓰고 있는 듯했다. "아니——생각나지 않는데요."

"이건 사소한 점입니다만——" 하고 밴스가 대수롭지 않다는 듯이 말했다. "벤슨 씨가 내려왔을 때 그의 말투에 이상한 점이 있었다고 느끼지는 않았습니까?——즉, 목소리가 흐리멍덩하다거나 좀 더듬거린다거나 하는 점이 없었느냐는 그 말입니다."

리코크 대위는 분명히 당황하고 있었다. "대체 무슨 말씀을 하는지 나로서는 잘 모르겠군요." 하고 대위는 말했다. "말투는 여느 때와 다름없었다고 생각되는데요."

"그때 혹시 테이블 위에 파란 보석상자가 놓여 있는 것을 보지 못했습니까?"

"못 보았습니다."

밴스는 잠시 생각에 잠기어 담배를 피우고 있었다. "벤슨 씨를 쏘고 거실에서 나갈 때 물론 불은 껐겠지요?" 곧바로 대답이 나오지 않자 밴스가 덧붙여 말했다. "분명히 껐을 겁니다. 파이피 씨가 자동차를 댔을 때에는 집안이 캄캄했다고 했으니까요."

그러자 리코크 대위는 그렇다는 듯이 고개를 끄덕였다. "맞습니다. 생각이 얼른 나지 않아서요."

"이제야 생각이 났군요. 그렇다면 어떻게 껐습니까?"

"그야――" 하고 대위는 말을 하려다가 말았다. 그리고는 겨우, "스위치를 내려서 껐지요."

"그럼, 스위치는 어디 있었나요?"

"생각나지 않습니다."

"생각해 보십시오. 틀림없이 생각날 겁니다."

"홀로 나가는 문 옆에 있었던 것 같습니다."

"문 어느쪽에요?"

"그런 것까지 어떻게 기억합니까?" 하고 대위는 힘없는 소리로 대답했다. "나는 몹시 흥분해 있었기 때문에……하지만 문 오른쪽에 있었던 것 같군요."

"방안으로 들어가면서 오른쪽 말입니까, 나가면서 오른쪽 말입니까?"

"나가면서 오른쪽입니다."

"그렇다면 책장이 놓여 있는 쪽이겠군요."

"그렇습니다."

밴스는 만족한 모양이었다. "그럼, 이번에는 권총에 대한 문제인데요." 하고 그는 말했다. "어째서 권총을 세인트 클레어 양 집으로 가져갔습니까?"

"나는 비겁했습니다." 하고 그는 대답했다. "내 아파트에서 발견될까 봐 겁이 났습니다. 물론 그녀에게 혐의가 갈 것이라고는 꿈에도 생각지 못했기 때문입니다."

"그런데 그녀에게 혐의가 가게 되자 당신은 부리나케 권총을 들고나가 이스트 강에다 던져버렸군요?"

"그렇습니다."

"그리고 탄창의 총알이 한 발 없어져 있었겠군요——그 사실은 의심받아도 어쩔 수 없다는 상황이었겠고요?"

"그렇게 생각했습니다. 그래서 강물 속에 던져버린 것이지요."

밴스는 눈살을 찌푸렸다. "그거 참 이상하군요. 그렇다면 권총이 두 자루 있었나 보지요? 강바닥을 샅샅이 뒤져 콜트 자동권총을 한 자루 찾아냈는데, 탄창이 가득차 있더군요……리코크 대위, 세인트 클레어 양 집에서 가지고 나와 다리에서 던져버렸다는 권총이 '당신' 것이라는 게 확실합니까?"

나는 강에서 권총을 찾아낸 사실은 모르고 있었으므로 밴스가 무엇을 꾀하고 있는지 알 수 없었다. 요는 그녀도 함께 끌어들이려는 것일까? 내가 보기에는 매컴도 그 점을 미심쩍게 생각하는 것 같았다.

리코크 대위는 몇 분 동안 대답하지 않았다. 다시 입을 열었을 때에는 몹시 기분이 나쁜 모양이었다. "권총은 두 자루가 아닙니다. 탄창은 내가 다시 채워넣었습니다."

"아아! 그랬었군요." 밴스의 목소리는 유쾌하고 침착했다. "한 가지만 더 묻겠습니다, 대위. 당신은 무엇 때문에 오늘 여기에 출두하여 자백했죠?"

리코크 대위는 턱을 앞으로 내밀고 이 반대심문이 시작된 뒤 처음으로 그의 눈빛에 생기를 띠기 시작했다. "무엇 때문이냐고요? 그것이 내가 취해야 할 오직 하나의 명예로운 길이었기 때문입니다. 당신들은 무고한 사람에게 부당한 혐의를 씌웠습니다. 나는 어느 누구도 괴로워하는 것은 볼 수가 없었습니다."

이상으로 대화는 끝났다. 매컴은 아무것도 묻지 않았다. 보안관보가 대위를 데리고 나갔다.

대위가 나가고 문이 닫히자 기이한 침묵이 방안을 휩쌌다. 매컴은 두 손을 머리 뒤에서 깍지끼고, 눈은 천정을 노려본 채 담배만 뻑뻑 빨고 있었다. 소령은 의자 등받이에 몸을 기댄 채 감탄하고

만족한 얼굴로 밴스를 바라보고 있었다. 밴스는 매컴을 곁눈질로
지켜보며 입가에는 엷은 미소를 떠올리고 있었다. 세 사람의 표정
과 태도에 이 대화에 대한 저마다의 각기 다른 반응이 그대로 나
타나 있었다── 매컴은 당혹해 했고, 소령은 기뻐했으며, 밴스는
빈정거리는 얼굴이었다.

　먼저 침묵을 깬 사람은 밴스였다. 그 말투는 구김살없이 밝다기
보다는 거의 귀찮아하는 듯했다. "이 진술이 얼마나 어처구니없는
것인지 알았겠지? 그 순정적이고 고결한 대위는 참으로 놀랍고도
어설픈 만차우젠*일세. 아무리 천성이 그렇기로 그토록 거짓말에
서툰 사람은 처음 봤다네. 그런 어리석은 행동은 아무나 흉내낼 수
있는 것이 아닐세. 그런 솜씨로 자기가 범인이라는 것을 우리에게
믿게 하려 들다니, 정말 애교로 봐줘야겠군. 그는 틀림없이 자네가
자백서 하나만 보고 불문곡직 사형집행인에게 넘길 줄 알았던 모
양이지. 매컴, 이젠 자네도 눈치챘겠지? 대위는 그날 밤 어떤 식으
로 벤슨 씨 집에 들어갔는지조차 생각해 두지 않았다는 것을 말일
세. 죽어버리려는 사람과 '브라 드쉬 브라 드수'(bras dessus bras
dessous(팔짱을 끼고))로 집으로 들어갔다고 순간적으로 떠오른 생각
으로 설명은 했지만, 파이프가 바깥에 있었다고 설명하는 대목에
이르러서는 정말 어이가 없더군, 안 그런가? 게다가 벤슨 씨가 평
상복 차림이었다는 것도 기억하지 못하고 있었다네. 내가 그 점을
지적하자 그는 얼른 먼저 한 진술을 뒤엎지 않을 수 없었지. 그러
자 벤슨 씨를 2층으로 뛰어올려보내 부랴부랴 옷을 갈아입히지 않
던가? 운좋게도 신문에는 가발에 대한 기사가 나와 있지 않았기
때문에, 벤슨 씨가 옷과 구두를 바꿀 때 머리카락도 물들인 것처럼
넌지시 말해 보았으나 대위는 그게 무슨 소리인지 전혀 짐작조차
하지 못하더군. 벤슨 소령님, 동생분은 틀니를 빼면 말이 새어나오
곤 했겠지요?" (*만차우젠은 바바라아 지방의 제롬 폰 뮌히하우젠 남작(1720
~1797)으로서 굉장한 허풍쟁이라는 이유로 전설적인 인물이 되었다.)

　"예, 그것이 두드러지게 눈에 띄었습니다." 소령은 대답했다.
"그날 밤 앨빈이 틀니를 빼고 있었다면── 당신이 아까 한 말에
의하면 빼고 있었던 모양입니다만── 리코크 대위도 틀림없이 그
점을 알아차렸어야 했지요."

　"대위가 알지 못한 부분이 또 있습니다." 하고 밴스가 말했다.

"예를 들면 보석상자나 전기 스위치의 위치 등이지요."

"그 이야기가 나오자 리코크 대위는 몹시 당황해 하더군요." 하고 소령도 거들었다. "앨빈의 집은 구식이라서 샹들리에에 늘어져 있는 스위치가 하나 있을 뿐입니다."

"정말 그렇습니다." 하고 밴스가 말했다. "그러나 리코크 대위의 가장 큰 실수는 권총에 대한 이야기였습니다. 그것으로 완전히 두 손 들게 되었지요. 권총을 강물에 던져버린 중요한 이유는 탄피가 한 개 부족했기 때문이라고 했는데, 탄창에 총알이 가득차 있더라고 하자, 자신이 다시 채워넣었다고 설명하면서 강바닥에서 찾아낸 총이 바로 자기 권총이라고 주장했지요……이야기는 뻔합니다. 세인트 클레어 양을 범인으로 생각하고서 그 죄를 자기가 뒤집어쓰기로 각오한 겁니다."

"나도 그런 생각이 들었어요." 하고 소령이 말했다.

"그렇긴 하지만——" 밴스는 생각에 잠기며 말했다. "대위의 태도는 좀 이상해. 그가 이번 범죄에 어떤 관련이 있다는 것만은 의심할 여지가 없네. 그렇지 않다면 다음날 세인트 클레어 양의 아파트에다 권총을 감추어야 할 이유가 없으니까. 리코크 대위는 다른 남자가 자기 약혼녀에게 관심을 보이면 위협을 주고, 경우에 따라서는 그 위협을 실천에 옮길 수도 있는 어처구니없이 어리석은 사람이지. 게다가 마음에 걸리는 일이 있었을 걸세——그것은 분명해. 그러나 그 마음에 걸리는 것이 무엇이었을까? 물론 권총을 쏜 사람은 그가 아닐세. 이번 범죄는 계획적인 것이었는데, 대위에게는 그런 계획 같은 게 없었어. 대위는 '이데 픽스'(idée fixe(고정관념)) 에 사로잡혀 있다가 마음을 굳히고는 결과에 대한 책임을 질 각오로 모든 것을 기사도 정신으로 해치우는 그런 사람일세. 이런 종류의 기사도는 진정한 뜻에서의 '보 제스트'(beau geste(아름다운 행위)) 라고 할 수 없네. 그것을 신봉하는 자들은 자기의 장한 행위를 알아주기 바라는 법이지. 그리고 이 세상에서 돈 판을 몰아내는 일에서는 그들이 가장 철저하지. 예를 들어 그 대위만 해도 사랑하는 미인의 장갑이나 핸드백을 못 보았을 리 없거든——보았다면 틀림없이 가지고 갔겠지. 사실 리코크 대위가 벤슨 씨를 쏘아죽이고 싶어한 것은, 그가 쏘아죽이지 않았다는 것만큼이나 확실한 거야.

호박(琥珀) 속의 투구벌레를 들여다보는 것과 다를 바 없지. 리코크 대위가 그를 해치우고 싶어한 것은 심리적으로는 가능하지만 정말 그런 식으로 해치우는 것은 불가능한 일이라네." 밴스는 담배에 불을 붙이고 동그란 연기가 날아 올라가는 것을 지켜보고 있었다.

"지나친 상상이라고 할지 모르지만 내가 보기엔 리코크 대위는 그렇게 해치우려고 했으나 막상 현장에 가보니 이미 끝난 뒤였을 거야. 틀림없어. 파이피가 대위를 본 것도, 다음날 세인트 클레어 양 집에 권총을 감춰둔 것도 이것으로 모두 설명이 되지, 안 그런가?"

전화벨이 울렸다. 오스틀랜더 대령이 지방검사에게 할말이 있다는 것이었다. 매컴은 간단히 통화를 끝내고는 아주 못마땅한 얼굴로 밴스 쪽을 돌아보았다. "그 피에 굶주린 자네 친구가 아직 아무도 체포하지 못했느냐고 물어왔네. 범인이 누구인지 아직 짐작이 가지 않는다면 자기가 귀중한 조언을 하나 해주겠다는구먼."

"무슨 일인지는 모르지만 자네는 속이 느글거릴 정도로 정중하게 고맙다는 인사를 하더군. 지금의 자네 심정이 어떻다고 말해 주었나?"

"아직 오리무중이라고 해두었네." 매컴은 침울하고 피곤한 미소를 지으며 대답했다. 그 말은 리코크 대위를 범인으로 여기는 생각을 완전히 버렸음을 알리는 그 특유의 방식이었다.

소령은 매컴의 옆으로 걸어가서 손을 내밀었다. "자네 기분은 이해하겠네." 하고 소령이 말했다. "이런 일에는 늘 실망이 따르기 마련이지. 하지만 무고한 사람이 괴로움을 당하는 것보다야 죄 있는 사람이 법망을 벗어나는 편이 낫지 않겠나?……너무 무리하지 말고, 실망으로 건강을 해치지 않도록 하게나. 이제 곧 올바른 해결이 나고 말 걸세. 그때는——" 소령은 거기까지 말하고 턱에 힘을 주더니 다음 말은 악문 잇새로 내뱉었다. "——나도 자네를 방해하지 않겠어. 일이 잘되도록 돕겠네." 소령은 매컴에게 싱긋 웃고는 모자를 집어들었다. "지금부터 사무실에 가 있을 테니, 나에게 볼일이 생기면 언제든지 연락하게나. 혹 도움이 되는지도 모르니까——그럼, 또." 소령은 감사의 뜻이 담긴 눈으로 밴스에게 인사를 하고 방을 나갔다.

매컴은 몇 분 동안 아무 말이 없었다. "정말 끔찍해지는군." 이
윽고 그는 못마땅한 듯이 말했다. "이 사건은 갈수록 어려워져. 나
는 이제 지쳐버렸다네."

"그렇게 너무 실망하지 말게나, 이 사람아." 밴스는 소탈하게 충
고했다. "인생의 '트리비아'(trivia(사소한 일))를 가지고 끙끙거려 봐
야 이로울 것 없다네."

무슨 일이든 새롭지 않다.
무슨 일이든 진실이 아니다.
무슨 일이든 대수롭지 않다.

몇백만이라는 병사가 전쟁에서 죽었지만 그 일로 인해서 자네의
백혈구가 손상되지도 않았고, 자네의 뇌세포에 염증이 생긴 것도
아니라네. 그런데도 자네 관할구역에서 고맙게도 쓸모없는 사내
하나가 총맞아 죽었을 뿐인데, 자네는 밤잠도 못 자고 진땀을 흘리
고 있다니, 이게 무슨 꼴인가? 자네는 정말 모순투성이일세그려."

"시종일관——*" 하고 매컴이 입을 열려는데 밴스가 그것을 가
로막았다. (*에머슨은, "어리석은 시종일관은 째째한 정치가, 철학자, 목사들
이 찬양하는 속좁은 인간의 주문(呪文)이다." 하고 말했다.)

"에머슨의 인용은 그만두게. 나는 에라스무스가 훨씬 더 좋거든.
자네는 '우둔함에 대한 예찬'을 읽어야겠구먼. 한없이 힘이 솟아날
걸세. 그 산양(山羊) 수염을 기른 네덜란드의 늙은 학자라면 앨빈
'르 쇼브'(Le Chauve(대머리 임금))가 죽었다고 해 그토록 절망적으
로 한탄하지는 않았을 걸세."

"나는 자네 같은 'fruges consumere natus'(밥벌레)로 태어나지는
않았네." 하고 매컴은 발끈하여 되받아주었다. "나는 선거에 의해
서 이 자리에——"

"알고 있어. '이보다 더 훌륭한 것이 어디 또 있으리.'* 라고 말하
려는 거겠지?" 하고 밴스가 맞장구쳤다. "하지만 그렇게 신경과민
이 되지는 말게나. 리코크 대위는 연극 솜씨가 모자라 감옥에서 쫓
겨나긴 했지만 아직 적어도 다섯 사람은 가능성이 남아 있는 상태
가 아닌가? 우선 플래트 부인, 파이피, 오스틀랜더 대령, 호프먼

양, 그리고 버닝 부인——이렇게 말일세. 어째서 한 사람씩 불러
다 자백시키지 않나? 히스 경사도 좋아서 춤을 출 텐데." (*'이보다
더 훌륭한 것이 어디 또 있으리'는 조금 오역된 것으로, 리처드 라블 레이스(1618
~1658)의 '싸움터로 나가는 루커스터에게' 라는 제목을 가진 시의 한 구절이다.
'칼이나 말이나 방패만큼(귀여운 사람이여) 그대를 사랑할 수도 없고 찬양하고
싶지도 않다' 라고 되어 있다.)

매컴은 완전히 풀이 죽어 이렇게 놀려대도 화낼 마음조차 들지
않았다. 화는커녕 밴스의 그 태평스러움에 이끌려 오히려 기분이
조금 좋아진 것 같았다.

"실은 말일세——" 하고 그는 말했다. "내가 해보려는 것도 바
로 그거라네. 아직 손대지 못한 것은 누구부터 먼저 불러들일까 망
설였기 때문이야."

"기대가 되는군." 그렇게 말한 다음 밴스는 물었다. "그렇다면
리코크 대위는 어쩔 셈인가? 석방해 버리면 그가 실망할 텐데."

"실망할 테면 하라지!" 매컴은 수화기를 들었다. "당장 수속을
밟는 게 좋을 것 같아."

"잠깐만 기다리게." 하고 밴스가 손을 들어 매컴을 막았다. "그
는 기꺼이 자신을 희생하고 있는 거니까 조금 더 그냥 놔두게. 하
루만이라도 기쁨을 더 누리도록 말일세. 시용*의 포로처럼 독방에
가둬두면 크게 도움이 될 때가 올지도 모르네." (*시용은 스위스 레만
호숫가의 성채 감옥으로, 제네바의 애국자 프랑수아 보니발이 사보이 공 샤를
3세에 의해서 유폐되어 있었다. 시인 바이런 경이 그것을 노래한 유명한 '시용
의 포로'라는 시가 있다.)

매컴은 아무 말도 하지 않고 수화기를 내려놓았다. 나는 매컴이
차츰 밴스의 지시에 따를 기분이 되어가고 있음을 알았다. 그가 이
런 태도를 보이는 것은 그의 마음이 너무 혼란하여 수습이 어려워
졌기 때문이기도 하지만——물론 확신이 없다는 것도 어느 정도
영향을 주었겠지만——그보다는 밴스가 입으로 말하는 것 이상으
로 무엇인가 알고 있다고 생각된 것이 커다란 원인이었다.

"자네는 파이피와 그 정부(情婦)가 이 사건에 어떻게 연관되어
있는지 생각해 본 적이 있나?" 하고 밴스가 물었다.

"그 밖의 몇천 가지도 더 되는 수수께끼와 함께 말인가?——물
론 생각해 보았지." 잔뜩 화가 난 대답이 나왔다. "하지만 사리에
맞춰보려고 하면 할수록 더욱더 수수께끼가 되어버린단 말이야."

"여보게, 매컴." 하고 밴스가 입을 열었다. "사람이 하는 일에 수수께끼란 없다네. 다만 문제가 있을 뿐이지. 그리고 어느 한 사람에게서 일어난 문제는 그것이 어떤 문제이든 다른 사람에 의해서 해결될 수 있어. 다만 인간심리의 지식과 그 지식을 인간의 행위에 적용하는 일을 필요로 할 뿐이라네. 간단한 이야기지."

밴스는 벽시계를 흘끔 보았다. "자네가 부탁한 그 스티트 씨는 '벤슨 앤드 벤슨 주식중개소'의 장부를 어떻게 했을까? 난 큰 기대를 가지고 이렇게 마음졸이며 기다리고 있는데."

이 말은 매컴에게 효과가 지나쳤다. 지루할 만큼 질질 끄는 밴스의 이죽거림과 빗대어 놀리는 말투에 그만 자제심을 잃어버린 것이다. 매컴은 몸을 앞으로 내밀고 잔뜩 화가 난 얼굴로 책상을 한 손으로 내리쳤다. "자네의 그 거들먹거리는 태도에는 이젠 진저리가 나!" 하고 그는 대놓고 불평을 터뜨렸다. "자네는 무언가를 알고 있든지, 아니면 모르고 있든지 그 어느쪽이겠지. 아무것도 모른다면 그런 식의 지식 자랑 같은 건 이제 그만두게나. 만일 알고 있다면 사실을 가르쳐주는 것이 당연하잖아? 벤슨이 살해되고서 지금까지 자네는 이러니저러니 변죽만 울려왔는데, 누가 죽였는지 짐작이 간다면 나도 알고 싶단 말이야."

매컴은 몸을 뒤로 젖히고서 여송연을 꺼냈다. 신중하게 끝을 자르고 불을 붙이면서도 밴스 쪽은 한번도 쳐다보지 않았다. 울화통을 터뜨린 것이 아무래도 좀 부끄러웠던 모양이다.

밴스는 매컴의 화가 폭발하는 동안 '다 저녁때 웬 바람이냐'는 듯한 태도였다. 이윽고 그는 다리를 죽 뻗고 매컴을 한참 동안 바라보고 있었다. "여보게, 이 못난 친구야, 나는 자네가 꼴사납게 흥분하는 것을 나무라지는 않겠네. 안절부절못하는 것도 당연하니까. 하지만 그럭저럭 이 희극도 막을 내릴 때가 온 것 같군. 나는 지금까지 자네를 속여온 게 아니야. 사실, 내게는 이 문제에 대해 아주 재미있는 생각이 있다네." 밴스는 자리에서 일어나며 하품을 했다. "굉장히 더운 날씨로군. 그렇지만 할 수 있는 데까지는 해봐야지 ── 안 그런가?

위대함은 더러운 이 세상에 그토록 가까이 있고.

신은 인간에게 그토록 가까이 계시도다.
의무의 목소리 나직이 속삭일 때는 다해야 하나니.
젊은이는 대답해야 한다—— 하겠노라고.
(이 시는 애머슨의 '자유의지' 중 제3절에서 인용한 것이다.)

내가 바로 그 숭고한 젊은이일세. 그리고 자네는 의무의 목소리
이고——정확하게 말해서 나직이 속삭이지는 않지만, 안 그런가?
'Was aber ist deine pflict?' (그대의 임무는 무엇인가?) 괴테는 이 물
음에 대해 'Die Forderung des Tages'(때에 맞는 요청)라고 대답했었
지—— 하지만 행하기는 어렵다네—— 나는 그 요청이 좀더 서늘한
날에 왔으면 했지."

밴스는 매컴에게 모자를 집어주었다. "자아, '포스툼'(postume(뒤
따르게)). '천하에 범사가 기한이 있고,[1] 모든 업무에는 때가 있느니
라' —— 오늘은 이것으로 사무실 일은 끝내는 거야—— 스워커에
게 그렇게 말하게. 자네도 좋겠지?—— 귀여운 여자가 기다리고 있
다네. 미인을 찾아가는 거야. 바로 세인트 클레어 양 말일세."

매컴은 밴스가 허풍떠는 태도가 아주 중대한 목적을 감추려는
가면에 지나지 않음을 알고 있었다. 또 밴스가 알고 있는 것, 또는
단순히 의심하고 있는 것을 이야기할 때, 자기 방식대로 번거롭게
빙빙 둘러서 하기 때문에 비록 불합리하게 보이지만, 그것은 그 나
름대로 훌륭한 이유가 있다는 것을 매컴은 알고 있었다. 그리고 또
리코크 대위의 자백이 처음부터 끝까지 거짓임이 드러난 이상 진
상을 알아낼 수 있는 조그만 가능성이라도 있다면 어떤 제안이든
받아들일 마음의 준비가 되어 있었다. 그래서 매컴은 곧 버튼을 눌
러 스워커를 불러서 오늘은 이만 퇴근하겠다고 말했다.

채 10분도 못 되어 우리는 지하철을 타고 리버사이드 드라이브
94번지를 향해 가고 있었다.

(1) 이 전도서 3장 1절의 인용은 밴스가 늘 구약성서를 읽고 있다는 사실을
나에게 생각나게 해주었다. 그는 언젠가 이렇게 말했다. '나는 직업적 문학가의
작품에 싫증나면 성경의 웅장한 문장에서 자극을 찾는다네. 현대인이 무슨 글
인가를 꼭 써야겠다고 한다면 적어도 하루에 두 시간은 성경의 역사가와 함께
지내야 한다고 생각하네.' 라고.

제20장 클레어 양의 설명
(6월 19일 수요일 오후 4시 30분)

"**우**리가 지금 발을 내디딘 계몽의 탐구는 좀 힘들지도 모르네." 주택가로 가는 도중에 밴스가 말했다. "그러나 굳센 의지로써 나와 더불어 참아주는 거야. 내가 지금부터 하려는 일이 얼마나 아슬아슬한 것인지 자네는 상상도 못할걸? 게다가 유쾌한 일도 아니니까. 나는 감상적이 되기에는 너무 젊다고 할 수 있지만, 그런데도 범인을 못 본 척 외면해 주고 싶은 마음이 반쯤은 없지도 않네."

"자네, 어째서 또 세인트 클레어 양을 찾아가는지 가르쳐주지 않겠나?" 매컴이 체념한 듯이 물었다.

밴스는 기분좋게 거기에 응했다. "좋고말고. 사실 자네가 알고 있는 편이 더 나을 것 같기도 하네. 그녀와 관련하여 해명을 필요로 하는 게 몇 가지 있어. 첫째, 장갑과 핸드백일세. 그 물건들에 대해서 납득이 될 때까지는, '양귀비꽃도 흰 연꽃도 그대가 어제 맛본 달콤한 잠으로 이끌지는 못하리라.'(셰익스피어의 「오셀로」 2막 3장에 나오는 대사)겠지. 그리고 기억하고 있겠지? 벤슨이 살해된 날 여자 손님이 찾아왔을 때 소령이 엿들었다는 호프먼 양의 이야기 말일세. 나는 그 손님이 세인트 클레어 양이 아니었을까 싶어. 그날 사무실에서 무슨 일이 있었는지, 무엇 때문에 나중에 다시 왔는지 나는 그것을 알고 싶어서 견딜 수가 없다네. 그리고 또 그날 오후 그녀는 무엇 때문에 벤슨네 집으로 차를 마시러 갔었는지도. 또 그렇게 만난 자리에서 그 보석은 어떤 역할을 했는지——그 밖에도 여러 가지가 있네. 예를 들면 왜 리코크 대위는 그 여자의 집으로 권총을 가져갔을까? 대위는 어째서 그 여자가 벤슨을 쏘았다고 생각하게 되었는가?——대위는 정말 그렇게 믿고 있으니까. 그리고 또 그녀는 왜 처음부터 대위가 범인이라고 생각했을까?"

매컴은 비관적이었다. "그 여자가 그런 것을 다 털어놓을 것 같은가?"

"나는 크게 기대하고 있다네." 하고 밴스가 대답했다. "완전무결하고 고상하고 상냥한 기사(騎士)가 스스로 살인자라고 자수하고 나서서 수감되어 있으니 그녀가 마음의 짐보따리를 내려놓는다고 해서 해될 건 없을 걸세……하지만 고압적인 자세로 나가선 안되지. 내 보증하네만, 자네들 경찰식의 거칠기만 한 반대심문은 그녀에게 먹혀들지 않을 걸세."

"그럼, 자넨 어떤 식으로 정보를 끌어낼 생각인가?"

"화가들이 말하는 '모르비데차'(morbidezza(유연성))를 가지고 해야지. 되도록 세련되고 신사적인 방법으로."

매컴은 잠깐 생각에 잠겼다. "나는 나서지 않기로 하지. 소크라테스의 논박은 모두 자네에게 맡기기로 하겠네."

"아주 머리를 잘 쓴 제안일세그려." 하고 밴스가 말했다.

아파트에 닿자 매컴은 구내전화로 아주 중대한 용건이 있어 찾아왔다고 알렸다. 우리는 곧 세인트 클레어 양의 방으로 안내되었다. 내가 보기에 그녀는 리코크 대위의 행방에 대해서 무척 걱정하고 있었던 것 같았다. 허드슨 강이 내려다보이는 작은 응접실에서 우리와 마주앉은 그녀의 얼굴은 몹시 파리해 보였으며, 꼭 쥔 두 손이 조금 떨리고 있었다. 여느 때의 그 냉정하던 신중성은 거의 찾아볼 수 없었으며, 눈에는 수면부족의 흔적이 뚜렷했다.

밴스는 곧바로 요점으로 들어갔다. 그 어조에는 거의 경박스러울 정도로 서글서글하여 긴장되어 있던 분위기를 순식간에 풀어버렸고, 우리의 방문이 그저 지나는 길에 잠깐 들렀을 뿐인 듯한 분위기를 자아냈다.

"이런 소식을 알려드리게 되어 안됐습니다만, 리코크 대위가 자신이 벤슨을 죽였다고 자수했습니다. 그러나 우리는 그분의 '보나 피데스'(bona fides(정직성))에 대해서 완전히 만족하고 있다고는 할 수 없습니다. 유감스럽게도 실라와 칼립디스* 사이에서 헤매고 있는 셈이지요. 대위가 과연 극악무도한 악인인지, 아니면 'chevalier sans peur et sans reproche' (두려움을 모르는 순결한 기사)인지 결정짓지 못하고 있습니다. 어떻게 그런 끔찍한 짓을 했는지 그의 설명으로는 이야기가 너무 간단한데다, 정작 중요한 점이 애매합니다. 거기다──그 중 황당한 것은 사실상 있지도 않은 스위치로 벤슨 씨 방에 있는 불을 껐다고 하는 대목입니다. 그래서 내 마음속에서는 의심이 슬며시 고개를 들게 되었는데, 그는 누군가를 범인이라고 생각하고 있으며 그 사람을 감싸주기 위해서 필사적으로 그처럼 용감한 이야기를 꾸며낸 것이 아닌가 싶군요." (*실라나 칼립디스는 시칠리아 섬 메시나 해협의 유명한 암초로, 고대에는 항해하는 사람들의 공포 의 대상이었다. 진퇴양난의 비유로 흔히 쓰이고 있다.)

밴스는 가볍게 고개를 들어올려 매컴을 가리켰다. "여기 계신 지방검사님은 반드시 나와 의견이 같은 것이 아닙니다. 그러나 아 시다시피 법률가란 터무니없이 머리가 딱딱해서 한번 이렇다 하고 마음먹으면 좀처럼 융통성이 없지요. 기억하겠지만, 벤슨 씨가 이 세상에 살아 있던 마지막 날 밤 당신이 그와 함께 있었다는 점과, 그 밖에 이치에도 맞지 않는 여러 가지 이유로 해서 매컴 씨는 당 신이 그 신사의 죽음과 관련이 있다는 결론을 내렸답니다."

밴스는 매컴에게 익살맞은 비난의 미소를 보내고는 이야기를 계 속했다. "게다가 리코크 대위가 그렇게까지 영웅적으로 감쌀 만한 사람은 세인트 클레어 양 당신밖에 없습니다. 그러나 적어도 나만 은 당신의 결백을 굳게 믿고 있으니, 당신의 행동과 벤슨 씨의 행 동이 엇갈리는 두세 가지 의문점을 설명해 주시면 정말 고맙겠습 니다……그런 설명을 하셨다고 해서 리코크 대위나 당신에게는 조 금도 불리해지지 않으니까요. 오히려 지금 매컴 씨의 마음속에 있 는 대위에 대한 의심을 말끔히 씻어주는 데 큰 도움이 될 것입니 다."

밴스의 방식은 클레어 양의 응어리진 마음을 푸는 데는 효과가 있었지만, 매컴은 입 밖에 내어 말하지는 않았으나 자기에 대한 밴 스의 혹평 때문에 부글부글 속이 끓고 있었음을 나는 알 수 있었 다.

세인트 클레어 양은 몇 분 동안 꼼짝 않고 밴스를 물끄러미 보 고 있다가 마침내 차분한 목소리로 입을 열었다. "나로서는 어떻 게 당신을 신뢰해야만 할지, 또 어째서 믿고 대답해야 하는지 잘 모르겠군요. 하지만 리코크 대위님이 자수한 지금에 와서는── 마지막 만났을 때 그렇게 할 것 같은 눈치가 보여 걱정하고 있었 습니다만, 당신 질문에 대답해서 안될 이유는 하나도 없지요……

그런데 당신은 그분이 결백하다는 것을 정말로 믿고 있나요?" 그녀의 마지막 질문은 갑자기 튀어나온 절규처럼 들렸다. 누르고 또 누르고 있었던 감정이 냉정의 껍질을 뚫고 폭발해 버린 것이다.

"정말로 믿고말고요." 하고 밴스는 진지하게 받아주었다. "매컴 씨에게 물어보아도 아시겠지만, 아까 검찰국에서 나오기 전에도 나는 리코크 대위를 석방하도록 열심히 설득했습니다. 당신의 설명을 듣게 되면 그를 풀어주는 것이 현명하다는 것을 깨달을지도 모른다는 생각에서, 여기까지 이렇게 나오도록 한 것이지요." 밴스의 말투와 태도가 클레어 양에게 신뢰감을 준 것 같았다.

"무엇을 알고 싶으시지요?" 하고 그녀가 물었다.

밴스는 마음속의 분노를 겨우 억누르고 있는 매컴에게 나무라는 듯한 눈길을 흘끗 보낸 다음 클레어 양을 보았다. "먼저 당신의 장갑과 핸드백이 어째서 벤슨 씨 집에 있게 되었는지 그것부터 설명해 주시지요. 그 물건들이 그 집에 있었다는 점이 지방검사의 마음을 가장 괴롭히고 있으니까요."

그녀는 열성어린 눈으로 똑바로 매컴을 보았다. "그날 밤 나는 벤슨 씨의 초대를 받고 그와 함께 식사를 했습니다. 그런데 우리 두 사람 사이에 불쾌한 일이 생겼고, 집으로 돌아갈 무렵에는 그의 태도에 참을 수 없이 화가 나 있었습니다. 그래서 운전사에게 타임스 스퀘어 근처에 차를 세우게 하고 혼자 돌아왔어요. 몹시 화도 나 있었고, 또 서두른 탓도 있어서 장갑과 핸드백을 차에 놓고 내렸던 모양입니다. 그것이 생각났을 때는 이미 벤슨 씨의 차는 가버리고 없었죠. 더구나 돈도 없었기 때문에 나는 집까지 걸어서 돌아왔습니다. 내 소지품이 벤슨 씨 집에 있었던 것으로 보아 그가 자기 집으로 가져간 거겠지요.."

"나도 그렇게 생각했었습니다." 하고 밴스가 말했다. "하지만 타임스 스퀘어에서 걸어오셨다면 꽤 멀었겠군요." 밴스는 매컴을 돌아보며 놀리듯이 미소지었다. "그것 보게. 그렇게 되었는데 클레어 양이 어떻게 새벽 1시 이전에 돌아올 수 있었겠나?"

매컴은 무섭게 화난 얼굴만 하고 대답은 하지 않았다.

"그 다음으로——" 하고 밴스는 계속했다. "어떤 이유로 저녁식사에 초대를 받게 되었는지 알고 싶습니다."

그녀의 얼굴빛은 어두워졌으나 목소리만은 여전히 침착했다. "나는 벤슨 씨의 주식중개소를 통해서 상당히 많은 돈을 손해보았습니다. 언뜻 떠오른 생각에 그가 일부러 나에게 손해를 주고 있으며, 그가 조금만 신경을 써준다면 그 돈을 다시 건질 수 있으리라는 것을 깨달았지요." 그녀는 눈을 내리깔았다. "그는 전부터 나에게 귀찮게 굴어 손해가 이만저만이 아니었는데, 그런 비열한 일까지 꾸미는데 어떻게 가만히 앉아서 당하고만 있겠어요? 그래서 그의 사무실로 쫓아가서 의심스러운 점을 분명하게 따졌지요. 그랬더니 그는 그날 밤 함께 식사라도 하면서 그 일을 의논해 보자고 하더군요. 그의 목적은 잘 알고 있었지만, 하도 내 처지가 다급했기 때문에 잘 부탁해야겠다는 생각에서 여하튼 가기로 했었던 겁니다."

"그런데 당신은 왜 그 저녁식사가 정확히 몇 시에 끝나야 한다는 식으로 벤슨 씨에게 말했습니까?"

그녀는 깜짝 놀란 눈으로 밴스를 보았지만 별로 망설이지도 않고 대답했다. "그가 이런저런 말을 해가며 재미있게 하룻밤을 보내자고 했기 때문에, 나는 분명하게 말했습니다——아주 분명하게요——가긴 가겠지만, 정각 밤 12시까지만 같이 있겠다고요. 어떤 파티든 나는 그렇게 하고 있다고요……아시고 계시겠지만——" 하고 그녀는 덧붙였다. "나는 열심히 노래 연습을 하고 있기 때문에 어떤 경우에도 밤 12시에는 집으로 돌아온답니다. 그것이 자기 희생 가운데 하나——속박이라고 해도 좋겠지요——내 스스로 만들어놓은 규칙입니다."

"아주 좋은 규칙이며 현명한 대처였습니다." 하고 밴스는 칭찬했다. "당신의 그 습관은 다른 사람들도 알고 있겠지요?"

"네, 물론이에요. 그래서 나에게는 신데렐라*라는 별명이 붙었답니다." (*신데렐라는 마녀의 명령대로 밤 12시만 되면 반드시 무도회에서 돌아와야 한다. 만일 그것을 어기면 그 순간부터 누더기옷을 걸친 모습으로 바뀌기 때문이다.)

"오스틀랜더 대령이나 파이피 씨도 그것을 알고 있었겠지요?"

"네, 알고 있습니다."

밴스는 잠시 생각에 잠겼다. "벤슨 씨가 살해되던 날 당신은 그 집으로 왜 차를 마시러 갔습니까? 그날 밤에 함께 식사하기로 약속이 되어 있었는데 말입니다."

클레어 양의 볼에 갑자기 붉은빛이 돌았다. "그 점에 대해서도 별로 숨길 게 없어요." 하고 그녀는 또렷하게 말했다. "벤슨 씨 사무실에서 나와 다시 생각해 보니 그와 함께 식사하기가 싫어져서 집으로 찾아갔었던 거예요. 처음에는 사무실로 다시 돌아갔었는데 벌써 퇴근했다고 하더군요── 나는 만나서 다시 한 번 최후로 부탁을 하고는 약속을 취소할 생각이었습니다. 하지만 그는 내 이야기를 웃어넘기며 차나 마시고 가라고 하더군요. 그리고는 저녁식사를 위해 옷을 갈아입으라며 나를 택시에 태워보냈습니다. 그 뒤 7시 30분쯤 그는 나를 데리러 왔습니다."

"그리고 약속을 취소하겠다고 하면서 리코크 대위가 위협하던 말을 들려주며 겁을 주어보았지만, 벤슨 씨는 그런 건 엄포에 지나지 않는다며 그냥 웃어넘겼겠지요?"

클레어 양의 얼굴에 다시 놀라는 빛이 떠올랐다. "그렇습니다." 하고 낮은 소리로 말했다.

밴스는 위로하는 미소를 보냈다. "오스틀랜더 대령은 당신과 벤슨 씨를 마르세유에서 보았다고 하더군요."

"네, 나는 정말 부끄러웠어요. 대령님은 벤슨 씨가 어떤 사람인지 잘 알고 있었고, 겨우 2~3일 전에도 나에게 그에 대한 충고를 해주었었거든요."

"그분과 벤슨 씨는 친한 친구인 줄 알았는데요?"

"그랬어요── 한 1주일 전까지는. 하지만 대령님은 얼마 전에 벤슨 씨가 다루던 주식을 사들였다가 나보다 훨씬 더 손해를 보았답니다. 그래서 그분은 벤슨 씨가 자기의 이익을 위해서 고의로 우리를 속였다고 아주 심한 말로 나에게 털어놓았지요. 그날 밤 마르세유에서도 대령님은 벤슨 씨에게 말을 한마디도 하지 않았어요."

"당신이 벤슨 씨와 차를 마실 때 옆에 있었던 그 멋진 보석은 어떻게 된 겁니까?"

"미끼지요." 하고 여자는 대답했다. 그 경멸하는 듯한 미소는 벤슨을 얼마나 혐오하고 멸시했는지를 어떤 신랄한 혹평보다도 훨씬 잘 말해 주고 있었다. "그 신사는 보석으로 내 머리를 혼란시킬 계획이었지요. 진주목걸이를 꺼내주며 식사하러 갈 때 걸라고 했지만, 나는 사양했습니다. 그러자 번지르르한 말을 늘어놓으며 나에게 물건을 볼 줄 아는 눈이 있으면——그것과 똑같은 보석을 손에 넣을 수 있다면서, 21일에는 틀림없이 수중에 들어올 것이라고 말하더군요."

"물론이겠죠——21일에는." 하고 밴스가 빙그레 웃었다. "매컴, 들었나? 21일에는 리앤더 파이피의 어음기한이 끝나게 된다네. 돈을 갚지 못하면 보석을 빼앗기게 되겠지."

밴스는 다시 세인트 클레어 양에게 말을 걸었다. "벤슨 씨는 식사하는 데도 보석을 가지고 갔습니까?"

"아뇨, 내가 목걸이를 거절해서 크게 실망한 것 같았습니다."

밴스는 그녀의 비위를 맞춰주듯 정답게 바라보며 한동안 입을 다물고 있었다. "그럼, 이번에는 부디 권총에 대한 이야기를 들려주시지요——당신 입으로 직접 듣고 싶습니다. 법률가들이 흔히 쓰는 말로, 자칫 잘못 말하면 뒤에 가서 당신이 말려들게 될지도 모르거든요."

그러나 그녀는 전혀 그런 걱정은 하지 않았다. "살인이 일어난 다음날 아침 리코크 대위님이 여기에 와서 벤슨 씨를 쏘아죽일 작정으로 12시 30분쯤 그 집에 갔었다고 했습니다. 그러나 바깥에서 파이피 씨를 보았는데, 그 사람도 벤슨 씨를 만나러 온 것 같아서 하는 수 없이 계획을 포기하고 돌아왔다고 하더군요. 나는 파이피 씨가 대위님을 보았을지도 모른다는 생각이 들어 권총은 내 아파트에 숨겨두고, 만일 물어보거든 프랑스에서 잃어버렸다고 말하라고 했어요……그렇게 된 거예요. 나는 대위님이 벤슨 씨를 쏘고 나서——뭐랄까요, 내가 너무 당황해 할까 봐 신사답게 거짓말 하는 거라고 그렇게 생각했습니다. 나중에 가져다 버리기 위해서 내게 맡겼던 권총을 다시 빼앗아갈 때에는 더더욱 그렇게 생각되었고요."

그녀는 매컴을 향해 힘없이 웃었다. "그래서 당신 질문에 대답하기를 거절했던 거예요. 내가 한 행동이라고 생각하면……그렇게 되면 리코크 대위님에 대한 혐의는 풀릴 거라고 생각했죠."

"하지만 대위는 조금도 거짓말을 하지 않았습니다." 하고 밴스가 말했다.

"지금은 나도 그것을 알고 있어요. 좀더 빨리 알았어야 했는데

……만일 정말로 그분이 그런 일을 저질렀다면 결코 권총을 내 아 파트로 가져오지 않았을 거예요." 그녀의 눈이 흐려졌다. "정말 가 없은 분이에요. 그분은 내가 범인인 줄 알고 자수하신 거죠."

"참으로 안됐습니다." 하고 밴스는 고개를 끄덕였다. "하지만 리 코크 대위는 당신이 어디서 권총을 손에 넣었다고 생각했을까요?"

"나는 군인들 중에 아는 사람이 많아요……대위님의 친구분들 이나 벤슨 소령의 친구분들도. 게다가 지난 여름에는 산에 올라가 서 재미삼아 권총 쏘는 연습을 꽤 많이 했거든요. 그러니 그가 그 렇게 생각한 것도 무리가 아니지요."

밴스는 일어나서 정중하게 허리를 굽혔다. "참으로 고맙습니다 —— 많은 참고가 되었어요." 하고 말했다. "매컴 씨는 이번 살인사 건에 대해서 여러 가지 가설을 생각해 보았지요. 첫째는 당신이 혼 자서 보르지아 부인 역할을 했다는 겁니다. 둘째는 당신과 리코크 대위의 공동행위 —— 말하자면 '아 카트르 메인'(á quatre mains(사 수연탄(四手連彈)))라는 것이지요. 셋째는 대위가 '아 카펠라'(á capella (단독))로 방아쇠를 당겼다는 겁니다. 법률가의 머리라는 것은 정말 정교하게 되어 있어서 모순된 여러 가지 설을 동시에 믿을 수가 있는 겁니다. 유감스럽게도 매컴 씨는 이번 사건에서 아직도 당신 들 두 분이 혼자서 또는 공모하여 저지른 범행이라고 믿고 싶어한 다는 거지요. 이리로 오기 전에 나는 매컴 씨를 설득하려고 꽤 노 력했습니다만 실패하고 말았습니다. 그래서 아름다운 당신의 입을 통해서 직접 이야기를 듣게 하려고 억지로 끌고온 것입니다."

밴스는 입을 꾹 다문 채 노려보고 있는 매컴 옆으로 다가갔다. "어떤가, 매컴?" 하고 밴스는 유쾌한 듯이 말했다. "세인트 클레 어 양이나 리코크 대위, 둘 중 하나가 범인이라는 망상은 더 이상 고집하지 않겠지?……내가 부탁했듯이 리코크 대위를 가엾게 생 각하고 풀어주지 않겠나?" 그렇게 말하고는 마치 애원하는 배우 같은 몸짓으로 두 팔을 벌렸다.

매컴은 분통이 거의 폭발할 직전까지 와 있었으나 꾹 눌러 참고 일어나더니 여자 곁으로 걸어가서 손을 내밀었다. "세인트 클레어 양." 하고 매컴은 상냥한 목소리로 말했다 —— 나는 이 사람의 넓 은 도량에 다시 한 번 감탄했다 —— "나는 지금 이 자리에서 당신

220

이나 리코크 대위가 범인이라는 심증은 버렸다고 약속합니다. 밴스 씨는 내 머리가 터무니없이 딱딱하고 융통성이 없다고 합니다만……그러나 나는 밴스 씨조차도 용서하려고 합니다. 하마터면 당신에게 아주 커다란 잘못을 저지를 뻔했는데, 그가 그것을 말려주었으니까요. 석방서류에 서명을 끝내는 즉시 리코크 대위를 풀어드리겠습니다."

우리가 걸어서 리버사이드 드라이브로 나왔을 때 매컴이 밴스에게 정면으로 대들었다. "이 사람, 밴스! 내가 그 소중한 대위를 언제 가둬두려고 했고, 또 언제 자네가 풀어주라고 내게 애원했단 말인가? 내가 이미 그 두 사람 어느쪽도 범인이라고 생각지 않고 있다는 것은 자네는 알고도 남지 않나?──자네라는 사람은──정말 여자라면 사족을 못 쓰는군."

밴스는 한숨을 쉬었다. "저런! 자네는 이 사건에서 이미 내 도움은 필요없다는 건가?" 하고 씁쓸하게 물었다.

"여자 앞에서 나를 우롱해서 대체 무슨 이득이 있다는 건가?" 매컴은 여전히 흥분해 있었다. "자네의 그 어릿광대 같은 행동이 얼마만큼이나 수확이 있었는지 모르겠군."

"뭐라고?" 밴스는 크게 놀란 얼굴을 했다. "오늘 들은 증언은 범인을 결정짓는 데 더없이 큰 도움이 될 걸세. 게다가 장갑과 핸드백 문제도 풀렸고, 그리고 왜 그녀가 벤슨 씨 사무실에 찾아갔었는지, 그녀는 밤 12시에서 1시 사이에 무엇을 하고 있었는지, 왜 앨빈과 단둘이 저녁식사를 했는지, 처음에 왜 벤슨의 집에서 차를 마시게 되었는지, 보석은 또 어째서 그 집에 있었는지, 대위는 왜 그녀의 집에서 권총을 가지고 나가 강에 버렸는지, 자수는 왜 했는지 등을 모두 알게 되지 않았나?……정말 기가 막히는군. 이만큼 많은 것을 알게 되었는데도 자네는 기쁘지도 않은가? 이것으로 '데브리'(débris(먼지))가 꽤 떨려 나가서 주변이 깨끗해졌는데도 말이야."

밴스는 걸음을 멈추고 담배에 불을 붙였다. "그녀의 말 중에서 정말 중요한 것은, 그녀가 밤에 외출을 하면 반드시 밤 12시에는 집으로 돌아간다는 사실을 친구들이 모두 알고 있었다는 점일세. 이 점을 무심코 들어넘겼거나 가볍게 보아서는 안되네, 매컴. 가장 중요한 점이거든. 전부터 내가 말하지 않던가? 벤슨을 쏜 사람은 그날 밤 그녀가 벤슨과 식사한다는 것을 알고 있었다고."

"다음엔 누가 벤슨을 죽였는지 가르쳐 주겠다는 건가?" 매컴은 냉소했다.

밴스는 연기의 동그라미를 하나 하늘을 향해 날려보냈다. "그 바보를 쏜 녀석이라면 처음부터 알고 있었지."

매컴은 비웃듯 콧방귀를 뀌었다. "그랬었나? 언제 그런 하늘의 계시를 받았지?"

"첫날 아침, 벤슨의 집에 들어가 채 5분도 안되어 알았지." 하고 밴스는 대답했다.

"흐흠, 그렇다면 어째서 내게 귀띔해 주어서 이런 번거로운 수고를 덜도록 해주지 않았나?"

"그건 불가능한 일이었어." 밴스는 익살맞게 설명했다. "첫째, 자네에게는 나의 경외서적(經外書籍) 지식을 받아들일 마음의 준비가 되어 있지 않지. 나는 자네가 빠져들고 싶어하는 여러 가지 어두운 숲과 늪에서 자네를 구해 내는 것이 먼저였다네. 자네라는 사람은 기막힐 정도로 상상력이 모자라니까, 안 그런가?"

마침 택시가 지나가자 밴스가 불러세웠다. "웨스트 48번가 87번지." 하고 말했다. 그리고는 다정하게 매컴의 팔을 잡았다. "지금부터 플래트 부인을 만나보세──그런 다음에 내가 간직해 둔 비밀을 모두 자네에게 털어놓겠네."

제21장 가발의 계시
(6월 19일 수요일 오후 5시 30분)

가정부는 그날 오후 우리의 방문을 굉장히 불안하게 맞아들였다. 크고 튼튼해 보이는 여자였는데, 몸에서 기운이 다 빠진 듯한 모습이었으며 얼굴은 오랫동안의 걱정으로 여위어 있었다. 우리가 가자 그곳에 배치되어 있던 스니트킨이 그녀가 사건의 진행상태를 보도하는 신문을 빠짐없이 읽고는 미주알고주알 끝없이 캐묻더라고 했다.

가정부는 우리가 있는데도 거의 의식하지 못하는 태도로 거실에 들어와서 밴스가 권하는 의자에 앉았다. 두려워도 피할 길 없는 시련 앞에 세워졌기에 체념한 듯한 모습이었다. 밴스가 날카롭게 쏘아보자 겁에 질린 눈으로 홀끔 마주보고는 곧 얼굴을 돌려버렸다. 두 사람의 시선이 마주친 그 짧은 순간에, 그녀는 자신의 마음에 감추어두었던 어떤 소중한 비밀을 상대방이 꿰뚫었음을 깨달은 것 같았다.

밴스는 대뜸 물었다. "플래트 부인, 벤슨 씨는 가발에 대해 특별히 신경을 썼었나요?——다시 말하자면 가발을 쓰지 않고 사람을 만나는 적이 있었나요?"

그녀는 안도의 숨을 내쉬는 것 같았다. "아뇨, 그렇지 않았어요 ——그런 적은 절대로 없었죠."

"잘 생각해 봐야 합니다, 플래트 부인. 당신이 알고 있는 한 벤슨 씨는 가발을 쓰지 않고 사람들 앞에 나선 적이 절대로 없었단 말이지요?"

가정부는 한동안 눈살을 찌푸리며 말이 없었다. "꼭 한 번 가발을 벗어 오스틀랜더 대령님께 보여준 적이 있습니다. 나이든 신사분인데, 자주 놀러오시지요. 대령님은 오랜 친구이며, 한때는 함께 살기도 했다고 들었습니다."

"그 사람 말고는 없습니까?"

가정부는 다시 생각에 잠기며 눈살을 찌푸렸다. "없었습니다." 잠시 뒤에 그녀는 대답했다.

"거래처 상인들에겐 어땠소?"

"상인들에게는 특별히 신경을 쓰셨습니다……그리고 모르는 분에게도." 하고 그녀는 덧붙였다. "날씨가 더운 날이면 흔히 가발을 벗고 여기 앉아 계셨지만, 언제나 저 창문의 해가리개를 내리셨지요." 그녀는 복도에서 가장 가까운 창문을 가리켰다. "현관의 돌층계에서 방안이 들여다보이거든요."

"좋은 것을 가르쳐 주었소." 하고 밴스는 말했다. "그러니까 돌층계 위에 서면 창문이나 쇠창살을 두드려 방안에 있는 사람에게 신호를 보낼 수가 있겠군요?"

"네, 그렇습니다——저도 한번 심부름을 나갔다가 열쇠를 잊어버려서 그렇게 한 적이 있었거든요."

"그렇다면 당신은 어떻게 생각하시오, 플래트 부인? 벤슨 씨를 죽인 사람도 그런 식으로 들어오게 되었는지 모르겠구먼."

"네, 그랬을지도 모르죠." 하고 그 이야기에 적극적으로 찬성하는 태도를 보였다.

"벨을 누르지 않고 창문을 두드렸다고 한다면 그 사람은 벤슨 씨와 상당히 잘 아는 사이라고 생각되는데, 당신 생각은 어떻소?"

"네──저도 그렇게 생각합니다." 그 말투에는 자신이 없었다. 이야기가 그런 쪽으로 가게 되면 가정부에게 이로울 것이 없기 때문이다.

"모르는 사람이 창문을 두드렸을 경우 벤슨 씨는 가발을 벗은 채 그를 집안으로 들여놓았을까요?"

"아니, 그럴 리가 없지요. 모르는 사람이라면 절대 들여놓지 않았을 겁니다."

"그날 밤 벨이 울리지 않은 것은 분명한가요?"

"네, 분명해요." 대답은 아주 확실했다.

"현관 돌층계에는 전등이 있나요?"

"아니, 없습니다."

"누가 창문을 두드렸는지 벤슨 씨가 내다보면 어둠 속에서도 알 수가 있을까요?"

여자는 대답을 망설였다. "글쎄요, 어떨까? 아마 모를걸요."

"현관문을 닫은 채 바깥에 누가 있는지 알아보는 방법은 없소?"

"없습니다. 있었으면 하는 생각은 가끔 했습니다만……"

"그렇다면 누군가가 창문을 두드렸을 때 벤슨 씨는 목소리로 상대방을 알아보는 수밖에는 없겠군요."

"그럴 거예요."

"열쇠 없이는 아무도 현관으로 들어올 수 없다는 것은 확실한가요?"

"달리 방법이 없습니다. 현관문은 자동으로 잠기게 되어 있으니까요."

"흔히들 쓰는 스프링 자물쇠인가요?"

"그렇습니다."

"그럼, 잠금장치를 틀어놓으면 어느쪽에서도 문을 열 수 있겠군요?"

"네, 그런 잠금장치가 있기는 했습니다만——" 하고 가정 설명했다. "벤슨 씨가 움직이지 않게 해두었습니다. 저에게 조심성이 없다면서—— 만일 잠금장치를 틀어놓은 채 제가 그냥 나가기라도 하면 문은 열려 있는 거나 마찬가지니까요."

밴스가 복도로 나가고 잠시 뒤에 현관문을 열었다닫았다 하는 소리가 들려왔다. "플래트 부인의 말이 옳구먼." 하고 돌아오더니, "그럼, 누군가 다른 사람이 열쇠를 가지고 있지 않다는 것은 확실한가요?"

"그렇습니다. 저와 벤슨 씨 말고는 아무도 열쇠를 가진 사람이 없어요."

밴스는 상대방의 말을 인정한다는 듯이 고개를 끄덕였다. "당신은 벤슨 씨가 총에 맞은 날 밤 침실의 문을 열어놓은 채 잤다고 했는데, 늘 그렇게 열어놓소?"

"아닙니다. 대개는 닫고 잡니다. 하지만 그날 밤에는 너무 더워서 열어놓았던 겁니다."

"그러니까 우연히 열어놓게 된 것이로군요."

"그렇다고 할 수 있습니다."

"여느 때처럼 문이 닫혀 있었다면 총소리가 들렸을까요? 어떻게 생각하죠?"

"잠이 깨어 있었다면 아마 들렸을 겁니다. 하지만 잠이 들어 있었다면 들리지 않았겠지요. 이렇게 오래 된 집들은 문이 두꺼우니까요."

"아주 멋지군!" 하고 밴스는 문에 대한 평을 했다. 그리고 복도를 향해 열려 있는 육중한 마호가니 쌍문을 넋을 잃고 바라보았다. "여보게, 매컴, 이른바 우리의 문명이란 아름다운 것, 내구력 있는 것을 닥치는 대로 파괴하고 싸구려 대용품을 만드는 것에 지나지 않네. 자네도 오스왈드 스펭글러(1880~1936, 독일의 역사철학자)의「운터강 데스 아벤트란트스」(Untergang des Abendlands(서양의 몰락))를 읽어야겠군[1] —— 더할 수 없이 투철한 논문일세. 어느 야심 있는 출판사가 우리의 '아르고'(argot(방언))로 번역해서 명성을 떨치면 좋으련만. 그 책에는 현대문명이라고 불리는 이 퇴폐시대의 모든 것이 뚜렷이 부각되어 있거든. 예를 들면 저 육중하고 고풍스러운 문을 보게나. 비스듬히 붙여진 널빤지, 아름답게 도려낸 곡선, 이 오니아풍의 기둥, 조각된 가로목 등 그 모두가 훌륭하지 않은가? 저것을 날마다 기계가 5만 장씩이나 찍어내고 있는, 평범하기 이를 데 없는 얄팍한 셸락 칠 판자와 비교해 보게. '식 트란시트'(sic transit……(gloria mundi로 이어지는데, '이리하여 세상의 영광으로 이어진다' 는 뜻))"

밴스는 한동안 물끄러미 문을 바라보고 있다가 갑자기 플래트 부인 쪽으로 몸을 돌렸다. 가정부는 아까부터 의아한 눈으로 더해 가는 불안을 누르면서 밴스를 흘끔흘끔 보고 있었다. "벤슨 씨는 저녁식사를 하러 나가면서 보석상자를 어떻게 해놓았죠?"

"어떻게 해놓긴요." 하고 그녀는 신경질적으로 대답했다. "그냥 테이블 위에 놓아두었죠."

"나간 다음에 보았군요?"

"네, 일단 치워둘까 했습니다만 결국 손대지 않는 게 좋을 것 같아서……"

"벤슨 씨가 나간 다음 누군가가 현관에 왔거나 집안으로 들어온 사람은 없었나요?"

"없었습니다."

"틀림없지요?"

"네, 틀림없습니다."

밴스는 일어나서 방안을 거닐기 시작했다. 가정부의 곁을 지나다가 갑자기 걸음을 멈추고 그녀와 마주섰다. "플래트 부인, 당신의 결혼 전 성은 호프먼이지요?"

두려웠던 일이 마침내 일어나고 말았다. 여자의 얼굴이 파랗게 질린 채 눈은 크게 떠지고 아랫입술은 조금 벌어졌다.

밴스는 서서 그녀를 내려다보고 있었으나, 그 태도에 노려움 같은 것은 없었다. 그녀가 평정을 되찾기 전에 밴스가 먼저 입을 열었다. "며칠 전에 당신의 예쁜 딸을 만났소."

"내 딸이라고요?……" 하고 가정부는 더듬거리는 목소리로 간신히 말했다.

"호프먼 양 말이오──금발의 귀여운 아가씨, 벤슨 씨의 비서

226

말이오."

가정부는 몸을 꼿꼿이 세우고 꽉 다문 잇새로 말했다. "그녀는 내 딸이 아니에요."

"허허, 플래트 부인!" 하고 밴스는 마치 어린아이라도 타이르듯 이 부드럽게 말했다. "왜 그런 어리석은 거짓말을 하나요? 며칠 전 벤슨 씨와 차를 마신 여자에게 당신이 지나친 관심을 가지고 있기에 내가 자꾸 따져묻자 당신이 몹시 당황해 하던 일이 생각나지 않습니까? 내가 그녀를 호프먼 양이라고 생각하지나 않을까 하고 걱정했었지요?……그런데 어째서 호프먼 양의 일에 대해 그토록 마음을 쓰나요, 플래트 부인? 그 아가씨는 아주 좋은 처녀지요. '플래트' 대신 '호프먼'이라는 이름을 쓴다고 탓할 건 없잖습니까? '플래트'는 보통 '장소'라는 뜻이지만 '충돌'이나 '폭발'이라는 뜻도 있고, 때로는 '부풀어오른 빵'을 뜻할 때도 있지요. 하지만 '호프먼'이란 '궁전에서 임금님을 섬기는 사람'이 아니오?──'부풀어오른 빵'보다야 얼마나 멋진 이름입니까?" 밴스는 상냥하게 웃었다. 그 태도는 가정부의 마음을 가라앉히는 데 효과가 있었다.

"아니, 그렇지 않아요." 하고 가정부는 호소하듯 밴스를 올려다 보며 말했다. 제가 그 이름을 붙여주었죠. 이 나라에서는 어떤 여자든 자기만 똑똑하면 기회를 잡아 출세할 수 있으니까요. 게다가 또──"

"알겠소, 플래트 부인." 하고 밴스는 웃으며 말을 가로막았다. "호프먼 양은 머리가 좋지요. 당신이 가정부로 있다는 것이 세상에 알려지면 딸의 출세에 방해가 된다고 생각했군요. 말하자면 딸의 행복을 위해 자신의 정체를 숨긴 셈이군요. 아주 훌륭한 생각입니다……그런데 따님은 혼자 살고 있나요?"

"네, 그렇습니다──모닝사이드 하이츠에 있지요. 하지만 매주 만나죠." 그녀는 겨우 들릴 만한 소리로 말했다.

"물론 만나고 싶을 때는 언제나 만나겠지요……그러니까 따님이 비서로 있기 때문에 당신은 벤슨 씨의 가정부가 되었군요?"

그녀는 원망스러운 눈으로 밴스를 올려다보았다. "네──그렇습니다. 벤슨 씨가 어떤 분인지는 딸에게서 들었어요. 게다가 벤슨 씨는 밤늦게 딸을 이리로 불러다가 과외의 일을 시키곤 했거든요."

"그래서 당신은 이 집에 들어와 살면서 따님을 지켜야겠다고 생각하게 되었군요?"

"네——그렇습니다."

"살인이 일어난 다음날 아침 매컴 검사가 주인이 이 집 어딘가에 총기 같은 것을 감춰두지 않았느냐고 물었을 때 당신은 몹시 당황했는데, 왜 그랬나요?"

가정부는 시선을 다른 곳으로 돌렸다. "저는——당황하지는 않았습니다."

"아니, 당신은 당황했었소, 플래트 부인. 왜 그랬는지 내가 말해 줄까요? 당신은 호프먼 양이 총을 쏜 것으로 생각하지나 않을까 하고 걱정이 된 겁니다."

"아닙니다! 그렇지 않아요." 하고 그녀는 소리쳤다. "딸애는 그날 밤 여기에 오지 않았어요. 그것은 맹세합니다——정말 딸애는 오지 않았어요……" 그녀는 완전히 이성을 잃고 있었다. 1주일에 걸친 신경의 긴장이 이제야 풀린 것이다. 그녀는 절망적으로 주위를 둘러보았다.

"괜찮아요. 안심해요, 플래트 부인." 하고 밴스가 위로하듯 말했다. "어느 누구도 호프먼 양이 벤슨 씨의 죽음과 관계가 있다고는 조금도 생각지 않으니까요."

그녀는 캐내려는 듯이 밴스의 얼굴을 훔쳐보았다. 처음에는 믿어지지 않는 모양이었다——오랫동안 그 걱정으로 마음졸이고 있었음이 분명했다——밴스는 자기가 한 말이 거짓이 아니라는 것을 믿게 하는 데 15분 이상이나 걸렸다. 겨우 그녀도 마음을 놓는 듯해서 우리는 그 집에서 나왔다.

스타이비샌트 클럽으로 가는 동안 매컴은 말 한마디 없이 깊은 생각에 잠겨 있었다. 플래트 부인과 만나봄으로써 드러난 새로운 사실 때문에 꽤 혼란을 일으키고 있는 것이 분명했다.

밴스는 꿈을 꾸듯 담배를 피우며 차창 밖으로 지나가는 건물을 이따금 얼굴을 돌려가면서 바라보았다. 우리가 48번가를 지나 동쪽으로 차를 달려 뉴욕 성서협회 앞에 이르자 밴스는 운전사에게 차를 세우게 하고는 그 건물의 아름다움을 한번 보라며 고집을 부렸다.

"기독교는 그 건물에 의해서만 그 가치를 입증하고 있다고 해도 좋을 정도지." 하고 밴스는 설명을 늘어놓았다. "두세 가지의 예외는 있지만, 이 거리에서 눈에 거슬리지 않는 건물이라고는 교회나 그 비슷한 부류에 속하는 건물뿐이니까. 미국 사람들은 덮어놓고 크기만 하면 아름답다고 하거든. 스카이스크레이퍼(마천루)라고 불리고 있는 네모난 구멍이 뚫린 커다란 궤짝 같은 건물은, 단지 크다는 것 때문에 미국인들에게 존경받고 있다네. 구멍이 40개나 뚫려 있는 궤짝은 20개 뚫린 궤짝보다 두 배나 아름다운 걸세. 참으로 단순한 공식이지……길 건너에 있는 저 조그만 5층 건물을 보게. 거리의 여기저기에 있는 스카이스크레이퍼보다도 훨씬 아름답고——게다가 인상적이 아닌가?……"

밴스는 클럽까지 차로 달리고 있는 동안 꼭 한 번 그것도 간접적으로 사건에 대해 언급했을 뿐이었다.

"여보게, 매컴. 친절이란 요란하게 장식해 놓은 모자보다 훨씬 더 좋은 것이더군. 나는 오늘 착한 일을 했다네. 그러고 나니 내가 제법 덕 있는 사람 같은 기분이 드는군.

'프라우'(Frau(부인)) 플래트도 오늘밤은 아마 훨씬 편한히 '슐라펜'(Schlafen(잠자다))할 수 있을 걸세. 그 동안 그레이트헨('파우스트'에 나오는 아가씨) 때문에 굉장히 마음졸이고 있었을 테니까. 장한 여자지, 과연 어머니다웠어. 미래의 아무개 영부인이 의심받고 있다고 생각하니 앉으나 서나 견딜 수가 없었던 거야……하지만 왜 그렇게까지 걱정했을까?" 그렇게 말한 밴스는 장난기 어린 눈으로 매컴을 보았다.

그 뒤 옥상정원에서 저녁식사를 마칠 때까지 사건에 대한 이야기는 한마디도 없었다. 우리는 의자를 뒤로 물리고 메디슨 스퀘어의 가로수 너머로 거리의 경치를 바라보고 있었다.

"그런데, 매컴——" 하고 밴스가 입을 열었다. "모든 편견을 버리고 사태를 신중히 생각해 보게. 자네도 이제는 그날 권총에 대한 질문을 받았을 때 플래트 부인이 왜 그렇게 당황했었는지, 그리고 벤슨과 함께 차를 마신 젊은 여자에게 그토록 특별한 관심을 갖는 이유가 뭐냐고 내가 묻자, 그녀가 왜 그렇게 몹시 흥분했었는지 알게 되었네. 그러니까 이 두 가지 수수께끼는 풀린 셈인데……"

"자네는 그 가정부와 딸의 관계를 어떻게 알았나?" 하고 매컴이 물었다.

"나의 추파 덕분이지." 밴스는 매컴을 달래는 듯한 눈을 했다. 처음 그 아가씨와 만났을 때 내가 계속 '추파'를 보냈던 것을 기억하고 있겠지?——뭐, 자네를 나무랄 생각은 없네……그리고 그때 두개골의 특성에 대해 몇 마디 주고받은 일도 기억하고 있나? 나는 호프먼 양이 벤슨의 가정부와 육체적 구조가 너무도 비슷하다는 사실을 알았다네. 호프먼 양은 머리를 짧게 자르고 광대뼈가 두드러지게 튀어나왔으며 턱모양이 반듯하고 두정골(頭頂骨)의 구조가 평평하며, 중간형의 코를 하고 있더군……그 다음 나는 귀를 보았네. 플래트 부인은 귓불이 뾰족한 목양신(牧羊神)형——또는 다윈 형이라고 불리는 귀를 하고 있다는 것을 보아두었었다네. 그런 귀는 유전되거든. 그래서 호프먼 양의 귀가 모양은 좀 다르지만 같은 형인 것을 알았을 때, 나는 상당히 확실하게 혈연관계가 있다고 짐작했다네. 게다가 그 밖에도 비슷한 점이 있었지——예를 들어 피부 색깔이며 키 등——두 사람이 모두 키가 크지 않던가? 그리고 두 사람 모두 몸 중앙부가 팔다리에 비해 아주 큰 편이었지. 어깨가 좁고 손목과 발목이 작으며 엉덩이가 튀어나온 편일세. 호프먼 양이 플래트 부인의 처녀시절 이름이라는 것은 짐작에 지나지 않았어. 하지만 그런 건 아무래도 상관없는 일이지."

밴스는 의자 속에서 좀더 편한 자세로 고쳐앉았다. "그럼, 이쯤에서 자네의 법률적 고려에 참고가 될 만한 사항으로 들어가야겠는데……첫째로 13일 밤 12시 30분 조금 전에 어떤 나쁜 사람이 벤슨의 집에 가서 거실에 불이 켜져 있는 것을 보고 창문을 두드렸으며, 벤슨이 그를 집안으로 들여놓았다고 가정하세……이 가정에 의한다면 방문자에 대해 어떤 추정을 내릴 수 있을까?"

"벤슨과 그 사람은 아는 사이라는 추정이 나오겠지." 하고 매컴이 대답했다. "그것만으로는 아무런 도움도 되지 않네. 그가 알고 지내던 사람들 전부를 '수스 페르 콜'(sus. per coll(교수형))에 처할 수는 없지 않겠나?"

"여보게, 매컴. 좀더 깊이 생각해 보게나." 하고 밴스가 나무랐다. "벤슨을 죽인 자는 벤슨이 조금도 의심하지 않는 가장 친한 친구 중 하나이며, 적어도 옷차림 같은 것에는 신경쓰지 않고 만날 수 있는 사람이었네. 내가 언젠가도 말했듯이 가발을 벗고 있었다는 건 지금 아주 중요한 단서가 되네. 가발은 머리가 벗겨진 중년의 보 브란멜*에게는 '시네 쿠아 논'(sine qua non(없어서 안될)) 장신구니까. 자네는 이 문제에 대해 증언한 플래트 부인의 말을 들었겠지? 야채가게의 심부름꾼 아이에게도 벗겨진 머리를 보이지 않는 벤슨이 영광스러운 관을 머리에 쓰지 않고 처음 보는 사람과 만났을 것으로 생각하나? 게다가 벤슨은 몰골만 그랬을 뿐만 아니라 틀니까지도 빼놓고 있었다네. 또한 칼라도 넥타이도 없이 허름한 스모킹 재킷에 침실용 슬리퍼를 신고 있었던 말이야. 그 광경을 한 번 상상해 보게, 이 사람아……칼라도 안 달고 목덜미도 그대로 드러내놓은 채 자랑스럽게 금단추를 내보이는 남자, 호감이 가겠나? 마치 귀부인이 머리카락에 클립을 달고 있는 모습과 같을 걸세 ……그처럼 거의 벌거벗은 모습으로 '테타테트'(tête á tête (단둘이)) 만날 수 있는 사람이라면, 몇 사람인가는 뻔하지 않은가 ?"(*보 브란멜은 조지 블라이언 브란멜(1778∼1840)을 말한다. 그는 멋쟁이의 전형으로 여겨지고 있다. 옥스퍼드 대학을 나온 지 얼마 안되어 3만 파운드의 유산을 상속받고 런던 사교계에서 온갖 향락을 누렸다. 조지 4세가 황태자였던 시절에 그와 친하게 지내서 세도가 굉장했으나, 얼마 뒤 다투고 헤어졌으며, 도박에서 재산을 날리고는 프랑스로 달아났다가, 한때 칸에서 영국 영사로 있었으나, 마침내 백치처럼 되어 그곳에서 사망했다 한다.)

"한 서넛쯤 되겠지." 하고 매컴이 대답했다. "그러나 그들을 모두 체포할 수는 없는 일일세."

"할 수만 있다면 체포하고 싶겠지? 하지만 그럴 필요는 없어."

밴스는 케이스에서 새 담배를 꺼내면서 계속했다. "그 밖에도 유력한 추정을 해볼 수가 있다네. 예를 들면 범인은 벤슨의 가정 사정을 잘 알고 있다는 점일세. 가정부가 자는 곳이 거실과 상당히 떨어져 있다는 점, 여느 때처럼 문이 닫혀 있으면 총소리가 들릴 염려가 없다는 점을 알고 있었던 것이 분명하네. 그리고 또 그 시각에는 그 집에 아무도 없다는 것을 알고 있었을 걸세. 그리고 또, 범인의 목소리는 완전히 벤슨의 귀에 익은 것이었다는 점도 잊어서는 안되지. 목소리가 조금이라도 이상했다면 늘 도둑을 두려워하고, 또 리코크 대위의 위협까지도 마음에 걸렸을 것이므로 절대로 집안에 들이지는 않았을 테니까."

"일단은 수긍이 가는 가설일세……그 밖에는?"

"보석일세, 매컴——그 사랑의 대변자지. 그 보석에 대한 것을 생각해 보았나? 벤슨이 그날 밤 집에 돌아왔을 때 보석상자는 가운데 놓인 테이블 위에 있었어. 다음날 아침에는 보이지 않았지. 그렇다면 범인이 가져갔다고 볼 수밖에 없군——자네, 어떻게 생각하나?……그날 밤 범인이 그 집에 간 이유 중 하나는 그 보석이 있었기 때문일지도 모르지 않나? 만일 그렇다고 하면 보석이 그 집에 있다는 것을 알고 있었던 벤슨 씨와 가장 친한 '페르소내 그라태'(personae gratae(호의를 가진 사람))는 누구였나 하는 것이 되지. 그리고 특히 그 보석을 갖고 싶어한 사람은 누구였을까?"

"그 말이 맞네, 밴스." 하고 매컴은 천천히 고개를 끄덕였다. "바로 그걸세. 나는 그 동안 줄곧 파이피가 마음에 걸렸어. 오늘 히스 경사가 리코크 대위의 자백서에 대한 보고를 해오기 전까지만 해도 나는 파이피의 체포영장을 내리려던 참이었네. 그리고 그 자백이 거짓임이 드러나자 나는 다시 파이피를 의심하게 되었지. 오늘 오후 내내 아무 말도 하지 않은 것은 자네가 무슨 생각을 하고 있는지 알고 싶었기 때문이었어. 지금 자네가 하는 말은 비로소 내 생각과 완전히 일치하는군. 파이피야말로 바로 범인일세!——" 매컴은 바닥에서 들어올리고 있었던 의자 앞다리를 갑자기 바닥에 내려놓았다. "그런 놈을 한심하게도 놓아주고 말았으니……"

"조급할 것 없네." 하고 밴스가 말했다. "파이피 부인의 무릎에서 태평세월을 보내고 있을 테니. 그리고 자네 친구 벤 핸런은 도망자를 잡아오는 데는 으뜸가는 사람이 아닌가?……그 가엾은 파이피는 당분간 그냥 놔두게, 굳이 오늘밤에 잡아들일 필요는 없어——내일이면 자네는 그를 상대도 하지 않을 테니까."

매컴은 빙글 돌아서며, "뭐라고——상대도 하지 않는다고?——어째서 그런 소릴 하나, 밴스?"

"그렇잖은가?" 하고 밴스는 귀찮은 듯이 설명했다. "그처럼 속마음을 알 수 없는 싫은 놈이 또 어디 있나? 내 말이 틀리나? 아무리 봐도 호감가는 자는 아닐세. 꼭 필요치 않는 한, 옆에서 어슬렁거리는 것도 질색일세……기왕 말이 나왔으니 말이네만 그는 범인이 아닐세."

매컴은 완전히 당황해서 어쩔 줄 몰라했다. 꼬박 1분이 지나도록 밴스의 얼굴을 유심히 바라보았다. "자네가 무슨 말을 하는지 나는 알 수가 없군." 하고 말했다. "파이프가 결백하다면 대체 범인은 누구란 말인가?"

밴스는 시계를 흘끔 보았다. "내일 아침 우리 집으로 아침식사를 하러 오게. 그리고 히스 경사에게 알리바이 조사를 해오라고 하고. 그러면 누가 벤슨 씨를 죽였는지 가르쳐 주지."

그 목소리에서 느껴지는 무엇인가가 매컴에게 감명을 주었다. 밴스가 지킬 자신 없는 약속을 그렇게 함부로 할 리가 없다는 것을 매컴은 알기 때문이다. 그의 장담을 무시하거나 적당히 깎아서 듣기에는 너무도 밴스를 잘 알고 있었다. "왜 지금은 가르쳐 주지 않지?" 하고 그는 물었다.

"정말 안됐네만——" 하고 밴스는 양해를 구했다. "오늘밤 나는 필하모니의 '특별연주회'에 갈 작정일세. 세자르 프랑크(1822~1890, 프랑스의 작곡자)의 D단조를 연주한다네. 게다가 스트란스키의 기질은 그 전음계적 정서에 꼭 맞거든……자네도 신경도 가라앉힐 겸 함께 갔으면 좋겠구면."

"그만두겠네." 매컴은 잔뜩 골이 나 있었다. "내게 필요한 것은 브랜디와 소다수야." 매컴은 우리와 함께 택시 타는 데가지 왔다.

"내일 아침 9시에 오게." 자리에 앉자 밴스가 말했다. "사무실에는 조금 늦게 나가겠네. 히스 경사에게 전화해서 알리바이 표를 잊지 않도록 하게." 그리고 차가 움직이기 시작하자 밴스는 창밖으로 얼굴을 내밀고, "그런데 말일세, 매컴, 플래트 부인의 키가 얼마나 될 것 같은가?"

---

(1) 이 책은 초역(抄譯)인지도 모르지만 최근 「The Decline of the West」라는 영어 번역판이 나와 있다.

제22장 밴스, 설명을 하다
(6월 20일 목요일 오전 9시)

다음날 아침 9시도 채 못 되어 매컴은 밴스의 아파트로 찾아왔다. 기분이 좋아보이지 않았다. "한마디 물어보고 싶은데, 밴스——" 하고 그는 식탁 앞에 앉자마자 물었다. "엊저녁 헤어질 때 자네가 한 말은 대체 무슨 뜻인가?"

"멜론부터 들게나, 이 사람아." 하고 밴스는 말했다. "북부 브라질에서 가져온 것인데, 맛이 아주 좋다네. 제발 후추나 소금을 쳐서 제맛을 잃게 하지는 말게. 그건 정말 한심한 습관이거든. 하긴——멜론에 아이스크림을 채워먹을 정도로 한심하지는 않지만. 미국인의 아이이스크림 이용법에는 기가 막혀 말이 안 나온다네. 파이 위에 얹고, 소다수에 넣고, 봉봉같이 딱딱한 초콜릿으로 껍질을 씌우기도 하지. 달콤한 비스킷 사이에 끼워넣고서 그것을 아이스크림 샌드위치라고도 하고, 심지어 거품을 일게 한 크림 대신에 샬로트 뤼스(카스터드를 넣은 카스테라)를 넣는 녀석까지 있다네."

"내가 알고 싶은 것은——" 하고 매컴이 다시 말을 꺼내는데 밴스가 그 말을 가로막았다.

"그리고 멜론에 대한 잘못된 사고방식에는 놀라운 점이 있지. 멜론은 두 종류밖에 없다네——마스크멜론과 수박이지. 아침식사에 쓰이는 멜론은 모두——캔털루프, 시트론, 너트메그, 캐사바, 하네디우 등——그 모두가 마스크멜론의 변종이야. 그런데도 세상사람들은 캔털루프는 속칭인 줄 알고 있거든. 필라델피아 사람들은 멜론은 무엇이나 모두 캔털루프라고 부르고 있지. 이런 종류의 마스크멜론은 제일 처음 이탈리아 캔털루프에서 재배되었기 때문에⋯⋯"

"아주 재미있군." 하면서도 매컴은 초조한 마음을 감추지 못했다. "엊저녁 자네의 말뜻은⋯⋯"

"멜론 다음에는 아마 캐리가 자네를 위해서 특별요리를 만들어

줄 걸세. 그것은 내 미각상의 '세 도우브르'(chef d'oeuvre(걸작))이거든——물론 캐리의 도움은 받았지. 이것을 생각해 내는 데 몇 달이나 걸렸는지 모르거든——말하자면 배합의 구성을 위해서지. 아직 이름은 붙이지 않았네——아마 자네라면 적당한 이름을 생각해 줄지도 모르겠군……그 요리를 만들자면 우선 완전히 삶은 달걀을 으깨 거기에 폴 뒤 사뤼 치즈 가루를 섞은 다음, 향료와 사철쑥잎을 '수프송'(soupçon(조금)) 넣어야 하네. 이렇게 만든 반죽을 놓어 흰살의 '필레'(filet(등심살))로 싼다네——마치 프랑스의 팬케이크처럼 말일세. 이것을 명주실로 묶어 특별히 만든 아몬드 가루 속에서 굴려가지고는, 소금기 없는 버터로 튀긴다네. 이 정도는 만드는 방법을 대강만 설명했을 뿐이네. 아주 미묘하고 자세한 점은 모두 생략한 걸세."

"듣기만 해도 맛있을 것 같군." 매컴의 말투에는 성의가 없었다. "하지만 나는 요리강습이나 받자고 여기 온 것이 아닐세."

"여보게, 매컴, 자네는 뱃속을 즐겁게 하는 것이 얼마나 중요한가를 과소평가하고 있군." 하고 밴스는 계속했다. "먹는다는 것은 인간의 지적인 향상을 위해 절대적으로 확실한 안내 가운데 하나라네. 그리고 또한 개인의 기질을 평가하는 데 있어서도 정확한 척도지. 야만인은 야만인답게 요리해 먹네. 인류 초창기에 사람들은 모두 소화불량에 시달렸지. 우상이나 악마 또는 지옥이라는 관념은 그 시대에 만들어진 산물일세. 그런 것들은 위장이 약해서 생겨난 것들이라네. 그러다가 사람들은 요리기술을 익히게 되어 비로소 문명화되기에 이르렀는데, 요리기술이 최고조에 달했을 때 문화적 영광도 최고봉에 다다른 것이라 할 수 있지. '구르메'(gourmet (미식가)) 예술이 저하되면 인간도 따라서 저하하네. 맛도 멋도 없는 표준화된 미국 요리는 인간 쇠퇴의 전형이라고 볼 수 있어. 완전한 조합이 이루어진 수프는 베토벤의 C단조 교향곡 이상으로 사람을 고상하게 만드는 거야."

매컴은 식사하는 동안 밴스의 수다를 멍청하게 듣고 있었다. 매컴은 두세 번 화제를 사건 쪽으로 돌리려고 시도해 보았으나 그때마다 밴스의 수다로 무시되고 말았다. 캐리가 식탁을 치우고서야 밴스는 비로소 매컴이 찾아온 목적을 화제에 올렸다.

"알리바이 보고는 가지고 왔겠지?" 이것이 밴스의 첫번째 질문이었다.

매컴은 고개를 끄덕였다. "어제 저녁 자네가 돌아가고 난 다음 히스 경사를 찾는 데 두 시간이나 걸렸다네."

"그거 안됐군!" 하고 밴스가 말했다.

밴스는 책상이 있는 곳으로 가더니 정리함 중 하나에서 무엇인가가 잔뜩 적혀 있는, 반으로 접힌 종이 한 장을 꺼냈다. 그는 그것을 매컴에게 건네주며, "그것을 대강 한번 읽어보고 나서 박식한 자네 의견을 들려주게나." 하고 말했다. "이건 어젯밤 음악회가 끝난 다음에 작성했다네."

나는 나중에 그 서류를 받아서 벤슨 살인사건에 관한 다른 메모나 서류들과 함께 철해 두었었다. 여기에 그것을 옮겨적는다.

[가정] 안나 플래트 부인이 6월 13일 밤 앨빈 벤슨을 사살했다.

[장소] 그녀는 가정부로서 벤슨의 집에 살고 있는데, 범행이 일어난 바로 그 시각에 그 집에 있었음을 시인했다.

[기회] 그녀는 벤슨의 집에 피해자와 단둘이 있었다.

모든 창은 문마다 안에서 잠겨져 있었으며 현관문도 잠겨 있었다. 그밖에 들어갈 길은 없다.

그녀가 거실에 있는 것은 부자연스럽지 않다. 벤슨에게 집안일에 대해 무엇인가 물어보는 것을 구실삼아 들어갔을지도 모른다.

벤슨 바로 앞에 가서 섰다고 해도 반드시 벤슨이 얼굴을 들지 않을 수도 있다. 그러니까 책을 읽던 자세 그대로 있었을 것이다.

벤슨을 사살할 목적을 가지고도 그의 주의를 끌지 않고 그렇게 가까이 다가갈 수 있는 사람이 어디 또 있겠는가?

벤슨은 가정부 앞에서라면 어떤 모습으로라도 상관치 않았을 것이다. 틀니나 가발을 벗고 실내복 차림을 한 벤슨을 가정부는 늘 보아왔을 것이기 때문이다.

또한, 같은 집에 살고 있는 가정부라면 범행에 편리한 시간을 자유롭게 선택할 수 있을 것이다.

[시간] 그녀는 자지 않고 벤슨을 기다리고 있었다. 그녀 자신은 부인했지만 벤슨은 귀가시간을 알려놓았을지도 모른다.

벤슨이 혼자 돌아와서 스모킹 재킷으로 갈아입는 것을 보고 가정부는 그날 밤엔 찾아올 사람이 더 없을 것이라는 것을 알았다.

그녀는 벤슨이 집에 돌아온 직후의 시간을 택했다. 벤슨이 누군가를 데리고 왔는데, 그가 벤슨을 살해한 것처럼 추측케 할 수 있기 때문이다.

[방법] 그녀는 벤슨의 총을 사용했다. 벤슨은 틀림없이 한 자루 이상의 총기를 가지고 있었을 것이다. 권총을 두는 장소로는 거실보다 침실이 더 적당하며, '스미스 앤드 웨슨' 권총은 거실에서 발견되었으므로 다른 것은 아마 침실에 있었을 것으로 짐작된다

그녀는 가정부였으므로 2층에 권총이 있다는 것을 알고 있었다. 벤슨이 독서하기 위해 거실로 내려간 다음, 그녀는 권총을 꺼내 앞치마 밑에 감추고서 내려갔다.

범행 뒤 권총은 버렸거나 감추어두었다. 그것을 처치할 시간은 아침까지 충분했기 때문이다.

그녀는 '벤슨이 집에 총기를 두고 있었는가?' 하는 심문을 받았을 때 공포에 떨었었다. 우리가 침실에 권총이 있었다는 것을 알고 있는지 어떤지 모르기 때문이다.

[동기] 그녀는 딸에 대한 벤슨의 태도가 걱정되어 가정부가 되어 벤슨과 함께 살았다. 딸이 밤중에 그 집에 와서 일을 할 때에는 은밀히 경계했었다.

최근 벤슨이 수상한 의도를 갖고 있는 것을 알고는 마침내 딸에게 위험이 다가오고 있다고 믿게 되었다.

그 가정부처럼 딸의 앞날을 위해서 자신을 기꺼이 희생하는 어머니라면, 딸을 구하기 위해서는 살인까지도 서슴지 않았을 것이다.

그리고 또 보석이 있다. 그녀는 그 보석을 딸에게 주기 위해 감추어두었을 것이다. 벤슨이 외출할 때 과연 그것을 테이블 위에 그대로 놓아두었을까? 만일 어디에 치워두고 나갔다면 집안 사정에 밝고 충분히 시간적 여유가 있는 가정부 말고 누가 찾아낼 수 있겠는가?

[행동] 그녀는 세인트 클레어 양이 차를 마시고 간 사실에 대해 처음에는 거짓말을 했다가 뒤에 가서야 세인트 클레어 양은 범행

과 아무 관계도 없다는 것을 알고 있노라고 변명했다. 이것은 그녀의 직관일까? 아니다. 그녀는 자신이 범인이기 때문에 세인트 클레어 양에게 죄가 없다는 것을 알고 있었을 뿐이다. 무고한 사람에게 혐의가 씌워지는 것을 바라기에는 그녀는 너무나도 모성적이었다.

그녀는 어제 딸의 이름이 나오자 몹시 당황했다. 모녀관계가 드러나면 벤슨 살해동기가 폭로될 염려가 있었기 때문이다.

그녀는 총소리를 들었다는 점을 시인했다. 부인해 봐야 실험에 의해서 거실에서의 총소리가 그녀의 방에까지 충분히 들린다는 것이 증명될지도 모르기 때문이다. 그렇게 되면 그녀에게 혐의를 두게 될 것이다. 잠에서 깨어날 때마다 일일이 불을 켜서 정확한 시간을 확인하는 사람이 있을까? 또, 집안에서 총소리 같은 소리를 들었다고 하면 살펴보거나, 아니면 주인을 깨우는 것이 당연한 일이 아닐까?

첫번째 심문 때에 그녀는 분명히 벤슨을 싫어하는 태도였다. 그녀는 심문할 때마다 점점 더 불안한 태도를 보였다.

그녀는 냉정하며 똑똑하고 의지가 강한 독일형 여자이며, 이번과 같은 범죄를 계획하고 그것을 실행할 능력을 충분히 갖추고 있다.

[키] 그녀의 키는 약 5피트 10인치(약 *177cm*)이다——실험해 본 범인의 키와 일치한다.

매컴은 이 '프레시'(précis(요약))를 몇 번이나 되풀이해서 읽었다——그렇게 하는 데 꼬박 15분이나 걸렸다——그리고 다 읽고 난 뒤에도 10분이 넘도록 말이 없었다. 마침내 그는 의자에서 일어나 방안을 서성거리기 시작했다.

"그건 그리 잘된 법률문서는 아닐세." 하고 밴스가 변명했다. "하지만 대배심원에서도 이해하리라고 생각하네. 물론 자네가 교정보아도 좋네. 별 뜻도 없는 문장이나 이해하기 어려운 법률용어를 써서 그럴 듯하게 말일세."

매컴은 곧바로 대답하지 않았다. 그는 프랑스식 창문 앞에 멈춰서서 한길을 내려다보고 있었다. 그리고는 말했다. "그래, 자네 힘으로 사건은 드디어 종결이 된 것 같군——정말 훌륭하네. 나는 처음부터 자네가 어디를 눈여겨보고 있는지 알 수 없었다네. 어제 플래트 부인의 심문 같은 것은 무의미한 일이라고 생각했었지. 실토하네만 그 여자를 의심해 본 적은 한 번도 없었네. 벤슨은 어지간히 그 여자에게 원한을 산 모양이로군." 매컴은 고개를 숙인 채 뒷짐지고 방향을 바꾸어 우리 쪽으로 천천히 걸어왔다. "그 여자를 체포하는 것은 마음이 내키지 않는데……이상한 이야기지만, 그 여자와 이번 사건을 연관시켜 생각해 본 적은 한 번도 없었거든." 매컴은 밴스의 앞에서 멈춰섰다. "자네도 처음에는 그 여자를 문제삼지 않았었겠지? 벤슨의 집에 들어가 보고 나서 5분도 못 되어 누가 범인인지 알았다고 큰소리를 치긴 했지만."

밴스는 기분좋은 미소를 지으며 의자에 앉아서 몸을 길게 뻗었다.

매컴은 화가 나기 시작했다. "괘씸하게도 자네는 그 다음날 아무리 확실한 증거라고 해도 이것은 여자의 범행이 아니라고 말하지 않나? 그리고 예술이니 심리학이니 어쩌고 하면서 내게 연막을 쳤지."

"물론 그랬지." 하고 밴스는 또 웃으면서 중얼거렸다. "여자가 한 행동이 결코 아닐세."

"여자의 행동이 아니라고?" 매컴의 목청이 갑자기 커졌다.

"그렇다네. 범인은 여자가 아닐세." 밴스는 매컴이 들고 있는 종이쪽지를 가리켰다. "그 내용은 자네를 약간 시험해 본 것 뿐일세……가엾은 플래트 부인, 그 여자는 어린 양처럼 결백하다네."

매컴은 쥐고 있던 종이를 테이블 위에 내던지고 자리에 앉았다. 나는 매컴이 이토록 화내는 것을 본 적이 없었다. 그러나 그는 정말 감탄할 정도로 자제하고 있었다.

"이보게, 나의 친애하는 멍청이 선생." 하고 밴스는 아무런 느낌 같은 것은 없는 나른한 어조로 설명하기 시작했다. "나는 말일세, 자네가 말하는 정황증거라든가 물적증거가 얼마나 시시한 것인가를 자네에게 실증해 보이고 싶었다네. 플래트 부인에 대한 나의 고발은 오히려 자랑해도 좋다고 나는 생각하네. 이런 것으로써 자네는 그 여자를 유죄로 만들 수도 있다고 나는 확신해. 그러나 자네의 고매한 법률이론과 마찬가지로 이것은 겉만 그럴 듯할 뿐 잘못된 것일세……정황증거처럼 어리석은 것도 없거든. 그 이론은 현대의 민주주의 이론과도 비슷하다네. 민주주의 이론은 선거에서 무지(無知)한 표를 긁어모으면 영지(英知)가 생긴다는 데 근거를 두고 있지. 정황증거의 이론은 약한 쇠사슬의 고리를 충분한 숫자만큼 모으면 강한 쇠사슬이 된다고 하는 점에 바탕을 두고 있잖은가?"

"자네가 오늘 나를 이리로 부른 것은——" 하고 매컴이 차디찬 목소리로 물었다. "법률론을 강의하기 위해서였나?"

"아니 아니, 천만에!" 하고 밴스는 유쾌한 듯 말했다. "다만 내 해명을 받아들이게 하자면 사전준비부터 해야겠기 때문이었네. 진범에 대한 물적 또는 정황증거라는 것을 나는 하나도 가지고 있지 않다네. 그런데도 나는 자네가 그 의자에 앉아서 어떻게 하면 처벌받지 않고 나를 죽일 수 있을까 골똘히 계획세우고 있다는 것을 알고 있는 만큼, 누가 진범인지도 확실하게 알고 있다네."

"증거가 없는데 어떻게 결론내릴 수 있다는 건가?" 매컴의 목소리는 화가 잔뜩 나 있었다.

"주로 심리분석에 의해서지——각 개인이 저마다 지닌 가능성의 과학이라고 해도 좋을 걸세. 인간의 심리적 본성에는, 그것을 꿰뚫어볼 수 있는 사람이라면, 헤스터 프린의 「주홍글씨」만큼이나 뚜렷한 낙인이 찍혀 있다네……하긴 나도 호손은 읽지 않네만, 내게는 뉴잉글랜드 기질이 맞지 않거든."

매컴은 입을 꼭 다물고 얼음처럼 차갑고 매서운 시선을 밴스에게 던졌다. "그러니까 자네가 지적한 희생자의 팔을 붙잡고 법정에 끌어내어 판사를 보고는, '이 사람이 벤슨을 사살한 사나이요. 증거는 없지만 사형을 선고해 주십시오. 더없이 총명한 나의 친구이며, 농어에 속을 넣는 요리의 발명자인 파일로 밴스가 이 사람이 사악한 본성을 가지고 있다고 하니까요.' 하고 내가 말하기를 기대하고 있는 건가?"

밴스는 거의 알아볼 수 없을 정도로 어깨를 움츠렸다. "나는 설령 자네가 그 범인을 체포하지 않는다고 해도 슬퍼하거나 풀이 죽지는 않을 걸세. 하지만 다만 자네가 죄도 없는 사람들을 분별없이 쫓아다니는 것을 멈추도록 하기 위해서라도 범인이 누구인지 가르쳐 주는 것이 적어도 자네에겐 인도적인 행위라고 생각했다네."

"알았네——그럼, 가르쳐 주게나. 그리고 빨리 일을 처리할 수 있도록 해주게."

벤슨을 누가 죽였는지 밴스가 그 범인을 알고 있다는 점에서는 이미 매컴의 마음속에도 의문의 여지가 없었을 것으로 나는 믿는다. 그러나 왜 밴스가 이렇게 여러 날 동안 그를 애타게 했는지 그 이유를 완전히 이해하게 된 것은 그날 아침 늦게였다. 마침내 그 이유를 알았을 때 매컴은 밴스를 용서했지만, 지금 당장의 그는 부글부글 끓어오르는 울화통을 겨우겨우 참고 있을 뿐이었다.

"그 신사의 이름을 밝히기 전에 아직 두세 가지 해두어야 할 일이 있네." 하고 밴스는 말했다. "우선 첫째로 그 알리바이 보고서를 보여주게나."

매컴은 주머니에서 타이프친 서류철을 꺼내 건네주었다.

밴스는 외눈안경을 고쳐쓰고 찬찬히 그 서류를 읽어나갔다. 그리고는 방을 나갔는데, 전화를 거는 소리가 들려왔다. 돌아와서는 다시 한 번 보고서를 읽었다. 특히 그 중 어느 대목에서 눈길을 멈추고 그 가능성을 헤아려보듯 한참 머물러 있었다. "기회가 있군." 마침내 그렇게 중얼거리고는 밴스는 결단을 내리지 못한 듯이 물끄러미 난로를 바라보았다. 그리고 또 한 번 보고서를 죽 훑어보았다. "이 보고서에 의하면——" 하고 그가 말했다. "오스틀랜더 대령은 13일 밤 모리어티라는 브론크스 구(區) 참사회 의원과 함께 47번가의 피카딜리 극장으로 '미드나이트 폴리즈'를 보러갔었군. 밤 12시 조금 전에 극장에 도착해서 끝까지 구경했는데, 공연이 끝난 것은 새벽 2시 30분쯤이었고……자네는 이 참사회 의원을 알고 있나?"

매컴은 밴스의 얼굴을 날카로운 시선으로 올려다보았다. "모리어티와는 만난 적이 있네. 그런데 뭐가 잘못됐나?" 나는 그 목소리에서 흥분을 누르고 있는 것처럼 느꼈다.

"브론크스의 그 참사회 의원은 지금쯤 어디 있을까?"

"집에 있겠지. 아니면 서머셋 클럽에 있을지도 모르고……때로는 시청에도 볼일이 있겠고."

"흐음!──그런 활동을 하다니 정치가에게는 영 어울리지 않는 군……수고스럽지만 모리어티가 집에 있는지, 아니면 클럽에 가 있는지 좀 확인해 주지 않겠나? 크게 폐가 되지 않는다면 잠깐 만 나서 이야기해 보고 싶네."

매컴은 밴스를 거의 찌를 듯한 시선으로 보았다. 그리고는 말없 이 서재의 전화기 앞으로 갔다. "모리어티는 집에 있더군. 막 시청 으로 나가려던 참이었다네." 하며 매컴은 되돌아와서 말했다. "시 내로 나가는 도중에 잠깐 여기로 들러달라고 부탁해 두었네."

"예상이 빗나가지 않았으면 좋겠는데……" 하고 밴스가 한숨을 쉬었다. "하지만 해볼 만한 일이기는 하지."

"자네는 지금 낱말 뜻 알아맞추기 게임이라도 하고 있는 건가?" 하고 매컴이 물었지만 그 질문에는 유머도 호의도 찾아볼 수 없었 다.

"맹세해도 좋네만 나는 이야기를 다른 방향으로 이끌어갈 생각 은 조금도 없어. 알리바이란──전에도 자네에게 말했듯이──마 음놓을 수 없는 위험한 것이라 철저하게 의심해 볼 필요가 있거든. 그리고 알리바이가 없다는 것에 무슨 의미가 있는 것은 아니라는 점을 명심해야 하네. 예를 들어 이 보고서에 의하면 호프먼 양에게 는 13일 밤의 알리바이가 없군. 영화관에 갔다가 그 다음에 집으로 돌아갔다고 했지만, 그 동안 그녀를 본 사람은 아무도 없어. 어쩌 면 어머니를 찾아 벤슨의 집에 갔다가 늦도록까지 있었을지도 모 르지. 의심스럽지 않은가?──어떻게 생각하나? 그러나 만일 그 집에 갔다고 해도 그녀의 유일한 죄라면 딸이 어머니에 대한 애 정을 가졌다는 것뿐일세……한편, 여기에는 이른바 철근처럼 한 치의 빈틈도 없는 튼튼한 알리바이도 두세 가지 있거든──엉터 리 같은 비유지. 철근 같은 건 간단히 두드려 부술 수 있네──그 리고 나는 그 가운데 하나가 거짓이라는 것을 알고 있지. 그러니 얌전히 참고 기다리게. 이 알리바이는 하나하나 면밀하게 검토해 볼 필요가 꼭 있거든."

15분쯤 지나서 모리어티가 왔다. 20대 후반의 착실하고 잘생긴 젊은이로, 옷차림도 단정했다──내가 상상하고 있었던 참사회 의원의 개념과는 너무도 달랐다──그리고 거의 브론크스 사투리가 없는 분명하고 정확한 영어로 말했다.

매컴이 소개시키며 그를 부르게 된 이유를 간단히 설명했다.

"그 사건에 대해서는 바로 어제도 살인수사과에 있다는 사람이 한 분 찾아왔더군요." 하고 모리어티가 대답했다.

"그 보고는 들어와 있습니다만." 하고 밴스가 말했다. "좀 막연한 듯해서요. 그날 밤 오스틀랜더 대령과 만나서 무엇을 했는지 좀 자세히 말씀해 주실 수 없겠습니까?"

"대령은 나를 저녁식사와 폴리즈에 초대했습니다. 그래서 10시에 마르세유에서 만났지요. 그리고 밤 12시 조금 전까지 피카딜리 극장에 가서 새벽 2시 30분쯤까지 거기에 있었습니다. 그리고 대령님 아파트까지 함께 걸어가서 또 술을 마시며 이야기를 나누다가 새벽 3시 30분쯤 지하철을 타고 돌아왔습니다."

"어제 형사에게 말씀하신 것을 보니 극장에서는 박스에 앉아 있었다고요?"

"그렇습니다."

"당신과 오스틀랜더 대령은 공연중 내내 박스에 있었습니까?"

"아닙니다, 제1막이 끝나자 내 친구 하나가 박스로 찾아왔기 때문에 대령님은 자리를 내어주기 위해 손을 씻으려고 나갔습니다. 제2막이 끝나자 대령님과 나는 바깥 옆골목으로 나가 담배를 피웠지요."

"제1막이 끝난 것은 몇 시쯤이었습니까?"

"밤 12시 30분쯤이었을 겁니다."

"그런데 그 옆골목이란 어디 있습니까?" 하고 밴스가 물었다. "내가 기억하기로는 극장 옆을 따라서 큰길로 나가게 되어 있다고 생각됩니다만."

"예, 그렇습니다."

"그리고 박스 바로 가까이에 '출구'가 있어서 곧장 옆골목길로 나갈 수 있지 않습니까?"

"맞습니다. 그날 밤 그 출구를 이용했습니다.

"제1막이 끝나고 대령은 얼마 동안 자리를 비웠습니까?"

"몇 분 정도라고 생각합니다—— 정확하게 말씀드릴 수는 없군요."

"제2막이 시작되자마자 돌아왔습니까?"

모리어티는 생각에 잠겼다. "그렇지 않았습니다. 막이 오르고 조금 뒤에 돌아온 것 같습니다."

"10분쯤입니까?"

"분명하지는 않습니다만, 아마 그 이상은 아니었을 겁니다."

"그렇다면 10분 동안의 막간시간을 보태면 대령은 20분쯤 자리를 비운 셈이 되겠군요."

"예——그랬을 겁니다."

그것으로 대화는 끝났다. 모리어티가 나가자 밴스는 의자에 기대앉아 깊은 생각에 잠기어 담배를 피우고 있었다.

"뜻밖의 수확이었네." 하고 밴스가 말했다. "피카딜리 극장은 벤슨의 집에서 모퉁이 하나만 돌면 바로 거기에 있거든. 그런 경우의 가능성을 자네는 생각해 보았나?……대령은 말일세, 참사회 의원을 미드나이트 폴리즈에 초대해 놓고 옆골목으로 통하는 출구 가까운 박스에 자리를 잡았네. 밤 12시 30분 조금 전에 자리를 떠나 골목길을 거쳐 벤슨의 집으로 가서 창문을 두드렸겠지. 벤슨이 문을 열어주자 집안으로 들어가서 그를 쏘아죽이고는 서둘러 극장으로 돌아왔을지도 모르네. 20분이면 시간은 충분하니까."

매컴은 몸을 꼿꼿이 세우고 있었으나 말은 한마디도 하지 않았다.

"그럼, 이제부터——" 하고 밴스가 말을 계속했다. "암시적 상황과 확증적인 사실을 검토해 보세……세인트 클레어 양의 이야기로는 대령은 벤슨이 부추기는 주권을 사들였다가 큰 손해를 보고 벤슨의 부정행위를 욕했었다고 하네. 1주일 이상이나 벤슨과는 말도 하지 않았다는 것이었어. 그러니 둘 사이에 나쁜 감정이 서려 있었던 것만은 분명하네——대령은 마르세유에서 세인트 클레어 양이 벤슨과 함께 있는 것을 보았지. 그런데 그녀는 언제나 밤 12시에는 집으로 돌아간다는 것을 대령도 알고 있었으므로, 그는 밤 12시 30분이라는 알맞은 시각을 택했겠지. 처음에는 좀더 늦게까지 기다릴 생각이었을지도 모르지만. 즉, 새벽 1시 30분이나 2시까지——극장에서 빠져나오는 시간을 말일세——육군장교니까 콜트 45구경 권총 정도는 가지고 있었을 테고, 아마 사격솜씨도 명사 수 축에 들었을 걸세——그리고 대령은 누군가를 빨리 체포하도록 부추기고 있는 듯한 느낌이었네——그것이 누구라도 상관없어 보였어. 그래서 자네에게 전화까지 걸어서 일이 어떻게 되어가느냐고 묻기까지 했네——대령은 벤슨이 그런 옷차림으로 집에 들여놓을 수 있는 몇 안되는 사람 중 하나일세. 벤슨과 15년이나 사귀어온 친한 친구였거든. 플래트 부인은 벤슨이 가발을 벗어 대령에게 보여주는 장면도 실제로 목격했다네——게다가 대령은 그 집의 구조를 잘 알고 있었을 거고. 오랜 친구에게 놀라운 뉴욕의 밤거리를 보여주겠다면서 안내를 맡았다가 여러 번 그 집에서 묵은 적도 있었을 걸세……어떤가? 이런 정도면 자네 마음에 드는가?"

매컴은 일어나서 눈은 거의 감은 채 방안을 서성거리고 있었다. "그래서 자네는 대령에게 그토록 관심을 가지고 있었군——이 사람 저 사람을 붙들고는 대령을 알고 있느냐고 묻기도 하고 식사에 초대도 했었군……먼저 물어보겠는데, 대령이 범인이라는 생각은 어째서 하게 되었나?"

"범인이라고?" 하고 밴스의 목청이 높아졌다. "그 쓸모없는 늙은 바보가 범인이라니, 여보게, 매컴. 그런 당치도 않은 생각을 하다니……대령은 그날 밤 정말 손씻으러 가서 눈썹을 매만지고 넥타이를 고치기도 했을 걸세. 사실 박스에 버티고 앉아 있으면 무대 아가씨들 눈에 띄거든."

매컴은 갑자기 걸음을 멈추었다. 두 볼은 붉으락푸르락하고 눈은 불길처럼 무섭게 타오르고 있었다. 그러나 그의 입에서 무슨 말이 나오기도 전에 밴스 쪽에서 먼저 상대방의 노여움을 아랑곳하지 않는 침착한 태도로 말을 계속했다. "내가 한 일은 정말 운이 좋았어. 아무튼 그 대령은 손씻으러 가서 모양을 내는 구식 멋쟁이가 틀림없네——나도 그럴 것으로 짐작은 하고 있었지……오늘 아침에는 정말 놀라운 진척이 있었어. 자네의 감정이 좀 상하기는 했겠지만. 자아, 지금 자네 앞에는 다섯 명의 다른 사람이 있네. 자네가 조금만 법률적인 머리를 쓰면 그들을 누구라도 유죄로 만들 수가 있지——적어도 고발단계까지는 가져갈 수가 있을 거야."

밴스는 명상에 잠기듯 머리를 뒤로 젖혔다. "우선 세인트 클레

어 양 말이야——자네는 상당한 확신을 가지고 그녀의 범행으로
단정하고는, 소령에게 곧 체포할 준비가 되어 있다고 말했었지. 범
인의 키에 대한 나의 실험 같은 건 논리정연하고 결정적이니까, 법
정에서는 쓸모가 없다면서 거들떠보지 않으면 되네. 내 장담하네
만 판사는 동의할 걸세——다음은 리코크 대위로 넘어가세. 그 사
나이를 감옥에 넣지 못하게 하기 위해서 직접 내가 실력행사까지
해야 했어. 자네는 그 사나이를 잡아다가 훌륭한 사건을 만들어낼
수도 있었겠지——그 유쾌한 자백은 건드리지 않고도 말일세. 자
네가 어떤 곤란에 빠지면 대위가 도와주었을 걸세. 그는 자네가 유
죄로 인정해 주기를 애타게 바라고 있으니까 말이야——세 번째
는 그 사랑스러운 리앤더 파이피를 살펴보기로 하세. 일을 만들자
면 다른 누구보다도 편리한 사람이지——상황증거가 넉넉하게 갖
추어져 있으니까—— 사실 '앙바라 드 리세스'(embarras de richesse
(싫증날 만큼 넉넉함))거든. 파이피라면 어떤 배심원이라도 기꺼이 유
죄로 인정해 주겠지——네 번째는 자랑스럽게 플래트 부인을 지
적하겠네. 그녀 역시 상황증거가 완벽해. 단서며 추정이며 법률적
인 여러 가지 문제들이 상당히 많으니까——다섯 번째로 오스틀
랜더 대령을 내세워보세. 방금 대령에 대한 고발 내용은 복습을 마
쳤지. 좀더 시간이 있었더라면 한결 정교하게 다듬어낼 수 있었을
것이네만." 밴스는 일단 말을 멈추고 애교어린 짓궂은 미소를 매
컴에게 보냈다.

"부디 명심해 주기 바라네. 이 다섯 사람은 그 어느 누구라도 범
인으로 추정될 수 있는 조건을 갖추고 있네. 모두들 시간, 장소, 기
회, 방법, 동기, 행동에 관한 법률적 요구를 만족시켜 주고 있으니
까. 그런데 유일한 약점이라면 그 다섯 사람 모두가 무죄라는 거지.
참으로 난처한 일일세그려——하지만 그것이 사실인 걸 어쩌나?
……그런데 다소라도 의심이 가는 사람 모두가 무죄라면 어떻게
해야겠나?……이거 야단일세."

밴스는 알리바이 보고서를 집어들었다. "이 알리바이들을 검토
해 나가는 수밖에 없지 않겠나?"

내가 보기에는 완전히 헛다리를 짚은 이런 터무니없는 방법으로
밴스가 대체 어떤 목표에 이르려고 하는지 전혀 짐작도 할 수 없

었다. 매컴 역시 어안이 벙벙한 모양이었다. 그러나 우리는 둘 다 밴스의 이런 엉뚱한 방법 속에도 이치에 어긋나지 않는 어떤 줄거리가 있다는 것을 한 순간도 의심하지 않았다.

"이번에는——" 하고 밴스는 감회어린 목소리로 말했다. "벤슨 소령의 차례일세. 어떤가, 해보겠나? 시간이 많이 걸리지는 않을 걸세. 바로 가까이에 살고 있으니까. 소령의 알리바이는 완전히 그 아파트의 야근 관리인의 증언에 달려 있네." 밴스가 일어났다.

"그 야근 관리인이 지금 있을 줄 어떻게 아나?"

"아까 전화를 걸어서 확인해 두었거든."

"하지만 그렇게 해봐야 무슨 소용이 있겠나?"

밴스는 이미 매컴의 팔을 잡고 반장난처럼 문 쪽으로 끌어내고 있었다. "그야 그렇지." 하고 그는 맞장구를 쳤다. "하지만, 매컴, 내가 몇 번이나 말했었지. 자네는 인생을 너무 고지식하게만 생각하고 있다고."

매컴은 정색을 하고 저항하며 뒷걸음질쳐서 붙잡힌 팔을 뿌리치려고 했다. 하지만 밴스의 결의는 예사로운 것이 아니었다. 꽤 심한 말다툼이 오간 끝에 결국 매컴이 꺾이고 말았다. "이런 연극에는 정말 질려버렸어." 하고 매컴은 택시에 올라타서 투덜거렸다.

"나도 벌써 오래 전에 질려 있다네." 하고 밴스가 말했다.

제23장 알리바이 조사
(6월 20일 목요일 오전 10시 30분)

벤슨 소령이 살고 있는 체이섬 암스는 46번가의 제5 애버뉴와 제6 애버뉴의 중간에 있는, 조그만 고급 독신자 아파트였다. 간소하지만 품위가 있어 보이는 정면 입구가 도로와 맞닿아 있고, 보도에서 이어지는 돌층계가 두 단 있을 뿐이었다. 현관문을 열면 좁은 홀이 있고 왼쪽에는 '퀼 드 삭'(cul-de-sac(막다른 골목))처럼 작은 응접실이 딸려 있었다. 구석 쪽으로 엘리베이터가 보이고 그 옆으로 좁은 쇠층계가 엘리베이터를 감싸듯이 위로 뻗어 있었으며, 그 밑에는 끼워놓은 듯한 전화교환대가 있었다.

우리가 도착했을 때에는 제복 차림의 두 젊은이가 근무중이었는데, 한 사람은 엘리베이터 문에 기대어 있었고, 또 한 사람은 교환대에 앉아 있었다.

밴스는 입구 옆에서 매컴을 잡아끌어 세웠다.

"아까 전화로 물어보았더니 이 두 사람 중 하나가 13일 밤 근무했다더군. 어느쪽인지 확인한 다음 그 위엄 있는 검사의 직함으로 겁을 주어 얌전하게 기를 꺾어놓게. 그런 다음 내게 넘기도록 하게나."

매컴은 내키지 않는 듯이 안으로 걸어갔다. 그는 두세 가지 질문을 하더니, 그 중 한 사람을 응접실로 데리고 들어와서, 짐짓 위엄을 보이며 용건을 설명했다.[1]

밴스는 상대방이 알고 있는 것은 무엇이든지 다 알고 있다는 자신만만한 태도로 질문을 시작했다. "벤슨 소령은 그의 동생이 살해된 날 밤 몇 시에 돌아왔소?"

관리인의 눈이 커다랗게 되었다. "11시쯤 돌아오셨습니다 —— 연극이 끝나고 바로 뒤에요." 대답하기 전 한 순간 그는 주춤했을 뿐이다.

(이하 지면을 절약하기 위해서 질의 응답을 연극대사 식으로 쓰겠다.)

밴스 : "당신에게 말을 걸었소?"

관리인 : "예, 연극구경을 갔었는데 너무 재미가 없어서 —— 그래서 머리가 다 아프다고 했습니다."

밴스 : "1주일이나 지난 이야기를 어떻게 그처럼 잘 기억하고 있소?"

관리인 : "그날 밤 소령님 동생이 살해되었으니까요."

밴스 : "살인사건으로 그토록 흥분해 있었다면, 그날 밤 벤슨 소령의 행동에 대해서도 모두 잘 기억하고 있겠군?"

관리인 : "물론입니다. 소령님은 살해된 분의 형님이 아닙니까?"

밴스 : "그날 밤 돌아왔을 때 벤슨 소령이 혹시 날짜에 대한 이야기를 하지 않았소?"

관리인 : "별다른 말씀은 안하셨습니다. 다만 그처럼 시시한 연극을 보게 된 것은 운나쁜 13일이기 때문일 거라고 했습니다."

밴스 : "그밖에 다른 말은 없었소?"

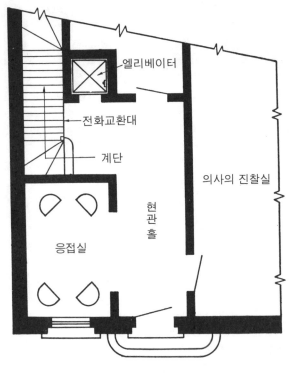

엘리베이터

전화교환대

계단

의사의 진찰실

현
관
홀

응접실

웨스트 46번가

[체이섬 암스 아파트의 1층]

관리인 : (히죽 웃으며) "13일을 내 행운의 날로 해주시겠다며 주머니에 있던 잔돈을 모두 주셨습니다──5센트, 10센트, 그리고 25센트짜리 동전 말고 50센트짜리 은전도 하나 있었지요."

밴스 : "모두 얼마였소?"

관리인 : "3달러 45센트였습니다."

밴스 : "그리고 나서 소령은 곧장 방으로 들어갔소?"

관리인 : "예, 제가 엘리베이터로 모셔다 드렸지요. 소령님은 3층에 살고 계시니까요."

밴스 : "그 뒤로는 다시 외출하지 않았소?"

관리인 : "예, 그런 적은 없었습니다."

밴스 : "어떻게 그것을 아시오?"

관리인 : "외출하신다면 제가 봤겠지요. 밤새도록 교환대에 있거나 엘리베이터를 운전했으니까 나가시는 걸 못 볼 리가 없지요."

밴스 : "야근은 혼자서 했소?"

관리인 : "밤 10시 이후에는 언제나 한 사람만 근무합니다."

밴스 : "이 아파트에는 현관 말고 다른 출입구는 없소?"

관리인 : "없습니다."

밴스 : "그 뒤에 소령을 본 것은 언제였소?"

관리인 : (잠깐 생각한 다음) "벨을 눌러서 잘게 깬 얼음이 필요하다고 하셔서 갖다드렸습니다."

밴스 : "그것이 몇 시였소?"

관리인 : "그건 잘 기억이 안 나는데……아, 그래. 밤 12시 30분쯤이었습니다."

밴스 : (희미하게 웃으며) "아마 소령이 시간을 물어보았겠지?"

관리인 : "그렇습니다. 물어보셨습니다. 소령님은 거실의 탁상시계를 봐달라고 했습니다."

밴스 : "어째서 그런 것을 물었을까?"

관리인 : "그것은 이렇습니다. 제가 얼음을 가지고 올라가니까 소령님은 이미 잠자리에 들어 있었습니다. 얼음을 거실 주전자에 넣어두라고 하시더군요. 시키는 대로 하고 있는데, 벽난로 위의 탁상시계가 몇 시인지 보아달라고 하시더군요. 회중시계가 멎어서 맞추어야겠다면서요."

밴스 : "그 밖에 다른 말은 없었소?"

관리인 : "별 말씀 없었습니다. 전화가 걸려와도 방으로 연결시키지 말라고 했습니다. 잠이 오니까 깨우지 말라고 했습니다."

밴스 : "꼭 그렇게 해달라고 다짐을 하던가요?"

관리인 : "글쎄요—— 그렇게 볼 수 있지요."

밴스 : "그리고 또 다른 일은 시키지 않았소?"

관리인 : "예, 수고했다면서 불을 끄시기에 전 아래로 내려왔습니다."

밴스 : "어느 불을 껐지요?"

관리인 : "침실의 불입니다."

밴스 : "거실에서 침실이 보이나요?"

관리인 : "아니오, 침실문은 복도 쪽으로 나 있습니다."

밴스 : "그렇다면 불이 꺼진 것은 어떻게 알았소?"

관리인 : "침실의 문이 열려 있었고, 불빛이 복도로 비치고 있었습니다."

밴스 : "나올 때에는 침실문 앞을 지나왔겠군?"

관리인 : "그야 물론입니다. 그렇게 하지 않으면 나올 수가 없지요."

밴스 : "그때까지도 문이 열려 있었소?"

관리인 : "예."

밴스 : "침실의 문은 그것 하나뿐이오?"

관리인 : "예, 그렇습니다."

밴스 : "당신이 방에 들어갔을 때 소령은 어디에 있었소?"

관리인 : "침대 속에 있었습니다."

밴스 : "어떻게 그것을 알았지요?"

관리인 : (조금 발끈해서) "보였으니까요."

밴스 : (잠깐 사이를 두었다가) "그 뒤 소령이 다시 내려오지 않은 것은 틀림없겠지요?"

관리인 : "아까도 말씀드렸듯이 내려오셨다면 제 눈에 띄었을 겁니다."

밴스 : "당신이 엘리베이터를 타고 위로 올라간 사이에 내려올 수는 없었을까요?"

관리인 : "그럴 수야 있지요. 하지만 소령님에게 얼음을 갖다드리고 새벽 2시 30분쯤 몬태규 씨가 돌아올 때까지 엘리베이터를 가동시키지 않았거든요."

밴스 : "그러니까 벤슨 소령에게 얼음을 갖다준 다음 새벽 2시 30분쯤 몬태규 씨가 돌아올 때까지 아무도 엘리베이터로 올려다주지 않았다는 말이로군?"

관리인 : "그렇습니다."

밴스 : "그 동안 이 홀을 떠난 적은 없었소?"

관리인 : "예, 내내 여기 앉아 있었습니다."

밴스 : "그러니까 밤 12시 30분 당신이 마지막으로 보았을 때 소령은 잠자리에 들어 있었다고 했지요?"

관리인 : "그렇습니다——아침이 되어 어떤 여자가(2) 전화를 걸어 동생되시는 분이 살해되었다고 알려올 때까지는요. 그리고 10분쯤 지나자 대령님이 내려오셔서 외출했습니다."

밴스 : (관리인에게 1달러 주며) "수고했소. 이젠 됐소. 하지만 우리가 여기 왔었다는 것은 아무에게도 말해선 안되오. 만일 어기면 구속시킬 거요 —— 알았소?……그럼, 볼일 보시오."

관리인이 나가자 밴스는 호소하는 듯한 시선으로 매컴을 보았다. "매컴, 사회를 옹호하기 위해서, 보다 높은 정의의 요구를 받아들이기 위해서, 그리고 최대다수의 최대의 선(善)을 위해서, '프로 보노 푸브리코'(pro bono publico(공공의 선을 위해서)) 이 모든 것을 위해 다시 한 번 자네의 선천적인 기호——자네 자신은 어떤 용어를 쓰는지 모르지만——에 어긋나는 행동을 하게 된 것을 참아주어야만 하겠네. 야비한 말로 하자면 나는 지금 곧 소령 방을 몰래 뒤져봐야겠어."

"무엇 때문인가?" 매컴의 어조에는 절규라도 할 것 같은 항의가 담겨져 있었다. "자네는 완전히 미쳐버렸군. 관리인의 증언에 미심쩍은 점은 하나도 없었네. 내가 좀 둔한 사람이라 그런지는 몰라도 그 증인이 거짓말하지 않았다는 것쯤은 나도 안다네."

"물론 그 사람이 거짓말을 하지는 않았지." 하고 밴스는 태연하게 동의했다. "그래서 위에 올라가 보고 싶은 걸세——자아, 가세. 매컴, 이 시간에 소령이 '안 쉬르프리즈'(en surprise(불쑥)) 돌아오지

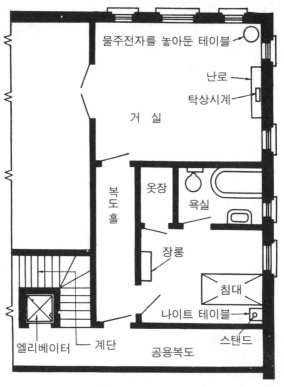

물주전자를 놓아둔 테이블

난로

탁상시계

거 실

복도 홀

옷장

욕실

장롱

침대

나이트 테이블

스탠드

엘리베이터　　계단

공용복도

웨스트 46번가

[체이섬 암스 아파트의 3층]

는 않겠지……게다가——" 하고 밴스는 기분 맞추듯이 미소지었다——"자네가 모든 원조를 해주겠다고 약속하지 않았나?"

매컴은 온갖 힘을 다해 항의했으나 밴스도 그에 못지않게 완강히 자기의 주장을 고집했다. 그리고 몇 분 뒤에 우리는 여벌로 비치해 둔 열쇠로 벤슨 소령의 방문을 열고서 그의 아파트에 불법침입했다.

공용복도 쪽으로 난 입구는 하나뿐이었는데, 그 문을 열자 좁은 복도가 곧장 안쪽의 거실로 이어져 있었다. 그 복도 오른쪽 입구 바로 옆에 침실로 들어가는 문이 있었다.

밴스는 곧장 거실로 들어갔다. 오른쪽 벽에 벽난로와 벽난로 장식선반이 있는데, 그 위에 구식 마호가니 재(材) 탁상시계가 놓여 있었다. 벽난로 장식선반 가까이 저쪽 모퉁이에 조그만 테이블이 놓여 있고, 물주전자 하나와 컵 여섯 개가 한 세트를 이룬 은제 아이스워터 세트가 올려져 있었다.

"저것이 바로 그 편리한 탁상시계로군." 하고 밴스가 말했다. "이것은 그 관리인이 얼음을 넣었다는 물주전자고——셰필드*의 모조품이야."(*셰필드 은그릇은 1742년 영국의 금세공가 토머스 불소벨이 처음 만들었는데, 동판에 얇게 은을 입힌 것이다. 버킹검과 셰필드가 그 제조의 중심지이며, 후자의 이름을 따서 불리고 있다. 이 방법이 알려지자 은그릇은 값싸고 만들기 쉬워 일반화되었다.)

밴스는 창가로 가서 25~30피트(약 7.5~9m) 밑에 있는 포장된 뒤뜰을 내려다보았다. 그리고는, "이 창문으로는 도저히 빠져나갈 수 없겠군." 하고 말했다.

그는 몸을 돌려 한동안 서서 복도를 바라보고 있었다. "문만 열려 있었다면 관리인에게도 침실의 불이 꺼지는 것이 쉽게 보였겠군. 통로의 벽이 하얗기 때문에 반사된 빛도 꽤 밝았겠고 말이야."

그리고 다시 되돌아와서는 침실로 들어갔다. 입구 쪽으로 시트가 덮인 작은 침대가 있고, 그 옆 나이트 테이블에는 전기 스탠드가 놓여 있었다. 밴스는 침대 가장자리에 걸터앉아 주위를 한번 둘러보고는 소켓의 줄을 잡아당겨 불을 켰다가 다시 껐다. 그런 다음 매컴을 한참 지켜보았다. "관리인에게 들키지 않고 몰래 소령이 빠져나간 방법을 알았겠지——어떤가?"

"하늘을 날아서 나갔겠지." 하고 매컴이 대답했다.

"그와 비슷하네, 아무튼——" 하고 밴스는 말했다. "아주 교묘해……자, 들어보게, 매컴—— 밤 12시 30분에 소령은 잘게 깬 얼음이 필요하다며 전화를 걸었네. 관리인이 얼음을 가지고 올라와 거실로 가다가 열려진 침실문으로 안을 보니 소령이 침대에 누워 있었어. 소령은 얼음을 거실 주전자에 넣어달라고 해서 관리인은 홀을 지나 거실을 가로질러 구석에 놓인 테이블까지 갔겠지. 그때 소령은 벽난로 장식선반 위의 시계가 몇 시인지 봐달라고 했네. 그 래서 관리인이 시계를 보니까 밤 12시 30분이었지. 소령은 이제 그만 자야겠으니 방해하지 말라고 하고는 나이트 테이블 위의 불을 끄고 잠자리에서 빠져나왔네——물론 옷은 미리 입고 있었겠지—— 관리인이 얼음을 넣고 홀로 다시 나오기 전에 급히 공용복도를 뛰어나가 층계를 달려내려가서 엘리베이터가 내려오기 전에 한길로 나갔을 걸세. 관리인이 얼음을 넣고 나오며 침실문 앞을 지날 때에는 만일 안을 들여다 보았다 해도 방안이 캄캄하니 소령이 그대로 침대에 있는지 없는지 알 수 없었겠지—— 머리가 아주 좋지 않나? 어떻게 생각하나?"

"물론 그럴 수도 있겠지." 하고 매컴은 양보했다. "하지만 자네의 그럴 듯한 추리도 돌아오는 방법에 대해서 생각하는 걸 잊었군."

"그것은 소령의 계획 중에서도 가장 간단했을 걸세. 그는 아마 길 건너편 어느 집 문간에 서서 이 아파트에 사는 누군가가 들어가기를 기다렸겠지. 관리인은 몬태규 씨가 새벽 2시 30분에 돌아왔다고 했어. 바로 그때 소령은 엘리베이터가 위로 올라가는 틈을 노려 살짝 현관으로 들어와 층계를 걸어서 올라왔을 걸세."

매컴은 살짝 쓴웃음을 지었을 뿐 아무 말도 하지 않았다.

"자네도 소령이 날짜와 시간을 관리인에게 분명하게 기억시키기 위해서 얼마나 고심했는지 알았겠지?" 밴스는 계속했다. "시시한 연극——두통——운수나쁜 날, 운수나쁜 날이란 물론 13일이지. 하지만 관리인에게는 운수좋은 날이었지. 돈을 한 웅큼——그것도 전부 은화로 말이야. 팁을 주는 방법치고는 좀 묘하지 않나? 어때? 아마 1달러짜리 지폐로 주었다면 잊었을지도 모르지."

매컴의 얼굴은 어둡게 흐려 있었으나 목소리만은 여전히 평온하고 무감동했다. "나는 역시 플래트 부인에 대한 자네의 설명 쪽을 택하겠네."

"아직 기다리게, 일이 끝난 것이 아니야." 그렇게 말한 밴스는 일어섰다. "나는 흉기를 찾아내고 싶어."

매컴은 어느새 어떤 흥미와 함께 혹시나 하는 태도로 밴스를 빤히 바라보았다. "흉기가 나온다면 물론 하나의 뒷받침이 되겠지만……자네는 정말로 흉기가 나올 것으로 생각하나?"

"틀림없네." 하고 밴스는 시원스럽게 말했다.

밴스는 서랍장 옆으로 가서 서랍을 뒤지기 시작했다.

"이 집 주인은 앨빈 벤슨의 집에 권총을 두고 오지 않았네. 게다가 권총을 버리기에는 너무 교활한 사람일세. 지난번 전쟁에 참전한 소령이니까 그런 무기를 가지고 있다 해도 조금도 이상할 건 없지. 사실 소령이 권총을 한 자루 가지고 있는 것을 아는 사람도 몇 명은 될 걸세. 더구나 결백하다면——소령은 우리가 그렇게 생각해 주기를 기대하고 있는 모양이지만——늘 두던 그 자리에 놓아두어도 이상할 게 없겠지. 총은 없앴다면 그것이 오히려 의심을 사기 쉬울 테니까. 그리고 거기에는 아주 재미있는 심리적 요소가 담겨있다네. 범인이 아닌데도 의심받는 사람은 오히려 감추거나 버리지——예를 들어 리코크 대위처럼 말일세. 그러나 진짜 범인은 결백을 가장하기 위해서 사용한 흉기를 원래 있던 그 자리에 도로 갖다놓는다네." 밴스는 여전히 서랍장을 뒤져나갔다. "그러니까 문제는 소령이 평소에 권총을 어디에 넣어두는지 그 장소를 찾아내기만 하면 되네……이 서랍장에 두지는 않은 모양이군." 밴스는 서랍을 닫으면서 말했다. 다음에는 침대 밑에 놓아둔 여행가방을 열고는 그 속을 살폈다. "여기에도 없군." 하고 밴스는 별로 초조해 하는 기색도 없이 중얼거렸다. "그러면 그 밖에 그럴 듯한 곳은 옷장밖에 없겠는데." 그는 방을 가로질러가서는 옷장의 문을 열고 천천히 전기 스위치를 올렸다. 거기 윗선반에 불룩한 권총 케이스가 달린 군인용 혁대가 누구의 눈에도 띄기 쉽게 내던져져 있었다. 밴스는 세심한 주의를 해가며 그것을 집어다가 창문 가까운 침대 위에 놓았다. "그것 보게. 틀림없지, 매컴." 하고 밴스는 신이 나서 몸을 굽혀 자세히 들여다보았다. "혁대와 케이스를 특히 자세히 보게——케이스 덮개만 빼고——온통 먼지투성이로군. 덮개가 비교적 깨끗한 것은 최근에 열었다는 증거지……물론 단정할 수야 없겠지. 하지만, 매컴, 자네가 늘 단서단서 하니 말일세." 밴스는 조심스럽게 케이스에서 권총을 꺼냈다. "보게나, 권총에도 먼지는 없어. 최근에 손질을 한 모양일세." 그 다음에 밴스는 손수건을 총구에 틀어넣었다. 그리고 다시 빼들고는 살펴보았다. "이것 보게——총구 속도 깨끗하군……그리고 내가 가지고 있는 세잔의 그림 모두를 법학사님의 학위에 걸어도 좋네만 총알은 하나도 부족하지 않을 걸세." 밴스는 탄창을 빼내어 나이트 테이블 위에 놓으니 총알이 가지런히 들어 있었다. 일곱 발이었다——이런 형의 권총에는 총알 일곱 개가 전부였기 때문이다. "매컴, 자네가 중요하게 여기는 단서라는 것을 하나 더 제공하겠네. 총알은 오랫동안 탄창에 넣어두면 조금 변색되지. 탄창이 밀봉되어 있지 않으니까. 그러나 잘 봉해진 새 총알, 즉 상자 속에 들어 있었던 것이라면 훨씬 오랫동안 광택을 유지할 수가 있다네." 밴스는 탄창에서 굴러나온 첫번째 총알을 가리켰다. "이 총알을 보게——맨 마지막 탄창에 들어 있었던 것일세——다른 것보다 광택이 있지. 이것으로 추정한다면——자네는 추정의 명수니까——이것은 새 총알이며 아주 최근에 탄창에 넣었다는 이야기가 되겠지?"

밴스는 똑바로 매컴의 눈을 들여다보았다. "이것은 헤지든 주임이 보관하고 있는 것 대신 여기에 넣은 총알일세."

매컴은 자칫 최면술에 끌려들 것 같은 자신을 지키려는 사람처럼 갑자기 머리를 쳐들었다. 그리고 참으로 힘겨운 미소를 지었다. "그러나 아직 나는 플래트 부인에 대한 자네의 설명 쪽이 더 걸작이라고 생각하네."

"내가 그린 소령의 초상화는 이제 겨우 윤곽이 잡혔을 뿐일세." 하고 밴스는 말했다. "가필하여 분명한 모양을 갖추는 것이 지금부터의 일이지. 그러나 우선 간단한 교리문답부터 해보세……13일 밤 12시 30분에 동생 앨빈이 집에 있다는 것을 소령은 어떻게 알았을까?——소령은 앨빈이 세인트 클레어 양을 저녁식사에 초대한 사실을 알고 있었네——소령은 엿듣는 버릇이 있다는 호프먼 양의 이야기를 기억하고 있겠지?——그리고 또 세인트 클레어 양이 밤 12시에는 반드시 집으로 돌아간다는 사실도 소령은 들어서 알고 있었을 걸세. 어제 세인트 클레어 양과 헤어지고 나서, 그 여자가 우리에게 한 이야기 중에 진범을 단죄하는 데 도움될 만한 점이 있다고 내가 말했다는 것은 그 여자가 어디에 가든 밤 12시에는 반드시 집으로 돌아간다고 말했다는 점일세. 따라서 소령은 앨빈이 밤 12시 30분쯤에는 집에 돌아와 있으리라는 것을 알고 있었네. 물론 집에 다른 사람은 없을 것이라는 것도 알았지. 또 만일의 경우에는 기다리고 있으면 되니까――동생은 '앙 데자비예'(en déshabilla(거의 벌거숭이))로 형을 만나줄까?――물론 만나주겠지. 소령은 창문을 두드렸네. 틀림없는 형의 목소리였지. 앨빈은 형 앞에서 옷차림 같은 것에 마음쓸 필요가 없었으니까. 틀니도 가발도 없이 맞아들여도 아무 상관이 없었지……소령의 키는 꼭 들어맞는가?――틀림없네. 며칠 전 나는 자네 사무실에서 일부러 소령 옆에 서보았거든. 거의 5피트 10인치 반(약 179*cm*)쯤 되었네."

매컴은 탄창이 빠진 권총을 말없이 바라보았다. 밴스는 다른 사람을 나무라는 말을 늘어놓을 때와는 전혀 다른 목소리로 이야기하고 있었다. 매컴도 그 변화를 알 수 있었다.

"자아, 다음은 보석일세." 하고 밴스가 말했다. "언젠가 내가 한 말을 잊지는 않았겠지? 파이프의 담보를 찾아낼 때가 범인의 어깨에 손을 얹을 때라고 한 말 말일세. 그때 나는 소령이 보석을 가지고 있다고 보았다네. 소령이 그 꾸러미에 대해서는 말하지 말라고 했다는 호프먼 양의 말을 들었을 때 나는 마침내 그 확신을 굳히게 되었네. 앨빈은 그것을 13일 오후 자기 집으로 가지고 갔지. 소령은 틀림없이 그것을 알고 있었어. 짐작컨대 그 사실이 그날 밤 앨빈의 생명을 빼앗기로 소령이 마음먹게 한 것일세. 매컴, 소령은 보석이 필요했던 거야." 밴스는 기세좋게 벌떡 일어나서 문을 향해 걸어갔다. "자, 남은 건 그 보석을 찾아내는 일뿐일세……살인범이 그것을 가져갔을 거야. 그렇지 않고는 그 보석이 그 집에서 사라질 까닭이 없지. 따라서 보석은 이 아파트에 있어. 소령이 사무실로 가지고 가면 누구에겐가 들킬 염려가 있고, 은행금고에 맡기면 은행직원이 신문에 난 보석 기사를 기억하게 될지도 모르지. 그리고 권총에 적용한 같은 심리가 보석에 대해서도 들어맞네. 소령은 시종일관 자기의 결백을 꾸미고 있거든. 또 사실 그 보석을

둘 곳으로는 여기보다 더 안전한 곳이 없지. 사건이 완전히 일단락
되고 나서도 그것을 처분할 시간은 얼마든지 있으니까……매컴,
함께 가세. 자네의 괴로운 심정은 나도 알고 있네, 자네의 심장은
본래 마취제에는 몹시 약하니까."

매컴은 어리둥절한 채 밴스를 따라 복도로 걸어갔다. 나는 매컴
이 몹시 가엽게 생각되었다. 밴스가 소령의 유죄를 실증하기 위해
열을 올리고 있는 건 이미 의심할 여지가 없었기 때문이다. 밴스가
소령의 알리바이를 조사하자는 말을 처음 꺼냈을 때부터 매컴도
그 밴스의 의도를 어렴풋이나마 깨달았으나, 밴스가 자기를 애태
우는 것이 못 견디게 싫은 것만큼, 그 조사의 결과가 그로서는 견
딜 수 없이 두려웠던 것이라고 나는 처음부터 느꼈다. 매컴은 오랫
동안 벤슨 소령과 우정을 맺어왔는데, 결국 자기로서도 어쩔 수 없
는 진상과 맞부딪치게 된 것이다. 그리고 나도 지금에야 알아차렸
지만 그는 도저히 피할 길 없는 상황에 몰리면서도 여전히 밴스의
마음이 오해한 것이었으면 좋겠다는 한가닥 희망을 품었던 것이다.
그리하여 사건 진행이 한 단계씩 오를 때마다 온 힘을 다해 반대
함으로써 운명 자체의 모습을 바꿀 길이 없을까 하고 안간힘을 쓰
는 것이었다.

밴스는 앞장서서 거실로 들어가서 한 5분쯤 버티고 선 채 거기
놓여 있는 가구들을 둘러보았다. 한편 매컴은 입구에 서서 두 손을
주머니에 깊숙이 찌르고 가늘게 뜬 눈으로 밴스를 지켜보고 있었
다.

"물론 전문수사관을 데려와서 방안을 이잡듯이 뒤져도 좋겠지
만──" 하고 밴스는 그의 생각을 말했다. "그렇게 할 필요는 없
을 걸세. 소령은 대담하고 교활한 사람이야. 그것은 그 넓고 네모
난 이마, 사람을 위압하는 듯이 쏘아보는 동그란 눈과 곧게 뻗은
척추뼈와 안으로 들어간 배를 보면 알 수 있지. 그런 사람의 심리
작용은 모두 직선적이고 분명하다네. 그는 포의 D 장관(에드거 앨런
포의 「도둑맞은 편지」에 나온다)처럼 보석을 남 모르는 곳에 힘들여 감
출 필요가 없다고 생각했을 걸세. 게다가 또 감춰야 할 이유도 없
었어. 다만 사람 눈에 띄지 않게만 해두면 된다고 생각했겠지. 그
렇다면 물론 자물쇠와 열쇠가 있어야 하겠지. 그런데 침실에는 그런

'카세'(cache(감출 곳))가 없네. 그래서 이리로 온 걸세."

밴스는 구석에 놓인 자단 책상으로 다가가서 서랍을 열었는데 자물쇠는 잠겨 있지 않았다. 다음에는 테이블의 서랍을 열어보았는데 그것도 잠겨 있지 않았다. 창가의 조그만 스페인풍의 장롱 역시 기대에 어긋나고 말았다. "매컴, 어떻게 해서든지 자물쇠가 채워진 서랍을 찾아내기만 하면 되는데 말이야." 하고 밴스는 말했다. 다시 한 번 방안을 살피고 침실로 돌아가려고 할 때 밴스의 눈은 가운데 테이블 밑에 있는 여송연 상자에 멎었다. 그 여송연 상자는 사카시아산 호도나무로 만들었는데, 낡은 잡지들로 반쯤 가려져 있었다. 그는 주춤 걸음을 멈추고 급히 그 상자 쪽으로 가서 뚜껑을 열려고 했는데 잠겨 있었다. "글쎄!" 하고 밴스는 의아한 듯 말했다. "소령은 무슨 담배를 피우는지 모르겠군. '로메오 에 율리에타 펠페시오나도스'일 것 같은데——그렇다고 자물쇠를 채워둘 만한 물건은 아닌데——" 밴스는 테이블 위에 놓여 있던 튼튼해 보이는 청동제 나이프를 집어들고 그 칼끝을 여송연 상자 자물쇠 위의 틈새에 끼워넣었다.

"그런 행동은 하면 안돼." 하고 매컴이 다급히 소리쳤다. 그 목소리는 비난에 차 있었으나 그에 못지않은 고뇌도 섞여 있었다.

그러나 매컴이 미처 말리기도 전에 날카로운 소리와 함께 뚜껑이 열렸다. 그 안에는 파란 비로드의 보석상자가 들어 있었다. "보게나, 이게 바로 '말 못하는 보석이 말 이상으로 말해주고 있다'는 걸세." 하고 밴스는 한 발자국 뒤로 물러섰다.

매컴은 침통한 얼굴로 여송연 상자를 바라보고 있었다. 그리고 천천히 시선을 다른 곳으로 돌리며 옆에 있던 의자에 허물어지듯 몸을 던졌다. "아아! 나는 무엇을 믿어야 할지 모르겠군." 하고 중얼거렸다.

"그 점에서는——" 하고 밴스가 대답했다. "자네는 모든 철학자와 마찬가지로 구제의 길이 없는 늪에 빠져 있는 걸세——그러나 자네는 말일세, 반 다스나 되는 무고한 사람들을 간단히 유죄로 믿으려 했었잖나? 그런데 정말로 죄가 있는 소령을 앞에 놓고는 어째서 뒷걸음질인가?" 밴스의 말투는 비웃는 듯했으나, 그 눈에 떠올라 있는 알 수 없는 기묘한 빛이 말투와는 다른 느낌을 주고 있었다. 이 두 사람은 서로 떨어질 수 없는 단단한 우정으로 맺어져 있으면서도 오늘날까지 단 한 번도 감상적인 말이나 혹은 동정적인 말을 주고받는 것을 나는 본 적이 없었다.

매컴은 절망적인 몸짓으로 팔꿈치를 무릎에 대고 두 손으로 머리를 싸안고는 몸을 앞으로 숙였다. "하지만 동기는?" 하고 그는 주장했다. "그까짓 한줌의 보석 때문에 형제를 죽이는 사람은 없어."

"그야 없겠지." 하고 밴스는 동의했다. "보석은 단지 부록일 뿐일세. 물론 여기에는 중대한 동기가 있었을 걸세——지금부터 확인해 봐야겠지만, 그 회계사에서 보고서가 나오면 완전히——적어도 태반은—— 알게 될 거야."

"그래서 자네는 장부를 조사해야겠다고 말했군." 매컴은 결연하게 일어났다. "가세, 철저하게 조사하도록 해줌세."

그러나 밴스는 일어나려고 하지 않았다. 그는 벽난로 장식선반 위에 놓인 동양풍 디자인의 낡은 촛대를 유심히 바라보고 있었다. "아니!" 하고 그는 중얼거렸다. "모조품치고는 정말 일품이로군."

(1) 그 관리인은 켈리 가(街) 621번지에 사는 잭 폴리스코였다.
(2) 틀림없이 플래트 부인이었을 것이다.

제24장 체   포
(6월 20일 목요일 정오)

아파트를 나오면서 매컴은 권총과 보석함을 가지고 나왔다. 그리고 6번가 모퉁이의 약국에서 히스 경사에게 전화를 걸어, 지금 곧 검사국에서 만나고 싶으니 헤지던 주임과 함께 오라고 알렸다. 또 회계사인 스티트에게도 전화를 걸어 되도록 빨리 보고를 듣고 싶다고 했다.

"자네도 알았겠지?" 우리가 형사법정건물로 가기 위해 택시에 올라타자 밴스가 말했다. "내 방법이 자네 방법보다는 훨씬 낫다는 것을 말일세. 처음 발단에서부터 누가 했는지 알고 있으면 속임수에 넘어가는 일은 없지. 그런 선견지명이 없으면 교묘한 알리바이 같은 것에 속아넘어가기 쉽다네……내가 모두의 알리바이를 조사해 달라고 한 것은 소령이 범인임을 알았기에 범인인 그가 얼마나 교묘한 알리바이를 만들어 놓았을까 궁금했었기 때문일세."

"그렇다면 왜 모두의 알리바이를 조사시켰나? 오스틀랜더 대령의 알리바이를 무너뜨리는 데 시간을 낭비해 가면서까지 그럴 건 없지 않았나?"

"그런 식으로 소령의 이름을 다른 사람들 이름과 함께 끼워넣지 않으면 그의 알리바이를 어떻게 알 수 있나? 처음부터 소령의 알리바이를 조사해 달라고 했더라면 자네는 아마 틀림없이 거절했을 걸세. 제일 먼저 대령의 알리바이를 조사시킨 것은 아무래도 빠져나갈 구멍이 있을 것 같았기 때문일세 ── 그 생각은 제대로 들어맞았지. 다른 사람들 중에서 누구든지 한 사람의 알리바이를 무너뜨리면, 소령의 알리바이 검토에 자네가 좀더 적극성을 띠지 않을까 생각했다네."

"하지만 자네 말대로 처음부터 소령이 범인이라는 것을 알고 있었다면 왜 미리 나에게 가르쳐 주지 않았나? 만일 그랬다면 지난 1주일 동안 적어도 마음 고생만은 하지 않았을 게 아닌가?"

"이 사람아, 그렇게 간단히 몰아붙이지 말게나." 하고 밴스는 말했다. "처음부터 내가 소령을 비난했다면 자네는 '스칸달룸 마그나 툼'(scandalum magnatum(명예훼손))과 비방죄로 나를 체포했을 걸세. 소령이 범인이라는 사실을 줄곧 자네에게 감추어 자네의 주의를 다른 곳으로 돌리게 함으로써 오늘 그 사실을 자네에게 납득시킬 수가 있었던 것일세. 하지만 그래도 나는 한 번도 자네에게 진짜 거짓말은 하지 않았다네. 끊임없이 암시를 주고 중요한 사실을 지적하여 자네 스스로 진상을 간파하게 되기를 바라고 있었지. 그러나 자네는 화가 날 정도로 생각이 비뚤어져서 내 암시를 깡그리 무시하거나 아니면 곡해하더군."

매컴은 한동안 말이 없었다. "자네 말은 알아듣겠어. 하지만 어째서 자네는 그런 식으로 지푸라기 인형을 만들었다가는 부숴버리곤 했나?"

"자네는 몸도 마음도 상황증거의 포로가 되어 있었어." 하고 밴스가 지적했다. "소령이 범인이라는 것을 확실히 알게 하려면 우선 상황증거 같은 것은 아무 쓸모도 없다는 것을 자네에게 이해시키는 수밖에 없었지. 소령에게 불리한 증거는 하나도 없었으니까 ─ 물론 소령은 그걸 알고 있었지. 어느 누구도 소령이 범인일지도 모른다는 건 생각지도 못했으니까. 형제를 죽인다는 건 '루수스 나투래'(lusus naturae(꾸며진 장난))로, 카인의 시대 이후론 생각조차 못할 일이었지. 내가 온갖 지혜를 짜내고 있는데 자네라는 사람은 하나하나 트집을 잡아 닥치는 대로 반대했고, 나의 겸허한 노력을 꺾기 위해 온갖 수단을 다 동원했었네……자네도 사내라면 이것을 인정하게나 ─ 내가 끝까지 버티지 않았다면 소령은 혐의조차 받지 않았으리라는 것을 말일세."

매컴은 천천히 고개를 끄덕였다. "하지만 지금에 와서도 나로선 알 수 없는 일이 있어. 예를 들어 소령은 왜 리코크 대위의 체포를 그토록 열심히 반대했을까?"

밴스는 머리를 흔들었다. "자네는 정말 단순한 친구로군, 자네 같은 사람은 죄라고는 평생 짓지 못할 걸세, 매컴 ─ 당장 붙잡힐 테니까 말이야. 소령으로서는 범인체포에 아무 관심도 없는 척했던 거지. 자네가 리코크 대위를 체포하려고 할 때 적극적으로 반대하는 척하면 소령의 처지가 더욱 확고해진다는 것을 자네는 모르겠나? 자기에게 씌워질지도 모르는 혐의를 완전히 벗어버리는 데 그보다 더 좋은 방법이 또 어디 있겠나? 그리고 소령은 자기가 무슨 말을 하든 자네는 결코 생각을 바꾸지 않는다는 것을 잘 알고 있었지. 자네는 그만큼 고결한 선비가 아닌가?"

"하지만 소령은 한두 번 세인트 클레어 양이 범인이라고 생각하고 있는 듯한 인상을 내게 보였다네."

"그야, 이 사람아, 교활한 꾀를 그 기회에 이용한 것일세. 대위에게 혐의가 돌아가도록 꾸민 거지. 리코크 대위는 세인트 클레어 양 때문에 사람들 앞에서 앨빈을 공공연하게 협박했네. 그 여자는 앨빈과 단둘이 식사하기로 되어 있었지. 그러니 다음날 아침 앨빈이 육군용 콜트 권총으로 사살된 시체로 발견되었다면 대위 말고 혐의를 걸 만한 사람이 또 누가 있겠나? 소령은 대위가 혼자 살고 있기 때문에 알리바이를 만들기가 어렵다는 것도 알고 있었지. 파이퍼를 참고인으로 추천한 것을 보아도 소령이 얼마나 교활한 사람인가를 이제는 자네도 알겠지? 소령은 자네가 파이피를 심문하면 리코크 대위가 앨빈 벤슨을 협박한 사실이 자네 귀에 들어가게 될 것이라고 이미 계산에 넣어둔 거라네. 게다가 소령이 파이피의 이름을 꺼낼 때 자못 뒤에 가서야 생각난 일인 것처럼 꾸민 점도 잊어서는 안되지. 문득 떠오른 것처럼 보이게 하고 싶었던 것일세 —— 그는 정말 빈틈없는 악마야."

매컴은 어두운 얼굴을 하고 열심히 듣고 있었다.

"그런데 아까 내가 소령은 기회를 이용했다고 말했는데, 그 기회란 말일세 ——" 하고 밴스는 계속했다. "앨빈이 함께 식사한 여자가 누구인지 자네가 알고 있다고 했으므로 소령의 예상은 한 번은 완전히 빗나가고 말았지. 그때 자네는 그녀를 기소하기에 충분한 증거를 가지고 있다고 했네. 소령은 자네의 그 생각이 마음에 들었던 걸세. 기사도 정신이 넘쳐흐르는 이 도시에서 증거야 어찌되었든 아름다운 여자가 살인사건으로 유죄판결을 받은 예가 없다는 것을 소령은 알고 있었거든. 소령은 스포츠 정신이 뛰어난 사람이어서 이 범죄사건이 결국에는 아무도 처벌받지 않고 끝나게 되기를 바랐던 걸세. 그래서 자네가 그녀에게로 혐의의 시선을 돌리자 그로서는 더는 바랄 수가 없을 만큼 좋게 된 셈이지. 그리고는 그 여자가 사건에 말려드는 것은 바라지 않는다는 연극을 한 걸세."

"그래서 자네는 그의 장부를 조사시키고, 자백서에 대해 할 이야기가 있다며 사무실로 나와 달라는 말을 나에게 시킬 때도 세인트 클레어 양이 자백한 것처럼 넌지시 풍기도록 했구먼."

"그야 물론이지."

"그렇다면 소령이 감싸고 돌던 사람은 ——"

"소령 자신이었지만 자네에게는 세인트 클레어 양인 것처럼 보이고 싶었겠지."

"소령이 범인이라고 확신하고 있으면서 자네는 왜 또 오스틀랜더 대령을 이 사건에 끌어들였나?"

"소령을 화장시킬 장작을 그가 제공하리라고 생각했기 때문일세. 나는 대령이 앨빈 벤슨과 친한 사이이며 완전히 '카마리야'(camarilla (동류))임을 알고 있었고, 게다가 형편없는 허풍쟁이라네. 어쩌면 벤슨 형제의 사이가 좋지 않다는 것을 알고 진상을 어느 정도 짐작하고 있을지도 모른다는 생각이 들었던 걸세. 그리고 파이피에 대한 대강의 지식을 얻어둠으로써 만일에 생길지도 모르는 그 반대의 가능성을 모두 제거해 버리고 싶었다네."

"하지만 파이피에 대해서는 이미 대강 알고 있지 않았나?"

"아니, 내가 말하는 건 물적단서가 아니라 파이피의 본성——그의 심리라네——특히 도박꾼이로서의 개성을 알고 싶었던 걸세. 알겠나, 매컴? 이것은 타산적이고 냉혈적인 도박꾼의 범죄일세. 그런 특수한 타입의 사람이 아니고는 도저히 해낼 수 없는 일이거든."

매컴은 아무래도 당장은 밴스의 이론에 흥미가 없는 것 같았다. "소령은 금고 속에 있는 보석에 대해 동생이 거짓말을 했다고 진술했는데, 자네는 그 말을 믿었나?" 하고 매컴이 물었다.

"그 엉큼한 앨빈은 보석에 대한 것을 형에게 사실대로 말하지는 않았겠지." 하고 밴스는 대답했다. "아마 파이피가 언젠가 찾아왔을 때 엿들어서 알아냈을 걸세……엿듣는다는 말이 나왔으니 말인데, 나는 범죄의 동기를 거기서 짐작하게 되었다네. 자네가 자랑하는 스티트 씨가 그 점을 밝혀주길 바라고 있네."

"자네 설명으로는 이 범죄는 순간적으로 생각나서 저지른 우발적인 범행인 것 같군." 매컴의 말은 사실은 질문이었다.

"실행의 세부적인 것은 순간적으로 떠올랐겠지." 하고 밴스가 설명을 보탰다. "소령은 아마 예전부터 동생을 죽여야겠다고 생각해 왔을 걸세. 언제 어떤 방법으로 할 것인가는 결정하지 않았지만 말이야. 아마 열 가지 이상 계획을 꾸몄다가는 모두 버렸겠지. 그런데 13일에야 기회가 온 걸세. 모든 조건이 저절로 소령의 목적에 알맞게 되어 있었거든. 세인트 클레어 양과 앨빈이 저녁식사를 함께 하러 간다는 말을 듣자 소령은 동생이 아마 밤 12시 30분쯤이면 집에 혼자 있게 되리라고 생각했지. 그 시각에 해치운다면 혐의가 리코크 대위에게 돌아가게 될 것이라는 계산도 했겠고. 소령은 앨빈이 보석을 집으로 가지고 가는 것을 보았어——이것 또한 하늘이 내린 좋은 조건이고 보면 기다리고 기다리던 절호의 기회가 마침내 찾아온 셈이었네. 남은 일은 알리바이를 만들어 '모더스 오퍼란디'(modus operandi(실행방법))를 생각해 내는 것뿐이었지. 그것을 어떤 방법으로 해냈는지는 이미 내가 설명한 그대로일세."

매컴은 몇 분 동안 생각에 잠겨 있었다. 이윽고 얼굴을 들었다. "자네 덕분에 소령이 범인이라는 확신이 생겼네." 하고 매컴은 인정했다. "하지만 난처하군. 나로서는 그것을 입증해야 하거든. 그런데 이렇다 할 법적 증거가 지금으로선 별로 없으니 말일세."

밴스는 가볍게 어깨를 으쓱했다. "나는 자네들의 엉터리 같은 법정이나 어리석은 증거의 규정 같은 것에는 흥미가 없다네. 하지만 어쨌든 자네를 납득시켰으니 자네의 도전을 회피했다고 하지는 말게."

"그런 말은 하지 않을 걸세." 하고 매컴은 우울한 듯 동의했다. 그리고 그의 입가의 근육이 차츰 긴장을 더해 갔다. "밴스, 자네는 자네 몫을 해냈네. 남은 일은 내가 맡겠네."

히스 경사와 헤지던 주임은 우리가 사무실에 도착하니 이미 와서 기다리고 있었다. 매컴은 여느 때처럼 차분하고 사무적인 태도로 두 사람에게 인사했다. 그때는 이미 완전히 자신을 되찾고 있었으며, 임무를 수행할 때면 보이는 그의 특징인 무뚝뚝하고 정력이 넘치는 태도로 눈앞의 일을 처리하기 시작했다. "이제 겨우 진범이 누군지 알아낸 것 같소, 히스 경사." 하고 그는 말했다. "우선 좀 앉으시오. 이제 자초지종을 설명하겠소. 하지만 그전에 해야 할 일이 한두 가지 있소." 매컴은 벤슨 소령의 권총을 총기 전문가에게 넘겨주었다. "이 권총을 조사해서 벤슨을 살해한 흉기인지 아닌지를 말해 주십시오, 헤지던 주임."

헤지던 주임은 느린 걸음으로 창가로 걸어갔다. 그는 창틀에 권총을 놓고 헐렁한 윗도리 주머니에서 여러 가지 도구를 꺼냈다. 그리고는 보석상들이 쓰는 확대경을 한쪽 눈에 끼고, 언제나 끝이 날지 짐작도 안되는 일을 하나하나 해나갔다. 먼저 총머리를 떼어서 방아쇠를 내려놓고 발화전을 꺼냈다. 슬라이드를 빼고 연결 나사를 풀어서 반동 스프링을 빼냈다. 권총을 완전히 분해하려는 줄 알았더니 총신 안을 광선에 비춰보기 위해서 그랬던 모양이다──그는 총을 창을 향해 들어올리고는 총구에 눈을 갖다댔다. 약 5분 동안이나 총신 안을 들여다보고 햇빛이 내부의 여러 부분에 비치도록 그것을 조금씩 앞뒤로 움직여 보았다. 이윽고 그는 아무 말없이 천천히 공을 들여서 권총을 본래대로 조립해 나갔다. 그런 다음 어슬렁어슬렁 자리로 돌아와서는 한동안 눈만 껌벅이며 앉아 있었다.

"내가 보기에는——" 하고 헤지던 주임은 머리를 앞으로 내밀고 쇠테 안경 너머로 매컴을 빤히 보며 말했다. "이 권총인 것 같습니다. 단정하긴 어렵습니다만, 그날 아침 총알을 조사했을 때 특수한 줄 자국을 보았는데, 이 권총 내부의 줄이 그 총알의 줄 자국과 일치하는군요. 이것도 확실한 말씀은 못 됩니다. 헬릭스미터로 이 총신을 조사해 봤으면 좋겠습니다."[1]

"그러나 지금 주임님 생각에는 이 권총이라고 생각된다는 것이지요?"

"그런 생각이 드는군요. 잘못된 생각일지도 모르지만——"

"좋아요. 가지고 가서 완전히 조사가 끝나면 그 결과를 즉시 알려주십시오."

"그 권총이 틀림없습니다." 헤지던 주임이 가자 히스 경사가 이렇게 말했다. "저분에 대해서는 저도 잘 압니다만, 확신이 없는 한 그런 식으로 말하진 않습니다……대체 이건 누구의 권총입니까, 검사님?"

"이제 밝히겠소만." 매컴은 아직도 진상에 대해서 마음속으로 싸우고 있었다. 빠져나갈 구멍이 완전히 막혀버릴 때까지 소령이 범인이라는 말을 자기 자신의 귀에도 들려주고 싶지 않았던 것이다. "털어놓는 것은 스티트 씨의 보고를 듣고 나서 하겠소, '벤슨 앤드 벤슨 주식중개소'의 장부를 조사해 달라고 했는데, 이제 올 때가 되었소."

스티트를 기다리는 동안 매컴은 다른 일을 처리하려고 했으나 마음만 앞설 뿐 일이 손에 잡히지 않는 모양이었다. 15분쯤 지나자 스티트가 들어왔다. 그는 우울한 얼굴로 지방검사와 히스 경사에게 인사했는데, 밴스를 보자 반가운 얼굴이 되었다. "좋은 충고를 해주셔서 크게 도움이 되었습니다. 정말 안목이 높으십니다. 좀더 오래 벤슨 소령을 잡아두셨더라면 더 좋았을 겁니다. 사무실에 있는 동안 벤슨 소령은 줄곧 내 옆에 붙어서서 눈을 번뜩이고 있었는걸요."

"할 수 있는 데까지는 한 겁니다." 하고 밴스는 한숨을 쉬었다. 그리고는 매컴 쪽을 돌아다보았다.

"여보게, 나는 어제 점심식사를 하면서 스티트 씨가 조사하고 있는 동안 어떻게 하면 소령을 사무실에서 끌어낼 수 있을까 궁리했다네. 리코크 대위의 자백이 있었다고 했을 때 그것을 구실로 소령을 사무실에서 불러낸 거지. 사실 소령을 이리로 불러올 필요는 없었어. 다만 스티트 씨가 일하는 데 방해가 되지 않도록 해주고 싶었다네."

"뭣 좀 찾아냈소?" 하고 매컴이 회계사에게 물었다.

"아주 많습니다." 그가 사무적으로 대답했다. 회계사는 주머니에서 종이 한 장을 꺼내 책상 위에 놓았다. "여기 간단한 보고서가 있습니다⋯⋯밴스 씨의 충고대로 주식대장과 회계 보조기입장을 조사하고 대체출납부를 점검해 보았습니다. 원장부는 손대지 않고 주로 그 회사 간부들의 활동상황을 조사했습니다. 그 결과 알게 된 것은 벤슨 소령이 상습적으로 자기 명의로 고쳐쓴 증권을 담보로 넣고서 매매 차액의 이익금을 벌어들이는 데 보증으로 써왔으며, 비상장주(非上場株)의 투기에도 상당히 깊이 관계하고 있었다는 겁니다. 거기서 그는 큰 손해를 보았더군요⋯⋯정확한 액수는 알 수 없었습니다만."

"그렇다면, 앨빈은?"

"그도 매한가지였습니다. 하지만 그는 운이 좋은 편이었지요. 2~3주일 전에 컬럼버스 모터스 주식에 공동투자한 것이 맞아들어간 모양입니다. 그는 그 돈을 자기 금고에 챙겨넣었습니다──비서가 그렇게 말하더군요."

"그렇다면 만일 벤슨 소령이 그 금고의 열쇠를 차지하게 된다면──" 하고 밴스가 끼여들었다. "동생의 죽음은 그에게 행운이 되는 셈이로군."

"행운이라니요?" 하고 스티트 씨가 말을 받았다. "단지 주형무소로 끌려갈 걱정만은 없었겠지요."

회계사가 돌아가자 매컴은 돌부처처럼 앉아서 눈은 정면의 벽에 못박혀 있었다. 소령의 유죄를 본능적으로 부인하고 싶어서 붙잡은 지푸라기가 하나 더 손에서 사라진 것이다.

전화벨이 울렸다. 천천히 수화기를 집어들고 듣고만 있는 매컴을 보고서, 나는 그의 눈에 완전히 체념해 버리는 빛이 떠오르는 것을 느꼈다. 매컴은 기진맥진한 사람처럼 의자 등받이에 몸을 기댔다. "헤지던 주임의 전화일세." 하고 말했다. "그 권총이 틀림없는 모양이야."

그리고는 몸을 일으켜 히스 쪽을 보았다. "히스 경사, 그 권총은 벤슨 소령의 것이오."

경사는 '휘익'하고 휘파람을 불며 놀란 눈이 동그래졌다. 그러나 차츰 얼굴은 평소대로 무신경한 표정으로 바뀌어가고 있었다. "그렇습니까? 별로 놀랄 것도 없군요." 하고 경사가 말했다.

매컴은 벨을 눌러서 스워커를 불렀다. "벤슨 소령을 전화로 불러 범인을 체포하려고 하니 얼른 와달라고 말해 주게나." 매컴이 스워커를 시켜서 전화를 걸게 한 그 심정을 우리는 모두 이해하고 있었다——적어도 나는 그렇게 생각한다.

그런 다음 매컴은 히스에게 소령의 용의점을 간단히 설명했다. 그것을 끝내고 그는 일어나서 사무용 책상 앞에 놓인 테이블을 중심으로 의자를 늘어놓았다. 그리고, "벤슨 소령이 오면, 히스 경사——" 하고 말했다. "나는 그를 여기에 앉힐 작정이오." 그렇게 말하며 그는 자기와 정면으로 마주보이는 자리를 가리켰다. "당신은 그 오른쪽에 앉으시오. 펠프스를 데려다놓는 게 좋을 게요——만일 그가 없으면 다른 사람이라도 좋고——그를 왼쪽에 앉히시오. 하지만 내가 신호할 때까지는 절대로 손을 대서는 안되오. 신호를 하면 그때 체포하시오."

히스가 펠프스를 데리고 오자 그들은 각자 자기 자리에 가 앉았다. 그때 밴스가 말했다. "히스 경사, 조심하시오. 체포될 사람이 자기라는 것을 알게 되면 그 순간 소령은 죽을 힘을 다해 덤벼들 거요."

히스는 마치 그런 정도야 하고 경멸하듯 미소지었다. "밴스 씨, 사람을 체포하는 것이 처음인 줄 아십니까?——충고는 감사합니다만, 사실 소령은 그렇게는 못할 겁니다. 지나치게 신경질적이니까요."

"마음대로들 하시오." 하고 밴스는 그에게 일임했다. "하지만 일단 내가 경고는 해두겠소. 소령은 냉정하고 경험도 많은 사람이니까 마지막 순간까지는 눈 하나 깜짝하지 않을 게요. 그러나 마침내 끝으로 몰려서 이젠 완전히 졌다는 것을 알게 되면 그때는 상황이 달라질 거요. 모든 것이 끝장이라는 생각에서 평생을 두고 누르고 또 누르고 있었던 것을 육체적으로 폭발시킬 겁니다. 정열도 감동도 감격도 언제나 겉으로 드러내지 않고 살아온 사람은 언젠가는 그 돌파구를 찾게 마련이오. 어떤 사람은 폭발시켜 주변에 피해를 입히고──어떤 사람은 자살을 하게 되지요──그러나 그 원리는 마찬가지요. 심리반응이 문제지. 그런데 소령은 자살형이 아니오──그래서 나는 폭발형으로 보는 거요.”

히스는 히죽거리며 웃었다. “우리는 심리학에 대해서는 무식하지만──” 하고 경사가 말했다. “그러나 인간의 성격에 대해서는 대강 알고 있습니다.”

밴스는 나오는 하품을 깨물며 담배에 불을 붙였다. 그러나 나는 밴스가 앉아 있던 의자를 조금 뒤로 물려 테이블과의 거리를 다른 사람들보다는 넓게 잡는 것을 보았다.

“검사님.” 하고 펠프스가 쉰 목소리로 말했다. “이것으로 검사님 고생도 끝나는군요──저는 리코크 대위가 영락없이 범인이라고 생각했었지요……벤슨 소령을 의심하기 시작한 사람은 대체 누굽니까?”

“이 사건의 모든 공은 히스 경사와 살인수사과로 돌리겠네.” 하고 매컴이 말했다. 그리고 덧붙여서, “안됐네만, 펠프스, 지방검사국과 이 사건에 관계한 사람들은 모두 빠지기로 했다네.”

“하는 수 없군요. 세상이란 다 그런 거 아닙니까?” 하고 펠프스는 알겠다는 태도로 말했다.

우리는 긴장된 침묵 속에서 소령이 오는 것을 기다리고 있었다. 매컴은 넋나간 사람처럼 앉아서 담배를 피우고 있었다. 두세 번 스티트 씨가 놓고간 보고서를 흘끗 쳐다보았다. 그리고 한번 냉수기 옆으로 물을 마시러 갔다. 밴스는 앞에 놓여 있는 법률책을 아무데나 펼치고는 서부의 어느 판사가 내린 뇌물사건의 판결문을 재미있게 미소지으며 읽고 있었다. 히스와 펠프스는 기다리는 일에는 익숙하여 거의 꼼짝도 하지 않았다.

벤슨 소령이 들어왔을 때 매컴은 아무렇지도 않은 듯이 맞이했는데, 어느 때 같으면 의당 하게 될 그와의 악수를 피하기 위해 몹시 바쁜 듯 서랍 속의 서류를 휘젓고 있었다. 그런데 히스는 명랑하다고 해도 좋을 만큼 친근하게 그를 맞이했다. 소령에게 의자를 끌어내어 앉으라고 권하기도 하고, 날씨가 어떻다는 둥, 엉뚱한 이야기를 늘어놓았다. 밴스는 법률책을 덮고 발을 끌어당기고 허리를 꼿꼿이 펴고 앉음새를 바로했다.

벤슨 소령은 허물없는 태도를 보이면서도 위엄을 잃지 않았다. 그는 매컴을 흘끗 보았다. 무언가 눈치를 챘는지 모르지만 겉으로 나타내지는 않았다.

"소령, 실은 두세 가지 묻고 싶은 일이 있는데——별 지장이 없다면 말일세." 매컴의 목소리는 나직했으나 어딘지 늠름한 데가 있었다.

"뭐든지 물어보게나." 소령은 선선히 대답했다.

"자네는 육군용 권총을 가지고 있나?"

"가지고 있네——콜트 자동권총을 한 자루——" 소령은 의아한 얼굴을 하고 대답했다.

"언제 손질하고 총알을 채워놓았나?"

소령의 얼굴에는 조금도 동요하는 빛이 없었다. "분명하게 기억하고 있지는 않지만——" 하고 소령은 말했다. "내부 청소도 몇 번인가 했네. 하지만 해외에서 돌아온 뒤로 총알은 한 번도 갈아넣은 적이 없는데."

"최근 혹 누구에게 빌려준 적은 없었나?"

"내 기억으로 그런 일은 없네."

매컴은 스티트 씨의 보고서를 집어들고 잠깐 들여다보았다. "손님들에게서 선불거래증권을 인수하겠다는 제안을 받았을 때에 자네는 어떻게 그에 응할 셈이었나?"

소령의 윗입술이 비웃음으로 치켜올라가며 하얀 이를 보였다. "그랬군, 그랬었군——우정이라는 탈 뒤에 숨어서——다른 사람을 보내 장부나 조사시키다니!" 나는 소령의 목덜미에 붉은 반점이 나타나서 귓불까지 번져가는 것을 보았다.

"나는 그런 목적으로 사람을 보낸 것이 아니었다네." 소령의 비난에 매컴은 발끈했다. "오늘 아침에는 자네 아파트도 구경했다네."

"그렇다면 자네는 가택침입까지 했단 말인가?" 소령의 얼굴은 이제 새빨갛게 되었다. 이마에는 파란 힘줄이 솟아올라 있었다.

"그리고 버닝 부인의 보석도 찾아냈고……어째서 그것이 자네 아파트에 있었나, 소령?"

"어째서 거기에 있었든 자네가 알 바 아닐세." 하고 소령은 말했다. 그 목소리는 차디차고 여전히 침착한 태도였다.

"그러면 어째서 호프먼 양에게 그 사실을 말하지 말라고 시켰나?"

"그것도 자네가 알 바 아닐세."

"자네 동생을 죽인 총알이 자네 권총에서 발사되었다는 것도 내가 알 바 아닌가?" 하고 매컴이 조용하게 물었다.

소령은 입가에 차가운 웃음을 지으며 매컴을 한참 노려보았다. "자네가 하고 있는 행동은 분명히 배신행위라는 걸세——체포하기 위해서 사람을 불러다놓고는, 이쪽에서 그것을 모르고 있는 것을 기화로 죄를 뒤집어씌우는 질문을 하다니, 정말 말할 수 없이 비열한 사람이로군."

밴스가 나서며, "바보 같으니라고!" 그 소리는 아주 낮았지만 채찍처럼 따끔한 데가 있었다. "친구이기 때문에 무죄이기를 바라고 끝까지 기대를 걸면서 묻고 있는 것을 보면 모르겠소?"

소령은 흥분한 얼굴로 갑자기 밴스 쪽으로 몸을 돌렸다. "당신이 나설 자리가 아니야!——이 바보 멍텅구리 같은 녀석아!"

"당신 말이 맞아." 하고 밴스가 중얼거렸다.

"그리고, 매컴——" 하고 소령은 떨리는 손으로 매컴을 가리켰다. "두고 보라고, 진땀나게 해줄 테니까……"

온갖 잡소리와 하나님을 모독하는 말이 소령의 입에서 튀어나왔다. 콧구멍은 벌름거렸고 눈알은 번들거렸다. 그 노여움은 인간의 한계를 이미 벗어나 있었다. 중풍이라도 앓는 사람 같았다——얼굴이 일그러져서 징그럽고 마치 미친 사람 같았다.

매컴은 그 동안 두 손으로 머리를 감싸쥐고 눈은 감은 채 꼼짝 않고 참고 있었다. 마침내 지나친 분노로 소령의 말투가 횡설수설해지자 매컴은 눈을 들어 히스에게 고개를 끄덕였다. 히스 경사가 이제나 저제나 하고 기다리던 신호였다. 그러나 경사가 손을 쓰기도 전에 소령이 먼저 자리를 걷어차고 일어났다. 일어서자마자 그 기세를 몰아 재빨리 몸을 빼더니, 히스 경사의 얼굴에 번개 같은 일격을 가했다. 경사는 의자에 앉은 채 눈을 희번덕거리며 바닥으로 나가뻗어 버렸다. 펠프스가 달려나가 붙잡았다. 그러나 소령의 무릎이 위로 올라가더니 그의 아랫배를 보기좋게 한 방 먹였다. 펠프스는 바닥에 고꾸라져서 신음소리만 냈다.

그런 다음 소령은 매컴과 마주 섰다. 그 눈은 미친 사람처럼 번들거리고 입술은 한껏 뒤로 젖혀져 있었다. 거친 숨결을 따라 코도 벌름거렸다. 어깨를 곱추처럼 둥글게 하고 두 팔을 늘어뜨린 자세로 주먹을 단단히 쥐고 있었다. 그 태도에는 억누르기 어려운 무서운 악의가 가득차 있었다. "다음엔 너!" 목구멍에서 쥐어짜낸 독기어린 목소리는 짐승의 울부짖음 같았다. 그는 으르렁거리는 사나운 미친 개처럼 앞으로 나섰다.

이런 난투가 벌어지고 있는 동안, 조용히 앉아서 눈을 반이나 감고 한가하게 담배만 피우고 있던 밴스가 이때 갑자기 테이블을 돌아 앞으로 나섰다. 그는 두 팔을 앞으로 내밀더니 한 손으로 소령의 손목을 잡고 또 한 손으로는 팔꿈치를 잡았다. 그리고 날쌔게 뒤꿈치를 빙글 돌려 뒤로 물러섰다. 소령의 팔이 어깻죽지 뒤까지 비틀어올려졌다. 괴로운 외마디소리가 들렸다. 그리고는 밴스에게 붙잡힌 채 갑자기 축 늘어져 버렸다.

그때 히스가 정신이 들었다. 비틀거리며 얼른 일어나서 달려왔다. '철컥' 수갑이 채워졌다. 소령은 털썩 의자에 주저앉아 아프다는 듯이 어깨를 앞뒤로 움직이고 있었다.

"괜찮아질 거요." 밴스가 소령에게 말했다. "관절의 인대(靭帶)가 좀 늘어났을 뿐이오. 2~3일 지나면 나아질 거요."

히스가 앞으로 나와서 말없이 밴스에게 손을 내밀었다. 그것은 사과인 동시에 감탄의 표시였다. 나는 그래서 히스가 좋다.

경사와 소령이 나가자 펠프스가 부축을 받으며 일어나 안락의자에 앉혀졌다. 매컴이 한 손을 밴스의 팔에 걸었다. "가세." 하고 말했다. "나는 이제 쓰러질 것 같아."

(1) 나중에야 알게 되었지만 헬릭스미터란 현미경에 대놓고 총신(銃身) 안쪽을 자세하게 조사할 수 있는 기계였다.

제25장 밴스, 그 방법을 설명하다
(6월 20일 목요일 오후 9시)

같은 날 밤 터키탕에서의 목욕과 저녁식사가 끝난 뒤, 완전히 우울에 빠져 있는 매컴과, 명랑하고 쾌활한 밴스, 그리고 나 이렇게 세 사람은 스타이비샌트 클럽의 구석진 휴게실에 앉아 있었다.

30분 이상이나 우리는 말없이 담배만 피워댔는데, 밴스가 자기의 생각에 매듭이라도 지으려는 듯이 불쑥 입을 열었다. "히스같이 머리가 굳어서 상상력이라고는 조금도 없는 이들이 범죄를 저지르는 사람들과 일반사회 사이에 일종의 울타리를 치고 있는 꼴이라니⋯⋯정말 슬픈 일일세."

"지금 세상에 나폴레옹은 없어." 하고 매컴도 이야기에 끼여들었다. "만일 있다고 해도 형사는 되지 않을 걸세."

"그런 직업을 갖고 싶었어도——" 하고 밴스가 말했다. "그 체격으로는 퇴짜나 맞았겠지. 내가 보기에는 자네들 경관은 키와 체중에 어떤 기준을 정해 놓고 뽑는 모양이더군. 체격에 있어서 일정한 규격에 맞아야 한다——취급해야 하는 범죄가 마치 폭동이나 갱 사건밖에 없는 것처럼 말일세. 크다는 것——이것은 예술에서나 건축에서나 정식요리에서나 탐정에서나 위대한 미국의 이상인 모양일세. 정말 어이없는 관념이지."

"아무튼 히스는 그래봬도 배짱이 보통이 아니야." 하고 매컴이 변명하듯 말했다. "자네에 대한 나쁜 인상도 지금은 깨끗이 잊었을 걸세."

밴스는 웃었다. "석간신문에서 그만큼 푸짐한 칭찬을 받게 되면 누구든지 기분이 좋아지지. 소령에게 얻어맞은 것마저도 아마 풀어졌을걸——정말 기묘한 일격이었다네. 회전력을 이용한 것이지. 히스의 몸은 정말 튼튼한 모양일세⋯⋯그렇지 않다면 그렇게 빨리 일어날 수 없었을 거야⋯⋯하지만 펠프스가 안됐어. 아마 평생 동안 무릎이 불편할 거야."

"소령의 반응에 대한 자네의 추측은 옳았네." 하고 매컴이 말했다. "결국 자네의 심리학적 잔소리에도 쓸모가 있다는 것을 인정하는 데 굳이 인색할 건 없다는 생각이 드는군. 자네의 그 심리학적 추리 덕분에 수사가 궤도에 오른 셈이니 말이야."

잠시 사이를 두었다가 매컴은 밴스 쪽으로 몸을 돌리고는 아무래도 이해할 수 없다는 듯이 한참을 바라보았다. "그런데, 밴스, 자네는 소령이 범인이라는 것을 대체 어떻게 처음부터 확신을 갖게 되었나?"

밴스는 의자 등받이에 몸을 기대었다. "지금부터 이 범죄의 특질──아주 뚜렷한 특징을 생각해 보기로 하세. 총이 발사되기 직전 벤슨과 범인은 서로 이야기를 주고받고 있었을 걸세──한 사람은 앉고 또 한 사람은 선 채로. 그러다가 벤슨은 책을 읽는 척했다네. 자기가 할말은 다 해버렸으니까. 책을 읽는다는 것은 이제 다 끝났다는 뜻이겠지. 범인은 더 이상 말해 보아야 가망이 없다는 것을 알고는 사나이답게 대처할 결심을 하고서 총을 꺼내 앨빈 벤슨의 관자놀이를 향해 방아쇠를 당겼겠지. 그런 다음 불을 끄고 나간 걸세……이것이 현장이 보여준 사실이며, 또한 현실적으로도 그렇게 된 것일세."

밴스는 두세 모금 담배를 피웠다. "그럼, 이 사실을 분석해 보세나……내가 처음부터 지적했듯이 범인은 몸을 겨누지 않았어. 명중률은 훨씬 높지만 완전히 죽게 할 가능성이 적거든. 그래서 범인은 맞추기 어렵고 실패할 위험은 있지만──동시에 한층 확실하고 효과적인──방법을 택한 것일세. 그 수법은 말하자면 대담하고 직접적이고 거침이 없었지. 강철 같은 신경과 고도로 발달한 도박 본능을 가지고 있어야 비로소 그런 직접적이고도 대담한 행동을 할 수 있는 거야. 따라서 신경질적인 사람, 흥분하기 쉬운 사람, 충동적인 사람, 또는 겁이 많은 사람은 모두 용의자에서 제외되었네. 범죄의 솜씨가 뛰어나고 사무적인 양상을 띠고 있다는 점과 범인의 유죄를 인정할 만한 물적증거가 무엇 하나 남아 있지 않다는 점을 아울러 생각해 보면 이 범죄가 굉장한 자신감을 가진 사람에 의해 냉정하고 치밀하게 미리 계획되어 있었다는 것이 뚜렷했어.

그 범죄에는 교묘함이나 상상력 같은 것도 전혀 찾아볼 수 없었지. 모든 특징이 공격적이고 결단적인 정신——정적(靜的)이고 의지가 강하고, 일을 직접적이고 구체적이며 명확하게 처리하는 데 익숙한 사람의 행동이라는 것을 가리키고 있었네……매컴, 자네도 겉으로 나타난 징후를 보고 사람의 성격을 판단할 정도는 할 수 있겠지?"

"자네 이론의 줄거리쯤은 나도 알 수 있다고 생각하네." 하고 매컴은 자신없는 대답을 했다.

"그럼, 됐어." 밴스는 계속했다. "행위의 정확한 심리적 본질이 드러났으니 남은 일은 주어진 조건 아래에서 이런 종류의 계획을 세웠을 경우, 이번 사건과 똑같은 방법으로 해치울 정신과 기질을 가진 관계인물을 찾아내기만 하면 되었던 것일세. 우연히도 나는 오래 전부터 소령을 알고 있었기에, 그날 아침 현장 상황을 대충 훑어본 순간 그 사람의 행동이라는 생각이 뚜렷이 떠올랐지. 그 범죄는 모든 점에서 볼 때 소령의 성격과 정신상태의 완전한 심리적 표현이었거든. 그러나 만일 개인적으로 소령을 알고 있지 않았다고 하더라도, 또한 용의자가 아무리 많았어도 범인의 개성을 뚜렷하게 알고 있으므로 그를 골라낼 수 있었을 걸세."

"하지만 소령과 같은 타입의 다른 사람이 했다면?" 하고 매컴이 물었다.

"사람의 기질은 저마다 모두 다르다네——두 사람이 때로는 비슷하게 보인다 해도 말일세." 하고 밴스는 설명을 계속했다. "이번 경우는 소령과 같은 타입에, 같은 기질을 가진 다른 사람이 했을지도 모른다는 건 거의 생각할 수 없는 일이지만, 가령 그렇다고 한다면 거기에는 개연성의 법칙을 고려해 넣을 필요가 있네. 개성과 본능에 있어서 거의 같은 사람이 둘 뉴욕에 있었다고 가정하더라도 그 두 사람이 모두 벤슨을 살해할 이유를 가지고 있을 가능성은 거의 없네. 그러나 파이피가 등장하여 그가 도박꾼이고 수렵가라는 것을 알았을 때 가능성은 적었지만 아무튼 그의 기질을 조사해 보기로 했지. 나는 그를 개인적으로는 모르기 때문에 오스틀랜더 대령을 통해 정보를 얻어낸 셈인데, 대령의 이야기를 듣고 파이피는 곧 '호르 드 프로포'(hors de propos(문제 밖))가 되었네."

"하지만 그는 담력도 있고 뒷일은 생각지도 않는 노름꾼이며, 분명히 돈에도 쪼들리고 있지 않았나?" 하고 매컴이 이의를 내세웠다.

"그야 그렇지, 하지만 무모한 노름꾼과, 소령처럼 대담하고 분별 있는 도박꾼은 크게 다르다네——그 둘 사이에는 심리적인 깊은 골이 있지. 사실 그 두 사람을 움직이고 있는 충동이란 정반대의 것이라네. 무모한 노름꾼은 불안과 희망과 욕구에 의해서 움직이지만, 분별있는 도박꾼은 편의주의와 신념과 판단에 따라서 움직이거든. 한쪽은 감정적이고 다른 한쪽은 이성적이지. 소령은 파이피와 달리 선천적인 도박꾼으로서 끝없는 자신감을 가지고 있었네. 이런 종류의 자신감은 무모와는 다르다네. 이 둘이 겉보기에는 비슷하지만 말일세. 소령은 자기는 절대로 틀림없고 안전하다는 본능적인 신념을 가지고 있었지. 프로이트파 심리학자들이 '열등감'이라고 부르는 것과 반대되는 것일세——자아광(自我狂)의 한 가지로서, '폴리 드 그란다르'(folie de grandeur(과대망상증))의 변종일세. 소령에게는 그것이 있었지만 파이피에게는 그것이 없었어. 그리고 그 범죄엔 범인이 그런 자질을 가지고 있다는 것이 나타나 있었기 때문에 파이피가 결백하다는 걸 알았던 것일세."

"어렴풋이나마 나도 알 것 같군." 하고 매컴이 말했다.

"그러나 그것 말고도 징후가 또 있었다네. 심리적인 것 이외에도——" 하고 밴스는 이야기를 계속했다. "시체의 복장이 평상복 차림에 가발과 틀니가 2층에 그대로 있었던 점, 범인이 그 집 구조를 잘 알고 있었던 점, 벤슨 자신이 범인을 맞아들였다는 점, 그 시각에 벤슨이 혼자 집에 있다는 것을 알고 있었다는 점——이런 것들이 모두 소령이 범인이라는 걸 말해 주는 점들일세. 그리고 또 있네. 범인의 키가 소령의 키와 일치한다는 점이네. 그러나 이것은 그다지 중요하지는 않네. 내 추정이 소령의 키와 맞지 않았더라면 총알에 편류(偏流)가 있었다는 걸 알게 되는 것뿐이지. 세계 제일 가는 헤지던 주임의 의견은 어떻든간에."

"그것이 여자의 범행이 아니라고 그토록 자신 있게 말한 까닭은 어디에 있었나?"

"우선 먼저 말하고 싶은 것은 그건 결코 여자의 범죄가 아니었다는 점일세──즉, 여자라면 그런 식으로 하지는 않는다네. 아무리 정신력이 강한 여자라도 여자인 이상 사람의 목숨을 빼앗으려는 근본적인 문제에 맞닥뜨리게 되면 감정적이 되거든. 여자가 그런 범죄를 냉정하게 계획하고, 그처럼 사무적인 능률로써 실행한다──5~6피트(약 150~180m)의 가까운 거리에서 상대방의 관자놀이를 겨누고 한 방에 해치운다──는 것은 인간의 본성에 대해 우리가 알고 있는 지식에 완전히 어긋나는 것이니까. 그리고 또 여자는 앉아 있는 상대를 앞에 두고 자기는 서서 사물을 논하지는 않는다네. 아무래도 여자들은 앉아 있는 걸 더 안전하게 느끼는 모양이거든. 여자는 앉아야 말이 잘 나오고, 남자는 서는 편이 말이 잘 나오지. 그리고 벤슨 앞에 서 있었던 사람이 여자였다면 상대방에게 들키지 않게 권총을 꺼내 겨냥하기는 어려울 걸세. 남자가 주머니에 손을 넣는 것은 자연스러운 동작이지만, 여자는 옷에 대개 주머니가 없으므로 핸드백 말고는 권총을 숨길 곳이 없지. 화가 머리 끝까지 뻗친 여자가 눈앞에서 핸드백을 열었다면 남자는 틀림없이 경계했을 걸세──여자의 기분이란 믿을 것이 못 되어 화가 나게 되면 무슨 행동을 할지 모른다고 남자는 의심하게 되지……그러나──이런 것들은 모두 젖혀두고라도──범인이 여자라는 가정을 할 수 없게 한 것은 벤슨의 벗겨진 머리와 침실용 슬리퍼였다네."

"자네는 아까──" 하고 매컴이 말을 끊었다. "범인은 그날 밤 필요하다면 과감한 수단을 쓸 각오로 그 집으로 갔다고 말했어. 그런데 이제 와선 그것이 계획적인 살인이라고 하는 것인가?"

"그렇다네. 그 두 가지 표현에는 아무런 모순도 없다네. 살인은 계획적이었어──의심할 여지도 없이. 그러나 소령은 목숨을 건질 마지막 기회를 희생자에게 줄 작정이었다네. 나는 이렇게 보네. 소령은 경제적으로 궁지에 몰려서 구치소가 눈앞에 어른거릴 상태가 되었는데도, 동생은 자기를 구해 줄 만한 돈을 금고 안에 넣어 두고 있다는 것을 알았네. 그래서 범행을 계획하고 그것을 실행할 결심을 하고 그날 밤 동생 집으로 갔겠지. 처음에는 자신의 딱한 처지를 동생에게 털어놓고 돈을 꾸어달라고 부탁했을 거야. 그러나 앨빈은 아마 모르긴 해도 '지옥에나 가라'고 했겠지. 소령은 되도록이면 죽이지 않고 목적을 달성해 보려고 조금쯤은 애원도 했을 테지. 그러나 독서가인 앨빈은 들은 척도 않고 책을 읽기 시작한 거야. 그래서 더 이상 애원해 봐야 소용없음을 알고는 끔찍한 살인을 저지른 거지."

매컴은 한동안 담배만 피우고 있었다. 그리고는, "자네 말을 모두 인정하겠네." 하고는 조금 뒤에 다시 말했다. "그러나 내가 아직 이해 안되는 점은, 오늘 아침에도 자네가 말했듯이 소령은 일부러 리코크 대위에게 혐의가 가도록 살인계획을 세웠다는 것을 어떻게 알게 되었나 하는 것일세."

"형체와 구성의 원리를 완전히 이해하고 있는 조각가는 조상(彫像)의 필수부분에 어딘가 결함이 있으면 그것을 정확하게 지적할 수가 있다네." 하고 밴스가 설명했다. "그와 마찬가지로 인간심리를 잘 아는 심리학자는 어떤 인간의 행위 속에서 빠져버린 요소가 있으면 그것을 지적할 수가 있지. 말이 나온 김에 말하자면, 메로스의 아프로디테——즉, 미로의 비너스를 말하는 것인데——의 없어진 팔에 대한 이야기가 여러 가지로 이러쿵저러쿵 많지만 참으로 어리석은 행동일세. 미적 구성의 법칙을 아는 유능한 예술가라면 그 팔을 본래대로 정확히 복원할 수가 있지. 그런 복원은 단순히 맥락(脈絡)의 문제에 지나지 않아——빠져버린 요소를 이미 알고 있는 요소와 연결해서 조화시키면 되니까." 밴스는 자기의 말을 고상하게 강조할 때면 으레 하는 몸짓을 했다.

"다음에는 혐의를 파헤치는 문제인데, 이것은 계획적인 범죄의 경우에는 언제나 중요한 요소가 되지. 그런데 이번 범죄의 전체적 구상은 실증적이고 결정적이고 구체적이니까, 그것을 구성하는 각 부분 또한 실증적이고 결정적이고 구체적이어야만 되네. 따라서 소령으로서는 단지 자기가 의심받지 않도록 조건을 배치해 놓았다고 판단하는 것은 생각이 너무 소극적이고, 이 범죄의 다른 심리적 여러 조건들과도 일치하지 않네. 이 범죄를 생각해 낸 타입의 실제적 정신의 소유자는 필연적으로 특정한 실체적인 의혹의 대상을 마련해 놓았을 걸세. 그 결과 리코크 대위에게 불리한 물적증거가 자꾸 드러나기 시작했고, 소령이 아주 적극적으로 대위를 옹호하기 시작했을 때 나는 대위가 미끼로 선택되었다는 것을 깨달았지. 사실대로 말하자면 처음에는 세인트 클레어 양이 희생자로 선택된

게 아닐까 하고 생각했네. 그러나 그 여자의 장갑과 핸드백이 앨빈 벤슨의 집에 있었던 것은 단지 우연이었다는 것을 알았고, 또 소령이 파이피를 증인으로 끌어들여서 대위의 협박사실을 우리에게 일러준 사실이 생각나자 나는 그녀가 용의자에 섞이게 된 것은 처음부터 계산된 일이 아니라는 걸 깨달았지."

잠시 뒤 매컴이 일어나더니 기지개를 켰다. "밴스——" 하고 그는 말했다. "자네 일은 이제 끝났어. 그리고 내 일은 이제 시작에 불과해. 그전에 나는 좀 자고 싶네."

일주일도 채 못되어 앤터니 벤슨 소령은 동생 살해범으로 기소되었다. 독자 여러분도 기억하고 있듯이 루돌프 한새커 판사 주재로 열린 그 재판은 전국적으로 크게 화제가 되었다. 어소시에이티드 프레스(AP 통신사)는 가맹된 각 신문에 매일 많은 기삿거리를 보냈고, 그래서 전국의 모든 신문들은 몇 주일에 걸쳐서 이 재판과정을 크게 보도하여 제1면을 장식했다. 지방검사국이 격렬한 논쟁 끝에 이 사건을 승리로 이끈 경위, 증거가 간접적이라서 배심원들이 제2급 살인으로 판결을 내린 경위, 항소심에서 앤터니 벤슨이 20년 이상의 종신형을 선고받게 된 사정 등——이런 모든 사실은 공식 또는 공표된 기록에 의해 보존되어 있다.

매컴은 검사로서는 법정에 서지 않았다. 피고의 오랜 친구였으므로 그 처지가 괴롭고 난처하여 사건을 수석검사보인 설리번에게 모두 맡겼는데, 그에 대해선 아무도 비난하지 않았다. 벤슨 소령은 형사재판에서는 보기 드물 정도로 많은 변호사를 대동했다. 브러슈필드와 바우어도 피고의 변호인단 속에 끼어 있었다——브러슈필드는 영국에서 말하는 소위 사무변호사였고, 바우어는 변론자로서 활약했다. 그들은 가능한 온갖 법률적 흥정을 해가며 싸웠으나 산더미처럼 쌓인 피고의 불리한 증거 앞에서는 어찌 해볼 도리가 없었다.

매컴은 소령의 유죄를 확신하게 된 다음 벤슨 형제의 사업실태를 면밀히 검토해 보고, 스티트 씨가 처음 보고해 온 이상으로 사태가 악화되어 있음을 발견했다. 그들의 증권은 상습적으로 개인의 투기를 위해 유용되고 있었고, 앨빈 벤슨은 약삭빠르게 굴면서

막대한 이익을 올리는 데 성공했으나, 소령은 투자에 실패해 거의 빈털털이가 되어 있었다. 소령으로서는 유용한 증권을 되찾고 형사상 처벌을 면해야만 했는데, 그 유일한 희망은 앨빈 벤슨이 당장 죽어주는 길밖에 없었다는 것을 매컴은 입증할 수 있었다. 그리고 소령이 살인을 한 바로 그날 동생의 금고에 손대지 않고는 지킬 수 없는 굳은 반제(返濟) 약속을 했다는 사실도 함께 법정에 내놓았다. 더구나 그 반제 약속에는 동생의 재산 일부를 끌어내어 충당하겠다는 뜻도 언급되어 있었다. 또 이미 담보로 들어가 있는 증권을 담보로 잡히고 48시간 기한의 어음을 발행한 사실도 드러났다──이 한 가지 사실만으로도 앨빈이 살아 있었다면 곤란할 수밖에 없었던 것이다.

여비서 호프먼 양은 검찰측에게는 유력하고 더구나 머리도 좋은 증인이었다. 벤슨 앤드 벤슨 주식중개소의 내부사정에 대한 그녀의 진술은 소령에 대한 검찰측 고발을 확고하게 하는 데 큰 도움이 되었다.

플래트 부인은 형제간에 심한 말다툼이 가끔 있었다고 증언했다. 그녀는 또 살인이 일어나기 약 2주일 전에 소령이 앨빈을 찾아와서 5만 달러를 꾸려다가 실패하자, "네 목숨과 내 목숨 중 어느쪽인가를 선택해야 될 때, 아찔한 꼴을 당하는 것은 내가 아닐 거다." 하고 겁을 주더라는 진술도 했다.

체이섬 암스의 관리인의 말에 의하면, 살인이 일어난 날 밤 2시 30분쯤 아파트로 돌아왔다는 시어도어 몬태규 씨도 택시가 아파트 앞으로 꺾어들어갈 때 어떤 사나이가 길 반대쪽 통용문에 서 있는 것이 헤드라이트에 비쳤었는데, 아무래도 벤슨 소령 같았다고 증언했다. 그러나 이 증언은 소령이 체포된 다음 파이피가 증인으로 출두하여 '헤이그 앤드 헤이그'를 마시러 피에트로 술집까지 걸어가는 도중에 소령이 46번가에서 6번가를 가로지르는 것을 보았다는 증언을 하지 않았더라면 아무런 가치가 없었을 것이다. 파이피는 그때는 단순히 소령이 브로드웨이의 레스토랑에서 집으로 돌아가는 길이려니 생각했기 때문에 그다지 중요하게 여기지 않았다고 변명했다. 그런데 파이피 자신은 소령에게 들키지 않았었다.

이 증언은 몬태규 씨의 증언과 앞뒤가 맞아서 소령이 면밀하게 만들어놓은 알리바이를 산산조각으로 깨뜨려 버렸다. 변호인측에서는 두 증인이 모두 사람을 잘못 본 것이라고 주장했다. 그러나 검사보 설리번은 소령이 그날 밤 관리인에게 들키지 않고 어떻게 외출했으며 어떻게 돌아왔는지를 밴스가 설명해 준 그대로 도면을 그려가며 자세히 설명함으로써 배심원들에게 큰 감명을 주었다.

그리고 보석은 범인이 아닌 다른 사람의 손에 의해 살인현장에서 옮겨질 수 없었다는 것도 입증되었다. 밴스와 나는 그 보석을 소령의 아파트에서 발견하게 된 경위에 대해 증언을 했다. 범인의 키에 대한 밴스의 실험도 법정에 제출되었으나, 이 문제에 대해서는 어려운 과학적인 반대논리가 많이 나와 혼란을 일으켜서 이상하게도 효과가 없었다. 권총에 관한 헤지딘 주임의 감정은 변호인측에서 항변하기에 가장 어려운 장애물이 되었다.

재판은 3주일 동안이나 계속되었다. 매컴의 지시에 따라 설리번은 재수없이 이 사건에 말려든 무고한 사람들의 개인적인 일은 되도록 법정에 제출하지 않도록 힘썼으나, 부끄러운 사실들이 적지 않게 드러났다. 그러나 오스틀랜더 대령은 자신을 증인으로 부르지 않았다고 해서 두고두고 매컴을 원망했다.

재판이 거의 끝나갈 무렵 무리엘 세인트 클레어 양은 브로드웨이의 커다란 오페라에 프리마 돈나로 출연하여 크게 성공을 거두어 2년 가까이나 장기흥행을 계속했다. 그 뒤 그녀는 기사도 정신이 넘치는 리코크 대위와 결혼했는데, 두 사람은 더없이 행복해 보였다.

파이피는 여전히 부부 사이가 원만하게 계속되고 있었으며 여전히 우아했다. '그리운 앨빈'은 없어도 그는 정기적으로 뉴욕에 나왔다. 나는 가끔 그가 버닝 부인과 함께 가는 것을 보았다. 나는 어쩐지 그 여자가 좋았다. 파이피는 1만 달러를 마련하여——어떻게 마련했는지는 모르지만——그녀의 보석을 되찾아주었다. 덧붙여 말하지만, 보석 주인의 이름은 재판에서 공표되지 않았다. 나는 그것을 아주 기쁘게 생각한다.

소령에게 유죄판결이 내려지던 날 밤 밴스와 매컴과 나는 스타이비샌트 클럽에 있었다. 우리는 함께 식사를 했는데, 지난 몇 주일 동안에 일어난 일에 대해서는 아무도 입을 열지 않았다. 그러나 마침내 밴스의 입술에 짓궂은 미소가 천천히 퍼지고 있는 것이 보였다. "매컴, 이번 재판은 아주 기괴한 것이었네." 하고 밴스가 불평을 했다. "진짜 증거는 하나도 제출되지 않았으니 말이야. 벤슨 소령은 완전히 가정과 추측과 암시와 추정만으로 유죄판결을 받았으니……'하나님, 죄없이 법률의 사자 우리에 갇혀버린 다니엘을 도와주소서!'일세."

놀랍게도 매컴은 정색을 하고 고개를 끄덕였다. "진정 그렇네." 하고 매컴이 말했다. "하지만 자네가 말하는 심리학적 이론으로 유죄판결을 얻어내려고 했더라면 설리번은 미치광이 취급을 받았을 걸세."

"그럴 테지." 하고 밴스는 한숨을 쉬었다. "자네들 법률학자들은 지능적으로 일할 단계에 이르면 전혀 쓸모가 없어지니까."

"순이론적으로는── " 하고 이윽고 매컴이 말했다. "나도 자네의 주장을 이해하네. 하지만 나는 너무 오랫동안 물적 사실만 다루어왔기 때문에 이제 와서 그걸 그만두고 심리학이나 예술로 전향할 수가 없다네……그러나── " 하고 그는 그저 지나치는 말처럼 덧붙였다. "앞으로 법정증거만으로 해답이 안 나올 경우에 자네의 도움을 청해도 되겠나?"

"언제라도 명령만 내리게나. 자네 일인데 달려와야지." 하고 밴스가 대답했다. "하지만 내 생각에는 말일세, 자네가 나를 가장 필요로 할 때는 오히려 법적증거들이 완벽하게 자네의 희생자를 지적하고 있을 경우가 아닐는지 모르겠군." 밴스는 다만 악의없는 익살조로 이렇게 말했는데, 이상하게도 그것이 하나의 예언이었음을 나중에야 알게 되었다.   〈끝〉

작가와 작품에 대해서

S.S. 밴 다인(S.S. Van Dine)의 원래 이름은 윌러드 헌팅턴 라이트(Willard Huntington Wright)로, 그는 1888년 미국 버지니아 주의 샤로츠빌에서 태어났다.

공부하기를 무척 좋아하여 캘리포니아 주의 세인트 빈센트 대학과 포머너 대학에서 우등생으로 학창생활을 보냈다. 1906년에는 하버드 대학원에서 영어학을 전공하기도 했다.

그는 화가가 될 생각으로 뮌헨과 파리에서 그림 공부를 하기도 했으며, 오케스트라의 지휘자가 되고 싶어서 몇 년 동안 악보 연구에 몰두하기도 했다.

1907년에 결혼한 그는 미국에서 여러 신문과 잡지의 미술평론란과 문예비평란에 많은 글을 남겨 명성을 날렸다.

'로스엔젤레스 타임스', '타운 토픽스', '스마트 세트', '포럼', '인터내셔널 스튜디오', '뉴욕 이브닝 메일', '샌프란시스코 회보', '인터내셔널' 지 등에서 날카로운 심미안을 지닌 평론가로서 활동한 그는 영국과 프랑스의 고전을 연구해서 문화 전반에 관한 9권의 학구적인 작품을 발표하기도 했고, 1916년에는 순문학 장편소설로 리얼리즘 문학의 선구적인 작품인「약속한 사람」을 발표하기도 했는데 큰 호응은 받지 못했다.

제1차 대전이 발발했을 때 파리에 있었던 그는 전쟁으로 인한 긴장과 두려움, 오랜 집필생활 때문에 심한 병에 걸려서 2년 정도 병원에 입원해야 했다.

편안한 휴식이 필요하다는 의사의 지시에 의해 병실에서 책은 금지당했다. 몸이 허약해져 신경이 날카롭고 기분이 우울한 그는 의사에게 요청해서, 어려운 책은 피하고 가벼운 추리소설을 읽도록 허락받았다. 그때부터 추리소설을 읽기 시작한 그는 한두 권 읽다가 재미를 붙여 한꺼번에 2,000권 정도를 읽게 되었다. 베를린과 파리와 런던에 있는 서점에 부탁하여 지난 75년 동안의 추리소설을 전부 찾아서 보내달라고도 했다. 한편 뉴욕의 어떤 서점은 그의 요구에 따라 미국의 모든 추리소설을 찾기 위해 밤을 지샌 적도 있었다고 한다. 에드거 앨런 포(Edgar Allen Poe, 1809~1849)에서부터 시작하여 연대순으로 현대작품까지 모두 읽은 그는 자신도 한번 추리소설을 써봐야겠다고 마음먹었다.

그가 추리소설을 쓰기 시작하게 된 데는 경제적인 상태도 하나의 요인이 되었을 것이다. 그 당시 현대문학과 언어학에 관한 저술이 신통치 않은데다가, 신문과 잡지에 쓰는 글만으로는 생활이 무척 곤란했기 때문이다.

사실, 추리문학은 1841년 미국의 작가인 에드거 앨런 포가 쓴 '모르그 가(街)의 살인'(The Murder in the Rue Morgue)이라는 작품에서 시작되었고, 그가 죽은 지 10년 뒤에 영국에서 태어난 코넌 도일이 포의 영향을 받아 본격적인 추리소설을 썼다. 코넌 도일 외에도 뛰어난 추리작가가 많이 등장했기 때문에 당시엔 영국을 추리소설의 본거지라고 부르고 있었다. 한편 에드거 앨런 포 이후 미국에서는 추리소설의 발전이 거의 없었다. 간신히 고답적이고 진부한 스타일의 추리소설이 명맥을 유지해 오고 있었는데, 밴 다인은 그러한 상태를 극복하기 위해 새로운 구성을 짜내었고, 특색 있는 주인공 파일로 밴스를 창조해 냈다. 그런데 추리소설에 자신의 본명을 그대로 쓴다는 것이 왠지 꺼림칙하여 'S.S. 밴 다인'이란 필명을 사용하기로 했다. 'S.S.'는 Steam Ship의 약자이고, '밴 다인'은 할머니의 이름에서 따온 것이다.

그리하여 최초의 작품 「벤슨 살인사건」(The Benson Murder Case, 1926)이 발표되었다. 출판은 하버드 대학 시절의 절친한 친구 퍼킨스가 맡았다. 그 친구가 밴 다인의 계획을 이해하고 도와주었던 것이다. "이것이야말로 내가 원했던 책이라네." 하고 퍼킨스가 말했는데, 그의 말은 정말 들어맞아서 책을 펴낸 지 일주일 만에 초판이 다 팔리게 되었다. 미국에서 추리소설의 별 진전이 없었던 까닭에 밴 다인의 신선하고 논리적인 작품은 전 추리독자들을 매료시키기에 충분했었던 것이다.

두 번째 작품 「카나리아 살인사건」(The Canary Murder Case,

1927) 또한 커다란 흥행을 거두었다.

세 번째 작품 「그린 살인사건」(The Greene Murder Case, 1928) 은 미국문학사상 최초로 추리소설이 베스트셀러 1위의 영광을 안았다.

그의 작품이 모두 인기를 얻게 되자 사람들은 밴 다인이라는 익명 뒤에 숨겨진 원래 이름을 알고 싶어했다. 먼저 뉴욕 '월드' 지의 평론가 해리 헤이슨이 「벤슨 살인사건」과 「카나리아 살인사건」을 쓴 작가가 신인이 아니라, 그 익명 뒤에는 분명히 경험 있는 저술가가 숨어 있을 것이라고 했다. 그리하여 추리소설을 쓰기 시작한 지 1년 반 만에 윌러드 헌팅턴 라이트라는 본디 이름이 밝혀지기에 이르렀다.

본명을 숨기고 필명을 사용했었던 동안에 에피소드가 많았다. 그가 참석한 어떤 파티에서, "「벤슨 살인사건」과 「카나리아 살인사건」의 진짜 작가는 누구라고 생각하십니까?" 라는 난처한 질문을 그가 받기도 했고, 그의 책을 팔러다니는 책 판매원으로부터 얼굴이 화끈거릴 정도의 온갖 찬사를 들어 마지 못해 몇 권을 사기도 했었다고 한다.

그는 애초엔 세 권만 쓸 생각이었으나 열두 권의 추리소설을 남겼다. 이러한 그의 작품들은 미국 추리소설계에서 획기적인 작품으로 인정받았을 뿐만 아니라, 영화로도 많이 만들어졌다.

그는 1939년 51살의 나이에 관상동맥혈전증으로 갑자기 세상을 떠났다.

여기 소개하는 「벤슨 살인사건」은 밴 다인의 처녀작으로, 그의 전 작품에서 등장하는 파일로 밴스가 처음으로 모습을 나타내는 소설이다.

파일로 밴스는 남달리 뛰어난 미남인데다가, 6피트(약 183*cm*) 조금 못 미치는 키에 다부진 골격을 가졌다. 펜싱의 명수이고, 골프도 핸디 3 정도의 프로급이다. 그 외에도 포커의 명수이고, 언제나 유행의 최첨단을 걷는 옷차림을 하고 있다. 예술 방면에서도 모르는 것이 거의 없을 만큼 박식한데, 특히 그림에 굉장한 정열을 지닌 밴스는 이스트(東) 38번가에 있는 그의 아파트에다 동서양의 미술품을 가득히 수집해 놓았다. 더욱이 명문 하버드 대학에서 심리학을 공부했는데, 그 깊이가 헤아리기 어려울 정도로 심오하다. 게다가 그의 추리법은 매우 독특하다. 셜록 홈즈가 돋보기를 갖다 대고 바닥을 기어다니며 물적 증거를 찾아내려 했다면, 그런 귀납적 추리와는 대조적으로 파일로 밴스는 범인의 심리나 성격을 중요시하는 심리분석법을 주장하고 있다.

밴 다인은 추리소설이 작가와 독자간의 지혜대결이며 일종의 두뇌 싸움이라고 했다. 밴 다인의 추리소설이 성공한 이유를 꼽는다면, 첫째 사건이 실제로 일어난 것처럼 치밀하고 사실적으로 씌어졌다는 점, 둘째 등장인물의 대화가 생생하다는 것, 셋째 범인의 심리와 성격이 잘 묘사되어 있어서 사건의 분위기를 잘 나타낸다는 점 등을 꼽을 수 있겠다.

이 작품을 통해서 독자 여러분은 이미 직접 생생하게 파일로 밴스와 만났으리라 믿는다.

■ 옮긴이/**강호걸**

· 전문 번역인
· 번역서로 「복수의 여신」 「황제의 코담배 케이스」 등 다수

벤슨 살인사건

1989년 10월 25일 초판 1쇄 발행

2005년 11월 25일 중쇄 발행

지은이   S.S 밴 다인

옮긴이   강 호 걸

펴낸이   이 경 선

펴낸곳   해문출판사

주 소   서울시 마포구 합정동 392-2 써니힐 202호

전 화   325-4721~2

팩 스   325-4725

홈페이지   www.agathachristie.co.kr

등 록   1978. 1. 28 제 3-82호

값 5,000원

ISBN 89-382-0308-5 04840

ISBN 89-382-0290-9 (세트)

※잘못 만들어진 책은 교환해 드립니다.

추리 문학의 여왕
"애거서 크리스티"

세계인구 60억중 3분의 1에 해당하는 사람들이 읽은 추리소설.

추리 문학에 대한 공로로 영국 엘리자베스 여왕으로부터 〈데임〉〈남자의 나이트(기사)〉 작위를 받은 여인.

인류 역사상 성경 다음으로 가장 많이 팔린 슈퍼 베스트 셀러!

1. 그리고 아무도 없었다
2. 오리엔트 특급살인
3. 0시를 향하여
4. 죽음과의 약속
5. 나일강의 죽음
6. ABC 살인사건
7. 스타일즈 저택의 죽음
8. 애크로이드 살인사건
9. 장례식을 마치고
10. 3막의 비극
11. 예고 살인
12. 주머니속의 죽음
13. 커 튼
14. 백주의 악마
15. 움직이는 손가락
16. 엔드하우스의 비극
17. 푸른 열차의 죽음
18. 메소포타미아의 죽음
19. 애국 살인
20. 화요일클럽의 살인
21. 누 명
22. 13인의 만찬
23. 회상속의 살인
24. 위치우드 살인사건
25. 삼나무 관
26. 구름속의 죽음
27. 부머랭 살인사건
28. 테이블위의 카드
29. 비밀 결사
30. 끝없는 밤
31. 목사관 살인사건
32. 갈색옷을 입은 사나이
33. 검찰측의 증인
34. 세 번째 여자
35. 명탐정 파커 파인
36. 침니스의 비밀
37. 죽음을 향한 발자국
38. 쥐 덫
39. 프랑크 푸르트행 승객
40. N 또는 M
41. 골프장 살인사건
42. 세븐 다이얼스 미스터리
43. 깨어진 거울
44. 빅 포
45. 벙어리 목격자
46. 포와로 수사집
47. 서재의 시체
48. 크리스마스 살인
49. 마지막으로 죽음이 온다
50. 창백한 말
51. 할로 저택의 비극
52. 마술살인
53. 잊을 수 없는 죽음
54. 부부탐정
55. 수수께끼의 할리 퀸
56. 맥긴티 부인의 죽음
57. 버트램 호텔에서
58. 죽은 자의 어리석음
59. 비뚤어진 집
60. 죽은 자의 거울
61. 잠자는 살인
62. 코끼리는 기억한다
63. 패딩턴발 4시 50분
64. 헤이즐무어 살인사건
65. 파도를 타고
66. 바그다드의 비밀
67. 리스터데일 미스터리
68. 엄지손가락의 아픔
69. 헬로윈 파티
70. 히코리 디코리 살인
71. 4개의 시계
72. 복수의 여신
73. 크리스마스 푸딩의 모험
74. 패배한 개
75. 카리브 해의 비밀
76. 리가타 미스터리
77. 죽음의 사냥개
78. 비둘기 속의 고양이
79. 헤라클레스의 모험
80. 운명의 문
● 애거서 크리스티의 비밀